Udo Lindenlaub

Von Asche zu Asche

„Komm, wir gründen einen eigenen Verein."
Udos Idee beginnt in einer Bierlaune im Sommer 1992. Seine Freunde Pocke, Elwain, Eisen-Reini, Sparki und Janni aus der Kleinstadt Rheinbach bei Bonn sind sofort Feuer und Flamme für den Plan. Dann wird die Sache jedoch bierernst für die Studenten. Denn die Gründung eines Fußballvereins ist mit mehr Organisationsaufwand verbunden als ursprünglich geahnt. Doch unbeirrt glaubt die „Elf" an eine eigene Mannschaft und sucht weitere Spieler. Naiv schwelgen die Freunde schnell in Aufstiegsfantasien. Aber die Niederungen des Kreisligafußballs können grausam, abenteuerlich und haarsträubend sein.

Udo Lindenlaub wurde 1970 in Koblenz geboren und wuchs in Rheinbach auf. In seinem Roman „Von Asche zu Asche – Elf Freunde sind noch kein Verein" erinnert er sich an seine spannende Studentenzeit in den 90er Jahren, in denen er mit seinen fußballbegeisterten Freunden einen eigenen Verein gegründet hatte. Unzählige abstruse Anekdoten pflasterten dabei ihren staubigen Weg über die Aschenplätze. Die tiefe Fußballleidenschaft verbindet sie noch heute. Längst hat er seine Fußballstiefel mit Laufschuhen getauscht. Er lebt mit seiner Frau und zwei Kindern in Bonn.

Udo Lindenlaub

Von Asche zu Asche

Elf Freunde sind noch kein Verein

Shaker Media

Bibliografische Information der Deutschen Nationalbibliothek
Die Deutsche Nationalbibliothek verzeichnet diese Publikation in der Deutschen Nationalbibliografie; detaillierte bibliografische Daten sind im Internet über http://dnb.d-nb.de abrufbar.

Umschlaggestaltung: Jens Mathias, Udo Lindenlaub
Foto Frontseite: Udo Lindenlaub
Foto Rückseite: Jens Mathias
Korrektorat: Sonja Rose
Lektorat: Johannes Lindenlaub

Printed in Germany.

ISBN 978-3-86858-471-4

Shaker Media GmbH • Postfach 101818 • 52018 Aachen
Telefon: 02407 / 95964 - 0 • Telefax: 02407 / 95964 - 9
Internet: www.shaker-media.de • E-Mail: info@shaker-media.de

Prolog: Pelé

Es war ein rauschendes Fest. Wir waren überwältigt, zum ersten Mal eine WM vor Ort zu erleben, auch wenn die gastgebenden Franzosen sie nicht zu zelebrieren wussten. Die Grand Nation hatte nur sich selbst im Kopf. Den Gästen aus aller Welt war dies einerlei, sie feierten eine unabhängige Party.
Ich hatte über französische Bekannte zwei Karten für das Viertelfinale in Nantes ergattert. In Paris erhofften wir vorderhand, auf dem Schwarzmarkt auch noch Tickets für das Achtelfinale Brasilien gegen Chile zu erhaschen, scheiterten aber, weil japanisches Eventpublikum die Schwarzmarktpreise vermaledeite. Unbefriedigt verließen wir den Dunstkreis des Stadions und verfolgten in einer halbgaren Gyroskaschemme auf einem kleinen Bildschirm mit kümmerlichem Empfang ehrfürchtig ob der gebotenen Leistung das souveräne 4:0 der Brasilianer. Wir rechneten aus, dass wir bei unserem Viertelfinale die Sambakicker vom Zuckerhut gegen Dänemark zu sehen bekommen würden, so wie wir es uns erhofft hatten. Unser nächster Anlaufpunkt war die Atlantikküste, da wir die Tage bis zum Spiel noch am Strand ausspannen wollten.
„Ich habe unfassbaren Kohldampf", knurrte Elwain mit morgendlich zerzaustem und meersalzverkrustetem Haupthaar aus seinem Schlafsack.
Tags zuvor hatten wir mit unserem persönlichen Zehnkampf begonnen. Janni und sein ein Jahr älterer Bruder Sparki hatten ihrem Zockernaturell entsprechend ein kompliziertes Berechnungssystem ersonnen, anhand dessen wir nach der Austragung zehn unterschiedlicher Disziplinen einen Urlaubssieger küren würden. Der Wettkampf bestand aus Dart, Kickern, Minigolf, Tetris, Fußballtennis, ein Fünfliterfass Wasser auf Zeit am ausgestreckten Arm hochhalten, Skat, Fußballgolf, Ausdauerpinkeln und Mäxchen. Wir hatten mit Kickern angefangen, kamen weit nach Toresschluss zu unserem Campingplatz zurück und waren dementsprechend gezwungen, halsbrecherisch über den Zaun zu kraxeln.
„Wo ist mein Kulturbeutel?", stiegen auch bei Sparki langsam die Lebensgeister empor.
„Wieso heißt das eigentlich Kulturbeutel, da ist doch gar keine Kultur drin", dachte Janni laut.

„Das ist mir zu philosophisch für die Uhrzeit, jetzt hier. Lasst uns endlich was essen gehen!“, drängelte Elwain erneut.
Auf einem weiträumigen Asphaltparkplatz angekommen, kickten wir zum Missfallen unseres Hunger darbenden Freundes den Ball hin und her, um den Kreislauf und die Gelenke auf Betriebstemperatur zu bringen. Meine Bewegungen fühlten sich fremd an. Das linke Bein tat noch nicht das, was mein Gehirn ihm befahl. Die Koordination war unrund, alles lief kantig und eckig ab, zudem hatte ich kaum Kraft und Spannung im verkümmerten Wadenmuskel. Erst zwei Tage vor unserer Abreise nach Frankreich wurde ich von meinem zentnerschweren Joch in Form einer monströsen Schiene am linken Unterschenkel befreit und lernte nun mühsam wieder laufen. Olly hatte mir als Ratschlag mit auf die Reise gegeben, sooft wie möglich im Sand zu gehen, um den Muskelaufbau oberhalb meiner gerissenen Achillessehne zu fördern.
Subtiler Grillgeruch kitzelte unsere Sinne. Elwain wurde immer unruhiger, da er eine unscheinbare Metzgerei als Quelle ausgemacht hatte, in der verführerische Hähnchen ihre letzten Runden am Spieß drehten. Er setzte sich durch. Wir beendeten den kurzen Kick und überquerten die Straße.
Reisen ist einer der schönsten Geisteszustände, überlegte ich, man ist wach, hört fremde Klänge und erlebt unbekannte Gerüche und Geschmäcker. Der Kopf ist immer zu Orientierungsreaktionen gezwungen, man verfällt in keinen Trott, es sei denn, man verbringt die Tage sinnfrei in einer Clubanlage.
Je näher wir der Metzgerei kamen, desto buhlerischer und intensiver duftete es. Unausgesprochen ließen wir Elwain den Vortritt. Danach war Sparki an der Reihe. Für Janni und mich musste ein Vieh noch fünf Minuten ein paar Extrarunden drehen, bevor es dann final mit der Grillschere zerlegt werden würde. Die beiden Schlemmenden wateten zurück auf den Parkplatz, um das Mahl im Auto sitzend einzunehmen.
„Heute ist Minigolf dran“, sagte Janni.
„Ich habe meinen desaströsen zweiten Platz beim Kickern noch gar nicht verwunden.“
„Elwain hat zwar das Kickern gewonnen, aber es ist auch seine Paradedisziplin.“
„Stimmt, außer beim Ausdauerpinkeln hat er keine Chance.“

Tatsächlich würde er da unschlagbar sein. Elwain war mit einer übermenschlichen Schweinsblase ausgestattet, die es ihm ermöglichte, in der Regel nur zweimal täglich dem Harndrang nachzugeben: Abends vor und morgens nach dem Schlafen. So konnte er sich gemächlich auf den Wettbewerb vorbereiten, indem er sein Organ – mutmaßlich vom Frühstück bis zum Startschuss – kontinuierlich füllen würde. Unsere einzige Hoffnung bestand darin, dass er sich möglicherweise überschätzte und sich so über die Maßen mästen würde, dass seine Blase, einem taktischen Desaster gleich, vor dem eigentlichen Startschuss entleert werden müsste.
„Falsch."
„Was denn noch?"
„Tetris."
„Stimmt … Tetris … habe ich völlig vergessen."
„Der nimmt es immer mit zum Klo und übt heimlich."
Endlich waren die Vögel fertig. Janni biss herzhaft hinein.
„Lecker! Es ist definitiv der beste Gockel, den ich jemals in der Hand hatte", konnte ich bereits beim zweiten Happen feststellen. Er war kross, gleichzeitig saftig und verströmte einen intensiven, aber nicht aufdringlichen Geschmack nach Kräutern der Provence.
„Weißt du, was mich die ganze Zeit beschäftigt?", fragte Janni.
„Was denn?"
„Dass wir wahrscheinlich niemals wissen werden, was im letzten Spiel gegen Roleber wirklich los war!"
„Vielleicht war es ja gut so, wie es letztlich gekommen ist …"
„Es war alles in allem das Emotionalste, was ich je durchgemacht habe, von den Frauengeschichten natürlich mal abgesehen."
„Geht mir auch so …"
Janni schaute grübelnd ins Leere. Wahrscheinlich dachte er jetzt an die zurückliegenden, aufwühlenden Monate und Jahre, die so intensiv waren, dass sie uns im Rückblick wie in einem Zeitraffer verdichtet vorkamen, obwohl alles noch so frisch war.
Wir überschritten die Bürgersteigkante. Ich ging zwischen zwei Autos hindurch und nagte bibergleich an der Keule. Von links näherte sich im überhöhten Tempo ein Auto und zwang mich, reflexartig zurückzuweichen.
„PENG", machte es in meiner Wade. Ein teuflischer Schmerz durchzog mein gesamtes Bein. Ich knickte ein, weil es keine Verbin-

dung mehr vom Fuß zur Wadenmuskulatur gab, rettete jedoch instinktiv das Hähnchen vor dem Absturz auf den Asphalt. Ich schrie. Janni stürmte zu mir und stützte mich, ohne zu fragen, was los sei. Er wusste ohnehin, was passiert war.

„Ich bring dich zum Auto!"

Ich legte meinen Arm um seine Schulter und hüpfte auf dem gesunden Bein zum Parkplatz, wo ich mich auf den Rücksitz fallen ließ.

„Was ist passiert?", fragte Sparki mit eierschalenfarbenem Gesicht.

„Die Achillessehne ist schon wieder durch."

„Verdammt. Was machst du denn jetzt?"

„Erst mal weiter essen …"

„Wir müssen dich zurückbringen, du musst sofort operiert werden, du kannst jetzt nicht noch mal drei Monate dieses alberne Teil tragen, um dir die Sehne dann wieder zu zerbröseln", schmatzte Elwain mit vollem Mund. Er hatte nun alles vertilgt und war somit auch wieder viel geschmeidiger.

„Ja, die Schiene bringt es definitiv nicht …"

„Lass dich doch direkt hier operieren, dann kannst du den Urlaub mit Krücken fortsetzen."

Elwain war ein Mensch, der trotz aller Gemütlichkeit oftmals dem ersten Impuls seiner Gedanken folgte.

„Quark! Ich will nicht an irgendeinen Schlachthof hier geraten, das will ich in Deutschland machen lassen. Außerdem will ich das Spiel noch sehen."

„Das Spiel ist in drei Tagen, danach fahren wir dich nach Hause."

„Albern. Bringt mich zum Bahnhof, dann könnt ihr weitermachen."

Die unerträglichen Schmerzen zwangen mich zu einem kuriosen Gang. Ich war genötigt, das Bein in Spitzfußstellung ganz steif durchzudrücken und es bei jedem Schritt nachzuziehen.

Seltsamerweise konnte ich die WM-Atmosphäre, die am Spieltag über der Stadt waberte, dennoch genießen. Ganz Nantes leuchtete in brasilianischen Farben. An jeder Straßenecke verbreiteten Sambagruppen pure Lebensfreude. Dänische Fans schlossen sich unvermittelt an und sorgten für rotweiße Farbtupfer im dominanten Gelbblau der Südamerikaner. Wir besuchten den FIFA Fanpark: Man hatte in der Innenstadt mit Unmengen Sand ein Beachsoccerfeld aufgeschüttet, das von einer Stahltribüne umsäumt wurde. Hier machte ich mir es inmitten fröhlicher Brasilianer bequem und

schaute zu, wie Elwain, Sparki und Janni gegen eine dänisch/brasilianische Fanauswahl spielten und die Fahne unseres Vereins hochhielten. Sie triumphierten unter Szenenapplaus mit 9:6, obgleich gerade die Jungs von der Copacabana auf diesem Untergrund sichtlich geschult waren. Ergänzt wurden wir noch von unserem linken Verteidiger Eisen-Reini, der an diesem Tag per Handyverabredung aus Spanien kommend spontan zu uns gestoßen war.
Erhaben machte ich mich gemeinsam mit Janni auf den Weg zur Arena, wo die allumfassende Begeisterung meine Schmerzen hinwegfegte. Wir fuhren mit dem Bus in die Peripherie des Stadions, um die letzten drei Kilometer zu gehen. Auf dem Weg potenzierte sich der kollektive Hexenkessel. Für meinen Fuß war es eine Selbstkasteiung, für meine Sinne ein beeindruckendes Spektakel. Die Hochspannung verdichtete sich zu einem ekstatischen Rausch, der so nur im Vorfeld eines bedeutenden Fußballspiels entstehen kann. Ich dachte an die Einzigartigkeit dieses weihevollen Momentes, dankbar, ein Teil davon zu sein. Zwischen den Sambatrommlern und singenden Dänen zog ich humpelnderweise ständig fragende Blicke auf mich. Immer wieder überprüften wir, ob sich die Tickets auch noch am richtigen Platz in der Jackentasche befanden. Die Flutlichtmasten überstrahlten die langsam einsetzende Dämmerung. Eine laue, windstille Sommernacht lag vor uns.
„Geht es wirklich mit deinem Bein?“
Janni fragte regelmäßig nach meinem Befinden, dann fokussierte sich seine Aufmerksamkeit plötzlich auf ein exorbitant großes Auto:
„Was ist das denn für eine feiste Kiste da …?“
Majestätisch näherte sich eine lächerlich lange Stretchlimousine mit mehreren Sitzreihen. Sie steuerte mondän auf die VIP-Einfahrt zu, wo wir ein paar Minuten am Zaun verharrt hatten, um das Treiben zu beobachten. Das Gefährt gondelte gemächlich an uns vorbei, sodass wir Gelegenheit hatten, einen Blick durch die dunkel getönten Scheiben ins Wageninnere zu werfen. Für einen flüchtigen Augenblick lächelte uns der beste Fußballer aller Zeiten an. Dann winkte er uns zu. Und schon war Pelé in den Katakomben des Stadions verschwunden. Ich schaute zu Janni. Beim Anblick des Idols leuchtete aus seinen funkelnden Augen tiefe Fußballleidenschaft. Schlagartig erinnerte ich mich daran, wie mit unserer Mannschaft alles angefangen hatte …

Goldgräberstimmung

Die Zeit, die nun kommen sollte, schien verheißungsvoll. Ich hatte während des soeben zu Ende gegangenen Sommersemesters vorgearbeitet, um jetzt lange frei zu haben. Mein Freund Pocke befand sich unterdessen in einer Art Orientierungsphase, nachdem er seine Schreinerlehre beendet hatte und nun ernsthaft überlegte, „Möbeldesign oder so“ zu studieren. Dazu musste er erst einmal ohne Bewerbungsmappen zusammenstellen. Dies war neben einem sporadischen Schreinerjob sein aktueller Lebensinhalt. Vor uns lagen unendlich scheinende, mutmaßlich unbeschwerte Sommermonate ohne lästige Pflichten. Es war genau der richtige Moment, um in den Tag hinein zu leben. Dies taten wir seit einer Woche. Wir lebten den Traum von der unendlichen Sommernacht und erwachten daraus jeden Mittag am Frühstückstisch.
Heute waren wir besonders zerknautscht, da die deutsche Nationalmannschaft am Vorabend leichtfertig das Finale der Euro 92 gegen Dänemark vergeigt hatte. Sengende Hitze lag über der spießbürgerlichen Kleinstadt Rheinbach bei Bonn. Die Mittagspause in den Geschäften der Hauptstraße ging langsam zu Ende, während sich der Wilhelmsplatz behutsam mit Leben füllte. Keuchend vor Durst erreichten wir unser Ziel, nachdem wir die Zeit nach dem gemeinsamen Frühstück mit einer quälend langsamen Partie Schach zu überbrücken versucht hatten, aber an den Temperaturen und unserer vorübergehenden Unfähigkeit zu anhaltenden kognitiven Leistungen scheiterten. Dies hatten wir uns mit einem vorschnellen Remis stillschweigend eingestanden.
„Zwei Weizen“, rief Pocke barsch durch die leeren Stuhlreihen der Alten Post der Bedienung zu, die uns in der Eingangstür stehend musterte.
„Für mich auch zwei“, zitierte ich einen meiner favorisierten Obelixsprüche bei der Wildschweinbestellung.
Die Alte Post war eine gutbürgerliche Kneipe, die sommers wegen der Außengastronomie am zentralen Platz der Stadt auch von allerlei Jungvolk frequentiert wurde, da man hier einen guten Überblick auf die zwei kreuzenden Hauptstraßen hatte und sich so stets am Puls der Szenerie wähnte.

„Mann, hab ich einen Muskelkater“, wimmerte Pocke und versuchte den elvisähnlichen Wildwuchs seiner mit Haarwachs betonierten Frisur zu bändigen.
„Du bist nix mehr gewohnt“, kniff ich von der Nachmittagssonne geblendet die Augen zusammen und bezichtigte ihn der Heulerei, von den zwei Stündchen Kickerei am Vortag eine solch schwere Blessur wie dieses Muskelkatzenmännchen davongetragen zu haben.
In diesem Augenblick röhrte ein quietschgelber Opel-Rekord langsam auf der Hauptstraße an uns vorbei und blieb an der roten Ampel vor der Alten Post stehen. Elwain mit seiner unverkennbaren Hornbrille beugte sich quer über den Beifahrersitz, kurbelte das Fenster runter, zog den Kopf zurück, um wie Helmut Kohl auszusehen und rief in perfekter Imitation des Kanzlers:
„Moin, Jungs, könnt ihr mir schon mal ein Weizen bestellen?“
Das tat Elwain öfter. Er setzte sich in sein Auto, fuhr eine Runde durch die Stadt und hoffte, irgendeinen seiner Freunde zu treffen. Er war auf diese Art der zufälligen Begegnung angewiesen, da er Zivildienst in einem Internat machte und hier ein Kabuff inmitten alternder Patres als Dienstzimmer zur Verfügung gestellt bekam, wo an eine Telefoninstallation nicht zu denken war. Nachmittags hatte er frei und begann seine Pirsch nach spontanen Erlebnissen. In den Sommermonaten hatte er dabei meist leichte Beute, weil er in der Alten Post mit hoher Wahrscheinlichkeit jemanden fand. Falls er wider Erwarten leer ausging, überbrückte er mit Döner oder Pommes die Zeit bis zur nächsten Rundfahrt.
„Mann, hab ich einen Muskelkater“, begrüßte er uns und stürzte sich auf sein Bier.
„Wir sollten regelmäßiger spielen“, regte ich fassungslos über den Zustand meiner Freunde an, „Es ist doch jämmerlich, dass wir hier alle total rumwinseln, nur weil wir gestern zwei Stunden gegen diese Halbstarken gekickt haben.“
Dieser Eindruck verfestigte sich, als Pocke zur Toilette eierte.
„Elwain, guck dir das mal an. Wir sind Anfang 20, treiben ein bisschen Sport und bewegen uns am nächsten Tag wie alte Männer. Das kann es ja wohl nicht sein.“
„Hauptsache, wir können das Weizenglas noch senkrecht in der Hand halten.“
Elwain nahm einen großen Schluck.

„Gutes Spiel gestern! In welchem Verein seid ihr?“, knarzte plötzlich eine Stimme vom Bürgersteig aus. Elwain erkannte den besten Mann des Gegners vom gestrigen Freizeitkick:
„Hä? Wie, Verein? Wir spielen nur so.“
„Ich dachte nur. Es sah irgendwie so aus. Nächste Woche Sonntag Revanche zur gleichen Zeit?“
„Natürlich! Wir sind dabei!“
„Geht klar! Bis nächste Woche dann.“
Er winkte noch mal kurz mit einem neidischen Blick auf unsere Getränke, dann verschwand er hinter der nächsten Straßenecke. Vermutlich musste er nun so etwas tun wie arbeiten. Pocke war von dem Rückspielangebot des Gegners begeistert, gab aber einschränkend zu bedenken, dass er körperlich erst wieder vollständig genesen sein müsse, es aber so erwartete, da ein Muskelkater erfahrungsgemäß nach drei Tagen verflüchtigt sei. Elwain hielt ihm entgegen, dass er eben zum Klo gegangen sei wie ein Osteoporosepatient im Endstadium, worauf Pocke wiederum konterte, dass der Flüssigkeitshaushalt ja schließlich auch stimmen müsse und daraufhin konsequenterweise eine neue Runde Weizen bestellte.
„Hörtma, Jungs! Wir haben gestern wirklich nicht schlecht gespielt, die hatten keine Schnitte gegen uns. Sollen wir nicht einfach regelmäßiger spielen? Im Verein oder so?“, fragte ich.
„Nee, lass mal“, fuhr mir Pocke in die Parade, „Im Verein spielen ist total nervig. Das ging mir schon zu Jugendzeiten auf die Nerven. Jede Woche zweimal trainieren, jeden Sonntag Pflichtspiele. Bei Wind und Wetter. Auch im November. Und da ist immer ein Trainer, der alles besser weiß“, er untermalte sein Argument mit einem ironischen Geschwätzigkeitszeichen seiner linken Hand, „Und dann auch noch dieser ganze Dorfkram mit Weihnachtsfeiern und so. Da können wir ja gleich in den Schützenverein gehen oder jede Woche einen Kegelabend machen.“
„Ist ja schon gut, beruhige dich, war ja nur so ne Idee von mir. Sagt mal, ist Berti Vogts eigentlich schon gefeuert worden?“
„Nee, leider nicht. Im Kicker stand noch nichts davon. Ich glaube sowieso, dass er bleibt“, präsentierte Elwain stolz die Ergebnisse seiner standardisierten Montagstagslektüre.
„Sitz ich denn im Spargel?“, erboste sich Pocke mit den stattlichen 190 Zentimetern seines hageren Körpers, „Das können die doch

nicht ernsthaft machen. In zwei Jahren ist WM und die wollen mit Berti Vogts weitermachen?"
„Wir sollten es einfach selbst in die Hand nehmen."
Ich hatte eine Weile ins Leere gestarrt. In meinen Gedanken bildeten sich zunächst wirre, dann immer konkreter werdende Assoziationsketten, an deren Ende ein Geistesblitz stand.
„Wie jetzt, Berti Vogts entlassen? Gute Idee, da bin ich dabei!?"
„Quatsch! Nein, ich meine, wir sollten selbst einen Fußballverein gründen."
„Hä?"
„Wir gründen einen Verein und treffen uns sonntags zu den Spielen und kicken. Trainieren müssen wir ja nicht. Und mit dem ganzen Vereinszinnober hätten wir dann auch nix am Hut."
Ich spürte, wie meine Augen während dieser Worte glänzten.
„Klar, Mann! Wir sitzen hier zu dritt und gründen mal eben einen Fußballverein. Du weißt hoffentlich, dass man beim Fußball Elf gegen Elf spielt? "
In diesem Moment wunderte ich mich. Eigentlich passte diese Äußerung nicht zu Pocke. Ich erwartete von ihm entweder Inbrunst oder Kälte, auf alle Fälle einen emotionalen Impuls, aber definitiv keinen rationalen Pragmatismus.
„Die Idee ist großartig. Mal durchzählen, wer alles dabei sein könnte", Elwain legte eine kurze Kunstpause ein, dann zählte er an seinen Fingern ab, „Also, wir drei, Janni und Sparki, Eisen-Reini, Krämer, Didi, König im Tor. Da sind wir doch schon mal locker neun Mann. Die restlichen zwei kriegen wir auch noch irgendwie zusammen. Wir gucken gleich mal im Ahorn."
Elwains Antwort und der permanente Druck der Sonne reichten aus, um Pockes Stimmung jäh ins Gegenteil kippen zu lassen:
„Wenn wir jetzt einen Verein gründen, sollten wir aber direkt in der Bezirksliga anfangen. Darf man das überhaupt, oder muss man ganz unten anfangen?"
Er begann von jetzt auf gleich voller Enthusiasmus zu monologisieren, wie er es immer tat, wenn er entweder extrem begeistert war. Die Folge war in der Regel ein überschwänglicher Redeschwall. Für eine mittlere Stimmungslage war er einfach nicht der Typ.
„Egal", schwadronierte er weiter, „dann steigen wir halt ein paar Mal auf bis in die Bezirksliga. Wenn wir jedes Jahr aufsteigen, dann

sind wir in … vier Jahren in der Bezirksliga, dann sind wir Mitte 20 und im besten Fußballalter. Wo meldet man sich überhaupt an? Am besten spiele ich im Sturm, Udo im Mittelfeld, König im Tor und Eisen-Reini in der Abwehr. Wo spielen wir eigentlich? Ich glaube, ich brauche neue Fußballschuhe. Wir waren echt gut gestern. Ey, da kommt der Eisen-Reini. Eisen-Reini, komm mal her. Wir gründen gerade einen Fußballverein. Bist du dabei?"

„Für ein Fußballspiel kannst du mich nächtens aus dem Schlafgemach locken. Bestellt mir schon mal ein Bier Pilsener Brauart, ich verrichte eben noch eine kleine Notdurft."

Eisen-Reini antwortete beiläufig, aber allen Anwesenden war instinktiv klar, dass auf diesen Mann immer Verlass sein würde, wenn es um Fußball oder Freunde ging. Bei den anderen potenziellen Kandidaten würde es schwieriger werden. Die Brüder Sparki und Janni spielten höherklassig Handball im Verein. Sie waren dadurch durchtrainiert und verfügten über ein hohes Maß an Spielverständnis bei Mannschaftssportarten. Sie waren eigentlich die Einzigen, die regelmäßig Sport in organisierter Form machten. Leider war es nicht sicher, ob sie sich eine zweite Sportart im Verein vorstellen könnten.

„Jetzt sind wir schon mal definitiv vier, wir brauchen nur noch sieben", bemaß Elwain.

„Eisen-Reini war von vornherein eine Bank. Das Problem ist ein guter Torwart", antwortete ich, mich gleichzeitig fragend, was ich angerichtet hatte.

„Ist mein Pils schon geliefert? Ich hoffe inständig, dass dessen Inhaltsstoffe und Elektrolyte meinen monumentalen Muskelkater beschwichtigen helfen."

Eisen-Reini kam sichtlich erleichtert vom Klo und erntete ein schallendes Gelächter seiner Leidensgenossen.

„Ich halte das nicht für ein ausreichendes Motiv für einen solchen Heiterkeitsausbruch."

„Doch, wir haben alle genauso gejault wie du gerade."

Während dieser Antwort kalkulierte ich im Geiste eine vorläufige Mannschaftsaufstellung. Eisen-Reini konterte:

„Ja, ja. Wie der alte Goethe schon treffend reimte:
Früher war eines meiner Glieder steif, und sonst keines
Heute sind alle meine Glieder steif, bis auf eines.

Was mein Hirn aber wirklich zermartert ist der geschmiedete Plan, einen eigenen Fußballverein zu gründen. Ist das ernst gemeint?"
„War halt eben so ne Schnapsidee. Ich weiß auch nicht, wie man das macht. Bis jetzt sind wir Vier. Wir müssen gleich im Ahorn mal glotzen. Lasst uns aber vorher noch zu Mertens. Die haben heute Pommes mit Knoblauchmajo im Angebot."
Ich konnte mir der Zustimmung meiner Freunde für diese Initiative gewiss sein, war es doch gewissermaßen Tradition geworden, vor dem Gang ins Ahorn entweder in der Stammpommesbude Mertens, oder in der Minipizzeria Pronto zu dinieren.

„Tja, war's das jetzt?", fragte Elwain zu später Stunde, während er sich einen Barhocker schnappte. Wir waren des Kickerns überdrüssig geworden und genehmigten uns noch einen Absacker an der Theke im vorderen Eingangsbereich des Ahorns. Es war eine verrauchte Kellerkneipe, in der Frischluft und Tageslicht einen brachial schweren Stand hatten.
„Was war was?", fragte ich verwirrt.
„Na, war das heute etwa die Geburtsstunde einer eigenen Mannschaft? Ich kann es noch nicht so recht glauben."
„Für den ersten Tag haben wir auf jeden Fall schon mal erstaunlich viele Leute zusammengetrommelt."
Wir hatten mit einem emotionalen Werbefeldzug Janni und Sparki, Krämer, König, Didi und Kreische rekrutieren können. Damit hatten wir auf Anhieb zehn Spieler.
„Das Bier ist so schal, das kannst du dir um den Hals binden!", keifte Sparki dazwischen.
„Und wie geht es weiter? Wann spielen wir?", fragte Elwain.
„Mal sehen, wann die Saison anfängt. Wir müssen erst mal noch jeden Deppen, den wir kennen zum Mitmachen nötigen. Außerdem müssen wir uns um den Formalkram kümmern und so."
Mir waren die anderen schon fast zu ekstatisch. Ich stellte einen Bleifuß auf die Euphoriebremse.
„Und wie nennen wir uns?", fragte Sparki.
„Partisan Rheinbach", sagte Pocke.
„Robotron Rheinbach", sagte Elwain.
„2. FC Rheinbach", sagte Pocke.
„Wieso denn das?", fragte ich.

„Den 1. FC Rheinbach gibt es schon."
„Schwarze Pumpe Rheinbach", imitierte Elwain Willy Brandt.
„Back dat Bagdad" lallte Eisen-Reini.
„Traktor Rheinbach!", sagte Elwain.
„Hör doch mal auf mit dem ganzen Ossi-Kram!", lachte Pocke.
„Ich glaube, wir sollten die Namensgebung auf einen späteren Zeitpunkt verschieben! Alles andere wäre töricht", beendete Eisen-Reini rustikal die Debatte.
Was war heute wirklich passiert?, fragte ich mich im Bett. Vom Bazillus des eigenen Fußballvereins infiziert verließen wir die Alte Post, schwelgten euphoriebesoffen in Aufstiegsfantasien und warteten später im Ahorn auf Freunde, Bekannte und andere potenzielle Kandidaten, um sie für unser Vorhaben zu betören. Elwain sprach sogar von einer Geburtsstunde. War es das wirklich? Eigentlich war alles vorhanden, was eine gute Geburtsstunde ausmacht, dachte ich, aber würde davon am nächsten Tag auch etwas Handfestes übrig bleiben? Oder war alles nur substanzloses Gelaber ohne Realitätsbezug? Wir waren längst nicht genügend Leute, addierte ich in Gedanken und scheiterte erneut kläglich an einer vorläufigen Aufstellung. Es können ja auch nicht immer dieselben elf Leute spielen, es gibt ja auch Verletzungen, Sperren, Unpässlichkeiten und Ähnliches. Und die meisten Zusagen waren ohnehin unter dem Einfluss der beschwingten Stimmung zustande gekommen, und bei Janni und Sparki hatte weiterhin Handball Priorität. Nein, die Idee hatte zweifelsohne Charme, aber sie war noch längst nicht laminiert. Im Prinzip war es vollkommen unrealistisch. Und ich hatte keine Ahnung, wie wir es bewerkstelligen sollten. Dann fiel ich in einen tiefen und langen Schlaf. Ich hatte keine Schafe, sondern immer wieder die gleichen Spieler gezählt, ohne zu einem vernünftigen Resultat zu kommen.

Im Sportamt

Der im Fischgrätenmuster parkettierte Holzboden des Rheinbacher Sportamtes knirschte wie ein uraltes Segelschiff. Elwain und ich nahmen voller Tatendrang im Vorzimmer Platz und studierten den Rest des Donnerstagskickers, nachdem wir beim Frühstück in der Bäckerei Lubig bereits den Großteil durchgearbeitet hatten. Berti Vogts war immer noch im Amt. Elwains kulinarischer Start in den Tag war ein mit Extrakäse erstickter und in der Mikrowelle labberig warm gemachter Schlemmerwecken, in der Standardversion ein Käsewecken mit je einer Scheibe Salami und Gouda. "Warm machen, wie immer?", hatte die Verkäuferin gefragt.
„Hömma, das macht irgendwie nicht so' n schlanken Fuß, was wir hier tun."
Elwain flüsterte, angesichts des einschüchternden Amtsgebäudes.
„Wir müssen so früh wie möglich klare Verhältnisse schaffen. Lieber jetzt schon mal eine Mannschaft anmelden, als zu spät damit dran zu sein. Wir dürfen auf keinen Fall den Saisonstart verpassen."
„Aber wir haben nicht mal elf Mann. Das ist doch eine Totgeburt."
„Die restlichen Jungs machen aber eher mit, wenn sie vor vollendete Tatsachen gestellt werden, dann ist die Hemmschwelle niedriger."
„Und wenn wir niemanden mehr finden?"
„Abblasen können wir die Veranstaltung immer noch."
Die Tür öffnete sich. Ein geschäftiger Beamter mit Nickelbrille und Behelfssakko winkte uns sportlich-dynamisch, aber beiläufig in sein mit Türmen von Aktenbergen überfrachtetes Dienstzimmer.
„Morgen. Wir sind hier, um einen Fußballverein anzumelden", fiel ich ohne Rücksicht auf die Etikette mit der Tür ins Büro.
„Aha", wies er uns mit einem sparsamen Zeichen zwei Stühle zu.
„Am liebsten würden wir direkt in der Bezirksliga anfangen. Können sie das möglich machen?"
Der verdutzte Amtmann verriet durch seine verschränkte Arme, dass er am frühen Donnerstagmorgen noch nicht auf so viel juvenilen Größenwahn eingestellt war. Er schaute von seinem Aktenstapel hoch, musterte angewidert unser verlottertes Outfit und beendete schließlich seine lange Pause:
„Schön, dass sich die Jugend von heute für Sport interessiert."

„Wir schauen seit zehn Jahren jedes Fußballspiel zusammen", verkündete ich stolz, als ob dies ernsthaft von Belang wäre.
„Interessant. Wenn sie hier und heute einen Fußballverein gründen wollen, haben sie sicherlich eine Fassung ihrer Vereinssatzung sowie ein Schriftstück mitgebracht, aus dem eindeutig hervorgeht, wer als Vorsitzender, Geschäftsführer und Kassenwart fungieren wird? Das ist nämlich unabdingbare Voraussetzung. Kaffee, die Herren?"
Uns entglitten augenblicklich die Gesichtszüge. Auf so viel technokratischen Schwulst waren wir in unserer Naivität nicht vorbereitet. An so etwas wie eine Satzung oder gar Vorstandswahlen hatten wir nicht gedacht, wozu auch? Schließlich war es vor drei Tagen in der Alten Post eine Bierlaune und keine Ratssitzung. Ich fand als Erster mein Sprachzentrum wieder. Auf Zeit spielen, einen Nebenkriegsschauplatz eröffnen, eine künstliche Nebelbank produzieren, erschien mir intuitiv eine geeignete Taktik:
„Danke. Sehr freundlich. Für mich schwarz ohne Schnickschnack, für ihn mit Milch und Zucker! Ich bin Vorsitzender und mein Freund hier ist Stellvertreter", log ich, was mir unangenehm war, aber Vorstandswahlen kann man ja auch hinterher noch ergebnisgebunden durchführen, den Termin rückdatieren und irgendwie nachreichen. Papier ist geduldig, dachte ich, und wir sollten uns jetzt hier keine Blöße geben, „Bevor wir aber unsere Satzung diskutieren: Wir haben uns überlegt, im alten Pallottistadion zu spielen."
Das Ablenkungsmanöver, über die Stätte unserer zahlreichen Heimsiege zu sprechen, entpuppte sich als Bumerang:
„Nun, das Pallottistadion ist eine altehrwürdige Arena in Rheinbach", dozierte er und servierte mit hölzernem Charme den Kaffee, „Sie ist jedoch für Wettbewerbsspiele nicht abgenommen. Die Maße stimmen nicht mit den Richtlinien überein. In Rheinbach gibt es nur zwei Plätze, die offiziell für Meisterschaftsspiele freigegeben sind: Lurheck und Freizeitpark."
„Fein, dann nehmen wir am besten die Lurheck, das liegt näher zum Ahorn, für die Siegesfeiern nach den Spielen", unternahm Elwain einen lauen Versuch, den widerborstigen Bediensteten mit einem faden Spruch ein Jota gefügiger und zutraulicher zu machen.
„In der Lurheck spielt der FC Rheinbach, im Freizeitpark der VfL Rheinbach. Mit anderen Worten: Wir haben in der Stadt keine Sportstätte für einen weiteren Fußballklub. Ich rate ihnen dringend:

Schließen sie sich einem der beiden eben genannten Vereine an. Oder züchten sie Karnickel. Oder Brieftauben. Oder was weiß ich."
„Heißt das, wir haben unsere Vereinssatzung völlig vergeblich geschrieben und die Vorstandswahlen umsonst durchgeführt, oder was jetzt?", konterte ich mit ernster Miene und konnte aus den Augenwinkeln ein eindeutiges Grinsen bei Elwain erkennen.
„Sie können gerne einen eigenen Verein gründen", er blickte betont auf seine Uhr, unter dessen Armband auffallend viel Behaarung hervorwucherte, „Daran kann sie niemand hindern. Aber sie können nicht spielen. Es gibt keinen Platz. Kann ich Ihnen sonst noch irgendwie behilflich sein?"
„Ja", erwiderte ich im Aufstehen mit geschwollenem Kamm und steigender Wut auf den deutschen Bürokratismus, „Eine Frage habe ich noch: Wenn es in Rheinbach keinen Platz für uns gibt und sie uns deswegen den Rat geben, uns einem Verein hier anzuschließen, könnten wir dann nicht während der Zeit, in der wir für diesen Verein spielen auch als eigene Mannschaft antreten? Mathematisch und geografisch gesehen macht das ja wohl keinen Unterschied."
„Die Ansprechpartner für die beiden Fußballvereine finden sie im Bürgerbuch. Angenehmen Tag noch."
Wir verließen wortlos und betrübt das Amt. Die unbarmherzige Geißel des Sachzwangs hatte uns umschlungen. Plötzlich wurde deutlich, wie blauäugig wir waren und welch immenser Organisationsaufwand notwendig schien, um mit dem Durchmarsch in die Bezirksliga zu starten. Wir hatten keinen Sportplatz, keine Satzung, nicht genug Leute, keinen Plan, keine Ahnung, keine Bälle, keinen Kreidewagen, keinen Vorstand, keine Trikots, keine Spielerpässe und keine Lobby. Wir waren mit unserer Idee quasi am Ende. Wir brauchten entweder einen ganz langen Atem oder Wickie.
„Abgründe! Das war ja wohl voll die Spießerveranstaltung in diesem Puff hier. Satzung, Vorsitzender, abgenommene Sportplätze. Was soll der Quatsch? Wir können uns doch jetzt nicht einem dieser Schwachsinns-Vereine hier anschließen. Da kriegt Pocke ja sofort Pilze, wenn er für den VfL Rheinbach spielen soll", grantelte Elwain und hakte seine Daumen in die Taschen seiner Jeans.
„Der Typ war ja schlimmer als mein dämlicher Sachbearbeiter im Bafög-Amt. Was machen wir denn jetzt?", fragte ich gequält.
„Erst mal zu Pocke. Weiter frühstücken."

Nutellaglas

Sparki flocht seine langen Haare hastig zu einem provisorischen Zopf, packte seine Tasche für das Handballtraining, schwang sich in seine klapprige Ente und fuhr zu Pocke, um ihn spontan zu einem ausgiebigen Frühstück mit anschließender Partie Sechserkniffel zu überreden. Hierbei hatte man zwei Reihen von oben nach unten, zwei Reihen von unten nach oben und die restlichen zwei Reihen nach Belieben auszufüllen. Diese Variante verwandelte ein ödes Glücksspiel in ein spannendes Strategiespiel. Pockes Kühlschrank war ein einziger Offenbarungseid. Selbst ein erfahrener Insolvenzverwalter wäre hier in eine neue Dimension des Elends vorgestoßen: Zwei Dosen Bier und eine Flasche Ketchup mit dem Haltbarkeitsdatum aus Zeiten des kalten Krieges waren auf keinen Fall dazu geeignet, ein zufriedenstellendes Frühstück darzustellen. Also fassten sie den Entschluss, in den Supermarkt zu fahren, um Belag und die dazugehörigen Brötchen zu organisieren.

Zuerst zog Sparki ein Nutellaglas aus dem Regal. Als in vielen Schlachten erprobter Handballer juckte es ihm in den Fingern: Er warf das 500-Gramm-Glas beim Schlendern durch die Supermarktgänge immer wieder vor sich her, um es dann lässig aufzufangen.

„Schmeiß mal rüber!“, forderte Pocke, dessen infantiler Spieltrieb nun auch geweckt war.

Nachdem sie an der Kasse die Wurstwaren, den Käse, das Nutellaglas und den frischen Kaffee bezahlt hatten, mahnte Sparki:

„Wir müssen noch zur Brötchentheke. Wie viele brauchen wir?“

„Elwain und Udo kommen gleich wahrscheinlich auch noch, die sind beim Amt wegen dem Verein und so.“

„Wegen des Vereins!“

„Ja, Herr Grammatikprofessor! Also, für jeden zwei, also mindestens acht. Nimm mal besser zehn!“, rechnete Pocke, während er zusätzliche Tricks in seine Würfe mit dem Nutellaglas einzubauen versuchte. Kurz vor der Brötchentheke wurde er dann endgültig übermütig: Er nahm das Glas hinter den Rücken und warf es in hohem Bogen über seinen Kopf, um es dann vor seinem Körper aufzufangen. Er hatte die parabelartige Flugkurve jedoch völlig falsch berechnet, sodass das Glas viel zu weit driftete und eine halbe Ewigkeit in der Luft zu stehen schien, bevor es in einem Höllenlärm

auf die Plexiglasscheibe der Brötchentheke krachte, um von da abzuprallen und sanft und mittig in einem Käsekuchen zu landen.
„Guten Tag. Drei Mohn-, drei Sesam- und vier Kürbiskernbrötchen – und diesen Käsekuchen da“, sagte Pocke völlig unbeeindruckt zur verdatterten Verkäuferin und deutete mit dem Zeigefinger auf das zermalmte Backwerk, während sich Sparki voller Schamesröte heimlich zum Ausgang verdrückte und dabei den Eindruck zu erwecken versuchte, nichts mit Pocke zu tun zu haben.

„Das gibt nix mit dem Verein“, fasste Elwain zusammen, als wir, vom deutschen Amtsschimmel erniedrigt, Trübsal blasend von unseren Impressionen in der Behörde berichteten. Pockes Kaffeemaschine röchelte im Hintergrund wie ein Asthmatiker in den letzten Zügen.
„Lachs schmeckt ja total geil auf Kürbiskernbrötchen“, schmatzte Pocke mit vollem Mund, „Ich will spielen! Vielleicht sollten wir uns spaßeshalber mal die Typen von den Vereinen hier vorknöpfen.“
Pockes Antwort kam für mich überraschend pragmatisch. Ich hatte mit Resignation gerechnet. Stattdessen strotzte er vor Stoßkraft. Es war einer seiner dominierenden Charakterzüge: In der Euphorie wirkte er erfrischend ansteckend. Er konnte mitreißen.
„Wozu? Du hast uns doch in epischer Breite erklärt, dass du niemals mehr in einem Dorf-Verein spielen willst“, entgegnete ich.
„Hört mal auf zu flennen, Leute! Vielleicht hat der Typ ja gar nicht so Unrecht, auch wenn es ein Beamtenspießer war. Oder habt ihr wirklich Lust, einen Vorstand zu wählen, eine Satzung zu schreiben und immer den ganzen Organisationsscheiß zu machen?“
„Was für einen Organisationsscheiß? Den Grüßgottaugust macht Udo und dann spielen wir Fußball“, sagte Sparki und erlöste die siechende Kaffeemaschine, indem er das braune Gold in die Thermoskanne schüttete.
„Mal vom Platz und dem ganzen Vorstandsgehampel abgesehen: Wir brauchen Spielerpässe, die müssen beantragt werden, wir müssen zu jedem Spiel eine Einladung für den Gegner und den Schiri schreiben, wir müssen uns um Bälle kümmern, wir müssen Tornetze aufhängen, Linien mit dem Kreidewagen ziehen, Trikots waschen und so weiter …“, referierte Pocke, während er sich detailversessen auch sein zweites Kürbiskernbrötchen mit Lachs dekorierte.

„Wir brauchen die Trikots nicht zu waschen, weil wir uns bei unseren Kantersiegen nicht schmutzig machen werden“, scherzte Elwain mit neidischem Blick auf die geleerte Lachspackung, die ihm unmissverständlich zu verstehen gab, dass auf seinem nächsten Brötchen bloß eine fade Scheibe Mortadella mit Gesicht liegen würde.
„O.K., Leute. Ich fasse zusammen: Vereinsmeierei wollen wir nicht wirklich, einen eigenen Verein können wir in dem Kaff hier nicht gründen. Sollen wir uns in den umliegenden Dörfern mal umhören, ob die uns einen Platz zur Verfügung stellen?“, überlegte ich.
„Nee. Da hab ich keinen Bock drauf“, Elwain fuchtelte protestierend mit der Wurstpackung, „Da müssten wir ja zu jedem Heimspiel mit dem Auto in die Walachei gurken. Nein, danke. Wenn wir spielen, dann in Rheinbach.“
„Wir gehen morgen einfach noch mal ins Sportamt. Vielleicht hat dann ja ein anderer Penner Dienst. Das hat in der Uni auch mal geklappt, da hat mir ein Professor mal einen Schein anerkannt, den mir ein anderer zuvor nicht anerkennen wollte“, schlug ich listig vor.
„Gewäsch!“, Pocke suchte händeringend nach Kaffee, „Die Schwachköpfe im Amt und die ganzen Vereinstypen kennen sich doch alle, das ist doch ein einziges Geklüngel hier.“
„Was ist eigentlich mit dem Käsekuchen da los? Der sieht so komisch aus“, imitierte Elwain Helmut Kohl.
„Den hat der Pocke selbst gebacken“, Sparki grinste von Ohr zu Ohr, „Der ist halt ein bisschen eingefallen.“
„VERFLUCHT!“, schimpfte Elwain plötzlich.
„Was ist? Hast du bemerkt, dass der Lachs alle ist?“, fragte Pocke süffisant.
„Ich habe seit 12 Uhr Küchendienst.“
„Ups, schon halb eins. Meld dich krank!“
„Ich hab schon während der ganzen EM blau gemacht. Irgendwann krieg ich noch mal ein Diszi.“
„Quatsch keine Oper. Dienst ist Dienst, krank ist krank. Ruf an und sag, es hat länger gedauert beim Arzt “, Pocke hielt ihm den Hörer unter die Nase, „Dann hast du frei und wir können in die Alte Post gehen. Das Wetter ist viel zu schön, um zu spülen.“
„Ja, hallo … hier ist der Elwain … ich bin hier … ähm … beim Arzt, hat etwas länger gedauert … ich soll mich heute schonen … Magen-Darm … oder so … Tschö!“

„Mensch, Elwain. Das war ja mal souverän! Magen-Darm, oder so. Konkreter geht's wohl nicht. Hast du nicht gemerkt, dass die Mucke volle Kanne läuft?"
„Auch egal, jetzt. Ich hab eh nur noch zwei Monate Zivi. Die können mich alle mal."
Als wir an der Alten Post vorbeifuhren sahen wir Eisen-Reini in den Kicker vertieft. Elwain biss in ein weiteres Mortadella-mit-Gesicht-Brötchen, das er sich als Wegzehrung mitgenommen hatte.
„Werte Kollegen! Seid mir gegrüßt. Wie war denn das Gastspiel im Sportamt?", begrüßte uns Eisen-Reini.
„Ein ziemlicher Eiertanz. Wir können den Laden eigentlich schon wieder zu machen", in knappen Worten fasste ich das Drama zusammen, „Wir wissen einfach nicht, wie es weitergeht."
„Auch egal, dann spielen wir halt wieder einfach so. Das ging doch bis jetzt auch ganz gut", sagte Sparki.
„Diese Logik verstehe ich nicht. Es ist doch marginal, ob wir als eigener Verein oder als Mannschaft in einem Verein antreten. Der Platz bleibt der gleiche und die Zeit bleibt auch identisch!"
„Das haben wir ja auch gesagt. Ich glaube, die Amtsaffen wollen nicht, dass wir unser eigenes Ding machen. Die wollen die Mitgliedskohle den Typen zuschustern, die sie kennen", gab Elwain seiner Verzweiflung Ausdruck, „Egal jetzt, auf jeden Fall erst mal Gerstensaft ordern!"
„DAS IST ES!"
Es platzte aus mir heraus, nachdem ich Eisen-Reinis Worte still reflektiert hatte. Am Ende dieses Gedankenganges stand eine Idee. Sie suchte sich ihren Weg nach draußen ungefiltert und selbstständig.
„In einer Kneipe ein Bier bestellen. Das ist wahrhaft revolutionär, Udo", sagte Sparki spöttisch.
„Nein ...", antwortete ich ins Gelächter hinein", ... ich meine ... Mannschaft im Verein! Das ist es! Wir fragen einfach, ob wir eine ... hm ... autonome ... Mannschaft innerhalb eines bestehenden Vereins sein dürfen. Da haben wir alle Vorteile in der Hand. Wir könnten für uns sein und einfach nur spielen und der Verein nimmt uns den ganzen Organisationskram ab, auf den eh keiner Bock hat!"
„Also, zum VfL geh ich nicht", Pocke schüttelte wild den Kopf, „Ich kenne die Vorstandstypen. Das sind alles Profilneurotiker."

„Bleibt logisch betrachtet nur noch der FC Rheinbach. Ob die wirklich eine komplette Mannschaft aufnehmen?“, fragte Eisen-Reini.
„Der Typ hat gesagt, dass die Nummern im Bürgerbuch stehen.“
„Das müsste rauszufinden sein“, Sparki drehte sich mit flehendem Gesichtsausdruck zu mir, „Ruf doch einfach mal an.“

Der Geschäftsführer des FC Rheinbach begrüßte uns bei der verlockenden Aussicht auf zahlreiche Jahresbeiträge mit unübersehbaren Dollarzeichen in den Augen. Er akzeptierte unseren unabdingbaren Wunsch nach vollständig autonomem Handeln als eigene Mannschaft und versprach logistische und organisatorische Unterstützung in allen Bereichen. Für uns hatte sich so auf einen Schlag der gesamte Organisationsaufwand gelöst: Ein Sportplatz stand nun zur Verfügung, Trikots waren vorhanden, es gab Bälle, der Schiedsrichter würde immer eingeladen werden. Der Sonntagnachmittagsspaziergang in die Bezirksliga konnte folglich beginnen. Nach diesen fairen und zügigen Zugeständnissen des Geschäftsführers kam ich dementsprechend ohne Umschweife auf das Wesentliche zu sprechen:
„Wie ist das denn mit Aufsteigen und so?“
„Tja, bei allem Respekt vor euch, Jungs … Wir versuchen seit unserer Gründung aufzusteigen, sind aber immer knapp gescheitert.“
„Woran denn?“
„Im Kreisligafußball sieht das alles viel einfacher aus, als es auf der Asche dann letztlich ist. Es ist immer mal ein blödes 1:1 gegen eine Gurkentruppe möglich. Es passiert immer mal wieder, dass ein schlechter Schiedsrichter ein ganzes Spiel verpfeift; es kommt immer mal vor, dass die halbe Mannschaft vor einem Spiel auf der Kirmes versackt und Alle voll wie die Nattern übern Platz torkeln. Und das sind dann am Ende die Punkte, die zum Aufstieg fehlen.“
„Ah …“
„Einmal hatten wir ein Spiel gegen so ne lächerliche Kirmestruppe. Wir in Bestbesetzung. Die mit nur neun Mann. Was passiert? Der Schiri kommt nicht, weil ihn die Polizei auf dem Weg zum Platz mit zweieinhalb Promille filzt und einbuchtet. Das Ende vom Lied: Spielabsage. Das Nachholspiel wurde an einem Mittwochnachmittag angesetzt. Die Hälfte von uns musste arbeiten, der Gegner verstärkte sich mit Jungs aus ihrer Ersten. Wir vergeigten das Spiel. Das waren dann die fehlenden zwei Punkte zum Aufstieg.“

„Hm … bitter!“
„Erst in dieser Spielzeit ist es uns endlich gelungen. Nach zehn verdammten Jahren! Wir spielen also nächstes Jahr in der Kreisliga B. Ihr werdet in der Kreisliga C beginnen. Übrigens haben wir noch eine Reservemannschaft für die Erste, die spielt auch in der Kreisliga C. Das ist die Zweite. Ihr werdet also als FC Rheinbach 3 völlig autonom in die Saison starten.“
Ihm war gar nicht bewusst, dass er uns in diesem sakralen Moment feierlich getauft hatte. Durch den Dialog mit dem Insider geläutert verließen wir die Doppelhaushälfte mit einem Stapel Anmeldeformulare für den Vereinsbeitritt sowie für Spielerpässe. Dies stellte mich vor eine große logistische Herausforderung, musste ich doch unter Zeitdruck von einem Haufen chaotischer Schlunzköpfe je ein aktuelles Passbild eintreiben, was nach hartnäckigem Telefonterror auch tatsächlich funktionierte, bis auf die Totalverweigerung durch Pocke, der mir lediglich ein altes Kinderfoto zur Verfügung stellte.
Es war nun alles in die Wege geleitet. Der FC Rheinbach meldete uns als dritte Mannschaft zum Spielbetrieb an. Wir hatten unsere Bierlaune in die Tat umgesetzt.
Die verbleibenden sieben Wochen bis zum Beginn des ersten Saisonspiels nutzen wir zur Fahndung nach zusätzlichen potenziellen Mitspielern. Weitere fünf Gleichgesinnte ließen sich von der Idee „Eigener Fußballverein“ umnebeln und vom Geist des schnellen und einfachen Erfolgs euphorisieren wie eine Busladung Rentner bei der Aussicht auf ein kostenloses Kilo Leberwurst im Rahmen einer Butterfahrt. Summa summarum hatten wir 15 Leute, die den vorgepflasterten Weg in die Bezirksliga mitgehen wollten. So konnte es dann ohne Training, ohne Trainer, ohne Konzept und ohne Taktik im August 1992 mit dem ersten Saisonspiel losgehen.

Vorbereitungen im Sand

Lasst uns nach dem Frühstück noch mal zum Strand fahren," schlug Sparki vor, während er in das frische „Tosta mista" biss, ein in einem Sandwichtoaster warm gebackenes Toastbrot mit viel Butter, Schinken und Käse und so ziemlich die einzige Wahl, die man in Portugal hat, wenn man nicht ausschließlich mit einem matten Kaffee das Tagwerk beginnen möchte. Die Portugiesen pflegten lange vor der unsäglichen Sandwichtoasterwelle, die viele Jahre später plötzlich über sämtliche deutschen Haushalte hereinbrach, bereits eine gediegene Sandwichkultur.
„Welchen Tag haben wir heute eigentlich?"
Elwain, Sparki und ich waren seit etwa vier Wochen mit Elwains Opel Rekord in Portugal unterwegs. Nach der Gründung unserer Mannschaft stellten wir fest, dass es noch fast zwei Monate bis zum Saisonstart dauern würde. Da auch sonst nichts Wesentliches anlag und der Beginn des Wintersemesters unendlich weit weg zu sein schien, fuhren wir an einem Donnerstagmittag im Juli nach Portugal, nachdem wir uns am Abend zuvor dazu entschlossen hatten. Wir waren hier so in unseren Urlaub, in die Hitze und in dieses Land vertieft, dass die Tage und Nächte übergangslos ineinanderflossen und wir die zeitliche Orientierung verloren. Elwain betrachtete auf meine Frage hin die erste Seite seiner Bildzeitung, obwohl er unansprechbar vertieft in den Sportteil zu sein schien:
„Hier steht Dienstag, 24. August. Die Bild braucht einen Tag, bis sie hier ist. Also haben wir Mittwoch, den 25 August. Übrigens: 1992, falls jemand die Jahreszahl vergessen hat."
„Vor oder nach Christus?", frotzelte Sparki spitzfindig.
„SCHEISSE!!!"
Sofort war mir die Tragweite bewusst.
„Was ist?"
Elwain verharrte unentwegt hinter seiner Lektüre.
„Am Sonntag ist das erste Spiel!"
„Auweia! Ich dachte, nächste Woche erst."
„Wir hängen hier in Sagres, am südwestlichsten Zipfel Europas und müssen in vier Tagen auf dem Platz stehen. Wir müssen los, Mann!"
Ich rechnete innerlich die Zeit, wann wir spätestens starten müssten. Gleichzeitig fiel mir ein, dass ich noch die Mannschaft organisieren

und mit den Typen vom FC Rheinbach alles Wichtige absprechen musste. Sparki ahnte meine Gedanken und ging das Problem, für einen Mathestudenten angemessen, rein rechnerisch an:
„Wenn wir uns mit dem Fahren abwechseln, brauchen wir etwa 30 Stunden, Stau in Paris mit einkalkuliert. Wenn wir Samstagabend zu Hause sein wollen, müssen wir hier spätestens am Freitagmorgen die Mücke machen. Besser etwas früher!"
„Nerven behalten. Wir pokern bis zum Schluss. Ein 120er-Schnitt müsste drin sein", Elwain blieb hinter der Zeitung verschanzt, „Wir schaffen es locker zur Sportschau um sechs, wenn wir Freitag nach dem Frühstück losballern."
„Es gibt leider keine Sportschau mehr. Das heißt jetzt ‚Ran' kommt auf Sat1 und wird von Beckmann moderiert", sagte ich kleinlich.
„Ach du meine Güte! Wir sollten trotzdem Bundesliga schauen, egal, ob sie von Beckmann, Fassbänder oder sonst wem moderiert wird. Außerdem ist es mir jetzt hier zu heiß. Ich will zum Strand."
„Mann, hoffentlich schaffen wir es rechtzeitig zum Spiel", Sparki rührte geistesabwesend seine kargen Espressoreste zusammen, „Bevor wir zum Strand latschen muss ich aber noch Geld ziehen."
„Boris Geldziehn …", kalauerte Elwain.
Geld ziehen war eine komische Wortschöpfung, dachte ich. Ich hatte mich noch nicht an die Praxis gewöhnt, mit einer Karte zu einem Automaten zu gehen, um Bargeld abzuheben. Auf meinen bisherigen Reisen hatte ich entweder Reiseschecks oder genug Penunse in der Tasche. Diese neue Technik war wirklich revolutionär. Es war clever von den Banken, die Arbeit einfach an die Kunden abzuwälzen und auch noch Gebühren dafür zu verlangen. Dennoch rannte plötzlich jeder mit einer Karte herum, die Entwicklung war nicht aufzuhalten und zugegebenermaßen war diese Errungenschaft ja auch praktisch. Es sei denn, man versuchte mit unzähligen anderen Touristen am einzigen Automaten in der Gegend Geld zu bekommen. Vor allem dann, wenn der Automat, durch den Massenandrang geplündert, nichts mehr ausspie, so wie in diesem Moment. Sparki und ich verloren eineinhalb Stunden beim Anstehen und wurden auch noch von einer Comicfigur auf dem Bildschirm verhöhnt, die zuerst beidseitig ihre leeren Taschen präsentierte, um dann lachend und schenkelklopfend auf uns zu zeigen.
„Tolle Animation", motzte Sparki mit biblischem Zorn.

„Bei der Schlange hätten wir ja gleich in die DDR fahren können. Was machen wir denn jetzt?"
„Wir leihen uns bei Elwain Escudos."
Elwain hatte nach konventioneller Methode Bargeld zuhauf mitgenommen. Die neue Technik ist wohl noch nicht ganz ausgereift; es fehlt an Infrastruktur, folgerte ich beim Anblick des Genießers. Wenn man wirklich darauf angewiesen war, war die Prozedur nicht verlässlich genug, außerdem hatte ich stetige Befürchtungen, die Karte zu verlieren oder die Geheimzahl zu vergessen. Das nervte.
„Wo bleibt ihr so lange? Ich habe die Bild, die Süddeutsche und den Spiegel schon durch. Und vier Kaffee intus."
Wir fuhren zu einem Strand, den wir noch nicht kannten, der aber auf der Karte recht reizvoll erschien. Sparki las laut aus seinem Reiseführer vor, als wir die Halbinsel Ponta de Sagres passierten. Wir erfuhren, dass von hier aus die Entdeckungsfahrten der Portugiesen ihren Ursprung nahmen. Diese Gedanken nach Aufbruch in unentdeckte Welten weckten in uns Abenteuerlust, während alle Fenster geöffnet waren und uns salziger Fahrtwind höchste Sommergefühle vermittelte. Wir machten uns bewusst, das man in Europa nicht viel weiter weg fahren kann und erdeten unsere wehmütige Stimmung über das Ende unseres Urlaubs mit der Vorfreude auf das erste Fußballspiel im Kreisligabetrieb, falls wir es überhaupt pünktlich zum Anpfiff schaffen würden.
Ritualgemäß hatte Elwain den Ehrgeiz, so nah wie möglich am Zielort zu parken, um so wenig wie möglich laufen zu müssen. Er ignorierte den offiziellen Parkplatz, fuhr bis ganz dicht ans Gestade, hielt unmittelbar vor einer Strandbar und ließ sich wie immer als Mann mit der eingebauten Parkplatzgarantie feiern, zumal er sich in diesem Falle auch als Schattenparker im positiven Sinne profilierte, da er den Wagen schräg neben einer Mauer absetzte.
„Jetzt steh ich hier am Mittelmeer und habe keine Mittel mehr", bemühte er einen halbgaren Gag aus der Vorkriegszeit.
Im Sinne der Saisonvorbereitung kickten wir uns ein bisschen den Ball hin und her. Gleichzeitig fragten wir uns, ob die anderen Jungs in Rheinbach auch trainierten.
Elwain stieg aus den wunderbar hohen Atlantikwellen, nachdem er eine halbe Stunde das Meer genoss, während Sparki und ich eine Partie Bauernskat zockten:

„Jungs, ihr glaubt nicht, was mir eben passiert ist …“
„Was?“
„Ich habe eben in fünf Meter Entfernung von Phil Collins in den Atlantik gepinkelt!“
„Was laberst du da?“
Auch der rationale Mathestudent Sparki konnte in gewissen Situationen in einen Schnodderton verfallen.
„Doch, echt!“
„Hat dir die Sonne die Birne ausgetrocknet, oder was?“
„Ne, ernsthaft. Seht ihr den Typen mit Halbglatze da hinten?“
Elwain deutete mit seinem Zeigefinger zum Meer.
„Der sich da so mit dem Rücken gegen die Wellen stemmt?“
„Genau der! Das ist Phil Collins!“
„Komm, den schauen wir uns mal genauer an!“
Nach einem von Neugier getriebenen Hechtsprung in die Fluten näherten wir uns dezent dem Prominenten. Als wir dann nah genug dran waren und unauffällig in ein Gespräch vertieft zu sein vorgaben, erkannten wir aus dem Augenwinkel unzweifelhaft, dass er es wirklich war.
„Was macht der denn hier in Sagres?“, fragte ich Elwain, der sich auf ein geschirrtuchgroßes Handtuch quetschte und eine Plastikwasserflasche als provisorisches Kopfkissen missbrauchte.
„Genesis sind hier auf Tour. In Lagos haben wir doch letzte Woche die Plakate vom Konzert in Lissabon gesehen. Das kann also hinkommen, dass der jetzt hier Pause macht. Ich krieg langsam Hunger, sollen wir nicht bald mal was zwischen die Kiemen werfen?“
Während Elwain mit maladem Magen meuterte, bemerkte ich, dass die Sonne langsam an Strahlkraft verlor und die malerische Felsküste in eine pastellene Abendstimmung zu tauchen und die Konturen weich zu zeichnen begann.
„Wir haben keinen Feuerzauber mehr und die Kartusche ist auch leer, wir müssen also was essen gehen.“
Sparki fasste die Inhaltslosigkeit des Kofferraumes mit trockener Miene zusammen. Dabei fuchtelte er auf Schulterblatthöhe in seinen Haaren, um einen mit Salzwasser zementierten Zopf zu binden.
„Ich kann mir größere Schicksalsschläge vorstellen, als hier jetzt irgendwo Fisch zu essen“, entgegnete ich, „Ich muss aber vorher

noch bei den Jungs so horchen, wie es für das Spiel aussieht. Schmeißt mal euer Kleingeld zusammen."
Wir schauten ein letztes Mal ins Meer, um noch einen Blick auf Phil Collins zu werfen und marschierten trägen Schrittes zum Auto. Während sich Elwain und Sparki noch ein wenig den Ball hin und her kickten, nutzte ich die saunaheiße Telefonzelle vor der Strandbar, um die Mannschaftsaufstellung klar zu machen. Zunächst ereilte mich beim ersten Telefonat die Hiobsbotschaft, dass sich unser planmäßiger Innenverteidiger Krämer das Kreuzband zerbröselt hatte. Nach acht Anrufen, mit einigen Absagen, aber auch vielen Zusagen voller Vorfreude, wählte ich die Nummer von Eisen-Reini. Dabei sinnierte ich innerlich lachend über diesen kauzigen Menschen, der nach seinem Zivildienst Mathematik und Philosophie zu studieren begann. Er war berüchtigt für seine Nehmerqualitäten und seinen Hang, allem entgegenzuwirken, was nur annähernd spießig sein könnte. Blonde lange Schnittlauchhaare waren Phänotyp dieser inneren Haltung.
„Hi Eisen-Reini, ich bin`s, Udo!"
„Holder Knabe im lockigen Haar! Was ist dein Begehr? Habt ihr die Sommerfrische erfolgreich beendet?"
„Ne, wir sind noch in Sagres und kommen am Samstagabend zu ‚Ran' zurück. Bist du fit für Sonntag?"
„Mein körperlicher Zustand ist über jeden Zweifel erhaben. Unrühmliche Kunde ereilte mich allein von Sportskamerad Krämer, er hat sich das Kreuzband gerissen."
Meistens musste man über den betonten Schliff seiner Sprache lachen, oft darüber nachdenken, in seltenen Fällen, wie in diesem Moment, als die Escudos nur so durchrauschten, hielt es unnötig auf und war anstrengend.
„Hab schon gehört. Kannst du irgendwoher noch zwei Leute auftreiben? Wir sind bis jetzt neun: Elwain, König, Sparki, Didi, du, ich, Pocke, Janni und Kreische. Am besten rufst du den Arno mal an. Das ist der Typ vom FC Rheinbach, der uns beim Organisieren helfen soll. Vielleicht weiß der noch was."
Währenddessen schlenderte Phil Collins Arm in Arm mit einer exorbitant schönen Blondine an der Telefonzelle vorbei, um bei einem Kaffee in der gut gefüllten Strandbar Platz zu nehmen.

„Ich tue alles, was in meiner Macht steht, damit wir am Sonntag elf Leute haben. Übrigens haben wir zuerst ein Auswärtsspiel, wir starten unseren Durchmarsch um elf Uhr in Ließem."
„11 Uhr, das ist ja eine abgründige Zeit! Ist das immer so?"
„Keine Ahnung."
„Ich muss jetzt Schluss machen, wir haben Hunger und mein ganzes Kleingeld steckt in diesem dämlichen Automaten. Außerdem muss ich mir jetzt mal die Freundin von Phil Collins genauer anschauen."
„Hä? O.K. Lass uns am Samstag kurz den Hörer schwingen, sobald ihr wieder deutschen Boden unter den Füßen habt."
Nachdem ich die kickenden Freunde auf den neuesten Stand der Vorbereitungen gebracht hatte, ließ das allgemein große Hungergefühl die Geschehnisse beflügeln.
„Ich verstehe nicht, dass niemand sonst diesen muckeligen Schattenparkplatz genommen hat", triumphierte Elwain grinsend, während er den Opel startete und im tiefsten Sommergefühl seinen linken Ellenbogen lässig am heruntergekurbelten Fenster ablegte. Sparki prostete mir nach hinten auf den Rücksitz mit einer pisswarmen Flirt zu, welche er zuvor mit chirurgischer Präzision aus den Tiefen des Kofferraums gezaubert hatte.
Sekunden später wussten wir, warum die Einheimischen diese Parkgelegenheit mieden. Während Elwain heftig aufs Gas stieg, versenkte er den Wagen unter knirschendem Getöse von aufgewirbeltem Sand immer tiefer im Boden. Er war in seiner Euphorie als Mister Parkplatz leichtsinnig geworden und zu nah an den Strand gefahren.
„WIR HÄNGEN FEST, MANN! WAS SOLL ICH DENN JETZT MACHEN? VERDAMMT!", fluchte er wie ein Bierkutscher in einem für ihn äußerst seltenen Anflug von Panik.
Vor meinem geistigen Auge vollzog sich blitzartig die Szene, wie eine unvollständige Fußballmannschaft zum ersten Meisterschaftsspiel antritt, weil drei Mitspieler in Portugal im Sand stecken.
„Wir müssen den ADAC anrufen", stammelte Elwain.
„Quatsch, ADAC", Sparki tippte mit dem Zeigefinger auf die Stirn, „Wir legen Bretter unter die Antriebsräder, dann haben die wieder Griff und dann kommen wir da auch wieder raus."
„Hier sind weit und breit keine Bretter zu sehen."
„Isomatten", befahl Elwain und holte Sparkis und meine Isomatte aus dem Kofferraum, da er seine eigene vermutlich schonen wollte.

„Das rockt. Lasst mich den Wagen starten. Ihr zwirbelt die Isomatten drunter, dann kriegt die Kiste wieder Halt unter die Schlappen“, ordnete Sparki an.
Elwain und ich hockten uns neben die Felgen, platzierten die Isomatten und versuchten, sie ein bisschen unter den Reifen zu graben.
„DREI, ZWEI, EINS. VOLLGAS!“, befahlt Elwain lauthals. Sparki drückte unter heftigem Getöse des Motors aufs Gas, Elwain und ich zogen blitzartig die Hände weg. Die Reifen saugten die Isomatten auf, zerfetzten sie in ihre Einzelteile und spuckten die zerbröselten Überreste des Schaumstoffs in hohem Bogen nach hinten heraus, während der Wagen nun endgültig mit seiner kompletten Karosserie im Sand aufsetzte.
In diesem Augenblick schauten wir auf ein vielstimmiges Gelächter und bemerkten erst jetzt, dass wir der gut besuchten Strandbar ein grandioses Schauspiel mit bester Sicht geliefert hatten. Sogar Phil Collins und seine schöne Begleitung lächelten milde erheitert. Nur der mutmaßliche Besitzer der Bar, ein schnauzbärtiger Portugiese mit aus einem offenem Flanellhemd üppig herausquellender Brustbehaarung, kam auf uns zu und bedeutete uns mittels mitleidiger Gestik, dass er uns helfen wolle und wir uns etwas gedulden sollten. Wir setzten uns im Sichtschutz des Autos verschämt in den Sand und grübelten spekulativ, wie wir die Nacht ohne Isomatte verbringen würden. Wenige Augenblicke später kam unsere Rettung in Form eines riesigen Geländewagens. Der Barbesitzer fuhr vor, befestigte ein Abschleppseil und zog uns mit der Kraft seines Allradantriebes auf die geteerte Straße zurück.
„Aleman?“, fragte der Portugiese freundlich.
„Si, alle Mann Aleman!“, gab Elwain seinen im Ausland vielfach erprobten Lieblingskalauer zu Protokoll.
Voller Dankbarkeit über den nachlassenden Schrecken sprangen wir über unseren Schatten und begleiteten unseren Retter in die Bar. Hier wurde uns tosender Applaus der versammelten Gäste zuteil, worauf wir uns wiederum gezwungen sahen, uns voller Schamesröte zu verneigen und uns beim Publikum inklusive Phil Collins für die Aufmerksamkeit zu bedanken. Obwohl der Star relativ zügig die Bar verließ, beschlossen wir, den Abend hier ausklingen zu lassen, zumal die Speisekarte einige verheißungsvolle Fischgerichte führte.

Bei der Rückreiseplanung entdeckten wir im Atlas an der Grenze zu Spanien ein Autobahnteilstück, welches für uns eine gravierende Abkürzung darstellte und als Bauprojekt kurz vor der Fertigstellung markiert war. Da das Kartenwerk drei Jahre alt war, folgerten wir, dass diese Brücke über den Grenzfluss längst eingeweiht war. Als wir dort ankamen trafen wir auf eine Handvoll Bauarbeiter, die hinter einer Absperrung Instandsetzungsarbeiten zu erledigen hatten. Sparki stieg aus und erkundigte sich in gebrochenem Französisch nach der Dauer der Tagesbaustelle.
„Jungs, nur noch zwei Stunden, dann sind die fertig mit dem Kram! Es lohnt sich, zu warten. In der Zwischenzeit könnten wir ja kochen und ein bisschen kicken!"
Sparki und ich übten Ball hoch halten, während sich Elwain sein berühmtes „Fondue de la Camping a la spezial" zubereitete, dessen Geheimnis darin bestand einen kompletten Block Gouda samt Rinde im Kocher zu erhitzen und die zu Gummi mutierte Masse mit Weißbrot zu dippen. Nachdem die Moskitos diese zwei Stunden konsequent genutzt hatten, uns weit über das Normalmaß hinaus zu drangsalieren, wurden wir ob der Stagnation bei den Bauarbeiten ungeduldig und entschlossen uns zur erneuten Nachfrage. Kleinlaut kam Sparki zurück und eröffnete uns, dass er sich eben wohl verhört haben müsse; jedenfalls dauerten die Maßnahmen nicht zwei Stunden, sondern noch etwa zwei Jahre. Insofern hatte er gleichzeitig auch eine Erklärung für das fassungslose Kopfschütteln der Bauarbeiter über unseren albernen Zeitvertreib.
„Au Backe, jetzt schaffen wir es nicht mehr pünktlich zum Spiel. Außerdem sehen wir mit den Stichen aus wie Omas Kirschstreuselkuchen", fasste Elwain das Debakel zusammen.
Wir waren nun gezwungen, einen immensen Umweg zu nehmen. Unsere zeitliche Planung war durch diesen groben Navigationsfehler ganz tief im Ofen.

Halbseidene Tricks

Hallo Eisen-Reini, ich bin's, Udo. Wir sind wieder da."
„Oh, Dein Anruf aus heimatlichen Gefilden scheint mir ein Beweis für die Komplikationslosigkeit der Rückreise?"
„Geht so, wir hätten es fast noch versemmelt."
„Und?"
„Wir saßen pünktlich zu ‚Ran' vor der Glotze. Elwain muss unser Zeitdefizit aufgeholt haben, als er nachts einsam wachend gefahren ist. Keine Ahnung, wie er das angestellt hat. Morgens waren wir jedenfalls plötzlich in Frankreich. Egal. Was machen die Jungs?"
„In der Summe sind wir zwölf Spieler. Allerdings sind wohl noch nicht alle Pässe da. Der Arno munkelte irgendetwas von kleinen Tricksereien, es wird also schon irgendwie gehen."
„Aha. Was gibt es sonst Neues?"
„Wir treffen uns um 10 Uhr in der Lurheck. Wir sind frei von jeglichem weiteren Organisationsaufwand, der Arno macht alles, holt die Trikots und erledigt den Rest. Ist übrigens ein guter Mann, dieser Arno. Wie kommst du eigentlich zum Treffpunkt?"
„Mit Elwain, er pennt bei mir."
„Hat er immer noch kein eigenes Domizil?"
„Nein, er sagt, es wäre Schwachsinn gewesen, erst eine Wohnung zu beziehen und anschließend in den Urlaub zu fahren ..."
Ich schielte zu Elwain herüber und beobachtete, wie er über meine Aussage im Halbdämmer lachen musste. Er hatte es sich nach ‚Ran' auf der einzig überlebenden Isomatte bequem gemacht, wo er, von der langen nächtlichen Aufholjagd zermürbt, binnen Sekunden eingeschlafen war, während ich schmunzelnd über seine letzten Tage in der Ziviwohnung kurz vor unserem Urlaub nachdachte:
Hierhin hatte er mich – wegen der verfrüht ausgerufenen letzen Runde im Ahorn hadernd – fünf Tage vor der Abfahrt zum Übernachten verschleppt, obwohl dies strengstens verboten war. Wir schlichen uns gegen drei Uhr morgens in den „Bauernschwoof" der Patres, ein abgehalfterter Aufenthaltsraum, und kehrten nach der Komplettplünderung des Kühlschranks mit vollen Händen zurück. Elwains Nachbar, ein konservativer Gottesmann jenseits der 70, fühlte sich offenbar massiv im Schlaf gestört und klopfte mürrisch an der Tür, um die nächtliche Ruhestörung anzumahnen. Ich rettete

mich mit einem gewagten Hechtsprung hinter den Vorhang gerade noch aus dem Sichtfeld, während Elwain inmitten von Fleischwurstringen, Käsehäppchen, Salamistangen, Brotscheiben und Gewürzgurken in arge Erklärungsnöte geriet und seiner ersten Assoziation folgend etwas von einem „verpassten Abendessen in Folge eines Arztbesuches“ stammelte – für einen Samstag eine etwas spärliche Argumentation. Mit Ende seines Zivildienstes endete für ihn dieses Eremitendasein. Er benötigte nun dringend eine eigene Wohnung.

Elwain blinzelte aus seinem Bodenlager hervor. Die helle Aufregung und die gleißende Sonnenstrahlen ließen uns vorzeitig erwachen. Wir genossen das revolutionäre Angebot einiger Bäckereien, sonntags frische Brötchen sowie Zeitungen zu verkaufen und fuhren voller Ungeduld in die Lurheck. Meine größte Sorge war, dass auch wirklich alle pünktlich zum Treffpunkt erschienen.
Hier trafen wir zunächst auf einen etwa 60-jährigen, graumelierten Lockenkopf, der mit einer überdimensionalen Sporttasche aus der Umkleidekabine hinkte. Arno war schon seit ewigen Zeiten das gutmütige Mädchen für Alles im Verein und schulterte die mühselige Drecksarbeit, die sonst keiner erledigen mochte. Er fungierte mit an Selbstlosigkeit grenzender Aufopferungsbereitschaft mal als Betreuer der ersten Mannschaft, mal als Geschäftsführer, mal als Kassenwart. Zudem fütterte er seinen Computer penibel mit der gesamten Statistik des Vereins sowie allen Spielen, Toren und Mannschaftsaufstellungen. Man hatte uns diesen routinierten Ansprechpartner als Welpenschutzwächter für die logistische Unterstützung bei den ersten Gehversuchen zur Seite gestellt.
„Das da hinten müsste der Arno sein. Der humpelt ja. Der hat bestimmt Muskelkater, vielleicht spielt der ja Alte Herren, oder so.“
Ich flüsterte, während wir auf ihn zugingen.
„Guten Tag, ihr müsst die Neuen sein. Mein Name ist Arno, ich soll euch ein bisschen unterstützen. Seid ihr fit?“
„Hallo, Arno. Das ist mein Freund Udo, ich bin Elwain. Wir haben ein intensives Trainingslager auf schwerem Geläuf hinter uns.“
„Dann kann es ja losgehen. Vorher müssen wir aber noch ein paar Details klären. Seit dieser Saison herrscht Schienbeinschonerpflicht. Die Schiris werden das kontrollieren. Ihr habt doch alle ein Paar?“
„Tja, ähm. Klar, sicher, haben wir die!“

Hatten wir natürlich nicht. Damit hatte ich überhaupt nicht gerechnet, und diese Meldung hatte sich auch nicht bis an den Strand von Sagres herumgesprochen. Problemverschleppung war nun meine Strategie: Jetzt galt es erst einmal Arno abzulenken, um nicht sofort alle Sympathien zu verspielen. Das mit den Schienbeinschonern konnten wir auch später noch irgendwie schnell nebenbei klären.
„Sind denn alle Spielerpässe angekommen?"
In meiner Unerfahrenheit war meine größte Sorge, irgendwelche Formfehler zu begehen.
„Alle Leute, die einen Pass beantragt haben, haben auch einen bekommen. Mit diesem Kindergartenfoto hier werdet ihr allerdings Schwierigkeiten bekommen. Das geht so nicht, das Foto darf höchstens ein Jahr alt sein."
„Das hab ich Pocke schon gesagt. Kann der jetzt nicht spielen?", fragte ich nervös, war er doch mit seiner linken Klebe einer unserer besten Leute.
„Doch, das wird schon gehen. Bei der Passkontrolle müsst ihr dem Schiedsrichter den Fall erklären. Am Anfang der Saison kann es schon mal vorkommen, dass bei einem Pass das Foto fehlt. Es sollte nur nicht zum Dauerzustand werden."
„Sonst sind alle Pässe so in Ordnung?"
„Ja. Es ist jedoch so, dass nicht alle Spieler, die ihr heute einsetzt auch einen Pass haben. Der Reini hat zwei Leute aufgetrieben ..."
„Er heißt Eisen-Reini."
„... die keinen Pass beantragt haben. Man kann das schon mal so deichseln, dass man diese Spieler auf einen anderen Pass einsetzt. Er wird so in den Spielberichtsbogen eingetragen und muss dann natürlich für die Dauer des Spiels auch so heißen. Das hört sich ziemlich kriminell an, macht aber im Prinzip jeder in den unteren Klassen."
„Geht das wirklich gut?"
„Man sollte einen Pass nehmen, auf dem das Foto ähnlich aussieht. Manche Schiris machen eine richtige Passkontrolle vis-á-vis."
Er hatte uns eigens ein paar alte Pässe von Ex-Spielern in den hinteren Bereich der Passmappe geheftet, damit wir uns jemanden aussuchen konnten, der vom Gesicht her einigermaßen stimmig erschien. Arnos Gelassenheit verströmte sofort Vertrauen. Meine Nervosität wich, da er mit allen Wassern gewaschen schien und dabei höchst sympathisch wirkte. So war mir auch mit diesem Betrugsmanöver

nicht bange. Irgendwie würde uns dieser alte Fahrensmann schon durch die Klippen des Kreisligaalltags schleusen. Nur Tore konnte er nicht für uns schießen.
Pocke kam verkatert, aber ungewöhnlich pünktlich mit dem Fahrrad zum Treffpunkt. Auch die anderen waren zeitig um 10 Uhr an der Lurheck; ich war sehr beruhigt, hatten mich vorher doch Szenarien nicht Erscheinender und Verschlafender gequält. Wir bildeten im Hochgefühl des bevorstehenden Debüts Fahrgemeinschaften, packten die Trikots, die Passmappe sowie eine von Arno gestiftete Kiste Wasser in die Autos und teilten uns auf.
„Meine Fußballschuhe sind bei meinen Eltern", hektisch wie ein Bär auf Honigsuche wühlte Pocke in seiner Tasche, „Können wir noch über Odendorf fahren?"
„WAS WILLST DU?"
Ich war konsterniert über Pockes Planlosigkeit: Odendorf liegt diametral zu Ließem. In meinen Augen war Elwain der Einzige, der es bewerkstelligen konnte, innerhalb einer Stunde diesen Umweg zu fahren, den Sportplatz in Ließem zu finden und ohne Komplettverlust des Nervenkostüms kurz vor Anpfiff mit Pocke auf dem Platz zu stehen. Zwar hatte ich bei diesem Haufen Chaoten verschiedene Eskapaden erwartet – diese Aktion fand ich jedoch sehr aufreibend.
„Elwain kannst du das erledigen, dann fahre ich mit den Trikots und der Passmappe bei Didi mit."
„Kein Problem, ich muss eben noch kurz tanken und den Luftdruck überprüfen!"
Ich konnte nur noch mit Kopfschütteln reagieren. Die Übrigen tuschelten und feixten wegen Pockes Torheit. Zudem amüsierten sie sich über sein Passfoto. Sie hatten sich die Passmappe geschnappt, um sich über die Bilder lustig zu machen.
„Fahrt schon mal vor. Ich mach das!"
Sparki handelte intuitiv. Er zerrte Pocke in seine altersschwache Ente. Wortlos verließen sie den Treffpunkt.
„Lasst uns jetzt endlich fahren, Mann!"
Im vorfreudigen Tatendrang delegierte Didi die Leute endgültig auf die Autos. Arno gab uns noch einmal eine Wegbeschreibung, dann konnte es in Kolonne losgehen. Nur Elwain machte noch den Abstecher zur Tankstelle, verschob aber aufgrund von Jannis beharrlicher Intervention den trivialen Luftdrucktest. In der Kabine ange-

kommen wartete ich, bis Arno für einen kurzen Moment den Raum verließ, um dann zügig die nächste Tagesbaustelle anzugehen:
„Alle mal herhören! Wer von euch hat zufällig Schienbeinschoner dabei? Die sind Pflicht, hat mir der Arno eben gesteckt."
Wir machten eine entsprechende Inventur und kamen auf insgesamt sieben Paar. Für vier Leute musste folglich eine Ersatzlösung her. Didi stopfte sich übriggebliebene Socken so geschickt in die Stutzen, dass es täuschend echt aussah. König hatte in seiner Sporttasche vom Volleyball Ellbogenschoner, die er Kreische zur Verfügung stellte. Elwain grübelte über weitere Lösungen und knickte sich für sein linkes Bein kurzerhand den Express zurecht. Für die rechte Seite faltete er sich die vordere Hälfte der Bild am Sonntag zu einem stabilen Rechteck und fixierte es mit Pflaster sowie Tapeverband aus dem Erste-Hilfe-Kasten der Kabine an seinem Schienbein. Für Eisen-Reini blieb die allerletzte Lösung, die sich Janni ausgedacht hatte: Im Rahmen seines Sportstudiums benötigte er eine Hockeyausrüstung. Dadurch hatte er zufällig ein Suspensorium aus hartem Plastik für Hockeytorhüter in seiner Tasche. Dieses kleidete nun Eisen-Reinis linken Unterschenkel leicht gewölbt, während für die rechte Seite die andere Hälfte der Bild am Sonntag genutzt wurde, obwohl sie Elwain wegen des noch nicht vollständig gelesenen Sportteils bis zum Schluss vehement verteidigte.
Pocke kam auf den letzten Drücker. In Windeseile zog er sich um.
„MANN, VERDAMMT! MUSS DAS SEIN, DASS DIE SO EINE WALLUNG MACHEN MIT IHREN SCHIENBEINSCHONERN?", fauchte er und versuchte aus dem soeben abgerissenen Schnürsenkel noch einen Behelfsknoten zu konstruieren. Ich wusste, dass abgerissene Schnürsenkel bei Fußballschuhen oft vorkommen und dramatische Momente sein können, aber musste es gleich im ersten Spiel passieren? Da hätte er die Treter auch gleich in Odendorf stehen lassen können, dachte ich. Es waren noch 7 Minuten bis zum Anpfiff. Aufgeregt wegen der bevorstehenden Tricksereien mit den Spielerpässen sowie möglicher Schienbeinschonertests betrat ich mit Arno die Schiedsrichterkabine, um die Eintragungen in den Spielberichtsbogen vorzunehmen. Wir hatten vorher noch schnell zwei Karteileichenpässe auserkoren, die optisch halbwegs mit den von Eisen-Reini organisierten Leuten übereinstimmten.

„Junger Mann, der hier benötigt ein neues Passfoto, das geht so nicht“, deutete der Schiedsrichter, ein kugelbäuchiger älterer Mann, auf das jugendliche Grinsen eines 12-jährigen Bengels mit Sommersprossen und Milchgesicht.
„Wir arbeiten dran, ist ne komplizierte Geschichte …“
„Alle anderen Pässe sind in Ordnung. Ab heute gilt Schienbeinschonerpflicht. Ich nehme an, Sie sind entsprechend ausgerüstet …“
„Selbstverständlich!“
Obwohl ich log musste ich innerlich lachen, weil ich sofort an Jannis Sackschutz denken musste, der Eisen-Reinis Schienbein zierte. Auf dem Weg zum Spielfeld beschlich mich endgültig das nervöse Kribbeln eines bevorstehenden Fußballspiels, das durch das hackende Geräusch von Stahlstollen auf Steinboden noch intensiviert wurde. Als ich dann schließlich zum Aufwärmen den Aschenplatz betrat, sah ich, dass unsere Leute wie Falschgeld herumliefen. Niemand wusste so richtig, was er tun sollte, also bolzte man sinnlos die beiden Bälle, die uns zur Verfügung gestellt wurden, unkoordiniert aufs Tor, während der Gegner unter lautstarkem Kommando seines Trainers ein furchteinflößendes Aufwärmprogramm absolvierte.
„Du da, und du und der Spielführer von euch. Und ihr drei hier!“, wählte der Schiedsrichter wahllos aus jeder Mannschaft drei Leute aus, „Kommt mal her!“
Er positionierte die drei Gegenspieler, sowie Sparki, Elwain und mich neben sich auf der Mittellinie und trat jedem mit einem beherzten Tritt vors Schienbein. Zum Glück wählte er bei Elwain die linke Seite aus, wo die stabil fixierte Bild am Sonntag wie ein Plastikschienbeinschoner klang und dementsprechend keine Verdachtsmomente bei der Geräuschentwicklung aufkommen ließ. In einem heimlichen Test unmittelbar nach dieser Kontrolle stellte ich fest, dass der Express auf der rechten Seite wesentlich weicher und instabiler wirkte und mit hoher Wahrscheinlichkeit aufgeflogen wäre. Auch Eisen-Reinis Hartschalenhodenschutz wäre mit Sicherheit beanstandet worden, wölbte er sich doch tennisballgroß hervor und bot darüber hinaus auch keinen ausreichenden Schutz für einen Tritt, da er nur mühsam mit einem Klettverschluss befestigt werden konnte, und – einem Stierhoden ähnlich – sehr instabil umherbaumelte. Ein Gegenspieler wurde bei der Probe prompt des Täuschungsversuchs überführt: Der Tritt des Schiris traf sein blankes

Bein so hart, dass er unter großem Gezeter der Ließemer über diesen Irrsinn von zwei Mannschaftskameraden vorläufig spieluntauglich vom Platz getragen werden musste und erst für die zweite Hälfte mittels Eisspray wiederhergestellt werden konnte.
Es konnte jetzt endlich losgehen. Die Gegebenheiten überforderten uns von Anfang an: Seit Tagen hatte es nicht mehr geregnet. Der Aschenplatz staubte wie die Sahara im Sandsturm und trocknete unsere Lungen, Atemwege und Speiseröhren komplett aus. Zudem hatten wir unsere erste Begegnung mit den Ausmaßen eines richtigen Fußballfeldes, waren wir bisher doch nur das Kleinfeld eines lockeren Freizeitkicks gewohnt. Die Räume waren plötzlich viel zu groß, die Laufwege dementsprechend lang. Unsere konditionellen Voraussetzungen waren völlig unzureichend, um den Erfordernissen eines Fußballspiels Stand zu halten. Schon nach zehn Minuten hätte man mit unseren Laktatwerten den Rhein dämmen können. Wir wussten nicht, wie wir zu laufen, zu passen und zu spielen hatten. Außerdem hatten wir überhaupt keine Ahnung, wie man sich in Zweikämpfen verhält. Mädchenhaft stolperten wir über den Platz. Somit war alles schneller vorbei, als wir schauen konnten: Wir verloren das Spiel verdient mit 2:3.
„Na ja, fürs erste Spiel war es nicht so schlecht! Mit einer knappen Niederlage können wir eigentlich zufrieden sein."
Pocke munterte uns auf, während er die Kabinenfenster in der Hoffnung aufriss, etwas Frische in die miefige Umkleide zu zaubern.
„Stimmt, man hat gesehen, dass wir mithalten können!", blies Elwain mit bedenklicher Schnappatmung in dasselbe Horn.
„Arno, warum humpelst du eigentlich so? Hattest du gestern ein Spiel mit den alten Herren?", fragte ich unseren freundlichen Aufpasser, da mich sein Gang schon die ganze Zeit beschäftigte und ich wegen der allgemein gedrückten Stimmung ablenken wollte.
„Ich gehe immer so. Künstliche Hüfte. Wollt ihr mal sehen?"
„Ne, lass mal, ist nicht nötig!"
Ich schämte mich zutiefst wegen dieses zentral getroffenen Fettnapfes. Doch meine Aufforderung verhallte ungehört. Arno öffnete unbeeindruckt Gürtel und Reißverschluss, zog die Hose runter und präsentierte eine 15 Zentimeter lange Narbe, die uns kollektiv erschauderte und uns endgültig von der Niederlage ablenkte.

Wir glaubten unerschütterlich an unseren Durchmarsch, zumal wir im nächsten Spiel in Ersdorf Unentschieden spielten und uns so im unteren Mittelfeld der Tabelle wiederfanden. Danach stand endlich unser erstes Heimspiel gegen Fritzdorf auf dem Programm. Zunächst klärte uns Arno einen Tag vorher darüber auf, dass in der Kreisliga jede Mannschaft einen Linienrichter zur Verfügung stellen muss. In den ersten Spielen war diese Vorschrift irgendwie an uns vorbeigegangen; jedenfalls konnte ich mich nicht daran erinnern, dass einer von uns an der Seite assistierte.
„Ihr habt sicher mitbekommen, dass einer von euch mit der Fahne winken muss."
„Ähm … tja … also, bis jetzt noch nicht so direkt! Wer hat das denn gemacht?"
„ICH!"
Arnos Entrüstung war durch den Hörer spürbar
„Ach ja, stimmt, jetzt weiß ich es wieder", log ich gequält, um es mir nicht vollkommen mit ihm zu verscherzen.
„Ab jetzt möchte ich, dass es einer von euch macht!"
„Arno, bitte nicht noch so ein bürokratischer Firlefanz. Mir reicht schon die Schienbeinschonerpflicht. Wir haben jetzt zum Glück einen beachtlichen Reservefundus in Elwains Kofferraum deponiert. Aber Fähnchengewedel? Da hat doch Niemand Bock drauf. Ich bin froh, wenn ich sonntags elf Leute habe, die einigermaßen geradeaus laufen können."
„Schon klar, aber wenn ihr mehr als elf Leute seid, muss halt ein Auswechselspieler ran, und wenn der reinkommt, müsst ihr euch abwechseln. Das gehört leider dazu!"
„Hm …"
„Seid ihr denn genug Leute für morgen? Ich hoffe es, die sind nämlich besser als das, was ihr in den ersten beiden Spielen kennen gelernt habt. Die haben zwei richtig gute Jungs vorne im Sturm."
„Stand heute Mittag sind wir zwölf Mann."
„Dann stellt sich der Auswechselspieler mit der Fahne an die Linie."
„O.K., ich werde versuchen, den Jungs diesen Schwachsinn möglichst schonend beizubringen. Bis morgen dann!"

Gegen Fritzdorf stellte sich Kreische für die undankbare Aufgabe an der Linie zur Verfügung. Es fand ausnahmsweise nicht in der

Lurheck sondern im Freizeitpark statt. Der Freizeitpark wurde Mitte der Achtziger Jahre aus dem Boden gestampft und ist eine für ein Mittelzentrum vollkommen überdimensionierte Naherholungszone mit üppigen Grünanlagen, künstlichem See, Schwimmbädern, Sportplätzen, Minigolfanlage und diversen Buden zur Sättigung lukullischer Bedürfnisse.
Arno hatte mit seiner Einschätzung recht. Die Mannschaft war stark und führte uns nach allen Regeln der Kunst vor. Folglich stand es nach einer halben Stunde bereits 0:3, sodass der Gegner mehrere Gänge zurückschaltete und das Spiel verwaltete.
„Ey, wo ist denn hier die nächste Bierbude?“
Ein ortsunkundiger Tourist hatte sich an die Seitenlinie des Platzes verirrt und schaute dem lauen Sommerkick eine Weile still zu. Dann wandte er sich dürstend an unseren Linienrichter Kreische.
„Hinter dem Tor dahinten rechts, dann dem asphaltierten Weg um den See folgen und an der Basketballanlage vorbei. Dahinter kommt dann der Minigolfplatz und gegenüber ist ein Kiosk!“, antwortete Kreische, ohne den Blick vom laufenden Spiel zu nehmen. Seine Wegbeschreibung skizzierte er wie ein Dirigent mit der Linienrichterfahne imaginär in die Luft. Daraufhin entschied der Schiedsrichter nach kurzem Blickkontakt mit Kreische auf eine Abseitsposition, die keine war. Diese katastrophale Fehlentscheidung wiederum löste beim Gegner emotionale Ausbrüche der übelsten Sorte aus, weil sie eine Verschwörung witterten und unserem Mann an der Linie bewusste Fehlentscheidungen unterstellten. Verstärkt wurde dieser Verdacht aus Sicht des Gegners noch dadurch, dass Kreische ein dreckiges Grinsen nicht verbergen konnte, als er die ganze Tragweite seines Handelns erkannte. Nur mit großer Mühe und mehreren gelben Karten konnte der Schiedsrichter die Lage deeskalieren und die Volksseele der Fritzdorfer befrieden. Nichtsdestotrotz verloren wir das Spiel mit 8:3. Fritzdorf war eine Spitzenmannschaft.
Allerspätestens nach der furchtbaren Pleite im nächsten Spiel gegen Wachtberg mussten uns unter beträchtlichem Zähneknirschen und mit radikal gestutzten Flügeln bereits nach 360 Minuten Kreisligafußball eingestehen, dass wir in oberen Tabellenregionen absolut nichts zu suchen hatten. Unsere kühnen Aufstiegsträume waren kratertief in der Asche der Plätze vergraben.

Vorgärten

Zu fortgeschrittener Stunde am Freitagabend analysierten Elwain und ich im Ahorn den Personalbestand für das nächste Spiel am Sonntag. Der Saisonverlauf war bis dato antiproportional zu unseren Vorstellungen vonstattengegangen. Mittlerweile waren wir desillusioniert und hatten zur Hälfte der Hinrunde erst einen kümmerlichen Punkt. Wir konnten im Moment des ersten Spiels in Ließem nicht ahnen, dass soeben Not gegen Elend gespielt hatte und dass es das Spiel derjenigen Mannschaften war, die für lange Zeit das Ende der Tabelle zieren sollten. So gesehen hatte Elwain recht, als er sagte, dass wir mithalten konnten. Das Problem war nur, dass wir gegen die abgründigste Mannschaft der Liga mitgehalten hatten. Wir waren schlicht und ergreifend zu schlecht.

Der Tabellenführer aus Swisttal stand nun auf dem Programm. Wenn eine hohe Niederlage drohte und völlige Aussichtslosigkeit herrschte, hagelte es oft erhebliche Absagen. So auch dieses Mal.

„Wie sieht's aus am Sonntag?", fragte Elwain mit Freude über seinen Beutezug an der Theke, der ihm zwei frische Weizen eingebracht hatte.

„Hoffnungslos, ich habe alle Leute durchtelefoniert. Ich weiß einfach nicht mehr, was ich noch machen soll."

„Ich will konkrete Zahlen."

„Volker startet bei einem Triathlon, Didi ist im Urlaub und Schönberg muss arbeiten. Die ganze Abwehr fehlt. Ich war eben noch in der Alten Post und habe da die Blicke schweifen lassen. Nichts, niente, Nullkommanull. Selbst Arno kann uns nur eine Schnapsleiche aus der Zweiten abstellen. Aktuell sind wir nur neun Mann. Mir fällt jetzt nur noch eine einzige Notlösung ein."

„Wer denn?"

„Timm!"

„Ah! Timm! Kann der was?"

„Geht so, spielt aber Volleyball im Verein."

„Ist immerhin 1,90 Meter groß", argumentierte Elwain scharfsinnig, „Und wenn er Volleyball spielt, dann kann der auch ein bisschen laufen. Wir sollten ihn einfach hinten reinstellen. Der soll sich einen Stürmer aussuchen und dem einfach so lange hinterherlaufen, bis

der abends wieder bei seiner Frau im Bett liegt. Und außerdem hat Otto Rehagel ja schon über Abwehrspieler gesagt: `Einmeter Neunzig kannst du nicht lernen.`"
„Elwain, dir ist schon klar, dass in Swisttal der Bomber spielt? Der hat bis jetzt in jedem Spiel dieses Jahr getroffen."
Ich hatte tiefe Bedenken und zum ersten Mal so richtig Muffe. Der Bomber war mit Abstand der beste Stürmer der gesamten Liga.
„Besser, als mit neun Mann anzutreten! Ruf den Timm morgen einfach an, und jetzt lass uns kickern gehen."
Timm war einer meiner besten Freunden aus Schulzeiten. In der Oberstufenzeit hatten wir zusammen drei Sommerurlaube nacheinander verbracht und gehörten dabei zu jener Spezies der Rucksacktouristen, die die Stammkundschaft der Bahn im Rahmen des 200 Mark teuren Tramper-Monatstickets dadurch vergrätzte, dass wir mit Schlafsäcken und Isomatten die Mittelgänge der Züge überfluteten. Nach dem Abitur wurde der Kontakt zu Timm sporadisch. Unsere Lebenswege liefen an einer entscheidenden Weiche ein wenig auseinander. Timm war ausgemustert und begann sofort nach dem Abi sein Studium, während ich noch 20 Monate Zivildienst zu absolvieren hatte. Wir wuchsen unabhängig voneinander in neue Kreise hinein. Timm beobachtete das Treiben um den FC Rheinbach 3 mit erheblichem Amüsement aus der Ferne. Er war nicht unsportlich, der Fußballplatz jedoch nicht sein bevorzugtes Revier. Das wusste ich aus zahlreichen Sportstunden in der Schule. Gegen Swisttal stellte er sich trotzdem ohne Gewimmer zur Verfügung. Ich war immer sehr erleichtert, wenn ich in tiefsten Personalnöten irgendwoher eine Alternative gezaubert hatte. Mittlerweile hatte ich Routine im Improvisieren entwickelt. Gegen Swisttal drohte ein Debakel.
„Moin, Jungs! Das hier ist mein alter Kumpel Timm. Er hilft heute aus, damit wir wenigstens mit zehn Mann antreten können. Wir stellen ihn hinten rein, er soll die Bälle einfach rausbolzen!"
Bei meiner Einführung in der Umkleidekabine blickte ich ausnahmslos in eingeschüchterte Gesichter.
„Auf welchen Pass spielt er? ", erkundigte sich Pocke.
„Kreische, wie immer", antwortete Janni und kickte eine leere Wasserflasche gekonnt in den Kabinenmülleimer.
„Geht nicht, der kommt heute selbst", erwiderte ich.

„Stimmt, dann lass den Kreische doch auf Volker spielen, der startet ja heute beim Triathlon, und Timm spielt auf Kreische!"
Jannis Vorschlag kam mir seltsam unrund vor.
„Was laberst du da? Wenn der Kreische da ist, spielt er auch auf seinen Pass und Timm spielt auf Volker. So hohl sind die Schiris nun auch wieder nicht."
Sparki beendete die Diskussion und sorgte mit diesen messerscharfen Argumenten für schallendes Gelächter.
Ich händigte meinem aushelfenden Freund das Trikot aus und orgelte solange in Elwains Kofferraum, bis ich ihm ein altes, versifftes Paar Schienbeinschoner erwischte.
„Timm! Was sind den das für komische Innenschuhe da?"
Sparkis Neugier war mit einem weißen Paar hauchdünner Leinenschuhe geweckt, welches Timm aus seiner Sporttasche zog.
„Das sind Segelschuhe. Ich spiele damit."
„Du tust was?"
„Ich spiele damit. Ich habe keine Fußballschuhe, und meine Volleyballschuhe kann ich ja wohl nicht für dieses eine Spiel versauen."
Timms unbeholfener Rechtfertigungsversuch löste die allgemeine Anspannung und explodierte in Kombination mit der Angst vor dem übermächtigen Gegner in einem erneuten kollektiven Heiterkeitsausbruch.
„Jungs, wir spielen zum ersten Mal auf Wiese. Lasst uns das Ding hier einigermaßen mit Anstand über die Bühne bringen", ich kratze mich am Hinterkopf, „Wichtig ist, dass sich keiner verletzt. Wir hauen alle Bälle einfach so weit wie möglich hinten raus. Wir dürfen auf keinen Fall zweistellig verlieren. Rolf Rüssmann hat mal gesagt: ‚Wenn wir hier schon nicht gewinnen können, dann machen wir denen wenigstens den Rasen kaputt!' Das machen wir heute auch."
Als ich die Manege betrat, bot sich ein noch furchteinflößenderes Bild als das bisher gewohnte: Der Gegner durchzog ein noch professionelleres Aufwärmprogramm, der Bürstenschnitt des Trainers war noch kantiger, seine Befehle noch militärischer, seine Trillerpfeife noch einschneidender. Es ergab sich ein Anblick wie bei der Eliteeinheit einer Fremdenlegion. Wir hingegen schauten dabei eingeschüchtert zu und vollführten lethargisch laienhafte Laibesübungen, indem wir möglichst bewegungsarm die Bälle aufs Tor nagel-

ten, um nicht schon nach dem Aufwärmen konditionell am Ende zu sein.
Es war ein außergewöhnlich warmer Herbsttag. Wir hatten bereits nach zehn Minuten keine Ausdauer mehr. Swisttal ließ Ball und Gegner laufen, wie wir es noch nie vorher gesehen und gespürt hatten. Wir waren bestenfalls Slalomstangen. Zur Halbzeit stand es 5:0 für Swisttal. In unserem Blut hätte man Gurken einlegen können. Der Bomber hatte jedoch noch kein Tor schießen können. Timm tat sein Bestes und verfolgte ihn in seinen Leinenschuhen auf Schritt und Tritt. Libero bei Swisttal spielte ein Zweimeterhüne, der aussah wie Barney Geröllheimer und mit seiner monolithischen Körpersprache nicht den geringsten Zweifel aufkommen ließ, wer über den Swisttaler Strafraum herrscht.
„Ich kann nicht mehr. Die machen uns fertig. Lasst uns aufhören mit dem Schwachsinn. Jetzt und für immer. Wir können einfach nicht mithalten“, wimmerte Pocke, der sich auf der benachbarten Kirmes ein Pils ergattert hatte und es mit in die Halbzeitbesprechung nahm, wofür er neidische Blicke auf sich zog, die er seinerseits wiederum mit einem süffisant triumphierenden Grinsen erwiderte – zumal auch niemand jemals erfuhr, wie er es angestellt hatte, ohne einen Pfennig in der Tasche an das Gebräu zu kommen.
„Jungs, das Schiff hat erheblich Schlagseite. Leichtmatrosen von Bord, ab jetzt übernehmen die Männer mit den Bärten das Kommando!“, schmetterte Elwain im Reinkommen in die Runde.
„Was laberst du da?“, fragte ich erstaunt über Elwains Elan.
„Es ist gegen unsere Ehre, zweistellig zu verlieren, Mann. Wir werden das jetzt mit einer Taktik bewerkstelligen, die die Fußballwelt so noch nie gesehen hat!“
„Nee, Elwain, ist klar. Wir sind nur mit zehn Mann hier, draußen sind 25 Grad, wir sehen keinen Ball, wir hatten schon nach fünf Minuten keine Luft mehr, bei uns fangen schon jetzt in der Halbzeit einige an zu saufen, der Bomber spielt gegen Timm in Leinenschuhen, die brauchen jedes Tor im Aufstiegskampf und du willst mit einer neuen Taktik versuchen, keine fünf Tore mehr zu kassieren. Im Ernst, Elwain, wie soll das funktionieren? Sollen wir hier hochmodern auf Viererkette umstellen, oder watt?“

Sparkis strenger Tonfall zeugte davon, dass er saftige Kabinenansprachen vom Handball her gewohnt war. Elwain blieb dagegen unbeeindruckt:
„Könnt ihr euch erinnern wie Eisen-Reini in der 20. Minute den Ball nach vorne bolzen wollte?"
„Na und?"
„Er ist ihm abgerutscht und über diesen dämlichen Zaun da in die Vorgärten geflogen."
„Toll."
„Das hat bestimmt eine Minute gedauert, bis die den Ball wieder im Kohl oder was das da ist, gefunden hatten. Nehmen wir mal an wir semmeln in der zweiten Halbzeit 25 mal den Ball in den Kohl, dann sind schon mal 25 Minuten vergangen und dann bleiben uns noch rund 20 Minuten, um fünf Gegentore zu verhindern. Das sind alle vier Minuten ein Gegentor. Das müsste mit ein bisschen Glück zu schaffen sein."
„Das sieht eher aus wie Salat. Ich glaube nicht, dass jetzt Kohl wächst und gedeiht", entgegnete Eisen-Reini mit wehmütigem Blick auf Pockes Glas.
„Das ist doch völlig egal jetzt. Kohl, Salat, Wirsing. Die Idee ist gut und spart uns eine Menge Kraft. Wir sollten das machen."
„Janni hat recht. Wenn wir es tatsächlich schaffen sollten, nur 9:0 zu verlieren, machen wir denen hinterher die Kirmes platt. Zweistellig verlieren wir niemals! Und jetzt raus hier, der Schiri hat schon geklopft. Ab jetzt ziehen wir das ganze Spiel auf die rechte Seite und hauen jeden Ball über den Zaun", erleichtert nahm ich zur Kenntnis, dass Pocke sein Halbzeitgetränk geleert hatte, „Und noch etwas: Das ganze muss wie Zufall aussehen. Und du Timm, du läufst dem Bomber weiterhin immer hinterher, solange dich deine Ballerinaschläppchen noch tragen! Du machst das klasse, der hat noch keine richtige Torchance gehabt. Der träumt heute Nacht von dir!"
Im selben Atemzug platzte die Tür wie die eines Westernsaloons auf:
„Ich bin fertig mit dem Triathlon."
„Hey, Volker, das ist ja fantastisch! Wir spielen nur mit zehn Mann, dich schickt der Himmel. Kannst du denn überhaupt noch laufen?"
Skeptisch betrachtete ich sein schmerzverzerrtes Gesicht.

„Geht so, ich hab voll die Blase am Zeh, ey! Ich kann mich ja hinten reinstellen."
„Verdammt, der Timm spielt auf deinen Pass. Was machen wir denn jetzt? Am besten tragen wir den Timm um auf Schmidt."
„Albern! Wir können nicht während der Halbzeit den Pass wechseln, das rafft der Schiri bestimmt. Ich fürchte, Volker muss auf Schmidt spielen, während Timm weiter auf Volker spielt. Hoffentlich macht der hinterher keine Gesichtskontrolle. Also, Jungs, Volker heißt für den Rest des Spiels Schmidt, Timm weiterhin Volker. Konzentriert euch bitte … Sonst werden die noch gesperrt."
Ich war mir nicht sicher, ob wirklich Alle diese komplizierte Lage erkannt hatten. Es war aber auch manchmal verhext mit diesen Betrügereien bei den falschen Pässen, lächelte ich in mich hinein.
In der ersten Viertelstunde der zweiten Halbzeit funktionierte die neue Strategie formidabel. Wir verschleppten das Spiel auf die rechte Seite, provozierten Zweikämpfe und unkontrollierte Situationen und schossen jeden halbwegs verwertbaren Ball als scheinbar verunglückten Befreiungsschlag in die Vorgärten. Tatsächlich fiel bis dahin auch kein Gegentor. Dann platzte dem Bomber der Kragen:
„DIE MACHEN DAS DOCH MIT ABSICHT, VERDAMMT. KANN SICH NICHT EINER VON EUCH VOLLIDIOTEN MAL AUF DEN ACKER STELLEN UND DIE BÄLLE ZURÜCKWERFEN? MANN!"
Von seinem Verfolger in Leinenschuhen sichtlich genervt, brüllte er mit fahrradschlauchgroßen Halsschlagadern in den Betreuerstab hinein. Eingeschüchtert erkannten nun auch die Betreuer und Zuschauer des Tabellenführers unsere Taktikrevolution und positionierten jenseits des Zaunes prompt einen bierbäuchigen, schnauzbärtigen Henkersknecht mit dem Auftrag, die Bälle flugs zurückwerfen, um unser Vorhaben zu konterkarieren. Dabei hatte er sichtlich Schwierigkeiten, sein dreiviertelvolles Pilsglas unfallfrei über den Zaun zu bugsieren und beim Klettern eine halbwegs souveräne Figur abzugeben.
Eisen-Reini war der Erste, der auf diese Gegenmaßnahme wiederum eine Reaktion ersann. Er schaute sich um und rief mich konspirativ zu sich:
„Obacht, Udo! Die Tannen hier auf meiner Seite sehen auch sehr verlockend aus. Da ist allerlei Platz für abgerutschte Bälle …"

„O.K.! Bei der nächsten Ecke sagen wir den Jungs Bescheid. Aber nicht zu laut, wenn die das mitkriegen, stellen die den zweiten Schnäuzertypen dahinten sofort in den Wald."

„EY RALLE, HOL MIR MAL EIN PILS", tönte es von halbrechts. Ich dachte zunächst, Pocke habe nun völlig den Verstand verloren, sah aber dann beruhigt, dass der Scherge vom Acker mit dem Pilsglas wedelnd Nachschub orderte.

Bei der nächsten Ecke wurden sämtliche Mitspieler heimlich in den neuen Plan eingeweiht. Von nun an wurden auf beiden Seiten des Spielfeldes Befreiungsschläge angesetzt. Links in die Tannen, rechts in den Kohl. Die Schüsse in die Tannen erwiesen sich als äußerst wirkungsvoll, vor allem wenn es gelang, die Bälle so zu zielen, dass sie im Geäst hängen blieben. So verrannen die Minuten. Nach einer uns endlos erscheinenden Nachspielzeit pfiff der Schiedsrichter beim stand von 0:9 schließlich ab.

„Was seit ihr denn für ein Trümmerhaufen?", frotzelte ein Swisttaler Mittelfeldspieler im Kabinentrakt zu Elwain.

„Gegen uns hätten wir heute auch gewonnen!", ächzte Elwain mit flachen, kurzen Atemzügen. Er pfiff aus seinen Lungen wie ein ganzer Spielmannszug.

„Sauber, Jungs!"

Timm strahlte im Hereinkommen quer über das Gesicht und schmetterte den zerfetzten Rest seiner Leinenschuhe mit einem wuchtigen Wurf in die Tonne.

„Der Bomber hat heute kein Tor gemacht, das muss zuletzt vor fünf Jahren passiert sein."

Sparki dachte wohl an seine Hänselei wegen Timms Schuhwahl.

Wir feierten dieses 0:9 wie einen Sieg und berauschten uns am Gelingen des verwegenen Halbzeitplans wie am Gewinn des DFB-Pokals. Nur Pockes Spruch aus der Halbzeit beschäftigte mich unterschwellig. Er gefiel mir nicht. Es klang so, als ob er ernsthaft die Brocken hinschmeißen wollte. Ein Dammbruch drohte.

Durststrecke

Das Rückspiel gegen die mit ebenfalls zwei Zählern punktgleiche Gurkentruppe aus Ließem wurde noch vor der Winterpause ausgetragen. Wir standen aber aufgrund des besseren Torverhältnisses davor. In der Woche vor dem Spiel kündigte sich eine desaströse Personalsituation an, die mich mal wieder zu veritablen Improvisationen zwang, weil sich ein Großteil der Truppe schon im Winterschlaf wähnte. In meiner Not erinnerte ich mich an zwei Afrikaner, die ich auf meiner Dauerpirsch seit geraumer Zeit immer mal wieder in der Lurheck beobachtet hatte, wie sie zu zweit ein paar Bälle aufs Tor schossen. Ich spielte schon seit längerem mit dem Gedanken, sie einfach mal anzuzapfen, zumal einer von beiden eine fantastische Schusstechnik besaß und die Bälle wie auf Kommando aus allen Lagen im Winkel zu versenken vermochte. Als ich in der Lurheck ankam, waren sie tatsächlich dort und zitterten in der klirrenden Dezemberkälte wie Espenlaub. Der eine, Duvalier, entpuppte sich als ehemaliger Zweitligaprofi aus dem Kongo und forderte knochentrocken 100 Dollar pro Spiel. Er war offenkundig nicht unsere Kragenweite und ließ sich auch nicht zu einem einmaligen Gratisspiel für uns auf einen falschen Pass überreden – erst hinterher war mir eingefallen, dass wir ihn auch schlecht auf den sonst universell einsetzbaren Pass des Urrheinländers Kreische hätten spielen lassen können. Die Reaktion des zweiten, Ibrahim, fiel anders aus. Bei dem Gedanken, für eine Mannschaft regelmäßig Fußball zu spielen, bekam er ein Funkeln in den Augen. Ich schleifte ihn vom Fleck weg zu Arno, ließ ihn einen Passantrag unterschreiben und bot ihm an, ihn für das Spiel am nächsten Sonntag um 14 Uhr im Asylbewerberheim abzuholen. Arno und ich hatten keine Ahnung, ob ein Asylbewerber einen Pass für einen Fußballverein beantragen darf. Das war uns in dem Moment auch vollkommen egal. Der Pass war zunächst mal beantragt. Folglich konnten wir dies im Spielberichtsbogen mit „Pass in Duisburg“ vermerken und Ibrahim war zumindest für das Spiel gegen Ließem offiziell spielberechtigt.

Der vorweihnachtliche Freitagabend im Ahorn nahm seinen typischen Verlauf. Die halbe Mannschaft traf sich, ohne konkret verabredet zu sein und philosophierte über den kläglichen Saisonverlauf.

Dabei mussten wir permanent gegen die dröhnende Musik anschreien. Die Geräusche verschwammen zu einem akustischen Brei, meine Augen brannten vor Rauch, es war so brechend voll und eng, dass man nur mühsam zur Toilette vordringen konnte.
„Unser Problem ist, dass wir nicht genügend Stammkräfte haben, auf die wir uns verlassen können", brüllte ich gegen die Phonstärke. Janni und Sparki, Elwain, Pocke, König im Tor, Schönberg, Didi und Eisen-Reini waren immer dabei. Den Rest musste ich irgendwoher rekrutieren und jeden verdammten Sonntag irgendwen auf den Pass von Kreische eintragen.
„Wir sollten personelle Konstanz erhöhen und mehr Zweikampfstärke demonstrieren. So könnten wir unsere Punktzahl in der Rückrunde vervielfachen!"
Ich beneidete Eisen-Reini um seine infernale Knoblauchfahne, da sie trotz des Gedränges für gebührenden Abstand um ihn herum sorgte. Eine Knoblauchfahne hatte er eigentlich immer. Ich beobachtete unterdessen Pocke, der das Gespräch in sich gekehrt verfolgte. Er wirkte resigniert. Ich überlegte, ob es eine wetterwendige Stimmungsschwankung oder eine ernste Krise war.
„Wir müssen am Sonntag gewinnen. Wie viele Leute haben wir?"
Elwain schielte zu mir. Auch er hatte ehrfurchtsvollen Respekt vor Eisen-Reinis Atem. Es war aber auch wahrlich penetrant.
„Elf Mann. Ich habe vorgestern einen Afrikaner verpflichtet. Er hat einen Asylbewerberantrag laufen, wenn ich das richtig verstanden habe. Er kann gut mit dem Ball umgehen."
„Echt? Einen Afrikaner? Das ist ja sensationell. Wie heißt er denn?"
Janni war immer besonders begeistert, wenn es mir gelang, einen personellen Überraschungscoup zu landen.
„Ibrahim Mampuyia, Maloko, Matumbo oder so, weiß nicht mehr."
Damit verpasste ich unserem Novizen ungewollt seinen Spitznamen, da Elwain den Wortfetzen Matumbo nun immer wieder aufgriff und er sich so unauslöschlich in unseren Köpfen verankerte.
„Wo kommt er her?"
Jannis Neugier an unserer Neuverpflichtung war ungebrochen.
„Aus dem Kongo. Er spricht Französisch."
„Wieso ist er hier?"
„Ist ne lange Geschichte …"
„Erzähl …", forderte Pocke.

Die Jungs klebten an meinen Lippen, also erzählte ich seine Geschichte, die er mir auf dem Weg zu Arno anvertraut hatte. Ibrahim und sein Freund Duvalier hatten während der herannahenden Bürgerkriegswirren ihr Heimatland Kongo, fluchtartig verlassen, ohne sich von ihren Familien verabschieden zu können. Sie waren der Korruption, der Verlogenheit politischer Versprechungen und der Perspektivlosigkeit in ihrer Heimat so überdrüssig, dass sie bei einer Kundgebung gegen den despotischen und selbstherrlichen Präsidenten teilnahmen und hier ins Visier der Militärs gerieten. In einer Nacht- und Nebelaktion veräußerten sie in der Hauptstadt Brazaville ihr gesamtes Hab und Gut und bestachen einen ihnen bekannten Fischer, der sie unter abenteuerlichen Umständen in der Sicherheit der Dämmerung auf die gegenüberliegende Seite des Kongos nach Kinshasa brachte. Zusammen mit den Dollars, die ihnen Verwandte aus Deutschland zukommen ließen, finanzierten sie ein Flugticket von Zaire nach Frankfurt. Hier angekommen wurden sie dem Asylbewerberheim in Rheinbach zugewiesen. Die Tage gestalteten sich für die beiden inhaltsleer und ereignislos. Sie hatten nichts anderes zu tun, als auf die Genehmigung des Asylantrags zu warten. Zwischen den Mahlzeiten schlenderten sie ziellos durch die Stadt. Da sie keine Lust verspürten, im Hinterhof des Asylbewerberheims mit wodkaseligen Russen Fußball zu spielen, suchten sie sich des Öfteren einen frei zugänglichen Sportplatz.
Zu vorgerückter Stunde blieben Elwain, Pocke und ich übrig, während sich die Kneipe leerte. Wir standen im hinteren Bereich und ärgerten uns über die immer noch viel zu laute und – da permanent am Zeitgeist anbiedernde – mangelhaft ausgewählte Musik.
„Lass uns kurz auf die Kegelbahn gehen, man versteht sein eigenes Wort nicht mehr“, schlug Elwain vor, obwohl er wusste, dass dies strengstens verboten war. Wir taten es dennoch hin und wieder, um das näherliegende Klo der Kegelbahn zu nutzen. Es war gewissermaßen zu einem Sport mit hübschem Nervenkitzel geworden, heimlich auf die Kegelbahn zu flüchten, und, was noch herausfordernder war, unbeobachtet zurückzukehren. Wir passten einen Moment ab, in dem der Kneipenbesitzer Bully abgelenkt war, rissen die Tür auf und verdrückten uns auf die Kegelbahn, wo der Kneipenlärm nur als wohltuender, gedämpfter Hintergrundsonor wahrzunehmen war.
„Ein Afrikaner im Sturm, das ist ja geil. Was meinst du, Pocke?“

Ich hatte Angst vor der platzenden Bombe und fasste erst jetzt den Mut, ihn endlich mal konkret anzusprechen. Er verharrte gewöhnlich zwischen den Extremen himmelhoch jauchzend und zu Tode betrübt und verfing sich aber nun schon seit längerem in dieser anhaltenden Frustphase über unsere exorbitante Niederlagenserie
„Hm … immer die Bude voll zu kriegen macht einfach keinen Sinn mehr. Da hilft auch kein Afrikaner."
Er starrte mit gesenktem Haupt ins Leere.
„Also, Pocke und Matumbo im Sturm. Janni über links, Didi über rechts, Udo in der Mitte und Sparki im defensiven Mittelfeld; der Rest nach hinten. Schönberg nimmt den dicken Stürmer in Manndeckung. Der war der Einzige bei denen, der was konnte!"
Elwain versuchte, mit Überlegungen zur Mannschaftsaufstellung abzulenken.
„Hömma! Wenn wir verlieren, sind wir plötzlich Letzter! Mir geht das voll auf die Nüsse, dass wir immer so hoch verlieren, ey. Das macht doch keinen Spaß. Wir hampeln am Tabellenende der untersten Klasse rum, Mann. Da geht es einfach nicht mehr drunter! Wir sollten aufhören mit dem ganzen Schwachsinn. Wenn wir am Sonntag gegen diese Luschen nicht gewinnen, gewinnen wir nie mehr! Dann können wir uns gleich wieder auflösen."
Er saß wie ein Haufen Elend da und zog seine zusammengepressten Lippen in einem grotesken Winkel nach oben, sodass dieses zwischen Gesichtslähmung und überheblicher Heiterkeit changierende Grinsen entstand, dessen Spitzbübigkeit wir alle zur Genüge kannten. In diesem Moment war es jedoch nicht interpretierbar. Auch für mich waren diese Kapriolen aus den Niederungen der Kreisliga ätzend. Natürlich sind diese ganzen Niederlagen bitter, überlegte ich, es ist schon arg frustrierend, wenn man in der gesamten Hinrunde nur zweimal Unentschieden spielt und den Rest verliert. Aber sich jetzt so hängen zu lassen, dafür gibt es keinen Grund, es ist ja nicht so, als ob die Pestflagge über unserer Mannschaft weht. Ich hielt es für angebracht, ihn so weit wie möglich aus dem Tal der Tränen herauszuholen, bevor seine Krise Wagnersche Dimensionen annehmen würde. Sein Austritt wäre eine Vollkatastrophe. Also führte ich ihm unsere Vorzüge vor Augen: Wir hatten keinen Trainer, wir trainierten nicht, wir trafen uns nur zu den Spielen und hatten trotz der Niederlagen immer viel Spaß und freuten uns jedes

Mal auf die Spiele wie die Kleinkinder auf den Weihnachtsmann. Jede andere Mannschaft hätte sich schon längst selbst zerfleischt oder gar aufgelöst. Elwain nickte zustimmend in eine ausgedehnte Pause hinein, dann legte ich noch mal nach:
„Pocke, wir haben doch nix Anderes im Kopf als die Truppe. Wir sprechen bis Mittwoch nur über das letzte Spiel und ab Mittwoch über das nächste. Stell dir mal vor, wie geil das mit unserer Mannschaft erst wird, wenn wir mal gewinnen."
„Genau. Wir gewinnen am Sonntag. Dann können wir erst mal Winterpause machen und in der Rückrunde das Feld von hinten aufrollen. Und ich glaube, dass Matumbo einschlagen wird wie eine Bombe", pflichtete Elwain endlich auch mit Worten bei.
Während wir unseren grübelnden Freund zu beruhigen versuchten, bemerkte ich, wie kalter Rauch die Kegelbahn modrig riechen ließ. Die Geräuschkulisse aus der Kneipe wurde leiser.
„Den Matumbo, oder wie er heißt, hat doch noch nie jemand richtig spielen sehen. Das ist ungefähr so, wie auf der Titanic die Sitzordnung zu verändern. Wir müssen einfach in allen Bereichen besser werden. Stabiler in der Defensive stehen, mehr Zweikämpfe gewinnen, mehr Tore schießen", blieb Pocke unnachgiebig.
„O.K., Wir haben erst zwei Punkte. Wir haben teilweise richtige Klatschen bekommen."
„Sag ich doch …"
„Aber es war … ach, Quatsch, Mann", Elwain streckte die Brust raus, „Jetzt ist Schluss mit dem Gejammer, wir ziehen am Sonntag die kugelsicheren Westen an und blasen die Bauern vom Acker."
„Pocke! Denk noch mal an das Spiel in Merl …!"
Ich versuchte mit einem Schmankerl aus der Hinrunde aufzutrumpfen. In Merl waren wir seinerzeit nur mit acht Mann angereist. Wir fühlten uns wie Gladiatoren inmitten lechzender Raubtiere. Wir hätten uns resignierend in den Sand legen und uns auffressen lassen können. Wir hätten einfach nach Hause fahren können, so wäre das Spiel 0:2 gegen uns gewertet worden. Stattdessen waren wir mit einer Strafraumverriegelungsstrategie angetreten, weil wir Bock hatten zu spielen. Damit brachten wir den Gegner zur Verzweiflung und verloren nur 0:3. Dummerweise fiel das erste Gegentor ausgerechnet zu dem Zeitpunkt, als Holger kurzzeitig das Spielfeld verlas-

sen musste, um als Folge einer zentralvegetativen Reaktion auf heillose konditionelle Überlastung hinter das Tor zu kotzen.
„Stimmt, das war schon imposant!“
Elwain betrachtete Pocke und bemerkte, dass ihn mein emotionales Plädoyer etwas eingenordet hatte. Er versuchte seinen Zustand mit einem weiteren Ablenkungsmanöver zu stabilisieren, indem er einen Trick anwendete, der bei ihm immer funktionierte: Ein Gespräch über den 1. FC. Köln. Beide waren glühende Anhänger des Clubs, der zu dieser Zeit mit den sinnlos verscherbelten und nicht identifizierbar versickerten Millionen aus dem Häßler-Transfer seinen kontinuierlichen Abstieg begann. Ich wohnte diesem leidenschaftlichen Dialog still bei, während sich meine Gedanken um die Aufstellung am Samstag und um die Zukunft unserer Mannschaft an sich drehten. Pockes Grübeleien verunsicherten mich. Ich fürchtete nach wie vor einen Dominoeffekt. Plötzlich fiel mir siedend heiß auf, dass ich nicht wusste, ob auch andere so zweifelten wie Pocke, so zum Beispiel die ambitionierten Sportler Janni und Sparki. Mir wurde flau.
„Jungs, der Bully hat die Mucke leise gemacht. Wir können wieder rein gehen. Alle drei auf einmal, oder hintereinander?“, imitierte Elwain Reiner Calmund, nachdem er die Entlassung von Christoph Daum als Ursprung der Vereinskrise ausgemacht hatte.
„Alle auf einmal!“, wisperte ich, „Pocke macht die Tür einen Spalt auf und wenn die Luft rein ist, dann zackig aber geräuschlos raus!“
Pocke schlich vor und öffnete sacht die Tür:
„Das ist ja voll die Mangel-Illumination, hier!“
„Himmel! Hier ist keiner mehr. Wie kommen wir denn jetzt hier raus? Hat einer von euch ein Handy?“, erkundigte ich mich wegen der friedhofsgleichen Ruhe und Finsternis flüsternd.
„Was ist denn ein Handy?“
Pocke war von der Vorstellung, in einer Kneipe eingeschlossen zu sein, völlig unbeeindruckt.
„Das ist ein Telefon zum Mitnehmen. Du kannst von überall anrufen und angerufen werden. Ist aber verdammt teuer!“
Elwains Gesichtsausdruck bekam etwas Weltmännisches.
„Also ein Funkgerät, oder watt?“
„Nee, kein Funkgerät. Obwohl, irgendwie schon, ach, keine Ahnung, jedenfalls kann man das in die Tasche stecken und ist halt überall erreichbar“

„Will ich aber nicht! Stell dir vor, du bist im Kino und es klingelt dein Funkgerät, das ist doch Schwachsinn."
„Der Klöß hat so ein Teil", Elwain hielt sich den gespreizten Daumen und den kleinen Finger zum imaginären Hörer ans Ohr, „Er sagt, dass man es in Notfällen gut gebrauchen kann, zum Beispiel kann man sofort den ADAC anrufen, wenn man mit dem Auto liegenbleibt, oder wenn einer einen Herzinfarkt bekommt, kann man schnell den Notarzt holen!"
„Oder man ist in einer Kneipe eingeschlossen und will nach Hause!"
Ich versuchte, die Diskussion auf unser aktuelles Problem zu lenken. Entweder meinen beiden Freunden war es nicht bewusst, dass wir in einer misslichen Lage steckten, oder es war ihnen völlig egal. Jedenfalls diskutierten sie über diese technische Neuerung, die sich im Alltagsleben unaufhaltsam auswalzte. Ich fand, dass es jetzt in diesem Kellerloch ein ungünstiger Zeitpunkt war.
„Und? Hat der Klöß denn schon mal den Notarzt geholt?"
Pocke ließ nicht locker.
„Elwain, halt mal die Tür auf. Ich such vorne den Lichtschalter", schlug ich vor.
Vorsichtig tappte ich in Richtung Theke, wo ich die zentrale Elektrik vermutete.
„AUA, MANN, LICHT AN!"
Ich rannte volles Rohr gegen einen Tisch, da Elwain die Tür aus der Hand glitt und die Lichtquelle der Kegelbahn schlagartig versiegte.
„BRING MIR EIN WEIZEN MIT …", rief mir Pocke hinterher.
„MIR AUCH!", schlug Elwain in dieselbe Kerbe.
„Ich sag dir eins, so ein Gerät wird sich niemals durchsetzen, wer braucht so was? Wenn es wirklich wichtig ist, kann man mich auch zu Hause anrufen", grantelte Pocke zu Elwain, während ich auf dem Weg zum Lichtschalter die Treppe zum Ausgang hochlief, um mich zu vergewissern, ob die Tür abgeschlossen war. In meiner Befürchtung bestätigt, blickte ich in eine finstere Nacht sowie auf einen mit Neuschnee gezuckerten Deinzer Platz, der menschenleer auf den vierten Adventssamstag wartete. Wir hängen hier möglicherweise bis morgen fest und die denken nur ans nächste Weizen, so wird das nie was mit unserem ersten Sieg am Sonntag, überlegte ich. Können wir bei diesem Schnee überhaupt spielen? Dann entdeckte ich das Telefon. Sofort wurde mir bewusst, dass ich die Diskussion über den

Sinn von Handys vergeblich losgetreten hatte. Ich schaltete das Licht für den hinteren Bereich der Kneipe ein. Schließlich öffnete ich den Kühlschrank, nahm drei Weizen heraus und beglückte die beiden mit meinem Mitbringsel.
„Die Tür ist zu. Aber vorne ist ein Telefon. Entweder rufen wir jetzt den Bully oder die Polizei an, oder wir gehen die Treppe hoch und hämmern solange gegen die Tür, bis uns jemand hört."
Ich verteilte die herrlich frischen Weizenbiere.
„Wir trinken jetzt erst mal in Ruhe ein Bierchen."
Pocke goss nach.
„Wie spät ist es eigentlich?"
Elwain suchte die Uhr im Ahorn, sie war im Halbdunkeln nur schwerlich zu erkennen.
„Viertel nach drei. Für einen Freitag ein recht frühes Ende."
„Wir sind doch noch mitten drin", sagte Pocke schelmisch.
„Wie sieht es denn mit den Weizenvorräten im Kühlschrank aus?"
„Randvoll! Und was machen wir jetzt?"
„Erst mal die Nerven behalten", beschwichtigte Elwain und steckte den Stecker des Dartautomaten in die Dose, warf zwei Mark ein, programmierte eine Partie „Cricket" und forderte uns zum Aufstehen auf, „Jetzt zocken wir in Ruhe eine Runde und dann sehen wir zu, dass wir aus dem Rattenloch rauskommen. Wer fängt an?"
„Fangt ihr schon mal an, ich kümmere mich um die Vertonung!"
Pocke schritt zielsicher zur Anlage und füllte den Raum mit Musik.
Ich fand zunehmend Gefallen an unserem Zustand als Eingeschlossene in unserer Stammkneipe mit freiem Zugang zu Dartautomat, Getränken und Musik. Wann würde der nächste Mensch hier auftauchen, fragte ich mich, spätestens am nächsten Abend, das ist eigentlich viel zu spät. Egal jetzt, dachte ich. Elwain hat Recht. Wir sollten jetzt erst einmal die Nerven behalten. Um das eigentliche Problem konnten wir uns auch später noch kümmern. Die Telefonnummer von Bully kannte ohnehin keiner, in der Nähe des Telefons lag kein Adressverzeichnis und die Auskunft konnten wir auch nicht anrufen, da wir Bully nur unter dem Namen Bully kannten.
Nach zwei spannenden Partien nahm sich Elwain eine Auszeit und verschwand zum Klo. Es dauerte ungewöhnlich lange. Als wir uns nach ihm umsahen, entdeckten wir ihn hektisch im Thekenbereich fuhrwerken. Wir dachten noch, dass er eine andere CD aussuchen

würde, da hörten wir das Klingeln der Mikrowelle. Er kam zurück mit einem Teller voll von einer undefinierbaren Masse.
„Was ist das denn Ekelhaftes?“
Pockes Mimik verfinsterte sich angewidert.
„Käme Ammmng, mohh äim öbrbohngenns Ahmamybangeethh. Mmäggd mie bawänmähigägs Mbutouum“, seiberte Elwain mit randvollen Backentaschen.
„Was?“
„Keime Ahmum, hohl eim öbärbaggenez Halamibagägg. Meckd hih habfemwähgs Budonheum“, wiederkäute Elwain, nachdem er einen Teil herunter gewürgt hatte, immer noch hamsterbackig mampfend, aber dennoch um mehr Verständlichkeit bemüht.
„Was?“
„Keine Ahnung, wohl ein überbackenes Salamibaguette. Schmeckt wie waffenfähiges Plutonium“, wiederholte er nun einvernehmlich, nachdem er genervt und übereilt auch noch den Rest herunter geschluckt hatte. Er biss erneut kräftig hinein. Fettiger Siff lief zähflüssig an seinen Backen herunter.
„Wer fängt das nächste Spiel an?“, fragte Pocke
„Du hast verloren, also fängst du an.“

„Stopp Spiel. Machen jetzt sauber!“
Die Nacht hatte einen fatalen Verlauf genommen. Aus einer Partie Dart wurde ein Flow, aus Viertel nach drei wurde Vormittag. Wir vergaßen Raum und Zeit und wurden erst von der polnischen Putzfrau zurück auf den Boden geholt, die um neun Uhr ihrer Pflicht nachkam und uns versunken im Spiel aufgriff. Sie begleitete uns freundlich aber bestimmend nach draußen und schien weder Angst, noch Unbehagen zu haben. Der Schnee vor dem Ahorn war geschmolzen, es erwartete uns eine nasskalte, trübe Suppe. Wir überlegten kurz, ob wir im Sinne einer Nahtlosigkeit noch frühstücken gehen sollten, verzichteten aber im Hinblick auf das entscheidende Spiel am nächsten Tag darauf und verabredeten uns für halb vier, um zusammen auf Premiere das Topspiel der Woche zu gucken, was es seit dieser Bundesligasaison gab. Als ich die Haustür aufschloss merkte ich, wie rasch sich in mir Müdigkeit breit machte. Wie immer, wenn ich sehr spät heimkam, stand ich vor der existenziellen Frage, ob es noch die Zeit für Elmex oder schon Zeit für

Aronal war. Ich entschied mich für Elmex und schlief, bis Elwain Sturm klingelte, um mich für die Fernsehübertragung abzuholen, bei der wir in den beiläufigen Gesprächen fast nichts anderes thematisierten als Matumbos Debüt.
In der Tat erwies er sich als gute Verstärkung. Er operierte zwar völlig gegensätzlich zu unserem gewohnten Kombinationsfußball: Sobald wir jetzt in Ballbesitz waren, rief der Exot „Atencion, Ball!“ Wenn er ihn bekam, dribbelte er ohne Blick für den Mitspieler drauf los, machte sechs Gegenspieler nass und blieb beim siebenten hängen oder konnte nur durch ein Foul gebremst werden. Aber letztlich war dies zweitrangig, weil er immer mehrere Gegenspieler auf sich zog und wir dadurch mehr Platz hatten. Außerdem bewahrheitete sich die alte Fußballregel: Wenn man selbst den Ball hat, kann man kein Tor kassieren. So sorgte er für erhebliche Entlastung und schoss selbst auch das frühe 1:0.
Unterdessen ließ sich Sparki für die Halbzeit flehend ein Gyros komplett von Elwain in die Kabine liefern, da er am Morgen auch noch ein Handballspiel gehabt hatte und dementsprechend ausgemergelt war. So gestärkt und mit frischem Frittengeruch im Leibchen erzielte er mit dem Schlusspfiff per herrlichem Heber das entscheidende Tor zum 5:3 Endstand. Schlagartig wälzte sich die gesamte Mannschaft im Matsch und begrub den Torschützen minutenlang unter sich. Nun wussten wir, wie es ist, zu siegen.
„Ihr werdet allmählich flügge“, stellte Arno im väterlichen Ton sowie mit einem konstanten Wasserpegel in den Augen fest. Längst war er mit uns emotional verwachsen. Es schien, als ob er auf seine alten Jahre im Verein noch mal so richtig glücklich wurde.
Mit diesem heißersehnten Erfolgserlebnis waren auch bei Pocke die aufgekeimten grundsätzlichen Zweifel zunächst einmal beschwichtigt. So endete die Hinrunde mit einem Höhepunkt, was uns einerseits hoffnungsvoll in die Winterpause schauen ließ, aber auf der anderen Seite auch ein wenig traurig stimmte, da wir jetzt, wo es plötzlich lief, gerne weiter gemacht hätten. Wir wussten nicht, ob wir konditionell, personell und spielerisch dann wieder bei Null anfangen würden. Bei den wohlverdienten Siegesfeierlichkeiten rührte Elwain indes massiv, aber erfolglos die Werbetrommel für seine Idee, sich erneut in der Kneipe einschließen zu lassen.

Selbstbewusstsein

Mein Gott, diese ellenlange Schmachtlyrik von diesen matten Rednern ist bald nicht mehr zu ertragen!“
Elwain flüsterte mir ins Ohr, während er genervt an der adventlichen Tischdekoration herumnestelte. Es war wirklich nicht auszuhalten.
„Stimmt, da ist ja die Wahl zum Galopper des Jahres spannender“, antwortete Pocke. Er verlor als Erster die Etikette und stand auf. Die anderen folgten ihm dezent im systematischen Wechsel: Wir manifestierten nun unser Image als chaotische Studententruppe ohne Manieren und Anstand endgültig dadurch, dass wir, von der Spießigkeit dieser erbärmlichen Weihnachtsfeier gelangweilt, das Buffet während des unstillbaren Redeflusses der Vorstandstypen enterten, bevor es eröffnet war. Elwain gefährdete sogar kurzfristig unser Ansehen bei Arno, indem er vorgaukelte, Geburtstag zu haben. Arno bemitleidete uns, da keiner von uns bei der Tombola auch nur einen Trostpreis gewann. Warmherzig überließ er dem vermeintlichen Geburtstagskind seine soeben gewonnene bescheuerte Küchenuhr, die Elwain überhaupt nicht gebrauchen konnte, da er zu diesem Zeitpunkt weder eine Wohnung, geschweige denn eine Küche hatte. Nach einem Tag Abstand erkannte er die gesamte Dimension der Schelmerei und brachte die Uhr, von Gewissensbissen geplagt, reumütig zu seinem eigentlichen Gewinner zurück.
Unser Verhältnis zu den Entscheidungsträgern im Verein war nicht nur auf dieser Feier zwiegespalten. Die erste Mannschaft war im Jahr vor unserem Beitritt in die B-Klasse aufgestiegen und krebste seitdem am Tabellenende herum. Man hatte zu Saisonbeginn einen neuen Trainer engagiert, der einforderte, dass unsere besten Leute für die erste Mannschaft abgestellt werden – so war es eigentlich Usus im Vereinsfußball. Es gab beim FC Rheinbach durchaus Personen, die sein Ansinnen unterstützen und denen unser betont autonomes Auftreten insgesamt arrogant und unangemessen vorkam. Andere fanden uns sympathisch und meinten, dass wir im Gegensatz zur ersten Mannschaft Fußball mit Herz und Leidenschaft spielten. Wiederum anderen war das alles egal – für sie waren wir einfach nur harmlose Irre. Mir waren diese Vorbehalte unangenehm, sodass ich, um die Wogen zu glätten, hin und wieder in der Ersten

Mannschaft aushalf, aber nur unter der eisernen Voraussetzung, dass wir zuerst spielten. An einem Sonntag kam es sogar zu der Situation, dass ich in allen drei Mannschaften des Vereins nacheinander spielte und so auf insgesamt 270 Kreisligaminuten an einem Tag kam und mir dadurch einen dreizehnstündigen Dauertiefschlaf sowie einen monströsen Muskelkater erarbeitete.
Der Trainer verknüpfte schließlich sein persönliches Schicksal mit seiner grotesken Forderung. Da Arno alle aufkeimenden Abwerbungsversuche für uns ausbremste, hatten wir weiterhin wie verabredet freie Hand. So verlor der Trainer diesen Machtkampf und manövrierte sich zunehmend ins Abseits, was darin gipfelte, dass er bei der Weihnachtsfeier in einer arktisch kalten Schneise der Einsamkeit an einem Tisch saß und keiner mehr mit ihm reden wollte – alle waren sprichwörtlich von ihm abgerückt. Zwei Tage später wurde er entlassen. Möglicherweise lag es aber auch einfach nur daran, dass er Kniebeugen ernsthaft als Bauchmuskeltraining verkaufte. Jedenfalls war er nicht mehr tragbar.

Die folgende Winterpause entpuppte sich wider Erwarten als kurzweilig, da wir an mehreren Hallenturnieren teilnahmen. Auf dem Kleinfeld konnten wir unsere Stärken, nämlich Technik und variablen Kombinationsfußball am besten zur Geltung bringen.
„Mit wie vielen Leuten wird eigentlich bei so einem Hallenturnier gespielt?“, fragte Pocke, als ich den Rundruf für das erste Turnier startete.
„Fünf ist Trümpf!“
„Raff ich nicht.“
„Fünf ist Trümpf. Ein Torwart und vier Feldspieler. Macht zusammen fünf.“
„Und was soll der Spruch: Fünf ist Trümpf?“
„Nie gehört? Der läuft doch überall im Radio und im Fernsehen und so.“
„Kenn ich nicht, was soll denn der Quark?“
„Sachma, lebst du hinterm Mond, oder was? Demnächst werden die Postleitzahlen umgestellt. Von vier auf fünf Ziffern. Deswegen sagt der immer Fünf ist Trümpf.“
Vor meinem geistigen Auge tauchte die unsägliche Comicfigur Rolf auf, die diesen Wechsel locker-flockig als unkompliziert vermitteln

sollte. Aber wäre eine von Ernst getragene Kampagne angemessener gewesen?, fragte ich mich. Dann hätte man der Post Steifheit vorgeworfen. Typisch deutsche Behörde, hätte man gesagt. Von daher war dieser Ansatz verständlich. Aber nein, das rechtfertigte nicht im Geringsten diese peinliche Nervensäge.
„Wieso werden denn plötzlich die Postleitzahlen nach 50 Jahren umgestellt? Die spinnen ja wohl! Das mach ich nicht mit."
„Wegen der DDR, da reichen die vier Ziffern jetzt nicht mehr aus."
„Aber jetzt kommen die Briefe doch auch alle an. Wer soll das denn bitteschön alles bezahlen, das ist doch ein irrsinniger Aufwand."
„Keine Ahnung. Ich weiß nur, dass jeder ein großes Buch bekommt, wo dann alles drinsteht. Ich fürchte, das wird so richtig anstrengend. So wie ich gehört habe, gibt es in ein und derselben Stadt unterschiedliche Postleitzahlen. Manchmal sogar in derselben Straße."
„Haben die denn nichts Besseres zu tun, als 80 Millionen Bücher zu drucken, nur um eine Zahl mehr an die Postleitzahlen zu hängen?"
„Keine Ahnung, die werden sich schon ihre Gedanken gemacht haben. Ist mir auch total egal jetzt. Bist du denn am Samstag dabei? Die erste Mannschaft vom FC Rheinbach ist auch am Start."
„Oh, die müssen wir schlagen. Am besten hauen wir denen fünf Stück rein. Fünf ist Trümpf! Ich bin dabei."
„Brav, so will ich dich hören."

Der Turnierverlauf brachte es mit sich, dass wir die Vorrunde souverän überstanden und im Halbfinale tatsächlich auf die erste Mannschaft des FC Rheinbach trafen. Motiviert bis in die Haarspitzen kämpften wir wie die Löwen und zogen unter tosendem Lärm der gesamten Halle mit 3:2 in das Endspiel ein. Es fiel nicht weiter ins Gewicht, dass wir das Finale verloren. Wir hatten mit unseren Mitteln die erste Mannschaft geschlagen, die immerhin zwei Klassen höher spielte als wir. Dadurch wurden wir nun auch im Verein sportlich endgültig ernst genommen. Unsere Köpfe und Brüste rutschten automatisch um mehrere Grade nach oben.
Nicht nur sportlich war dies eine schlimme Niederlage für die Erste, auch kabarettistisch trug Fritten-Willi, die FC Rheinbach-Fußballikone mit Minipli, eine herbe Pleite davon: Nach einem ausgedehnten Monolog am Tresen der Sporthalle bezüglich des Vorteils einer harmonischen Partnerschaft gegenüber dem Junggesel-

lendasein seiner Mannschaftskameraden, kam seine blondierte Freundin in die Halle gestürmt, riss dem verdutzten Willi das Bierglas aus der Hand, goss es ihm wortlos über das sorgfältig gelegte Haar und zog ihn am Schlafittchen aus der Halle nach Hause.
„So viel Gunstbezeugung seitens des Publikums ist uns bis jetzt noch nie zuteil geworden.“
Eisen-Reini frohlockte im Rausch des Erfolges, nachdem ich den Umschlag mit 200 Mark Prämie überreicht bekommen hatte.
„Es ist unfassbar, wir haben zum ersten Mal Geld. Wir haben ja noch nicht mal ne Kasse. Was machen wir denn jetzt damit?“, fragte Janni.
„Essen gehen!“, platzte es aus Pocke heraus.
„Du hast Recht. Einen solch unerwarteten Gewinn sollten wir angemessen würdigen. Ich schlage vor, dass wir direkt heute mit allen Mann dinieren gehen.“
„Prima Idee, ich könnte eine Kuh essen. Am besten fahren wir gleich zu ‚Strengs'.“
Elwain war vollkommen ausgepumpt und hungrig.
Frisch geduscht, den Briefumschlag stolz unter den Arm geklemmt, kaperten wir mit der kompletten Hallenbesetzung Strengs Stuben, ein jugoslawisches Restaurant, welches sich zu unserem völligen Unverständnis trotz des ausufernden Balkankrieges beharrlich weigerte, den ‚Lustigen Bosniak' von der Karte zu nehmen. Trotzdem war er eine unserer liebsten Anlaufstellen, nicht zuletzt wegen der üppigen Portionen und des gigantischen Salatbuffets. Mehrere Kellner standen im Eingangsbereich und musterten die siegestrunkene Meute:
„Haben sie einen Tisch bestellt?“
„Nein, wieso? Sind sie Schreiner, oder was?“
Pocke antwortete im Übermut des Sieges mit einem seiner seit Jahren erprobten Lieblingssprüche seines Berufsstandes.

Probleme mit dem Amt

Zusammen mit dem ersten Sieg im letzten Spiel vor der Winterpause bildete der Erfolg beim Hallenturnier die Basis für wesentlich mehr Stabilität in der Rückrunde. Die Niederlagen gegen die Spitzenmannschaften wurden knapper, bei den Duellen mit gleichwertigen Mannschaften kamen wir zu einer ausgewogenen Punkteausbeute. Am Donnerstag vor dem Spiel gegen den Aufstiegsaspiranten Merl tändelte ich ritualgemäß zum Asylbewerberheim, um Matumbo zu informieren. Er stammelte, dass er am Wochenende leider nicht kommen könne. „Problem Amt!'", hatte er gesagt. So ein Mist, dachte ich mir. Dies wäre das erste Spiel in der Rückrunde, in dem Matumbo nicht spielen würde. Ich hatte ihn gedanklich schon fest in meiner Stammformation eingeplant, mit einer Absage hatte ich nicht gerechnet.
So tat ich es jede Woche, wenn ich die Mannschaft zusammentrommelte. Ich begann donnerstags mit meinen Rundrufen, um auf jeden Fall noch zwei Tage Improvisationsreserve zu haben. Zuerst rief ich immer die Leute an, von denen ich wusste, dass sie zur Not auch mit dem Kopf unterm Arm auflaufen würden, weil sie zum innersten Zirkel der Mannschaft gehörten: Elwain, Eisen-Reini, Pocke, Sparki, Janni, König im Tor und Didi. Mich hinzugezählt konnte ich sicher sein, dass wir zumindest antreten durften. Es gab mir ein gutes Gefühl, wenn diese Bänke in der linken Spalte auf dem Zettel standen. In die rechte Spalte meines Zettels schrieb ich dann alle anderen potenziellen Mitspieler und telefonierte sie der Reihe nach ab. Zunächst notierte ich wieder diejenigen ganz oben, die zwar nicht zu den Gründervätern zählten, aber dennoch so von unserer Idee infiziert waren, dass sie nur sehr selten fehlten. Zu diesen Männern auf der rechten Seite des Zettels ganz oben gehörte neben Schönberg, Saur und Volker auch Matumbo. Erhielt ich eine Zusage für den Spieltag, strich ich den Namen rechts und übertrug ihn nach links. Schmolz die rechte Spalte meines Zettels ohne nennenswerte Zuwächse für die Mannschaftsaufstellung links, griff die nächste Stufe der Mobilmachung: Die freihändige Rekrutierung von Gelegenheitskickern und Exoten, für die ich mit feinen Antennen durch den Alltag ging, immer auf der stillen Suche nach mehr sportlicher Substanz für die Mannschaft.

Die unerwartete Absage von Matumbo warf meine taktischen Überlegungen für die Offensive über den Haufen. Er hatte sich durch seine unberechenbare Spielweise zu einer gefährlichen Waffe entwickelt. Da uns nun diese Entlastung fehlen würde, versuchten wir in Erwartung eines ähnlichen Debakels wie im Hinspiel in der Abwehr hochwertigen Beton anzurühren. In der Tat schaffte es der Gegner nicht, uns auszuspielen. Wir hingegen wurden im Spielverlauf immer frecher, konterten ihn aus und gewannen letzten Endes verdient mit 3:0. Dies kam einer Sensation gleich, weil wir sie dadurch aus dem Aufstiegsrennen boxten. Und: Zum ersten Mal waren wir einer Mannschaft konditionell überlegen. Das sorgte für Respekt auch bei den anderen Aufstiegskandidaten. Wir hatten uns stabilisiert, hatten mehr Erfahrung, mehr Ausdauer, mehr Zweikampfhärte und etwas mehr Personal fürs Grobe – etwa den dreitagebärtigen Schönberg, ein kantiger Schredder für die Abwehr, der durch diverse Vorschädigungen veritable Ersatzteillager in beiden Knien hatte und den gegnerischen Sturmführer auf Schritt und Tritt zu verfolgen und zu zermürben pflegte.

Als ich Matumbo am darauffolgenden Donnerstag über unser Spiel informieren wollte, war er nicht mehr aufzufinden. Ein anderer Asylbewerber steckte mir, dass er und sein Freund Duvalier wortlos verschwunden seien. Wir fragten uns, ob er in ein anderes Asylbewerberheim verlegt wurde oder ob er Hals über Kopf untergetaucht war. Wir spekulierten, dass im schlimmsten Fall sein Asylantrag abgelehnt wurde und er in den Kongo zurück musste, wo er hoffnungslos der Willkür des Militärs ausgeliefert sein würde.

„Hey, Udo. Das ist das erste Mal, dass uns ein Mannschaftskamerad verlässt“, stellte Didi sichtlich geknickt fest.

„Ich würde zu gerne wissen, wie es ihm geht“, grübelte Elwain.

„Man kann nur hoffen, dass er vielleicht nach Belgien geflüchtet ist“, Schönberg fuhr sich sinnierend mit der Hand durch das Gesicht, „Da quatschen die wenigstens Französisch.“

„Mich macht die Endgültigkeit auch gerade ziemlich fertig!“

In meinem Kopf spielte sich eine für ihn typische Szene aus dem Spiel gegen Wachtberg ab, in der er drei gegnerischen Abwehrspielern hintereinander einen Beinschuss verpasste, um dann beim vierten hängen zu bleiben. Dabei blickte ich auf Arno, der sich mit einem Taschentuch verlegen eine Träne von der Wange wischte.

Bestechendes Spiel

Mein erstes, frisch erworbenes schnurloses Telefon riss mich aus tiefsten Träumen. Ich tastete mit verklebten Augen schwerfällig auf meinem Nachttisch herum.

„Tach, Schmitz hier, sind Sie der Kapitän des FC Rheinbach 3?"

„Morgen. Äh …, ja. Wollen Sie bei uns spielen, oder watt?"

„Folgendes: Ich bin Mannschaftsbetreuer vom SV, es geht um unser Spiel übernächste Woche. Ich würde gerne mit Ihnen ein paar Kleinigkeiten vorab klären. Können wir uns die Tage mal kurz treffen?"

Verärgert über den frühen Zeitpunkt dieses Anrufs mit seinem scheinbar nichtigen Inhalt rückte ich mein Kissen zurecht, um eine verquere Sitzposition einzunehmen.

„Wäre es Ihnen recht, wenn wir uns heute Nachmittag in der Stadt treffen könnten, sagen wir in der alten Post so gegen 15 Uhr?"

Eigentlich passte mir das jetzt überhaupt nicht, obwohl ich keine anderen Termine hatte. Lästig wie ein Zeuge Jehovas ließ er Beharrlichkeit walten und legte nach, „Es dauert auch nicht lange, und es könnte sich für sie lohnen."

„Worum geht es denn, können wir das nicht telefonisch regeln?"

„Ich würde sie gerne unter vier Augen sprechen."

„Also gut, ich bin um drei Uhr da. Woran erkenne ich sie?"

„Das brauchen Sie nicht, ich kann mich gut an sie erinnern."

Meine Nacht war nun abrupt zu Ende. Wir waren so ziemlich die einzigen Studenten in der Liga, von daher waren wir ohnehin in einer Außenseiterrolle. In diesem Moment spürte ich den Unterschied zu anderen Mannschaften jedoch besonders. Für uns war halb neun morgens unter der Woche manchmal mitten in der Nacht. Andere steuerten zu diesem Zeitpunkt schon schnurstracks dem zweiten Frühstück, respektive Knoppers, entgegen. Meine anfängliche Genervtheit wich allmählich einer Neugier. Warum siezt er mich so auffallend distanziert? Unter Sportsleuten war eigentlich das kumpelhafte ‚Du' obligatorisch. Ich benötigte dringend einen Gesprächspartner.

„Hallo Janni, ich bin's, Udo. Hömma, ich habe eben einen Anruf von einem Betreuer vom SV bekommen. Wir spielen übernächste Woche gegen die. Der möchte mit mir vorher was besprechen und meinte kryptisch, dass es sich für mich lohnen könnte!"

„Mach keinen Quatsch, du wirst doch wohl nicht zu denen wechseln."
„So ein Stuss, natürlich nicht. Das habe ich aber auch sofort gedacht, aber das hätte er doch auch telefonisch machen können, oder nächsten Sonntag, wenn wir uns eh sehen."
„Also vom Handball weiß ich, dass solche Gespräche nicht am Telefon geführt werden, sondern diskret von Angesicht zu Angesicht."
Das leuchtete mir ein. Janni erkannte jäh das drohende Debakel:
„Oh, je! Es geht gegen den SV. Das wird kein Karibikaufenthalt."
„Es sind zweifelsohne die Besten. Die haben Ließem letzte Woche mit sage und schreibe 19:0 durch die Heißmangel gezogen!"
„19:0? O je! Egal, sag mir sofort Bescheid, was der Typ wollte!"

Mit dem Gedanken im Hinterkopf, dass die Prominenz immer zu spät aufkreuzt, ließ ich den geheimnisvollen Vertreter der Übermannschaft – wegen des verpatzten Starts in den Tag nachtragend – erst einmal noch zehn Minuten in seinem eigenen Saft köcheln.
„Entschuldigung, ich war in mein Referat vertieft", flunkerte ich.
„Macht nichts, was wollen Sie trinken?"
„Einen Eimer Kaffee, intravenös! Um was geht es denn?"
„Uns ist nicht verborgen geblieben, dass ihr in den letzten Wochen eine außergewöhnliche Entwicklung mit ein paar bemerkenswerten Resultaten genommen habt."
„Stimmt, wir haben sogar Merl geschlagen und euch dadurch einen direkten Aufstiegskonkurrenten aus dem Weg geräumt. Wollen Sie sich etwa dafür bedanken?"
„Sie haben Recht, wir würden uns gerne erkenntlich zeigen …"
„Ich verstehe nicht …"
Er verfiel in einen konspirativen Flüsterton:
„Wir bieten ihnen 300 Mark, wenn sie sich gegen uns nicht übermäßig verausgaben … wenn sie verstehen, was ich meine."
Begriffsstutzig kratzte ich mich am Kopf. Dann fuhr er fort:
„Wir benötigen dringend einen Sieg. Das würden wir uns etwas kosten lassen!", er schob sich lässig die Sonnenbrille von der Stirn auf die Nase, „Überlegen sie mal: Für sie geht es um nix, wir benötigen die Punkte und eine aufpolierte Tordifferenz. Sie hätten ein hübsches Sümmchen in der Mannschaftskasse und wir die Punkte."

Ich stotterte irgendetwas Unverständliches und Zusammenhangloses. Meine Unsicherheit und Fassungslosigkeit machte ihn noch selbstbewusster:
„Wo ist das Problem? Und wenn wir schon mal beim Thema sind. Können Sie sich vorstellen nächstes Jahr bei uns zu spielen?"
Meine Kinnlade fiel der Schwerkraft zum Opfer. Ich war innerlich nicht auf Bestechung und Korruptionsversuche eingestellt. Es lag jenseits meiner Phantasie, dass solche Dinge in unserer Liga vorkommen würden. In dieser Sekunde brach das Bild der heilen sportlichen Welt in mir zusammen. Daraus entwickelte sich eine heftige Wut. Wut auf Bestechung, Wut auf Unfairness und Wut auf diesen unsäglichen Typen mit seiner lächerlichen Sonnenbrille und seinem Gebaren. Ich nippte zittrig an meinem Kaffee und rang nach Fassung. Aus Furcht vor weiterem peinlichem Gestammel schwieg ich weiter.
„Es ist doch eine typische ‚Win-Win-Situation.' Alle profitieren von diesem charmanten Angebot. Finden sie nicht?"
Er versprühte die schmierige Arroganz eines Industriefleischbarons. Mit dieser Forderung im Allgemeinen und mit diesem bekloppten Anglizismus im Besonderen hatte er es sich endgültig mit mir verscherzt. Langsam fand ich die Kraft zum direkten Gegenschlag:
„Das stimmt so nicht. Nicht alle profitieren davon. Meckenheim zum Beispiel würde darunter extrem leiden. Wir sind eine Hobbymannschaft, die ohne Training einfach nur so ein bisschen spielt. Aber wir sind nicht bestechlich. Ich hätte große Lust, gegen Meckenheim im letzten Spiel absichtlich hoch zu verlieren!"
Er nahm nun seine Sonnenbrille wieder ab und knabberte auf dem Bügel herum. Dann begann er, wirr zu stammeln und improvisierte halbherzig einen Alternativvorschlag:
„Äh … ja … also gut. Ich sehe, dass es keinen Sinn macht. Da lässt sich ja wohl nichts machen. Wir sind natürlich daran interessiert, dass unser Angebot nicht öffentlich wird, abgesehen von der Tatsache, dass es keinen Zeugen gibt."
„Oh, da unterschätzen Sie aber die Funktionalität des Diktiergerätes in meinem Rucksack."
Ich konnte mir diese bissige Bemerkung nicht verkneifen und erfreute mich an der kurzzeitigen Totalentgleisung seiner Gesichtszüge, die sich ein Ventil in einem nervösen „Wie jetzt?" suchte.

„Kleiner Scherz. Ich bin ein wenig sauer darüber, dass Sie wirklich geglaubt haben, wir seien käuflich."
„O.K., wir haben verstanden. Ich würde Ihnen als Gratifikation für ihr Schweigen die 300 Mark dennoch zukommen lassen."
„Hm, das hieße ja, sie würden sich unser Wohlwollen kaufen, quasi ohne Gegenleistung."
„Ja? ... Äh! ... Ja!"
„Ich mache Ihnen einen Vorschlag. Sie geben uns die Kohle und ich verspreche Ihnen, dass wir uns gegen Meckenheim besonders anstrengen, damit wir nicht höher als sagen wir mal ... 3:0 verlieren."
Schmitz zog aus seiner Hemdtasche wie ein windiger orientalischer Bazarverkäufer einen Bündel Hundertmarkscheine, die mit einem Gummiband brikettgleich zusammengewickelt waren. Er benetzte den Zeigefinger mit seiner Zunge, zählte drei Exemplare ab und blätterte mir das Geld auf den Tisch. War das restliche Geld für die übrigen Gegner des SV vorgesehen? 1000 Mark waren das bestimmt noch, wenn nicht noch mehr. Ist Bestechung in der Kreisliga an der Tagesordnung? War das unfassbare 19:0 gegen Ließem etwa auch gekauft? Ich kam mir vor wie in einem schlechten Krimi und spürte plötzlich überall um mich herum Beobachtungskameras und Mikrofone. Mir war daran gelegen, diese mafiöse Szenerie so schnell wie möglich zu verlassen.
„Dann haben wir jetzt ja wohl das Geschäftliche erledigt. Wir sehen uns beim Spiel."
Vor dem folgenden 1:1 gegen Niederbachen wedelte ich triumphierend mit dem Grundstock unserer Mannschaftskasse. Dann schworen wir uns, gegen den SV und Meckenheim alles zu geben. Im Spiel gegen den SV kassierten wir eine Niederlage, die mittelmäßig hoch und dadurch erträglich für unser Gewissen war. Im letzen Saisonspiel gegen Meckenheim setzten wir unser Versprechen in die Tat um und verloren nach großem Kampf nur knapp mit 0:1. Der SV war aufgestiegen, wir hatten für die Prämie von 300 Mark eine angemessene Gegenleistung erbracht und konnten die Debutsaison im unteren Mittelfeld der Tabelle doch noch recht erfolgreich beschließen. Unterdessen kündigte mir Arno nebulös noch einige überraschende Änderungen in unserer Liga an, die jedoch aus Furcht vor allzu scheu gemachten Pferden noch nicht Spruchreife erreicht hätten, nach der Sommerpause aber höchstwahrscheinlich anstünden.

Grenzwertig

Ich schipperte das austrudelnde Semester gemächlich in den sommerlichen Hafen und schmiedete dann mit Elwain Urlaubspläne, wobei das Ziel früh feststand, nein, eigentlich nie Gegenstand einer ernstlichen Erwägung war. Es war nur noch zu klären, wer diesmal mit nach Portugal fahren würde. Unser Keeper König hatte Zeit und Lust. Wie eh und je besorgten wir uns die Annonce, sondierten die Angebote an Opel Rekords, entschieden uns diesmal für einen kackbraunen für 400 Mark, kauften ihn noch am selben Tag und erledigten binnen 24 Stunden alle Formalitäten.
„Nicht so viele Feuerzauber, da krieg ich immer Sodbrennen von."
Elwain versuchte eindringlich die Konservenauswahl zu steuern.
„Besser als bloß Baked Beans!", schmunzelte König.
„Elwain, sachma, hast du eigentlich schon Sonnencreme?", fragte ich beiläufig, als wir die Wurstabteilung verließen, war mir aber sicher, dass er nicht an die wesentlichen Dinge gedacht hatte. So etwas war ihm meist egal, Cabanossi waren ihm wichtiger.
„Quatsch, brauche ich nicht, ich bin vorgebräunt."
„Junge! Du bist weiß wie die Wand."
„Albern! Ich brauche keine Sonnencreme. Sonnencreme ist spießig, ich bin gut vorgebräunt."
„Wir fahren nach Portugal."
„Ich bin vorgebräunt."
„Komm bloß nicht angewinselt."
Lässig abwinkend steuerte er zielsicher wie ein Trüffelschwein zu den Süßigkeiten. Dann starteten wir die Reise.
Unsere Route führte uns in Zentralspanien durch die unendlichen Serpentinen der einzigen Wüste Europas, der Sierra Nevada. Aus allen Radiosendern dröhnten die beiden Sommerhits des Jahres 1993: „What's up" von den „4 Non Blondes" und „Two princes" von den „Spin Doctors." Unfassbar heiße Temperaturen knechteten uns in unserem Gefährt. Zeitweise mussten wir das Fenster schließen, weil der Fahrtwind heißer war als die Innentemperatur. Der Opel war auf der einspurigen Straße eingekeilt in eine Prozession aus tonnenschweren Lastkraftwagen, die bergauf immer wieder das Tempo herausnehmen mussten und so unser Martyrium in unserer Sauna quälend verlängerten. Ich starrte sehnsüchtig aus dem Fenster

und stellte mir vor, wie wir am nächsten Nachmittag in Santa Clara ankommen und aus dem Auto direkt in den einsamen Stausee springen würden, der immer einer unserer favorisierten Ziele in Portugal war und für diese Reise unsere erste Anlaufstelle sein sollte. Ich verfolgte die träge Karawane aus blitzendem Chrom, der wir machtlos ausgeliefert waren. Es gab kein Entrinnen. Die Straße war einspurig und sie war endlos. Mir wurde bewusst, dass Elwain sein Ziel, am nächsten Mittag in Santa Clara anzukommen, verfehlen würde. Er war einer der geduldigsten Menschen auf diesem Planeten. Es gab nichts, was ihn ernsthaft aus der Ruhe bringen konnte. Die einzige Ausnahme waren völlig verhagelte Durchschnittsgeschwindigkeiten. Bei diesen Berechnungen war er fast schon autistisch darauf bedacht, seinen anvisierten Schnitt einzuhalten. König saß gleichgültig auf dem Beifahrersitz und kramte in seinem Rucksack. Er zog seine Mini-Trompete heraus und begann zu spielen. Zur sengenden Hitze und der schier aussichtslosen Verkehrssituation kam nun auch noch verheerender akustischer Stress hinzu. Dies brachte das Fass zum Überlaufen. Elwain, der Mann, gegen den Balou ein hyperaktiver Quirl ist, mutierte zum Täter. Er schloss sich in seiner tiefen Verzweiflung blind einem Überholvorgang an: Der bis oben vollgepackte Volvokombi vor uns nutzte in einem halsbrecherischen Manöver eine kurze Lücke, um einen LKW zu überholen. Auf der Gegenfahrbahn sah er einen weißen Lieferwagen mit einem gigantischen 40-Tonnen-Sattelschlepper dahinter den Berg herab auf sich zu rollen. Der Platz zum Einscheren wurde immer knapper. In letzter Sekunde riss der Volvofahrer das Steuer herum und quetschte sich in die Lücke. Kein Blatt Pergamentpapier hätte mehr dazwischen gepasst. Elwain folgte seinem ersten Impuls und zog den Wagen links auf den schmalen Standstreifen der gegenüberliegenden Seite, während der Lieferwagen auf der Gegenspur gleichzeitig eine satte Vollbremsung mit hoher B-Note hinlegte.
Königs Trompete verstummte. Wir beobachteten fassungslos, was der durch die Vollbremsung des Lieferwagens in die Bredoullie gebrachte Fahrer es 40-Tonners dahinter veranstaltete: Er riss das Lenkrad nach rechts und setzte sein Gefährt gegen den Felsen des Berges, obwohl noch reichlich Platz vorhanden war. Dabei knickte die vordere Längsachse durch den Druck des Grabens um wie ein morscher Ast. Der Fahrer stieg aus dem Führerhaus, ging auf die

Straße und raufte sich bestürzt den Haarschopf, während er die Trümmer seines Sattelschleppers begutachtete. Stille. Unser Kutschbock stand auf dem Seitenstreifen in gebührendem Abstand immer noch regungslos der Szenerie gegenüber. Durchatmen. Aus den zahlreichen anderen Autos stiegen tröpfchenweise die Fahrer aus, sicherten die Unfallstelle und gesellten sich zu dem LKW-Fahrer, der glücklicherweise unverletzt war. König erlangte als Erster den Überblick zurück:
„FAHR EINFACH!"
„ELWAIN, FAHR EINFACH!", wiederholte er noch lauter. Stille.
„ELWAIN FAHR!"
Elwain fasste zitternd die Gangschaltung, stieg aufs Gaspedal, wechselte mit quietschenden Reifen zurück auf die richtige Fahrbahnseite und verschwand hinter der nächsten Kurve. Ich stierte paralysiert vor mich hin und verfiel in eine Duldungsstarre.
„Mein Gott, haben wir gerade Schwein gehabt!"
Der erste Schock hatte sich gelegt, mein Puls den hochfrequenten Bereich verlassen.
„Hinter uns kommt Keiner, die sind alle da geblieben", Elwain schaute immer wieder kontrollierend in den Rückspiegel, „Wie lange ist es eigentlich noch bis zur portugiesischen Grenze?"
König nestelte schon wieder an seiner Trompete herum, konnte aber recht zügig davon überzeugt werden, dass dies nun wirklich nicht der geeignete Zeitpunkt zum Üben war.
„Hilfe! Was ist, wenn die sich eben unser Kennzeichen aufgeschrieben haben und uns an der Grenze filzen?", befürchtete ich Konsequenzen, „Ich glaube die Zustände in spanischen Gefängnissen sind nicht wirklich kommod und die Bullen hier sind nicht für ihre Deeskalationsstrategie berühmt."
„Quatsch. Das ging doch alles total schnell. Wir waren sofort hinter der Kurve. Da hat uns keiner mehr gesehen", beruhigte König.
„Sind noch Chips da?", Elwain tastete auf der Rückbank nach der Tüte, „Sagt mal, das war keine Unfallflucht, oder?"
„Nee. Schuld war der Lieferwagen", antwortete ich und sicherte mir durch einen geschickten Griff noch schnell eine Hand voll Chips, „Es war niemand verletzt. Da waren genügend Leute. Und die Unfallstelle war längst abgesichert."

Beruhigt nahmen wir zur Kenntnis, dass König seine Trompete endgültig im Trompetenkoffer, den Trompetenkoffer tief im Rucksack und den Rucksack in den Weiten der Rückbank verstaute. Dann stellte er seine Sicht dar:
„Es war Unsinn, den Überholvorgang mitzugehen. Aber Fahrerflucht? Nein, da standen doch schon genug Typen rum, wir können doch eh kein Spanisch, Mann! Wir hätten nix helfen können und hätten nur blöd in der Gegend rumgestanden."
„Es sei denn die Grenzpolizei wartet schon auf uns und bereitet uns einen warmen Empfang", ein Knuspern der Chips unterbrach kurz Elwains Monolog, „Das Wichtigste ist doch, dass sich niemand verletzt hat. Der Spanier war vollkommen in Ordnung. Das hätte doch Stunden gedauert und uns den ganzen Schnitt versaut. Und jetzt gib mir mal was zum Trinken nach vorne, diese spanischen Chips machen ja einen Höllendurst, Mann."
Mit einem nachdenklichen Schweigen und einem stetigen Adrenalinabbau durchlebten wir noch einmal die Geschehnisse und erfreuten uns an den langsam nachlassenden Temperaturen in den frühen Abendstunden, sowie an den auslaufenden Serpentinen, die sich zunehmend in begradigte Straßen wandelten und wieder Zügigkeit und Zweispurigkeit in die Fahrt brachten.
Ausgetrocknet und schweißgebadet erreichten wir endlich die Grenze nach Portugal. Zwei Uniformierte und bis zur Halskrause bewaffnete Grenzbeamte musterten uns von Weitem und führten einen kurzen Dialog, während der eine auf unser Kennzeichen deutete und es eindringlich musterte. Der Asphalt hatte die Hitze des Tages gespeichert und reflektierte sie erbarmungslos. So muss sich die Grenze zwischen Texas und Mexiko anfühlen, dachte ich.
„Mist, jetzt haben die uns im Sack", stammelte Elwain.
Die soeben mühsam und kleinschrittig abgebauten Stresshormone schossen uns in geballter Konzentration zurück in die Blutbahn.
Gefängnis, Gerichtsverhandlung, Pflichtverteidiger, Kaution, Fahrerflucht, Einzelhaft, Wasser und Brot, Peitschenhiebe, Sattelschlepper, Ratten. Wortfetzen und Assoziationen durchfluteten mein Gehirn. Ein Beamter trat vor, hob den Arm und winkte uns zur Seite. Elwain befehligte den Opel in die vorgesehene Parkbucht. Er kurbelte das Fenster runter. Seine Stimme bebte:

„Good evening, we are from Germany. Do you want to see our passports?"
„YES!"
Er nestelte an seinem Schlagstock. Fahrig fingerte ich in meiner zerrissenen Jeans nach dem Ausweis und reichte ihn nach vorne. Schweigend musterte er die Papiere. Seine verspiegelte Sonnenbrille war undurchdringlich.
„You have a problem!"
„What for a problem?", stotterte Elwain devot und verstieß aus Angst gegen jegliche grammatikalische Regel.
„Your number plate is out of order, you have to fix it."
„Oh … yes …, of course, I will do it as soon as possible!", Elwain wandte sich an seinen Beifahrer, „König, do you have a Schraubenzieher …?"
„Du kannst ruhig deutsch mit mir reden", König grinste trocken, „Und einen Schraubenzieher habe ich hier jetzt nicht vorrätig."
„Versuchs mal hiermit."
Hektisch reichte ich mein Taschenmesser nach vorne.
Warum bin ich da nicht gleich drauf gekommen, ich Depp, dachte ich. Natürlich war das Nummernschild vorne völlig schief und locker, hatten wir doch die Vorderseite des Opels an den Raststätten stets als Mauer benutzt, gegen die wir immer abwechselnd kickten und dabei ausspielten, wer als Nächster zu fahren hatte. Wer dreimal daneben schoss, musste für die nächste Periode ans Steuer. Diese Spielerei hatte das Nummernschild zermürbt, wobei ich stets den Verdacht hatte, dass Elwain des lieben Schnittes wegen nur mit verkümmertem Ehrgeiz an die Sache heranging, um letztlich selbst fahren zu dürfen.
Elwain stieg aus und gab beiden Beamten erleichtert die Hand. Dieser lächelte milde zurück:
„Have a nice holiday! Germany good."
„Thank you, good bye!"
Dann hackstückelte Elwain mit dem Dosenöffner an den Schrauben herum, stabilisierte das Nummernschild provisorisch und fuhr auf portugiesischer Seite ohne Umschweife einen Parkplatz an, um in einer Wechselstube Mark in Escudos zu tauschen. Die fremden und prägnanten Münzen versetzten uns in das unnachahmliche Portugalgefühl, wir wähnten uns sofort im Urlaub, obwohl ich mich wei-

terhin fragte, ob wir noch etwas zu erwarten hatten, etwa einen Brief der spanischen Staatsanwaltschaft oder vielleicht eine Grenzkontrolle mit anschließender Inhaftierung auf der Rückfahrt.
Vor uns lag aber zunächst erst mal der Sommer, das Abenteuer, das Meer. Wir fuhren mit offenem Fenster in den Sonnenuntergang. Das abendwarme Licht kandierte die südliche Vegetation mit einem goldenen Farbhauch. Wir suchten uns einen Schlafplatz in einem Feldweg abseits einer Landstraße, breiteten hier unsere Isomatten aus, kochten uns nach einem Abstimmungsverhältnis von 2:1 einen Feuerzauber und erwachten am nächsten Morgen inmitten einer blökenden Schafsherde nebst mürrischem Schäfer. Sobald wir uns durch die unbeeindruckten Tiere zum Auto gekämpft hatten, erreichten wir alsbald die Provinz Alentejo im Süden Portugals, eine der ärmsten und ursprünglichsten Regionen Europas, da die Gelder zur Förderung der Infrastruktur durch den frischen EU-Beitritt des Landes hier noch nicht angekommen waren. Mächtige Korkeichenbäume prägen die Gegend, malerische Olivenhaine und Eichenwälder verzaubern diese hügelige und in den Sommermonaten in allen Ockertönen getupfte Landschaft. Ein phänomenales Gitarrensolo von Nils Lofgren aus der von uns vergötterten E-Street Band erfrischte meinen Geist, Fahrtwind mein Gesicht. Elwain lenkte souverän den Opel, der auf der Straße lag wie ein Supertanker. Hitzeschlieren zeichneten den Asphalt, der in einem so erbärmlichen Zustand war, dass dieses Gebiet schwer zugänglich und somit touristisch nicht erschlossen war, obwohl die Bettenburgen der Algarve nur einen halben Tagesausflug entfernt sind. Einsamkeit, Stille, Hitze, Wetterbeständigkeit und diese anmutige Landschaft ließen diesen Landstrich zu unserem Geheimtipp und erklärten Favoriten werden. Inmitten dieser gigantischen landschaftlichen Kulisse liegt das kleine Dorf Santa Clara mit seinen wunderschönen, weißgekalkten Häusern mit blauen Fensterrahmen. Auf dem kleinen Dorfplatz vor der Kirche, gesäumt von einer Handvoll Straßencafes, wo die Dorfbewohner beim Backgammon mit Getränken versorgt werden, vollzieht sich das Leben in einem wohligen Zähfluss. Etwa sechs Kilometer entfernt und nur über eine kleine Teerstraße erreichbar, eröffnet sich ein ungeahnter Anblick: Dort liegt in abgeschiedener Sanftmut einer der größten Seen Europas, der Santa Clara See.

Wir hatten hier eine verwunschene Stelle ausfindig gemacht, die über eine ziemlich steile Schotterpiste mit dem Auto erreichbar war. Sie war groß genug, um den Opel abzustellen und die Isomatten daneben auszubreiten. Darüber hinaus bot sie genügend Platz für neckische Spielereien wie Fußballtennis. Nach hinten war sie von einem Felsen begrenzt, vorne ging es fünf Meter steil hinab zum Seeufer, von rechts mündete die Schotterpiste in den Platz und links schloss Gebüsch das Kleinod ab. Es war rundum umgeben von würzig duftenden Eukalyptusbäumen, die kühlen Schatten spendeten. So war diese Nische einerseits so groß, dass man sich ausbreiten konnte, andererseits lag sie heimlich genug, um mit nichts anderem zufrieden zu sein, als mit der Stille und sich selbst. Es war unser Vorhof zum Paradies und stets bevorzugter Inhalt für sehnsüchtige Gespräche an langen, kalten Winterabenden im Ahorn.
„Wenn ich den See seh brauch ich kein Meer mehr!", sagte Elwain und parkte den Wagen auf den Millimeter so auf dem Platz, wie er es immer tat. Wir stiegen aus, schmissen unsere Wertsachen auf den Beifahrersitz, kletterten zum See hinunter und sprangen mit Klamotten, die dies auch nötig hatten, ins Wasser. Später fuhren wir ins Dorf, um die notwendigen Vorräte für den Abend zu hamstern: Weißbrot, Thunfisch, Käse, Tomaten, Schokolade, Getränke.
„Ihr seid ja jetzt schon zum dritten Mal hier. Gibt's in diesem schnuckeligen Dorf auch einen Fußballplatz?", fragte König, als er die Plastiktüten mit den Einkäufen im Kofferraum verstaute.
„Klar. Wir haben da sogar schon mal gekickt."
„Ein halbes Stündchen Elferlatzen vor dem Dinner?"
Elwain roch sofort Lunte und steuerte zum Aschenplatz. Hier hatte es offensichtlich seit Jahren nicht mehr geregnet. Jede Bewegung wirbelte meterhohe Staubfontänen in die Luft. Schon nach fünf Minuten hatte ich völlig ausgetrocknete Atemwege und Durst wie ein Pferd. Zudem bereitete uns die Hitze bei jedem Atemzug Schmerzen in unseren Lungen. Der Staub klebte sich an unserem Schweiß fest und ließ uns aussehen wie Steiger. Dennoch gaben wir unserem Bewegungsdrang freien Lauf, da er wegen der langen Fahrt eines Ventils bedurfte. Beim Kicken beobachteten wir einen einsamen Arbeiter, der auf der Tribünenseite Stein für Stein einer Mauer abtrug und den Schutt in einer Schubkarre stapelte. Sobald diese voll war, fuhr er sie durch ein Türchen und lud die Steine außerhalb des

Stadions auf einen Haufen, der in entgegengesetzter Richtung lag. Anschließend kam er mit leerer Karre wieder zurück und begann sein Ritual von vorn. Sisyphus wäre ein Müßiggänger dagegen, dachte ich. Als er seine nächste Ladung wegzubringen gedachte, nutzte König die Gelegenheit des Sichtschutzes, um unbeobachtet zur Toilette zu gehen.
„Die Kabinen sind purer Luxus."
„Du warst in der Kabine? Ich dachte, du müsstest pinkeln."
„Da standen alle Türen auf. Ich wollte die Bedingungen hier einfach mal checken."
„Und?"
„Es ist der helle Wahnsinn. Da hat jeder Spieler seinen eigenen Platz mit Namensschild. Drüber hängen wie Orgelpfeifen die Trikots, drunter liegen exakt gefaltet die Hosen, daneben die Stutzen. Es muss eine Ehre sein, für den FC Santa Clara aufzulaufen."
„Gewinsel! Die sollten mal gegen uns antreten. Die machen wir nach allen Regeln der Kunst nass. Da nützen ihnen die Namensschildchen auch nix, wenn wir denen fünf Dinger einschenken."
Elwain ließ in keiner Sekunde etwas auf unsere Mannschaft kommen.
„Klingt so, als ob die hier bald ein Spiel hätten, wenn alles so vorbereitet aussieht", sagte ich und klemmte den Ball unter den Arm.
„Dann müssen die bei ihrer Stadionmodernisierung hier aber mal ne Schippe drauflegen", Elwain wischte sich den Schweiß von der Stirn, „Wenn der Typ so weitermacht, sind die im nächsten Jahrtausend noch nicht fertig."
„Das nächste Jahrtausend beginnt ja schon in …", König zählte mit den Fingern, „sieben Jahren, so lange ist das auch nicht mehr."
„So habe ich das noch gar nicht gesehen. Wir haben bald eine Jahrtausendwende und dürfen dabei sein, Mann! Wer kann das schon von sich behaupten? Bei der letzten Jahrtausendwende gab es noch nicht mal den Buchdruck. Wie reden die Leute in tausend Jahren wohl von uns, wenn sie über das Jahr 2000 sprechen?"
Mir wurde dieser Umstand mit einem Mal bewusst.
„Wahrscheinlich werden sie sich dann über unsere lächerlichen Computer amüsieren", Elwain bediente eine imaginäre Tastatur, „Sie werden über unsere Autos lachen und wahrscheinlich feststellen, wie klein wir doch im Vergleich waren. Außerdem werden sie

die Musik zum Kotzen finden, die wir für geil halten. Und sie werden die Sprache von heute einfach nicht mehr verstehen."
„Und sie werden auf keinen Fall eine Zeitmaschine erfunden haben, mit der sie in die Vergangenheit reisen können", sagte ich.
„Woher willst du das wissen?"
„Weil dann schon längst mal jemand hier gewesen wäre und ‚Hallöchen' gesagt hätte."
„Mein Gott, die Umgebung hier bringt euch ja richtig in Wallung. Genug geschwätzt. Jetzt lasst uns zum See fahren. Ich will noch mal rein springen, bevor es dunkel wird."
König hatte offenbar keine Nerven für einen philosophischen Exkurs. Beim Verlassen des Sportplatzes winkten wir dem Portugiesen zu, der sich bei seiner Arbeit immer mal wieder zu uns gedreht hatte, um unser Gebolze mit unbeeindruckter Miene zu verfolgen und sich dann wieder rasch seiner Mühsal zuzuwenden.
Wir stellten die Getränke in den See, sprangen noch mal hinein und ließen uns anschließend von der Abendstimmung verzaubern. Dabei wurden wir noch einmal kurzfristig gestört, als sich ein gleißendhelles Scheinwerferpaar mit brummendem Motor in unser Paradies drängte. Wir erkannten allerdings relativ schnell die Harmlosigkeit dieses Besuches, handelte es sich doch um zwei örtliche Polizisten im Jeep auf Routinekontrolle. Uns waren die Beamten im Alentejo in den Jahren zuvor mit ihrer Laissez-faire-Haltung gegenüber Rucksacktouristen aufgefallen, solange sie kein Lagerfeuer machten und infolgedessen die Waldbrandgefahr nicht potenzierten. Im anderen Falle konnten sie recht ungemütlich werden. Im Bewusstsein über diese Gefahr bei extremer Trockenheit und als Gegner gekünstelter Lagerfeuerromantik hatten wir mit dieser Polizeistrategie ohnehin keine Probleme und erlebten ein geschmeidiges Kurzgastspiel.

Irgendetwas rüttelte an meinem Schlafsack herum. Erst langsam wurde ich wach. Nun bemerkte ich die morgendlichen Sonnenstrahlen, die mich beim Öffnen der Augen vehement blendeten. Elwain stupste wie ein Hund, der unbedingt Gassi gehen wollte, penetrant von hinten an meinem Rücken herum.
„Udo, wach auf!"
„Was ist denn?"
„Ich brauche deine Sonnencreme."

Ich drehte mich zähflüssig um und entdeckte das Desaster in seinem ganzen Ausmaß: Er war am ganzen Körper rot wie ein Hummer. Zwei Stunden Abendsonne hatten ausgereicht, um sein Konzept des vorgebräunten Teints über den Haufen zu werfen und ihn ganzseitig zu verkokeln.
„Im Rucksack, rechts vorne“, knötterte ich zurück und drehte mich wieder um. Einschlafen konnte ich jedoch nicht mehr, da Elwain viel zu offen und laut unter seinem höllischen Sonnenbrand litt.
Nachdem wir uns dem See und der Einsamkeit hingegeben hatten, fuhren wir nachmittags zwecks Nahrungsbeschaffung und Befriedigung des Spieltriebs wieder ins Dorf. Der einsame Arbeiter im Dienste der Stadionmodernisierung hatte längst seinen Rhythmus aufgenommen und begrüßte uns mit einem vertrauten Winken quer durch das Stadion. Dies zeigte uns, dass er uns für harmlose, aber sympathische Bekloppte hielt, die wir in sengender Hitze auf einem verstaubten Aschenplatz zu dieser Jahreszeit mit Begeisterung Fußball spielten. Wir zockten ein wenig Elfmeterschießen, übten Eckbälle und Flanken und schossen ein paar Freistöße auf den Kasten. Nach einer guten Stunde hatte der Staub unser Bronchialsystem wieder komplett lahm gelegt. Die Nachmittagssonne presste den letzten Tropfen Schweiß aus uns, während der knochentrockene Bodenbelag unsere Bänder und Muskeln maßlos erhitzte. Unsere Körper schrien nach Flüssigkeit und Nährstoffen. Vor allem Elwain pfiff aus dem letzten Loch, da er in einem langen Seidenhemd spielte, um seine Haut nicht weiteren Sonnenstrahlen auszusetzen und der Schweiß die geschundene Haut zusätzlich malträtierte. Wir krochen ermattet Richtung Ausgang.
„Moment, Jungs, ich gehe nur noch mal schnell pinkeln.“
König bog in die offene Tür des Mannschaftsheimes ein.
Elwain versank im Fahrersitz, ließ bei offener Tür seine Beine heraus baumeln und startete die Musik:
„Au Mann, Udo, bin ich platt jetzt. Die Hitze macht mich fertig. Ich habe Durst wie ein Schwein.“
„Ich auch.“
„Ist noch was zum Trinken irgendwo?“
„Ja, hier sind noch ein paar Dosen, die sind aber ungefähr 74 Grad warm. Ich habe keine Ahnung wie solch intensive thermische Reize auf Dosen wirken, jedenfalls sind die schon bedenklich gewölbt.“

„Hm …"
„Entweder du riskierst eine Explosion, oder du wartest, bis wir in zwei Minuten im Dorf sind."
Insgeheim hoffte ich, ihm den Mund noch wässriger zu machen.
„Nee, das ist mir zu gefährlich mit diesen komischen Dosen hier, dann warte ich lieber. Sag mal, wie lange haben wir eigentlich diesmal Zeit für den Urlaub?"
Elwain lümmelte sich im Sitz wie in einem Wohnzimmer und spielte lässig mit dem Schlüssel im Zündschloss.
„Wir haben jetzt Ende Juli. Die neue Saison beginnt am 6. September und für die Uni muss ich erst Mitte September wieder was tun."
„Igitt …"
„Du kennst ja meine alte Uni-Devise: Im Winter alles mit Referaten, Klausuren und Praktika vollpumpen, damit man im Sommer freien Rücken hat. Wir können wegen mir bis Ende August bleiben, also gut vier Wochen. Hast du noch etwas vor?"
„Nee, eigentlich nicht. Ich wollte mich nur endlich mal um eine neue Wohnung kümmern. Seit zehn Monaten pendele ich zwischen meinen Eltern und Rheinbach, das geht mir allmählich vertikal auf die Eier."
„Wie sieht es denn beim König aus? Muss der etwas für sein Musikstudium machen, außer hier immer seine alberne Kirmestrompete rauszuholen, oder könnte der auch noch bis Ende August bleiben?"
„Der bekommt die Vollkrise, wenn wir so knapp vor dem ersten Spiel in Deutschland einfliegen wie im letzten Jahr. Vielleicht sollten wir wirklich mal ein paar Tage früher da sein."
In diesem Augenblick blickten wir gleichzeitig auf den Sportplatz und trauten unseren Augen nicht: König hatte eine Schubkarre in der Hand und bugsierte eine Ladung Steine aus dem Stadion.
„Was zum Teufel macht der da?"
Unsanft wurde Elwain aus seinen Durstlöschfantasien gerissen. König kam mit leerer Schubkarre zurück und ließ sie erneut mit Schutt beladen. Von Durst und Sonnenbrand entkräftet, verlor Elwain beim Anblick dieses undurchsichtigen Schauspiels die Geduld:
„EY, KÖNIG! WIR FAHREN SCHON MAL INS DORF."
„KEIN PROBLEM. ICH KOMME NACH …"

Kopfschüttelnd fuhren wir ins Zentrum und füllten unsere Speicher. Nach einer kleinen Ewigkeit kam König mit einer prallen Sporttasche nach.
„Hier, das hat mir der Stadionfritze als Lohn für zwei Stunden harte Arbeit gegeben."
„Was ist denn da drin?", fragte ich neugierig.
„Überraschung."
„Sag schon!".
„Nee, erst mal was zechen. Gib mir mal dein Wasser."
König entriss Elwain das Wasser aus der Hand und leerte es hastig in einem Zug. Dann knallte er die Tasche in den Kofferraum und setzte sich zu uns. Während mich die beiden mit flammenden Appellen und nachdrücklichen Argumenten für mehr Trubel dazu überredeten, Santa Clara sofort zu verlassen, vergaßen Elwain und ich das mysteriöse Geschenk. Die spontane Suche nach einer neuen Bleibe für die nächsten Tage führte uns schließlich nach Milfontes, einem Ort an der Atlantikküste, wo mehrheitlich portugiesische Studenten urlauben und entsprechend junges Partyvolk dominiert. Der bis zum Zerbersten überfüllte Campingplatz bot uns ein Kontrastprogramm zum Leben am See. Elwain und König mischten sich noch am selben Abend in die Kneipenszene. Mir war noch nicht danach, mir war der plötzliche Bruch zwischen See und Rummel zu schnell. So verabschiedete ich mich und begab mich in meinen Schlafsack, wo ich die letzten Tage noch mal gedanklich aufzuarbeiten versuchte und diesen Denkprozess mit einem eiskalten Gutenachtbierchen katalysierte. Ich erinnerte mich an den Dialog mit Elwain, während wir nichtsahnend auf König warteten. Hatte ich das richtig verstanden, dass sich Elwain endlich um eine neue Wohnung kümmern wollte? Was hieß überhaupt neue Wohnung? Seit Beendigung des Zivildienstes vor einem Jahr wohnte er bei seinen Eltern in Ettringen, fuhr aber trotzdem immer nach Rheinbach, da er hier seine ganzen Freunde und die Mannschaft hatte und von hier zur Uni nach Bonn gondelte. So war er im Ahorn stets auf der Suche nach einer passenden Schlafgelegenheit. Für gewöhnlich lief es darauf hinaus, dass er in einem Wohnheim für Zivildienstleistende strandete, die individuelle Schwerstbehindertenbetreuung bei den Maltesern ableisteten. Janni gehörte zu diesen Leuten und überließ Elwain bereitwillig seinen Schlüssel, da er ohnehin Heimschläfer

war. Da dies eigentlich alle Zivis waren, thronte Elwain meist alleine in dieser für sieben junge Männer konzipierten Wohnung. Mit der Zeit annektierte er schleichend den Schlüssel, bis er ihn endgültig besaß. So war er dort monatelang nichtzahlender, illegaler und regelmäßiger Parasit. Infrastrukturell war diese Lösung vor allem deswegen günstig für ihn, da sie mitten in der Stadt gelegen war. Das Ahorn, alle Cafés mit Frühstücksangebot, der Zeitschriftenladen, die Pommesbude und die Pizzerien waren einen Steinwurf entfernt. Es war die Etage direkt über einem Rheinbacher Edelcafé von exzellentem Ruf weit über die Landesgrenzen hinaus, dessen Donnerhall sogar bis ins Bundeskanzleramt vordrang. Es animierte Bundeskanzler Dr. Helmut Kohl dazu, regelmäßig die handwerklich herausragend gestalteten Pralinen zu ordern, um sie als Gastgeschenke mit auf Auslandsbesuche zu nehmen, Empfänge damit zu versüßen, oder sie schlicht und einfach persönlich zu vertilgen. Der Konditormeister selbst besaß eine ausgeprägte soziale Ader und förderte den Malteserhilfsdienst nach Kräften, unter anderem dadurch, dass er die Etage über seinem Café ohne Gegenwert als Wohnung zur Verfügung stellte.
Am Ostersamstag dieses Jahres, erinnerte ich mich grinsend, brummte der Laden wie immer vor solchen Feiertagen, da sich die gesamte Stammkundschaft der Rheinbacher Upperclass mit Pralinen, feinsten Torten und allerhand Schokoladenkram eindeckte oder sich zumindest kurz niederließ, um im Café eine Kostprobe der süßen Kreationen zu nehmen. Elwain nächtigte wie gewohnt alleine in der Malteserwohnung. Von monumentalem Blasendruck gepeinigt erwachte er ohne zeitliche Orientierung, da er seine Armbanduhr im Ahorn vergessen hatte. Er suchte in Trance die Toilette, die separat auf halber Höhe im Treppenhaus gelegen war und verhedderte sich tumb in den Katakomben. Mit zunehmender Panik öffnete er hektisch die nächstbeste Tür und landete im Hintereingang des Cafés. Zielsicheren Schrittes stampfte er weiter und strandete in Socken, Unterhose und T-Shirt inmitten der feinen Rheinbacher Gesellschaft, die ihrerseits den Eindringling pikiert und fassungslos musterte. Zu allem Überfluss fragte er eine Bedienung für den ganzen Saal laut vernehmlich nach dem Weg zur Toilette. Damit beendete er ein für allemal den Status dieser Wohnung als Bleibe für Zivis. Zum Ersten des nächsten Monats vermittelte der Meis-

ter die Wohnung mit geplatztem Kragen und hohem Hut an solide Mieter. Für Elwain verschärfte sich durch dieses Eigentor die Wohnungssituation, zumal er auch nicht mehr den Firmenwagen seines Vaters ausleihen durfte und immer öfter mit dem Zug aus Ettringen anreiste. Er war nun jeden Abend zwingend darauf angewiesen eine andere Schlafgelegenheit aufzutun. Da er für sein Hab und Gut auch keinen Kofferraum mehr als Stauraum zur Verfügung hatte, lagerte er seine persönlichen Sachen und Klamotten im Gepäckschließfach des Bonner Hauptbahnhofs. So war er gezwungen, jeden morgen mit dem Zug von Rheinbach nach Bonn zu fahren, um die Kleidung zu wechseln und jeweils bis spätestens 11 Uhr zwei Mark für das Schließfach nachzuwerfen. Dadurch stand er jeden Morgen vor der quälenden Frage, ob er vorher noch schnell, währenddessen ungemütlich oder hinterher in aller Ausführlichkeit frühstücken sollte. Er nahm die Kleidung wieder mit zurück nach Rheinbach, borgte sich bei mir den Schlüssel für das Mannschaftsheim in der Lurheck und erledigte dort ausgiebig seine Morgentoilette bevor er endlich in den Tag starten konnte. Diese täglichen Fahrten nach Bonn erschienen ihm auch deswegen zunehmend nutzlos, da er sein VWL Studium an der Bonner Uni schleifen ließ und sich innerlich längst entschlossen hatte, mit Beginn des nächsten Semesters Musik zu studieren. In diesem Fach lagen seine wahren Begabungen. Mit absolutem Gehör gesegnet hatte er ein gottgegebenes musikalisches Talent und nun endlich den Mut gefunden, sich dieser Neigung ganz hinzugeben. Der Zustand der Wohnungslosigkeit war auf Dauer unerträglich. Elwain brauchte jetzt endlich eine neue Bleibe in Rheinbach, so viel stand fest.
So sinnierte ich über meinen Freund, diesen durchtriebenen Lebenskünstler, und wunderte mich darüber, dass er wirklich jeden Abend eine Gelegenheit zum Nächtigen auftat, verbunden mit der hypothetischen Überlegung, was geschehen wäre, wenn er mal niemanden gefunden hätte. Ich hätte ihm in dieser Phase nicht helfen können, da ich selbst übergangsweise nur ein kleines Zimmerchen bei der Oma meiner Freundin belegte und ein Übernachtungsgast absolutes Tabu war. Insofern fiel ich als letzter potenzieller Joker, den er hätte im Ahorn bewinseln oder gar aus dem Schlaf klingeln können, aus. Mitten in diesem Gedanken übermannte mich die ganze aufgestaute Müdigkeit der letzten Tage und riss mich in einen

tiefen Schlaf sowie meine halbvolle Dose in die Senkrechte, sodass ihr Inhalt zwischen Isomatte und Opel versickerte.

Die lange Rückfahrt nach Rheinbach wurde durch einen kurzen Zwischenfall unterbrochen. Nachdem wir die Grenze zu Spanien ungeschoren passiert hatten, kämpfte der Rekord in der Sierra Nevada mit der überaus großen Hitze. Infolgedessen kletterte die Temperaturanzeige der Kühlwasserversorgung in gefährliche Höhen empor. Elwain rollte den nächsten Rastplatz an, brummelte mürrisch etwas von einem „versauten Schnitt“ in sich hinein, öffnete die Motorhaube und befand einen viel zu niedrigen Kühlwasserstand.
„Ottmar Hitzfeld“, kalauerte er, „König, gib mir mal die Wasserflasche da hinten!“
„Was hast du vor?“
„Wir haben kein Kühlwasser mehr, hier ist kein Wasserhahn und ich will nicht riskieren, noch bis zur nächsten Tanke zu fahren! Sonst schmort uns hier der ganze Schamott noch durch.“
„Tja, ähm, ich habe soeben das letzte Wasser ausgezecht.“
Elwain kletterte daraufhin wortlos auf die Rückbank, nestelte aus dem Fußraum die leere Wasserflasche und kappte das untere Drittel mit meinem Taschenmesser ab. Dann nahm er die obere Seite der Flasche, verschwand mit ihr hinter einem Baum, urinierte hinein, kam triumphierend zurück und schüttete die Flüssigkeit in den Kühlwasserbehälter, indem er den Verschluss abdrehte und die Flasche wie einen Trichter auf die Öffnung setzte.
„Schön, dass ich nach dem Urlaub noch so flüssig bin …“
Er setzte sich auf den Fahrersitz, startete den Wagen und beobachtete genüsslich, wie die Kühlwasseranzeige wieder in den Normalbereich stieg.

Neue Trikots

Zurück in heimatlichen Gefilden rief ich postwendend bei Arno an, um den Spielplan für die neue Saison zu erfragen. Er klärte mich nun, da es offiziell fest stand, über die angedeuteten Neuerungen auf und berichtete mir von einer Umstrukturierung, wonach eine zusätzliche Liga, die Kreisliga D, eingerichtet wurde. Dieser wurden wir zugeordnet, weil wir in der letzten Saison in der unteren Tabellenhälfte platziert waren, mit der Konsequenz, dass wir weiterhin eine Klasse tiefer als die Erste spielten, da diese mit Karamba und Karacho wieder in die C-Klasse abgestiegen war.

„Hallo Jungs! Das Warten hat ein Ende, es geht jetzt endlich wieder los! Ich fahr schon mal zur Waschfrau, die Trikots holen."

Didi war vor dem ersten Saisonspiel in Merzbach wie eh und je frühzeitig in der Lurheck. Wegen seines hohen Pflichtbewusstseins war er im Laufe der Zeit schleichend in die Aufgabe des Trikotwarts hineingewachsen. Eigentlich war er mit Abstand der Vernünftigste in der Mannschaft und hatte schon alle gängigen Attitüden der jugendlichen Unbedarftheit über Bord geworfen. Er dachte sogar schon an Heirat und Hauskauf, während der Rest noch Fritten frühstückte und studentisch in den Tag hinein lebte.

„Wir haben schon Trikots", begegnete Elwain trocken.

„Ihr seid aber schnell heute. Hat die Waschfrau den Saisonstart überhaupt mitbekommen?"

„Keine Ahnung!"

Elwain triumphierte sichtlich wegen des Verzögerungsgenusses bei seiner Antwort. Didi schaute wie ein Fragezeichen. In der Zwischenzeit kam auch der Rest. Wir fielen uns um den Hals.

„Müssen wir noch über Odendorf fahren, Pocke?", fragte ich in Anspielung an den Running Gag der letzten Saison, der sich aus seiner Eskapade vor dem allerersten Spiel ergab und auch immer mal wieder in Realiter vorkam, da ihm tatsächlich meist nichts anderes einfiel, als seine Fußballschuhe bei seinen Eltern zu deponieren.

„Ach, nee, ey! Meine Schuhe. Die sind noch bei meinen Eltern. Kann jemand noch über Odendorf fahren?"

Pocke wirkte wegen des mitleidigen Raunens verlegen wie ein Teenager mit überdimensionaler Zahnspange.

„Was ist denn nun mit den Trikots?", fragte Didi ungeduldig.

Gleich würden wir sie präsentieren. Ich erinnerte mich bildhaft daran, wie wir Santa Clara spontan verlassen hatten. Ich hatte im Opel Platz genommen und Elwain irgendwann auf der Fahrt um einen Kurzstopp gebeten, um Königs üppige Lohntüte endlich mal in Augenschein zu nehmen. Wir hatten uns um den Kofferraum gruppiert, wo uns umgehend ein Schwall frischen Waschmittels umnebelte, der kurzzeitig sogar den strengen Geruch des Motoröls übertüncht hatte, bevor er sich mit diesem, mit Akzenten benutzter Sportschuhe sowie mit dem süßlich-fruchtigen Akkord einer überreifen Honigmelone endgültig zu einer bizarren Melange verwob. Wir hatten sie zunächst ausführlich befühlt, bevor wir sie uns überstülpten. In würdevoller Stille hatten wir sie uns wie in einer geheimnisvollen Zeremonie zu Eigen gemacht.
Der Stadionwart hatte König gebeten, ihm bei einer Fuhre unter die Arme zu greifen. So waren sie ins Gespräch gekommen. Nachdem König dem Portugiesen radebrechend mitgeteilt hatte, dass wir einen eigenen Verein gegründet hatten, schenkte ihm der Arbeiter kurzerhand einen ausrangierten Trikotsatz des SC Santa Clara, weil der Verein – vom ehrgeizigen Einstieg lokaler Sponsoren überraschend auf Rosen gebettet – komplett neu eingekleidet wurde. Es waren wunderschöne, grünweißgestreifte Hemden, ebensolche Stutzen und schwarze Hosen im edelsten Stoff und Design, auf der Brust ein Vereinsemblem mit dem Kürzel SCS.
„Ladys and Gentlemen! Darf ich vorstellen: The artist formerly known as Trikotssatz des SC Santa Clara!“, sprach Elwain mit singender Stimme in Anspielung an Prince, der sich in einem Anflug geistiger Umnebelung nicht mehr Prince, sondern ‚The Artist formerly known as Prince’ nennen wollte, und präsentierte der Meute die neuen Textilien. Es bildete sich sofort eine wespenschwarmhafte Traube um die Sporttasche.
„Oh, mein Gott, sind die schön!“, Janni strich entzückt über seine Nummer sieben, „Hat Arno etwa die Spendierhosen angehabt?“
„Nein, die haben wir exklusiv aus Portugal mitgebracht. König hat dafür zwei Stunden in sengender Hitze geschuftet wie ein Kutscher“, verschleierte Elwain die Antwort.
„Die sehen ja total geil aus! Gehören die jetzt wirklich uns?“
Pockes Augen funkelten.

„Endlich können wir diesen Baumwollkram in die Tonne kloppen, der einem immer die ganzen Brustwarzen aufscheuert."
Sparki hatte definitiv recht. Unsere alten Trikots waren in der Tat ein ästhetisches und funktionales Gräuel.
„Genau!", Didi hielt sein gutes Stück in die Höhe, „Außerdem heben wir uns mit diesen Farben hier von allen anderen Mannschaften ab, die eh nur diese fantasielosen Rotweißkombinationen tragen!"
Ich fasste die Geschehnisse aus dem Süden Portugals in gebotener Kürze zusammen. Sekunden später wurde König mit tosendem Applaus und einer improvisierten Laolawelle begrüßt, als er wie bestellt die Lurheck betrat.
Mit unglaublicher Power gewannen wir dann in Merzbach mit 3:1 und gaben den neuen Trikots somit einen würdigen Auftakt. Es folgte ein 3:2 gegen den MSV Bonn. Infolgedessen standen wir zum ersten Mal weit oben in der Tabelle. Die neue D-Klasse schien in der Tat nicht zu stark zu sein. Nach diesem euphorischen Saisonstart folgten jedoch sechs sieglose Spiele mit drei Unentschieden und drei Niederlagen. So belegten wir einen Mittelfeldplatz, als ein Weichen stellendes Spiel auf dem Programm stand. Würden wir es gewinnen, ginge die Tendenz nach oben, andernfalls drohte ein bleiernes Verharren im Niemandsland der Tabelle. Wir spielten zum ersten Mal gegen einen rein ausländischen Verein, gegen Boluspor Bonn, eine Mannschaft aus der Spitzengruppe der Tabelle. Boluspor spielte, wie eine südländische Mannschaft typischerweise zu Werke geht: Spielerisch und technisch waren sie uns heillos überlegen. Sie schnürten uns in unserer eigenen Hälfte ein, ohne dass wir ein Gegenmittel fanden, berauschten sich an ihrer eigenen Spielfreude und vergaßen, worauf es beim Fußball nun mal ankommt: Das Runde muss ins Eckige. Sie scheiterten kläglich an ihrer katastrophalen Abschlussschwäche, indem sie ein Dutzend hochkarätiger Chancen leichtfertig vergeigten. Mit zunehmender Spieldauer steigerte sich ihr Frust. Sie begannen zu treten und mit dem Schiedsrichter zu hadern. Es hagelte gelbe und kurz vor Schluss auch zwei rote Karten. Wir hingegen kamen im ganzen Spiel nur zu einem einzigen ernstzunehmenden Angriff, den Pocke auch noch viel zu früh abschloss, indem er den Ball völlig unmotiviert aus 30 Metern dropkick und mit viel Effet über den verdutzen Torwart hinweg in den linken Winkel wichste. Es blieb das einzige Tor im gesamten Spiel.

Improvisationen

Durch diesen Glücksschuss hatten wir uns unverhofft in der Spitzengruppe der Tabelle festgebissen. Es stand nun ein enorm wichtiges Auswärtsspiel auf dem Programm, da es sich um einen direkten Tabellennachbarn handelte: Limperich, ein kleiner Stadtteil in Bonn-Beuel. Didi hatte unseren neuen und heiligen Trikotsatz bei der Waschfrau abgeholt und ihn im Kofferraum seines Laguna deponiert.

„In Limperich da pimper ich!", jodelte Jojo, als er bestens gelaunt vom Fahrrad sprang. Er versuchte, mit diesem Kalauer die Anwesenden in gute Stimmung zu versetzen. Das war im Grunde ein überflüssiges Unterfangen, weil die Atmosphäre vor den Spielen ohnehin von Vorfreude geprägt war und sich das latente Lampenfieber eine Ableitung in Sprüchen, Kalauern oder Zoten suchte.

Jojo, ein durch und durch positiv gestimmter Mensch mit Nickelbrille, Millimeterschnitt und hagerer Statur war ein alter Freund aus Schulzeiten, der nach dem Abitur seinen Zivildienst in Aachen absolviert hatte und nun nach Rheinbach zurückgekehrt war. Stracks rekrutierte ich ihn für die Mannschaft und nötigte ihn zum Mitmachen. Schon in seinem dritten Spiel machte er sich unsterblich, als er sich heimlich von einer Hochzeitsgesellschaft schlich. Er rauschte pünktlich zu uns in die Kabine, zog sich um, spielte, duschte, schlüpfte wieder in seinen Anzug, nahm die drei Punkte mit ins Auto und fuhr wieder zur Feier.

„Frauen, die die Wimpern pinseln, abends auch beim Pimpern winseln."

Elwains Konter sorgte erneut für Gelächter, obwohl er sich weit unterhalb der still geduldeten Kegelclubniveaugrenze bewegte.

„Hört doch mal auf mit den Altherrensprüchen. Und überhaupt: Wo bleiben denn Sparki und Janni?"

Didi war neben mir der Einzige, der durchgängig organisatorisch dachte und im Geiste schon mal Fahrgemeinschaften und Aufstellungen überlegte. Seine tief gefurchten Denkerfalten zwischen den Augen zeugten von vorausschauender Nachdenklichkeit.

„Die sind in Bonn geblieben und kommen mit Pocke und Eisen-Reini direkt zum Platz. Außerdem ist eine Fußballmannschaft ja wohl kein Theologieseminar", murmelte ich.

„Dann sind wir komplett. Lasst uns fahren, ich bin heiß wie Frittenfett!“, blies Jojo zur Attacke.
„Wir sind hier acht Leute“, Didi zählte mit den Fingern ab, „Dann brauchen wir ja nur zwei Autos.“
„Am besten fahren König und Elwain mit ihren Autos“, ich deutete auf die Beiden, „Da ist am meisten Platz zum Ausstrecken der Beine und so. Wir brauchen heute alle Kräfte und sollten möglichst komfortabel anreisen!“
In Bonn-Beuel angekommen verfranzten wir uns im verknoteten Gassengewirr der unübersichtlichen Stadtteile und fragten in unserer Not einen Passanten nach dem Weg, da wir unpünktlich zu sein drohten. Er schickte uns jedoch fälschlicherweise zu einem anderen Platz, wo gerade ein Spiel des SV Beuel stattfand. Hier ließen wir uns vom ortskundigen und hilfsbereiten Kreisligainsider in Person des schnauzbärtigen Betreuers des SV Beuel den Weg zur wahren Spielstätte der Limpericher weisen. Drei Minuten vor Anpfiff erreichten wir die Anlage. Sparki, Eisen-Reini, Janni und Pocke hatten sich schon Sorgen gemacht. Der Gegner, eine rein osteuropäische Mannschaft, stand längst auf dem Platz, führte ein eisernes Aufwärmprogramm durch und zeigte sich sichtlich enttäuscht, dass er die Punkte nicht kampflos einheimsen würden.
„Mahlzeit, Jungs! Wir haben uns verfahren. Ab in die Kabine. Elwain, kannst du die Trikots holen?“
Ich drückte auf die Tube, da ich auch noch den Spielberichtsbogen ausfüllen musste.
„Kein Problem, geht schon mal vor, ich bring euch die Trikots.“
Elwain, bräsig Helmut Kohl imitierend, versuchte Gelassenheit auszustrahlen und marschierte zum Opel zurück. Wir lachten, hasteten in die altbackene Kabine und zogen uns in Rekordzeit die Kleider vom Leib. Dann stürmte Elwain mit bestürzter Miene in die Kabine und hyperventilierte blasswangig:
„König, sind die Trikots bei dir im Auto? Bei mir sind sie nicht!“
„Ach du heilige Scheiße!“, stammelte Didi im schwarzen Slip breitbeinig sitzend, „Die Trikots stehen im Laguna!“
„Und wo ist der Laguna?“, fragte Pocke.
„In Rheinbach.“
„In Rheinbach?“
„Ja.“

Unsere Kleinhirne verweigerten kollektiv die Mitarbeit. Die Kabine glich für einen kurzen Moment einer Aussegnungshalle. Pocke erlangte als Erster seine Fassung zurück und fing lauthals an zu lachen.
„Wir müssen sofort nach Rheinbach zurückfahren."
Didi wirkte zutiefst schuldbewusst.
„Vergiss es. Man hat ab Anstoß exakt 30 Minuten Karenzzeit, um anzutreten, keine Sekunde länger. Das würden wir nicht mal mit einem Hubschrauber schaffen", berichtete ich in Kurzfassung von den strengen Kreisligastatuten.
„Dann frag doch einfach mal die Jungs hier, ob die uns nicht einfach ihre Ersatztrikots geben können."
Sparkis Vorschlag war genial. Jede Heimmannschaft war dazu verpflichtet, zwei Trikotsätze parat zu halten, um für den Fall gewappnet zu sein, dass die Auswärtsmannschaft mit identischen Farben erscheint.
„Sparki, du bist ein Gott. Die müssen einen zweiten Satz hier haben, ich bin gleich wieder da!"
Hektisch suchte ich den Mannschaftsbetreuer. Er stand mit verschränkten Armen an der Seitenlinie, während er seine Truppe beißenden Blickes beim Aufwärmen beobachtete.
„Äh, tschuldigung, ich bin der Kapitän. Wir haben unsere Trikots in Rheinbach stehen lassen. Könnt ihr uns welche leihen?"
„Moment, muss nachfragen", erwiderte er mit deutlich hörbarem Grimm im osteuropäischem Akzent. Er lief auf das Spielfeld, wechselte ein paar Worte mit dem Trainer und schlenderte betont gemächlich zurück:
„Njet! Kein Schlüssel!"
„Wie, njet?"
„Schrank zu, kein Schlüssel!"
„Was soll der Quark? Ihr habt doch Trikots an! Mann! Die müssen doch vorher im Schrank gewesen sein."
„Njet. Nix machen. Kein Schlüssel!"
Ich beiße hier auf Granit, dachte ich, bloß keine Zeit verlieren. Ich drehte mich wortlos um und eilte zurück zu den Jungs. Die russische Taktik war leicht durchschaubar: Sie wussten genau, dass die Zeit für sie spielen würde und sie in genau 27 Minuten kampflos drei Punkte bekommen würden. Sie waren punktgleich mit uns auf

dem fünften Tabellenplatz und witterten leichte Beute. Na ja, folgerte ich wütend, zu einem sportlich fair ausgetragenen Wettkampf gehört nun mal auch die Intelligenzleistung, einen Trikotsatz mitzubringen, also sind wir schlicht und ergreifend zu hohl.
„Die wollen uns nicht helfen."
Die Jungs saßen unverändert in Unterhosen in der maroden Kabine.
„Ich will spielen, verdammt! Frag den Schiri doch mal, ob wir nicht mit nacktem Oberkörper antreten dürfen?"
Janni war ein Wettkampftier mit Spieltrieb. Ihn konnte man für ein Spiel nachts um vier Uhr wecken.
„Das ist ja wohl voll das Schwachsinnskonzept!", protestierte Pocke.
„Wir haben den 2. Dezember", Saur zeigte zum Fenster, „Und es sind höchstens fünf Grad da draußen."
„Das habe ich den Schiri eben gefragt, das dürfen wir ohnehin nicht! Man muss Trikots tragen", beendete König diese Diskussion.
„Hey Leute, ich hab's! Lasst uns schauen, ob wir nicht elf gleichfarbige Oberteile zusammenbekommen!"
Elwain hielt mit erwartungsvollem Gesichtsausdruck sein weißes T-Shirt hoch. Sofort begann eine hektische Suche. Doch alles, was wir zusammenkratzen konnten, waren vier rote und fünf weiße T-Shirts, sodass die Euphorie über diese Idee rasch versandete.
„Sollen wir nicht doch noch schnell nach Rheinbach heizen?", Didi schien immer noch ein schlechtes Gewissen zu haben, „Wenn es gut läuft, brauchen wir 25 Minuten für eine Strecke. In der Zwischenzeit kochen wir hier den Schiri weich."
„Hanebüchen! Würden wir hier tatsächlich in 50 Minuten wieder auftauchen, wären Gegner und Schiri längst bei Frau und Kind, die drei Punkte den Osteuropäern gewiss und wir hegten Groll wegen des Entzugs der Fahrerlaubnis", belehrte Eisen-Reini.
Während dieser Diskussionen zermarterte ich mir mein Gehirn, um nach einer realistischen Lösung Ausschau zu halten. Getrieben durch die Wut über die dreiste Lüge des Gegners reifte in mir Plan B. Der Blick auf die Uhr verriet mir, dass noch 23 Minuten Zeit für die Umsetzung blieben. Das könnte gerade noch reichen. Ich stand auf und verfiel in einen klaren Befehlston:
„Wir sind in 20 Minuten wieder da. Gebt dem Schiri Bescheid. Und vor allem sagt den Leuten, dass wir um Punkt halb zwölf zum An-

stoß auf dem verdammten Platz stehen! Elwain, los, raus hier, wir müssen fahren."

Für weitere Erklärungen blieb keine Zeit. Ich hatte keine Ahnung, ob mein Selbstbewusstsein berechtigt war. Staunend begleiteten uns die Augenpaare unserer Mannschaftskameraden, sowie der mürrischen Osteuropäer, während wir zum Opel liefen und mit quietschenden Reifen das Gelände verließen, als ob wir soeben die Staatsbank von England ausgeraubt hätten.

„Udo, was um Himmels Willen hast du vor?"

„Keine langen Debatten jetzt. Ich muss mich auf die richtige Strecke konzentrieren. Fahr einfach, ich zeig dir den Weg."

Elwain knüppelte das Gaspedal. In knappen Anweisungen wies ich ihm den Weg. Mein Blick wanderte immer wieder auf die Uhr. Zunächst auf meine Armbanduhr, dann immer öfter auf die Uhr des Opels, da diese im Vergleich zu meiner zwei Minuten nach ging und so die Perspektive optimistischer erschien.

„Sag mal, Elwain, hast du einen Fuffi dabei?"

„Willst du jetzt etwa für 50 Mark Trikots kaufen, oder watt?"

„Hast du oder hast du nicht?"

„Klar, hab ich, im Handschuhfach liegt mein Portmonee."

Ich öffnete es und holte mir einen Fünfzigmarkschein heraus. Dann entdeckte ich neben dem Atlas einen Brief der spanischen Polizei.

„Was ist denn das hier, verdammt?" fragte ich erschrocken.

„Keine Ahnung. Ich kann kein spanisch. Mal übersetzen lassen."

Nach acht Minuten erreichten wir mein Ziel. Wir liegen gut in der Zeit, dachte ich, wenn wir weiter so zügig operieren, schaffen wir es, vorausgesetzt mein Plan für die Trikotbeschaffung würde aufgehen.

„Endstation. Hier rechts ran, Motor an, Beifahrertür auflassen. Bin in zwei Minuten wieder da. So oder so."

Noch beim Ausrollen sprang ich waghalsig aus der Tür. Infolgedessen strauchelte ich und stolperte beinahe auf den Bürgersteig.

„Du schon wieder? War meine Wegbeschreibung so blöd?"

Der schnauzbärtige Betreuer des SV Beuel sah mich schon von weitem auf sich zu spurten. Das Spiel seiner Mannschaft war gerade wegen einer Verletzung unterbrochen.

„Nee, wir haben den Platz gefunden. Wir Schwachköpfe haben nur unsere Trikots in Rheinbach stehen lassen! Wir haben noch 17 Minuten. Könnt ihr uns eure Ersatztrikots bis Dienstag leihen?"

„Ähm."
„Ich bring sie euch gewaschen zurück und lasse euch meinen Perso und einen Fuffi hier. Zur Belohnung gibt es ein Schächtelchen Bier gratis dazu."
„Moment mal", beruhigte er mich, wandte sich in die Richtung des Trainers und brüllte quer über die Laufbahn: „DIE JUNGS HIER HABEN IHRE TRIKOTS VERGESSEN. KÖNNEN WIR DENEN UNSERE LEIHEN?"
„WO SPIELEN DIE DENN?", hallte es zurück.
„LIMPERICH."
„LIMPERICH? KLAR! ABER NUR, WENN SIE DIE NASS MACHEN!"
Der Befehl wirkte teilnahmslos, aber dennoch aus innerster Überzeugung. Wahrscheinlich lag diese Ambivalenz daran, dass er die Aufmerksamkeit auf seinen schwerverletzten Spieler richtete, während er mit uns aus dem Augenwinkel kommunizierte.
Der Betreuer nahm mich im Schlepptau zur Kabine, wo er den verzogenen Stahlschrank aufschloss und mir eine Sporttasche in die Hand drückte. Daraufhin gab ich ihm wie verabredet meinen Ausweis und das Geld, bedankte mich knapp aber freudig und stürmte aus der Kabine. Wenn jetzt das Auto nicht verreckt, würde mein Plan aufgehen. Triumphierend hielt ich Elwain meine Beute vor die Nase, als ich mich auf den Beifahrersitz des Opels sinken ließ. Elwain ballte beide Fäuste zur Jubelpose und raste erneut mit quietschenden Reifen davon.
„Geile Idee, die Jungs vom SV Beuel zu fragen. Was haben die denn gesagt?"
„Wir sollen gewinnen und am Dienstag die Trikots gewaschen und zusammen mit einem Schächtelchen zurückbringen."
„Und mein Fuffi?"
„Pfand!"
„Pfand?"
„Pfand!"
„Großartig!", imitierte er Willy Brandt.
„Wir haben jetzt 16 Minuten nach. Für den Hinweg haben wir acht Minuten gebraucht. Wenn wir diesen Schnitt halten, sind wir um 24 da und haben dann sechs Minuten, um umgezogen auf dem Platz zu stehen. Gas!"

„Ich heize …“
„Und dann müssen wir die schlagen. Ich kriege immer noch Pilze bei dem Gedanken, dass die uns einfach erzählt haben, sie bekommen ihren dämlichen Schrank nicht auf, nur um die drei Punkte am grünen Tisch zu bekommen.“
Die Ampelschaltung war uns weitgehend gnädig gestimmt, die vereinzelten roten Ampeln überfuhr Elwain galant. Nach sieben Minuten erreichten wir den Limpericher Sportplatz, wo König in seine Torwartkluft gehüllt Spalier stand.
„König, wir haben Trikots. Sag dem Gegner, dass wir spielen. Und richte dem Schiri aus, dass ich den Spielberichtsbogen erst in der Halbzeit ausfülle. Wir sind in fünf Minuten auf dem Feld …“
Die Euphorie platzte regelrecht aus mir heraus. Orkanartiger Jubel von elf Männern in Unterhosen brandete auf, als ich die Sporttasche wie einen triumphalen Jagderfolg in die Mitte der Kabine bugsierte. Wie ausgemergelte Aasgeier stürzten sie sich darauf und plünderten sie in Sekundenschnelle.
„Beeilt euch, wir haben noch sechs Minuten.“
Ich spürte, wie ich rot vor Scham wegen des Applauses wurde.
„Wie habt ihr das denn angestellt?“, fragte Pocke, als er sich die Nummer elf übergezogen hatte.
„Wir sind zu einem anderen Sportplatz gefahren, wo gerade auch ein Spiel stattfand.“
Elwain war schwer zu verstehen, da er seinen massigen Körper unter bedenklicher Pressatmung in ein viel zu enges Exemplar zwängte. Er sah aus wie eine Teewurst.
„Mich grämt, dass dieser edle Stoff nicht in leuchtend roter Farbe schillert.“
„Eisen-Reini! Was laberst du da? Wieso willst du denn jetzt unbedingt rote Trikots? Wir können doch froh sein, dass Udo überhaupt noch welche geholt hat!“, monierte Janni.
„Der Grad der Erheiterung wäre hoch gewesen, wenn der Schrankschlüssel plötzlich aufgetaucht wäre, denn es ist doch die Pflicht der Heimmannschaft, für farblich divergente Trikots zu sorgen. Die wärmen sich seit einer Stunde in Rot auf.“
Stimmt, dachte ich. Das wäre ja mal eine richtige Pointe gewesen.
„O.K., der Schiri weiß Bescheid“, König polterte beschwingt in die Kabine, „Die sind ziemlich sickig, dass sie noch spielen müssen.“

Ein unglaubliches Hochgefühl der Vorfreude durchströmte die Truppe. Für eine Sekunde dachte ich, Eisen-Reinis wie immer niveauvoll vorgetragenen Witz in die Tat umzusetzen, zum Mannschaftsbetreuer zu gehen und zu sagen, dass sie bitte die Hemdchen wechseln sollen, da wir nur rote bekommen hätten.
„Tja Leute, irgendwie leer!"
Jojo hatte als Erster sein Trikot übergezogen und war erneut zum Tisch gegangen, um sich eine Hose und Stutzen aus der Tasche zu angeln.
„Wie, leer? … raff ich nicht!"
Mein Gesicht mutierte zu einem überdimensionalen Fragezeichen.
„Hier sind weder Hosen noch Stutzen drin", bestätigte Jojo beängstigend konkret.
„Was? Wie jetzt? Keine Hosen?"
„Keine Hosen, keine Stutzen!"
„Keine Hosen?", fragte Pocke fassungslos.
„Keine Hosen! Null, zero, necesse, nada, nichts …"
„Das ist ja wohl voll das Mangel-Equipment, jetzt hier …"
Vier Mann sprangen panthergleich zum Tisch, damit sie es selbst kontrollieren konnten, um einen üblen Scherz auszuschließen. Die Tasche war inhaltslos wie die Neujahrsansprache des Bundeskanzlers. Noch fünf Minuten bis zum Anstoß. Jetzt war dieser Plan so gut gelaufen. Und nun das. Erneut machte sich in Sekunden der Stille blankes Entsetzen breit. Sparki rang als Erster nach Fassung:
„O.K., Leute! Wie viele Hosen kriegen wir zusammen?"
„Stutzen sind keine Pflicht, nur Schienbeinschoner! Und Hosen müssen nicht einheitliche Farben haben. In Ausnahmefällen dürfen sie abweichen, wenn Verwechslungen ausgeschlossen sind!"
Ich war von mir selbst überrascht, in diesem Wechselbad der Gefühle noch so juristisch formulieren zu können.
Elwain, König und Janni rannten zu ihren Autos, um die Kofferräume zu melken. Die anderen fahndeten in den Tiefen ihrer Sporttaschen. Saur hatte als Jugend-Leichtathletiktrainer vier Radlerhosen für Mädchen, die für ausgewachsene Männer viel zu eng waren, die Gesamtzahl an verwertbarem Material jedoch entscheidend in die Höhe trieben. So mussten sich die vier dünnsten Mitspieler kurzerhand hineinzwängen. Am übelsten erwischte es Jojo, dessen Schlüpfer sich im schlimmsten Textmarkerlila um seine Familienjuwelen

schmiegte. Sparki und Janni hatten je zwei Handballhosen, die sie zur Verfügung stellten. König lieh Pocke seine Ersatztorwarthose. Ferner wurde ihm das einzige paar Stutzen zugeteilt, was Elwain zwischen zwei Ölkanistern fand, da er wie immer keine Schienbeinschoner dabei hatte und er infolgedessen die Bild am Sonntag zweckentfremden musste. Die anderen klemmten sich ihre Schienbeinschoner behelfsgerecht in ihre Socken und fixierten sie an den Schienbeinen mit beidseitigem Teppichklebeband, das Sparki wegen Renovierungsarbeiten zufällig dabei hatte und verdrängten dabei die Aussicht auf die barbarischen Schmerzen beim Epilieren nach dem Spiel. Es entfaltete wesentlich mehr Klebekraft, als das herkömmlich benutzte Verbandsmaterial aus dem Medizinkoffer. Ich selbst hatte in meiner Tasche noch eine Badehose vom Vortag, die noch nicht ganz getrocknet war. Ich erwinselte mir Schönbergs XXL-Trikot, da es bis kurz oberhalb der Knie reichte und somit den Anblick dieser abgrundtiefen Peinlichkeit weitestgehend verhüllte. Dass ich mir wegen der geringen Temperaturen vermutlich eine mittlere Blasenentzündung zuziehen würde, war mir zwar kurzzeitig bewusst, aber vollkommen egal. Wichtig war nur: Wir hatten auch dieses Hindernis überwunden. Wir konnten spielen, standen genau eine Minute vor Ablauf der Frist vollzählig und halbwegs eingekleidet auf dem Platz und schworen uns, dem Gegner diese Liederlichkeit heimzuzahlen und uns durch großen Kampf für diesen ungewöhnlichen Aufwand selbst zu honorieren.
Zugegeben, die vier armen Jungs in den hautengen Radlerhosen sahen eher nach rhythmischer Sportgymnastik und somit vollkommen lächerlich aus. Und sie konnten einem nur leid tun. Aber irgendwie war es auch zweitrangig. In einer solchen Lage spielen modische Überlegungen ja wohl keine entscheidende Rolle, dachte ich.
„Sagt mal, ich glaub, bei euch pfeift es im Gebälk! Was seid ihr denn für Chaoten?“
Der Schiedsrichter führte mich zur Platzwahl, während mich der am ganzen Körper tätowierte Mannschaftskapitän des Gegners voller Groll musterte.
„Wir bewegen uns innerhalb des Reglements!“, muffelte ich zurück. Ich wollte jetzt einfach nur noch Fußball spielen.
„Hose schwul“, echauffierte sich ein Russe bei Jojos Anblick im besten osteuropäischen Staccato.

Dann ertönte endlich der Anstoßpfiff. In der frühen Phase des Spiels fiel der Ball in 30 Meter Torentfernung Pocke vor die Füße, der sich in diesem Moment wohl an sein Tor gegen Boluspor erinnerte und in seiner Torwarthose völlig unmotiviert abzog. Diesmal rutschte ihm der Ball über den Spann. Der Ball kullerte ärmlich in Richtung Tor, während sich Pocke vom Geschehen abdrehte und seinen missglückten Schuss mit einem unüberhörbaren „Scheiße" begleitete. Dadurch konnte er auch nicht mehr beobachten, dass dem Torwart der Ball durch die Hände ins Tor flutschte wie ein Stück Seife unter der Dusche. Erst recht konnte er nicht verstehen, warum plötzlich alle jubelnd über ihn herfielen, während der gegnerische Trainer mit einer tiefen Verzweiflungsgeste sein Entsetzen über die Unfähigkeit seines Keepers dokumentierte, indem er eine geschlagene Minute lang sein Gesicht in seinen Händen vergrub und zu einem Dauerkopfschütteln ansetzte.

Diese wohltuende 1:0 Führung schaukelten wir bis zum Abpfiff genüsslich über die Runden. Folglich landeten wir einen vollkommen abstrusen Sieg und erhielten subtile Genugtuung für das unsportliche Betragen des Gegners.

„Die konnten in der zweiten Halbzeit einfach nicht mehr. Die waren ja so was von platt, sag ich dir!"

Pocke schmunzelte im Siegestaumel und Hochgefühl seines Tores.

„Klar", Elwain biss genüsslich in ein Brötchen, „Die haben sich ja auch über ne Stunde intensiv warm gemacht."

„Wenn das so ist, sollten wir den Spielbeginn einfach öfter mal so raus zögern!"

Anschließend gingen wir dauergrinsend zum Auto und horchten andächtig, wie der gegnerische Trainer immer noch Wortfetzen in sich hinein fluchend vor der Kabine auf und ab marschierte.

Aufnahmeprüfung

Elwain hatte dem trostlosen Kapitel seiner dauerhaften Wohnungslosigkeit ein Ende bereitet und residierte in einer Dachkaschemme, weil durch den bevorstehenden Winter seine allabendliche Spontanübernachtungssuche von Misserfolg gekrönt zu werden drohte. Zudem setzte das kommende Semester eine solidere Herangehensweise spätestens ab Februar voraus, da er sich nun endgültig vorgenommen hatte, sein VWL-Studium abzubrechen, um stattdessen Musik zu studieren. Seine Strategie sah zunächst einen Umweg über die Uni Siegen vor. Hier war die Aufnahmeprüfung wesentlich einfacher als in Köln, dem eigentlichen Ziel seiner Wünsche. Nach bestandener Aufnahmeprüfung in Siegen und einem florierenden ersten Semester, so sein Plan, würde es dann ein Leichtes sein, den Studienort nach Köln zu verlagern. Er wurde zum Vorspiel nach Siegen eingeladen, kurz nachdem die Mannschaft zwei Hallenturniere gewonnen hatte und in freudiger Erwartung der Rückrunde bereits temperamentvolles Hufscharren an den Tag legte. Er hatte mich überredet, ihn zur Aufnahmeprüfung zu begleiten. Sein vorsintflutlicher Wecker schepperte in einem an Landfriedensbruch grenzenden metallischen Lärm. Schlaftrunken schleppten wir uns zum Auto, organisierten uns ein opulentes Fahrtfrühstück und fuhren los. Elwains Zeitraster war so bemessen, dass er eine halbe Stunde Stau im Berufsverkehr einkalkulierte.

„Sag mal Elwain, bist du dir ganz sicher, dass der direkte Weg nach Siegen über Bad Neuenahr führt?“

„VERFLUCHT NOCHMAL! MAAAN! ICH AFFE!“

Er hatte aus Gewohnheit die entgegengesetzte Auffahrt in die Richtung seiner Eltern genommen.

„Ruhig Blut, noch sind wir einigermaßen gut in der Zeit.“

„Ist die Ausfahrt Bad Neuenahr schon vorbei?“

Eigentlich war Elwain ein wandelnder Atlas. Nun war er orientierungslos und panisch.

„Ne, die kommt gleich.“

„Gott sei Dank ey, sonst hätten wir nämlich jetzt schon alles verbrennen können.“

Elwain brauste die Ausfahrt herunter, wendete in einem halsbrecherischen Manöver und fuhr in die richtige Richtung auf. Der zeitliche

Puffer war so schon fast vollständig verfrühstückt. Von nun an war es reine Glückssache, aber die Fahrt fluppte so reibungslos wie ein heißes Messer durch die Butter gleitet. Auf die Minute pünktlich stürmten wir den Flur zum musikalischen Seminar und trafen auf edel gekleidete Prüflinge in Anzügen und Hosenröcken, während wir uns in unseren verlebten Jeans etwas abseits hinsetzten.

„Das ist ja ein erbärmliches Gejaule!“, flüsterte ich ihm ins Ohr und zeigte auf die verschlossene Tür des Prüfungsraums.

„Udo, kannst du mir bitte einen Gefallen tun?“, er kratzte sich am Kopf, „Kannst du mir am Automaten ungefähr 34 Hektoliter Kaffee besorgen? Anders kann ich das hier nicht ertragen.“

Mit den Pappbechern in der Hand betrachteten wir die nervösen Prüflinge. Eine Asiatin spielte wie in Trance Luftvioline, gleichzeitig marschierte ein Trompeter hyperaktiv den Gang auf und ab. Frusttrierte und fröhliche Kandidaten kamen aus der Tür. Es schien tatsächlich so zu sein, als ob man unmittelbar im Anschluss Bescheid bekäme. Regelmäßig lugte ein Mitglied der Prüfungskommission hervor und zitierte den Nächsten herein. Dabei war keine klare Reihenfolge erkennbar, zumindest wurden die Bewerber nicht nach Alphabet hereingebeten. Ich behauptete im Flüsterton, dass in diesem Jahr Brasilien Weltmeister werden würde, weil sie mit Romario, Bebeto und Ronaldo den mit Abstand besten Sturm aufzubieten hätten, während Elwain trotz Berti Vogts unbeirrt an eine Titelverteidigung der Deutschen glaubte, als sich erneut die Tür öffnete und Elwain aufgerufen wurde. Während er die Höhle des Löwen betrat, wurde mir schlagartig klar, dass ich nicht wusste, was er der Kommission nun vorsingen würde. Aus dem Prüfungsraum perlten zunächst virtuose Klavierläufe. Bravo, dachte ich, das ist ja wohl bis jetzt mit Abstand das Beste, was heute durch diese Tür gekommen ist. Sein Instrument beherrscht er perfekt, das bräuchte er eigentlich gar nicht zu studieren, jetzt würde es nur noch auf den Gesang ankommen. Während er nun offensichtlich den Auftrag hatte, ein paar Töne und Akkorde nachzuspielen, was für ihn mit seinem absoluten Gehör nahezu lächerlich war, packte mich die Neugier. Ich forschte in seiner Tasche nach dem Einladungsbrief. Dabei fiel mir jedoch wiederum nur der mysteriöse Brief der spanischen Polizei in die Finger. Erst als ich den aktuellen Kicker durchblätterte, sah ich das verknickte und mit Fettflecken übersäte Anschreiben, was hier offensichtlich als Lesezeichen diente. Ich las:

„Sehr geehrter Herr …! *Siegen, 30.01.1994*
„Wir freuen uns …
Ich überflog die Standarteinleitung.
… möchten wir sie bitten, für die Gesangsprüfung zwei Kunstlieder vorzubereiten, eines von Schubert, eines nach freier Wahl, die sie dann mit Klavierbegleitung unsererseits bitte zum Vortrage bringen wollen …

Somit war klar, warum diese Gesangsdarbietungen bis jetzt so ein kümmerliches Geheule gewesen waren. Die Prüflinge konnten gar nichts dafür, sie waren dazu verdonnert, Kunstlieder aus dem 17. Jahrhundert zu singen. Kann ich meinen Freund nachher noch ernst nehmen, wenn er gleich genauso quietscht, fragte ich mich. Auf alle Fälle müssen wir aber auch noch das mit der spanischen Staatsanwaltschaft klären, dachte ich. Stille drang aus dem Raum. Ich ging zur Tür, damit ich alles ganz genau hören konnte. Plötzlich donnerte dröhnend das Klavier. Elwain schmetterte mit vollem Volumen:
„IM FRÜHTAU ZU BERGE WIR ZIEHN FALLERA …"
Was um Himmels Willen macht der da, fragte ich mich. „Im Frühtau zu Berge" Das ist ja wohl kein Kunstlied, das ist ein Volksliedgassenhauer. Hat die Prüfungskommission kurzfristig ihre Anforderungen geändert, um einen Flexibilitätstest bei Elwain durchzuführen? Warum singt er als einziger Prüfling kein Kunstlied? Na ja, vielleicht beim zweiten Stück. Die letzten Klänge des Volksliedes versiegten. Pause. Wieder ein Klavier, diesmal intonierte es wollweich eine gediegene Melodie, ein langsames Instrumentalstück, dessen Melodie mir bekannt vorkam. Es gelang mir jedoch nicht, sie einzuordnen. Nein, das war auch kein Kunstlied, dafür war es zu eingängig. Sodann setzte erneut Elwains Stimme ein:
„Strangers in the night …", hauchte er wie Samt in das Mikrofon.
Jetzt ist er vollkommen übergeschnappt, dachte ich. Erst dieses unerträgliche Volkslied, und jetzt einen Popsong aus den 50er-Jahren. Entweder will er die Kommission verarschen, oder er ist am Klavier so genial, dass denen beim Gesang alles egal ist und sie ihm Raum und Zeit zum Improvisieren geben.
„Entschuldigung, darf ich dich mal was fragen?"

Ich wandte mich an einen deutlich verzweifelten Kandidaten, der seine Nervosität mit zurückgelegten Kilometern zu kompensieren versuchte und durch Elwains Brillanz sowie fast schon arrogante Teilnahmslosigkeit mit Sicherheit nicht beruhigt wurde.
„Wenn es unbedingt sein muss."
„Musstest du auch zwei Kunstlieder vorbereiten?"
„Äh, ja! Wieso?"
„Weil mein Freund da drin alles andere macht."
„Versteh ich auch nicht …"
Er setzte vergeistigt seine Tour durch den Gang fort und schaute zum 1000. Mal auf das schwarze Brett mit den Vorankündigungen für das nächste Semester. Es roch nach einer bizarren Mischung aus schlechtem Kaffee und Putzmittel mit Zitrusaroma. Ich dachte an die vielen Einzelschicksale hier, an enttäuschte Hoffnungen, an vergebene Momente, an das kollektive Lampenfieber. Was würden diejenigen machen, die hier heute nicht angenommen würden?
Plötzlich öffnete sich die Tür. Ich sprang auf, um ihn in Empfang zu nehmen. Um ein Haar wäre ich einem der beiden Musikprofessoren um den Hals gefallen, die sich in gebeugter Haltung leise unterhielten und sich dabei gegenseitig die Arme auf die Schulter legten. Ich setzte mich auf einen Stuhl in der Nähe, tat so, als ob ich lesen würde und lauschte innig ihrer Beratung. Der eine von beiden, von der äußeren Erscheinung her ein Musikdozent wie aus dem Klischee entsprungen, mit Halbglatze und an den Seiten langen und lockigen Haaren sowie Nickelbrille, schüttelte fassungslos den Kopf:
„Ich kann es nicht glauben … er spielt einen Song! Richard, er spielt einen Song …! Es ist unfassbar … er spielt einen Song!"
„Aber einen verdammt guten …", beschwichtigte der Andere.
„Er sollte ein Kunstlied vorsingen …! Und was macht er? Er spielt einen Song … verstehst du, einen Song … und ein Volkslied …"
Nun bemerkten die Professoren, dass sie belauscht wurden. Daraufhin verließen sie den Gang und ratschlagten draußen weiter. Während sie nach einer halben Ewigkeit zurücktrotteten, war die Entscheidung nicht in ihren Gesichtern ablesbar. Es folgten lange Minuten, in denen nichts passierte. Jetzt nehmen sie ihn so richtig in die Mangel, dachte ich. Sie werden ihn schelten, dass sie Besseres zu tun hätten, als sich mit dreisten und respektlosen Prüflingen auseinanderzusetzen, die noch nicht mal die Prüfungsbedingungen ein-

halten können. Endlich öffnete sich die Tür. Elwain kam heraus, blickte mich an und hob torjubelgleich beide Arme in die Luft: „Gott, habe ich Schwein gehabt!"
„Hat Sinatra etwa nichts mit einem Kunstlied von Schubert zu tun?"
„Woher weißt du das?"
„Habe die Einladung mal quergelesen."
„Das hätte ich besser auch noch mal gemacht, ich Narr."
„Wie, du wusstest gar nichts von den Kunstliedern?"
„Nee, das muss ich wohl irgendwie verdrängt haben. Ich habe den Brief damals überflogen und mir nur gemerkt, dass ich zwei Lieder vorbereiten muss. Das mit den Kunstliedern hatte ich nicht mehr so auf dem Schirm", imitierte er Dieter Thomas Heck.
„Die kalten Winde bliesen, mir grad' ins Angesicht, der Hut flog mir vom Kopfe, ich wendete mich nicht …", drang es wie zur Bestätigung aus der Tür.
„Bei Frühtau waren die fassungslos. Die haben geglotzt wie Autos. Ich habe sofort gerafft, dass ich auf Sand gebaut habe. Dann habe ich mir gedacht, dass ich es jetzt irgendwie durchziehen muss und dass ich jetzt nicht einfach so wieder nach Hause fahren kann."
„Und was haben die hinterher gesagt?"
„Dass sie große Lust hätten, mich achtkantig rauszuschmeißen und so. Da ich aber der Einzige war, der sich selbst am Klavier begleiten konnte, waren sie gnädig und haben mich angenommen."
„Sensationell, die Aktion hier! Du musst ja nicht gleich verraten, dass du dich nach einem Semester nach Köln verpissen willst."
„Um Gottes Willen, das wäre wirklich dreckig."
„Und was ist mit den Spaniern?", ich hielt ihm den Brief unter die Nase, „Hast du das mittlerweile mal übersetzen lassen?"
„Ja, ist bloß ein Knöllchen gewesen. 30 Mark. Der Schäfer mit seinen stinkenden Schafen hat wohl die Bullen informiert. Wir haben anscheinend verbotswidrig auf seinem Feld geratzt."
„Na Gott sei Dank, ich dachte, es wäre wegen des Unfalls gewesen. So, und jetzt lass uns im Frühtau zu Mittagstisch ziehen, fallera. Ich habe Hunger und kann diesen Singsang nicht mehr mit anhören."
Ich drängte meinen Freund aus der akustischen Gefahrenzone.
„Ja, ja! Und heute Abend sind wir dann ‚Strangers in the night' …"

Frischer Stachelbeerkuchen

Janni war heuer nicht mehr regelmäßig dabei, da er in einer für ihn typischen introvertiert-rationalen Entscheidung die Priorität auf seine ambitionierte Handballtruppe gelegt hatte. So kam er nur zum Fußball, wenn es sein Spielplan zuließ. Jetzt, zu Beginn der Rückrunde, vor dem Auswärtsspiel bei „Uni Bonn" herrschte auf meinem Zettel nach langer Zeit mal wieder frappierende Personalnot. Saur überredete zwei Leichtathletikkollegen, für das Spiel auszuhelfen. Aber auch mit ihnen waren wir nur neun Leute. Daraufhin penetrierte ich Janni so lange, bis er trotz eines Handballspiels seinen Einsatz zusagte. Wie so oft übernachtete er von Samstag auf Sonntag bei einem Freund, um zunächst im Keller die Premiere Bundesligakonferenz zu schauen und danach die halbe Nacht Fußballmanager zu spielen. Von Frühstückshunger und Fußballgier getrieben, erwachte er am nächsten Morgen weit vor den Signalen des Weckers und schlich sich samtpfotig durch das Treppenhaus. Ich kann jetzt nicht ohne Frühstück zum Fußball, dachte Janni und tippelte zurück in die Küche, um noch etwas Verwertbares für ein hastiges Fahrtfrühstück zu nassauern. Sein Blick fiel auf ein Blech mit frisch gebackenem, saftiggrünem Stachelbeerkuchen. Er nahm sich ein großes Stück und biss im Herausgehen herzhaft hinein. Sekunden später stellte er wegen der pelzigen Konsistenz fest, dass es sich einmal um einen Erdbeerkuchen gehandelt haben musste, doch diese Zeit war wenigstens fünf Tage mit intensiver Sonnenbestrahlung vorbei. Als dieser Gedanke sein Großhirn erreichte, wurde ihm schlagartig schlecht. Er stürzte sich auf die spartanische Gästetoilette, riss die Schüssel hoch, kotzte hinein und fuhr ohne Frühstück zum Treffpunkt.

„Männer, wir sind heute nur mit zehn Leuten und haben zwei Aushilfskellner aus dem Leichtathletikverein an Bord. Sie spielen auf Kreische und Schmidt, wie immer. Ich denke, ihr beide solltet das machen, was ihr am besten könnt: Laufen, laufen und nochmals laufen", meine Kabinenansprache wurde kurz unterbrochen, weil Elwain mit der Bild am Sonntag hereinkam, um sie den Leichtathleten als Schienbeinschoner zur Verfügung zu stellen, „Die Jungs von Uni Bonn sind allesamt Schönwetterfußballer und Kaffeehausgeiger. Das heißt im Umkehrschluss, die fangen an zu heulen, wenn es nicht läuft. Wir sollten ihnen den Spaß am Spiel nehmen, sie permanent in Zweikämpfe verwickeln und sie über unsere schnellen Außen Janni und Saur auskontern, wenn sie mürbe geworden sind."

„Ich muss raus, es hat keinen Sinn. Mein Unterschenkel zwickt", fluchte Saur laut hörbar beim Stande von 3:0 für uns in der Mitte der zweiten Halbzeit. Bis dahin war unser Plan hervorragend aufgegangen. Die beiden Leichtathleten kämpften, rackerten und grätschten, dass es eine Pracht war. Unsere Tore fielen allesamt nach fiesen Kontern. Aber auch mit neun Mann behielten wir die Oberhand: Schon den nächsten Angriff schloss Janni zum 4:0 Endstand ab.
„Jungs, dass war heute der Auftritt einer Spitzenmannschaft."
Pocke stopfte sich Nivea als Haarwachsersatz ins Haar.
„Wie kommst du darauf?"
Ich war erstaunt, weil ich diesen hohen Sieg in Unterzahl in erster Linie auf viel Glück zurückführte.
„Wir haben ein ganzes Spiel mit einem Mann weniger gespielt und unsere Taktik danach ausgerichtet. Wir waren mental stark und selbstbewusst. Wir haben in den entscheidenden Momenten genau das Richtige getan und haben vier wunderschöne Tore geschossen. Besser geht es unter diesen Umständen einfach nicht."
„Das stimmt. Andererseits haben wir immer noch nicht genügend Konstanz. Solange ich immer noch irgendwelche Waldbodenjogger auf Kreisches Pass eintragen muss, sind wir keine Spitzenmannschaft. Das sind wir erst, wenn wir einen Stamm von 14 Leuten haben, die immer kommen, selbst wenn der Papst im Ahorn balzt."
„Trotzdem. Wir werden immer besser."
„Da gebe ich dir recht, vor allem mental werden wir immer stärker. Mittlerweile glauben wir an uns und unsere Fähigkeit, immer ein Tor schießen zu können."
„Die Tabelle lügt nicht. Wir sind Fünfter und genau da gehören wir auch hin. Aber es war definitiv ein geiler Sieg heute."
Elwain mischte sich zu uns. Ich musste an den Abend im Ahorn denken, als wir eingeschlossen waren und Pocke in einer Spirale des Fatalismus verharrte. Damals bestand die Gefahr, dass er abspringt, nun feierte er uns als Spitzenmannschaft.
Saur sollte erst zum übernächsten Spiel in Oberdrees wieder einsatzfähig sein. Es fand am Vatertag statt, sodass der Schiedsrichter un-

serer Vermutung nach mit dem Bollerwagen versumpfte und den Weg zum Sportplatz nicht mehr fand.
„EY, LEUTE. DER SCHIRI KOMMT NICHT. WAS SOLLEN WIR MACHEN?"
Ein Mannschaftsbetreuer des Gegners dröhnte wie ein Brüllaffe quer über das Feld. Wir schossen uns gerade ein wenig warm.
„Ich komme gleich …"
Weil ich eine solche Situation nicht kannte, hielt ich vorab noch mit Arno Rücksprache.
„Arno, der Schiri ist nicht da. Was macht man da?"
„Wie spät ist es denn?"
„Noch 5 Minuten bis zum Anpfiff."
„Man muss eine halbe Stunde warten. Dann wird das Spiel entweder verschoben, oder man einigt sich auf irgendjemanden als Schiri."
„Wie jetzt? Irgendwer? "
„Egal, wer es ist. Man muss nur vorher im Spielberichtsbogen festhalten, dass beide Mannschaften mit der Person einverstanden sind, damit es hinterher keinen Streit über mögliche Fehlentscheidungen gibt. Also, wenn man sich einigt, muss man es auch so durchziehen."
„Von uns fällt mir keiner ein. Oder würdest du das machen, Arno?"
„Um Gottes Willen. Meine Hüfte läuft Amok …"
Entrüstet zeigte er auf sein malträtiertes Gelenk.
„Auch wieder wahr. Tja, ansonsten haben wir niemanden mit. Fragen wir doch mal die Jungs aus Oberdrees."
„Überleg dir das gut! Das gibt schnell böses Blut. Bei jeder zweifelhaften Entscheidung kochen die Emotionen hoch. Ich kenne das."
„Arno. Ich will Fußball spielen. Es wäre doch total frustrierend, jetzt wieder nach Hause zu fahren und die Jungs an einem Nachholtermin erneut zusammen zu trommeln. Und außerdem: Guck sie dir doch mal an. Die sind alle total heiß, jetzt zu spielen."
„Wenn du meinst …"
„Keine Panik. Wir haben heute eine Supertruppe zusammen. Wer weiß, wie die Mannschaft am Nachholspieltag aussieht. Lasst uns lieber jetzt spielen, wir werden die schon schlagen."
„JUPP KÖNNTE FLÖTEN", hallte es mir schon von Weitem entgegen, als ich auf den Betreuer des Gegners zuging.
„Wer ist Jupp?"

„Einer von unseren ‚Alten Herren.' Sogar mit Schiedsrichterlizenz."
„Her mit dem Mann! Ich frage schnell noch meine Leute, ob die einverstanden sind. Von mir aus brauchen wir auch keine halbe Stunde mehr zu warten. Wir fangen einfach an. Wenn der Schiri dann doch noch auftaucht, kann er immer noch einsteigen."
Das Votum der Mannschaft war einhellig. Die unbändige Lust zu spielen obsiegte über finstere Gedanken an mögliche Mauscheleien seitens der Oberdreeser. Wir akzeptierten daher Jupp als Schiedsrichter und willigten einem Spielbeginn unter diesen Umständen ein.

„Der Schiri ist zwar uralt und gelenkig wie ein Stahlträger, aber unfair pfeift er nicht", sagte ich in der Halbzeit zu Arno, der aus privatem Fundus eine Kiste Mineralwasser auf den Tisch wuchtete.
„Es läuft ja auch alles für Oberdrees. Die führen 2:0, also gibt es auch keinen Grund, etwas zu mauscheln."
„Die führen zwar, aber die sind allesamt platt wie hundert Quadratmeter Laminat. Wir drehen das Ding noch, 100 Pro!", prustete ich im Vertrauen auf unsere Kampfkraft.
Und so geschah es. Doch je besser wir wurden, desto parteiischer wurde der Schiedsrichter. Nach dem Ausgleich fing er damit an, jede strittige Szene für seine Oberdreeser zu pfeifen. Er erkannte uns zwei einwandfreie Tore nicht an. Dennoch konnte auch er nicht verhindert, dass wir zehn Minuten vor Schluss mit 4:3 in Führung lagen. Jetzt wird es heiß, dachte ich, nachdem bei jedem Pfiff des Schiedsrichters die Emotionen überschwappten. Wir hatten Mühe, unsere Nerven im Griff zu behalten und besonnen zu bleiben. Mit Hilfe unzähliger falscher Entscheidungen gelang es dem Gegner, in den letzten Minuten immensen Druck aufzubauen. Eine Masse Freistöße verpuffte gleichwohl wirkungslos. Die Abwehr um Eisen-Reini schmiss sich dazwischen wie eine Horde Kamikazekämpfer.
„WENN DIE NOCH AUSGLEICHEN, RASTE ICH AUS!"
Pocke kochte vor Wut. Er war ein jähzorniger Gerechtigkeitsfanatiker und drohte zu explodieren, wenn er sich link behandelt fühlte.
„Ganz ruhig", Janni machte eine beruhigende Handbewegung, „Es ist ja gleich vorbei."
Doch der Schiedsrichter ließ in aller Seelenruhe weiterspielen. Er tat so, als habe er keine Uhr dabei.
„PFEIF ENDLICH AB DU SENILER SACK!"

Pocke platzte endgültig der Kragen, nachdem schon fünf Minuten über die Zeit gespielt waren. Selbstverständlich handelte er sich eine rote Karte ein. Auch die nächsten fünf Minuten vergingen, ohne, dass er die Pfeife für den Abpfiff in den Mund nahm.
„NOCH ZWEI MINUTEN“, schrie er endlich und löste bei uns derbe Flüche und wilde Schimpfereien aus.
Ecke für Oberdrees. Sogar der gegnerische Torwart war mit nach vorne gestürmt. König fing den Ball ab und warf ihn reaktionsschnell zu Eisen-Reini, der sich wie gewohnt auf beiden Seiten blutige Knie, sowie entsprechende Sandablagerungen unter der Haut ergrätscht hatte. Er sah mich in der Mitte unserer Hälfte frei stehen und passte mir den Ball zu. Ich schaute in ein entblößtes Tor, den Torwart vermutete ich irgendwo auf dem Weg zurück. Sollte ich jetzt wirklich versuchen, aus 70 Metern aufs leere Tor zu schießen? Wenn ich nicht treffe, ist es ein leichtfertiger Ballverlust und Oberdrees hätte noch mal die Möglichkeit zu einem Angriff, also lieber Zeit gewinnen und das Spiel verschleppen, führte mich meine Intuition. Ich nahm auf der rechten Seite Didi freistehend wahr und passte zu ihm. Dieser lief ein paar Meter mit dem Ball. Er schaute auf der Höhe der Mittellinie angekommen in ein nach wie vor leeres Tor. Im Gegensatz zu mir hatte er den Mut zu einem beherzten Schuss: Der Ball setzte auf der 16-Meter-Linie auf und trudelte in Zeitlupe Richtung Tor. Inzwischen war auch der Keeper zurückgeeilt und erkannte die Situation: Er spurtete zum Ball, und setzte fünf Meter vor dem Tor zu einem Hechtsprung an. Doch er kam eine halbe Sekunde zu spät, oder war um zehn Zentimeter zu klein. Jedenfalls hoppelte der Ball über die Torlinie und besiegelte das 5:3 für uns, gegen das selbst Jupp keine Gegenmaßnahmen mehr einfielen. Daher pfiff er das Spiel konsequenterweise ab, während sich Didi vergeblich bemühte, einer wild gewordenen Horde zu entfliehen, die ihn minutenlang unter sich begrub. Beim Ausfüllen des Spielberichtsbogens begegnete ich allen versöhnlichen Gesprächsangeboten der Oberdreeser mit einem eisigen Schweigen. Die verdiente Sperre wegen Schiedsrichterbeleidigung für Pocke berührte uns nicht weiter, da er in den übrigen sechs Spielen der Saison kurzerhand auf Kreische auswich. Dafür war er einfach zu wichtig.

Elwains Durchbruch

Es klingelte an meiner Tür. Völlig zerzaust, verwuschelt und orientierungslos wurde ich aus einem kleinen Nickerchen gerissen. Elwain stürmte die Treppe hoch und platzte hinein:
„Bist du soweit?"
„Ähm … Wozu?"
„BSG!"
„Ups, heute ist ja Mittwoch. Hab ich verpeilt, Moment, ich muss eben noch meine Sachen packen."
BSG stand für Bundeswehrsportgemeinschaft, oder Betriebssportgemeinschaft, oder Bundeswehrsportgruppe, oder so ähnlich. Es handelte sich jedenfalls um eine Handvoll Soldaten des Munitionsdepots in Rheinbach. Sie spielten in einer Halle auf dem Bundeswehrgelände mittwochs immer Fußball. Auf irgendwelchen dubiosen Wegen waren Elwain und ich dort hineingeschlittert, obschon wir beide Zivildienst gemacht hatten. Uns war es egal, es war eine wunderbare Möglichkeit, einmal in der Woche Hallenfußball zu spielen, was jetzt, nach dem erfolgreichen fünften Platz der Abschlusstabelle, in der langen Sommerpause zwischen den zwei Spielzeiten ein willkommenes Ersatzdrogenprogramm darstellte.
„Es kann losgehen."
Ich schnappte mir schnell einen Apfel, schulterte die Tasche und zog meinen Freund zur Tür, während er mit dem Ballen seines rechten Daumens die Hornbrille hoch schob. Elwain hatte den Wagen in zweiter Reihe geparkt und wurde so Opfer geharnischter Protestsalven und Empfänger mittelschwerer Entrüstungsgesten von erbosten Autofahrern, da er ein Verkehrschaos verschuldet hatte.
„Elwain, sachma: Wie sieht es eigentlich mit Urlaub aus und so?"
„Mal glotzen. Erst mal die WM abwarten."
Die WM ist Mitte Juli zu Ende, danach bleibt immernoch genügend Zeit bis zum Saisonstart, rechnete ich.
An der bewachten Schranke des Bundeswehrgeländes musste man seinen Personalausweis vorzeigen und den Zweck seines Besuches laut vernehmlich und militärisch knapp kundtun. „BSG!", mussten wir dann brüllen. Dieser Moment erfüllte mich stets mit Unbehagen, kam ich mir doch vor wie ein Reisender an einem streng bewachten

Grenzübergang, nicht wissend, ob er kontrolliert wird und was einen in dieser vollkommen fremden Welt erwartete. Außerdem waren wir einfach nicht die Typen für Gebrüll und daher völlig ungeeignet für diese abstruse Begrüßungszeremonie. Besonders unangenehm war für mich immer der Gedanke, dass eigentlich nur Bundeswehrangehörige an dem Sportangebot teilnehmen durften. Was würde passieren, wenn rauskam, dass wir gar nicht berechtigt waren, auf das Gelände zu fahren? Sobald wir die Umkleidekabine erreicht hatten, verschwanden diese Gedanken, es gab nur noch den Ball. Die Bundeswehrleute waren allesamt gestandene Familienväter mittleren Semesters und durch die Bank sympathische Zeitgenossen.

Nach etwa einer halben Stunde passte ich den Ball zu Elwain. Dieser versuchte, mit dem Fuß auf den Ball zu steigen. Unglücklicherweise verlor er das Gleichgewicht, rutschte auf dem Ball aus, ruderte noch kurz mit den Armen und fiel zu Boden.

Das Lachen blieb mir buchstäblich im Hals stecken, als Elwains Schmerzensschrei den kurzen Augenblick schockartiger Stille durchbrach. Sofort rannte ich zu meinem Freund, der sich krümmend vor Schmerz seinen in einem grotesken Winkel abstehenden Unterschenkel konsterniert betrachtete. Sein Schien- und das Wadenbein waren unter der Last seines stattlichen Körpergewichts wie Streichhölzer durchgebrochen. Blankes Entsetzen erfüllte die gesamte Halle. Alle Spieler gruppierten sich mit bleichen Gesichtern um das Opfer und hielten sich hilflos die Hände vor die Münder.

Wieso sind die alle so tatenlos, hier?, dachte ich. Wir sind hier schließlich bei der Bundeswehr, diese lahmen Luschen hier müssten doch eigentlich wissen, was man in einem solchen Fall macht. Fritz, ein etwas älterer Bundeswehrsoldat, erlangte als erster seine Entschlusskraft zurück:

„Liegen bleiben, nicht bewegen. Zudecken und ein Kopfkissen besorgen! Ich rufe den Krankenwagen!“

Elwain wurde notdürftig zugedeckt und abgelenkt, bis der Schock seine sanfte Wirkung entfaltete und ihn in einen Dämmerzustand versetzte. Ich selbst tigerte ziellos umher, mit Sicherheitsabstand zum Geschehen, nach dem Motto, „Kamerad, geh schon mal in den Schützengraben, ich hole eben Proviant.“ Ich war unfähig irgendetwas Konstruktives beizutragen. Lass das hier mal die Bundeswehr-

leute machen, die kennen sich mit so etwas aus, bog ich mir innerlich meine feige Passivität zurecht.
Wenige Minuten später kamen zwei Sanitäter mit einer Trage in die Halle geeilt. Der eine trug eine auffällige Hornbrille, durch die er zunächst Elwains Bein betrachtete. Sofort verlor er rapide an Gesichtsfarbe:
„Oh je, mir ist gerade so blümerant … Mein Kreislauf sackt weg."
Er stützte sich für einige Sekunden gegen die Wand, um nicht umzukippen. Als er sich wieder berappelt hatte, gab er seinem Kollegen ein knappes Zeichen, damit sie endlich die medizinische Erstversorgung durchführen konnten.
„Sieht übel aus", stellte der Sanitäter ohne Hornbrille fest.
Ach was, dachte ich, natürlich sieht das übel aus, Mann, sein Bein steht im rechten Winkel ab und liegt sichtbar in Trümmern, Schwachkopf. Für diese Feststellung brauchen wir hier ja wohl keine Helfer. Der andere Sanitäter betrachtete die kaputten Knochen:
„Hier können wir nix machen. Am besten bringen wir ihn sofort ins ‚Maria Hilf'."
„Bloß nicht ins ‚Maria Hilf'", Fritz tippelte nervös hin und her, „Da könnt ihr ihn ja gleich in die Metzgerei Klick bringen."
„Dann bringen wir ihn am besten erst mal in den Krankenwagen und schauen dann, wie es weiter geht."
Sie bückten sich und hievten meinen Freund grobschlächtig auf die Trage. Elwain schaute sich das Trauerspiel mit schmerzverzerrtem Gesicht an. Jede Bewegung und jede Berührung sorgte für einen tiefen Aufschrei.
„Eins, zwei, hopp!", befahl der Sanitäter ohne Hornbrille, um die Trage mit dem bemitleidenswerten Opfer aus der Hocke in die Höhe zu wuchten. In dieser Sekunde fasste er sich unter einem barbarischen Aufschrei des Schmerzes an die Lendenwirbelsäule. Er ließ die Trage aus der Hand gleiten, während Elwain aus etwa zehn Zentimetern Höhe zu Boden fiel, was ein noch lauteres Aufschreien zur Folge hatte. Dies wiederum verkraftete der Sanitäter mit Hornbrille offenbar psychisch nicht. Er erlitt einen erneuten Kreislaufkollaps und sank ebenso theatralisch zu Boden wie sein bandscheibengeschädigter Kollege.

„Was schicken die uns denn für Jammerlappen? Der eine mit Kreislaufkollaps, der andere mit Bandscheibenvorfall, oder was? Sollen wir etwa für euch jetzt noch andere Sanitäter hierhin holen?“
„Oder direkt einen Priester …“, beteiligte sich ein anderer Soldat. Dann legte Fritz nach:
„Erst wollen sie Elwain in einen Schlachthof bringen und dann brechen die hier auch noch zusammen. Alle mit anfassen. Wir bringen ihn ins Auto und fahren ihn nach Bonn ins Malteser. Ich kenne mich aus, die haben die besten Orthopäden.“
„Wir brauchen aber einen Chirurgen.“
„Auch egal, jetzt. Er muss auf alle Fälle weg hier.“
Wir verfrachteten ihn auf dem Rücksitz, fixierten ihn mit allen zur Verfügung stehenden Gurten und überließen die jämmerlich zusammengebrochenen Sanitäter ohne Worte ihrem Schicksal neben ihrer eigenen Bahre. Ich brachte ihn zitternd in die Notfallambulanz nach Bonn, begleitete ihn zum Röntgen und hörte durch mehrere Wände seinen Aufschrei, als sie ihm zunächst die Fußballschuhe aufschnitten, bevor sie ihm dann die Knochen begradigten, um ihn für die Operation vorzubereiten.
Seine Zeit im Krankenhaus gestaltete sich zäh und unangenehm, da der Sommer 1994 ein außergewöhnlich heißer war und die lange Liegezeit mit einem Gipsbein zur Tortur werden ließ. Zu seinem Glück konnte er sich mit der WM ablenken, durch die ein Großteil der Zeit sinnvoll genutzt werden konnte. Ich verbrachte viele Stunden im Krankenhaus, um mit ihm zusammen die Spiele zu genießen. Vor dem Viertelfinale Deutschland gegen Bulgarien bekniete er mich so lange, bis ich ihn illegal aus dem Krankenhaus schmuggelte, damit er das Spiel in Rheinbach mit all unseren Freunden gucken konnte. Dankbar um die Abwechslung zum grauen Klinikalltag setzte er sich in die erste Reihe der heillos überfüllten Kneipe, legte sein Bein hoch und stellte die Krücken daneben ab. Entsprechend hoch war schlussendlich der Grad seines Entsetzens, als Letchkow mit seinem Kopfball zum 2:1 das erste Aus der Deutschen in einem Viertelfinale seit ewigen Zeiten besiegelte und das Unverständnis der Deutschen über Berti Vogts ins Unermessliche steigerte. Von dieser Bekümmernis maßlos deprimiert, fuhren wir zurück in die Klinik.

Zum ersten Mal zweistellig

Verdammt, keine Vorräte mehr, dachte Sparki, als er die gähnende Leere in seiner Küche ernüchtert feststellen musste. Er eilte unter dem Damoklesschwert des drohenden Ladenschlusses noch hurtig in die Bäckerei.

„Guten Abend, ich hätte gerne das quaderförmige Brot da“, bestellte geometrisch korrekt.

„Liebelein, wenn isch wüsst, watt datt iss, wär isch net hier …“

„Na ja, ich meine das Brot da rechts oben …“

Sparki brachte den Einkauf zurück, zog sich seine Sportklamotten an und düste zur Bonner Hofgartenwiese, wo wir uns verabredet hatten. Neben dem wöchentlichen Hallenzauber bei der BSG versuchte ich zusätzlich auch hier meinen Fußballentzug in den Sommermonaten zu befrieden. Dabei waren Sparki, Janni und Eisen-Reini meist die Initiatoren, weil sie mittlerweile alle nach Bonn gezogen waren. Der Hofgarten etablierte sich als Kultstätte, wo sich spontan immer Mannschaften bildeten, die ein kleines Spielchen vor der wunderbaren Kulisse der Bonner Universität verabredeten. Dabei war die jeweilige Konstellation in stetem Fluss, da die Spieler rotierend fluktuierten. Uns vieren war es dessen ungeachtet immer wichtig, zusammen zu spielen, um auch einen Trainingseffekt zu erzielen. Elwain hatte sich durch seinen Knochenbruch unfreiwillig aus dieser Runde verabschiedet. Wir lümmelten uns nach zwei Stunden gepflegten Spiels ermattet auf die Wiese und beweihräucherten uns selbst.

„Udo, bist du schon im Besitz vorauseilender Kunde zum Spielplan?“, fragte Eisen-Reini

„Ja. Ich war gestern bei Arno, er hat mir die Gruppeneinteilung und den Spielplan mitgegeben. Ich war mittelmäßig erschüttert.“

„Warum?“, fragte Sparki irritiert.

„Es sind größtenteils unbekannte Mannschaften dabei und ziemlich viele Erste Mannschaften, wenig Zweitvertretungen.“

„Na und?“

„Die Gruppe ist stärker als letztes Jahr. Das heißt, wir müssten uns steigern, wenn wir wirklich mal aufsteigen wollen. Außerdem sind unsere Angstgegner aus Pech und Röttgen wieder dabei, wo wir eh immer nur langen Hafer kriegen.“

„Oh, nein! Nicht schon wieder gegen Pech!“
Jannis Einwand war berechtigt, hatten wir hier in er letzten Saison doch schon 3:0 geführt und Eisen-Reini im Gefühl des sicheren Sieges 15 Minuten vor Schluss in einem Altruismusanflug ausgetauscht, um einen Ersatzspieler noch zum wohlverdienten Einsatz zu verhelfen. Dadurch war unsere Abwehr so entblößt, dass wir uns verhielten wie Hühner bei Gewitter und tatsächlich noch vier Tore kassierten. Wir mutierten zu den Deppen des Spieltages und erarbeiteten uns einen ausgewachsenen Pechkomplex.
Aber das war noch längst nicht alles. Arno hatte mir von einer Übermannschaft berichtet:
„Außerdem haben wir Volmershofen. Arno sagt, dass das alles Jungs sind, die früher in der Landesliga gespielt haben und es jetzt noch mal wissen wollen. Also haben die einen Verein gegründet. Sie streben den direkten Durchmarsch in die Bezirksliga an. Angeblich wechselt auch der Bomber aus Swisttal zu denen.“
„Dann ist also ein Aufstiegsplatz quasi vergeben“, folgerte Janni.
„Zu allem Überfluss müssen wir gleich am ersten Spieltag nach Volmershofen. Da starten wir dann direkt als Tabellenletzter in die Saison, das wird garantiert eine zweistellige Klatsche für uns geben!“
„Niemals verlieren wir zweistellig“, Eisen-Reini band seine verschwitzen Haare zum Zopf, „Wir werden dennoch ein gerüttelt Maß an Selbstvertrauen mit in die Saison nehmen. Wie viele steigen auf?“
„Schwer zu sagen. Es können zwei, drei oder sogar vier sein. Je nachdem, wer aus den höheren Klassen in die verschiedenen regionalen Gruppen absteigt. Es ist so ein undurchsichtiges System. Fest steht nur, dass sich die endgültige Entscheidung erst nach der Saison ergibt. Wenn wir es wirklich schaffen wollen, sollten wir hinter Volmerhoven mindestens Zweiter werden.“
„Es ist ein hehres Ziel für die anstehende Runde, unser Vorjahresergebnis zu verbessern. Mit Gevatter Glück im Bunde reicht es wohlmöglich zum Aufstieg.“
Der Abend versandete nicht wie üblich vor dem alten Zoll, sondern ein paar Meter weiter am Rheinufer, wo wir das quecksilbrige Abendlicht und den gleichmäßigen Strom des Flusses im Takt vorbeituckernder Dieselmotoren auf uns wirken ließen, bevor mich der letzte Bus zurück nach Rheinbach brachte und die Bonner Jungs

den Seminarpflichten des zur Neige gehenden Sommersemesters am nächsten Tag ins Auge schauten.

„Was ist denn das für ein Feuchtbiotop hier?“
Jojo musterte abfällig die örtlichen Bedingungen. Wir waren schon frühzeitig in Volmershoven angekommen, da alle überpünktlich am Treffpunkt erschienen waren und so ihre geballte Vorfreude auf den endlich wieder rollenden Ball dokumentierten, auch wenn uns eine Beerdingung erster Klasse erwartete. Der Platz – auf einer ehemaligen Mülldeponie angelegt – war entsprechend mangelhaft gewalzt, wodurch gesundheitsgefährdende Unebenheiten sowie eine auffallende Schräglage ins Auge stachen. Zudem überwucherten dicht gewachsene, flache Flechten die hangabwärts gelegene Hälfte. Pocke betrachtete diese Zumutung:
„Hier muss man sich überlegen, ob man zuerst bergab, oder lieber zuerst in der Hälfte mit dem Unkraut spielen will.“
„Auf jeden Fall in der zweiten Halbzeit bergab, das spart Kondition, wenn die Landesligajungs dann bergauf spielen müssen …“
Elwain brachte aus Pockes Spruch eine ernsthafte taktische Variante ins Spiel. Daraus klöppelte ich eine knappe Kabinenansprache:
„Wenn es irgendwie geht, sollten wir heute Zweistelligkeit vermeiden. Es gibt leider keine Vorgärten hier. Wenn ich die Seitenwahl gewinne spielen wir in der zweiten Halbzeit bergab, dann fallen uns die Befreiungsschläge leichter, wenn sich die bessere Kondition von denen durchsetzt.“
Beim Ausfüllen des Spielberichtbogens wunderte ich mich über die vielen arabisch klingenden Namen beim Gegner. Auch das noch, dachte ich, jetzt haben die auch noch ausländische Spitzenspieler dabei. Auf dem Platz beobachtete ich den Gegner beim Aufwärmen: Ein Blonder mit Bierbauch gesellte sich zu südländischen Hänflingen. Der Bomber aus Swisttal war zum Glück nicht dabei. Das Spiel wurde angepfiffen. Sofort merkten wir, dass das Gerede von der Landesligamannschaft gebackene Luft war.
„Die können ja gar nix.“
Pocke grinste wie ein Honigkuchenpferd, nachdem er zur 5:0-Halbzeitführung getroffen hatte. In der Kabine herrschte ausgelassene Stimmung.

„Udo, bist du dir sicher, dass wir dein Ziel, Zweistelligkeit zu vermeiden, noch aufrecht erhalten sollten?“, fragte Jojo zwinkernd.
„Wir drehen es einfach um: Wir gewinnen heute zweistellig.“
„Die physikalischen Gegebenheiten des Platzes werden uns dabei hold zur Seite stehen.“
Die zweite Halbzeit verlief wie die erste. Wir schossen fünf Tore und vergeigten noch eine Menge zusätzlicher Chancen. So stand mit 10:0 wahrhaftig unser erster zweistelliger Sieg zu Buche.
„Mein Gott, die waren ja grottenschlecht. Die waren ja noch erbärmlicher als wir damals in unseren ersten Spielen.“
Elwain musste es als Gründungsmitglied genau wissen.
„Es ist verrückt“, Jojo setze seine Brille auf, „Da erwarten wir nix anderes als ein Debakel und gewinnen selbst mit 10:0.“
„Da siehste mal, wie schnell man sich verrückt machen lässt mit diesem ganzen Psychogequatsche vorher. Es spielt sich im Endeffekt doch alles im Kopf ab. Man redet sich vor einem Spiel immer total schnell in einen Rausch, macht die Gegner größer als sie sind und kriegt dann durch sein eigenes Gelaber Muffensausen. Was soll das? Wir sind untere Kreisliga, da sind alle mehr oder weniger gleich schlecht!“, ereiferte sich Pocke.
„Na ja. Auch in den unteren Klassen gibt es Mannschaften mit einer gewissen Qualität und Mannschaften, die einfach nur abgründig sind, so wie heute“, imitierte Elwain Franz Beckenbauer.
„Leute, wisst ihr, was mir gerade auffällt? Mit hoher Wahrscheinlichkeit sind wir zum ersten Mal Tabellenführer!“
Saur hatte recht. Mit diesem unerwartet hohen Sieg grüßten wir plötzlich von Platz 1. Es war ein völlig neues Gefühl für uns, von dem wir jedoch nur eine Woche zehrten, da wir im nächsten Spiel gegen Plittersdorf nur 1:1 spielten.

Erster Stammkraftverlust

Im Vorfeld der Begegnung gegen die spanische Mannschaft Galizia Bonn kam es zur ersten Absage von Elwain in der Historie des FC Rheinbach 3. Selbst mit Krücken war er immer anwesend. Nun konnte er nicht dabei sein, da auf der Meisterfeier seines Bruders Bundeskanzler Dr. Helmut Kohl eine Ansprache halten sollte.

Nach etwa 20 Minuten gewann Saur, der mit einer Hundertmeterbestzeit unter 11 Sekunden mit Abstand schnellste Stürmer der Liga, einen fairen Zweikampf gegen seinen Gegenspieler mit der Nummer 4. Im Zuge dessen fiel dieser zu Boden. Als sich beide wieder gegenüberstanden, brannten bei dem Spanier sämtliche Sicherungen durch: Er stellte sich vor Saur auf und verpasste ihm eine schallende Ohrfeige. Saur drehte sich wortlos um und entfernte sich aus der Gefahrenzone. Wir anderen blieben sekundenlang wie angewurzelt stehen und schwiegen. Wie ein gedopter amerikanischer Sprinter hastete der Schiedsrichter herbei und gab der Nummer 4 die rote Karte. Dieser drehte sich ebenfalls wortlos um und trottete an unserem Tor vorbei zur Umkleidekabine.

„Viel Spaß beim Duschen!", rief ihm König hinterher.

Dieser Satz ließ ihn endgültig Amoklaufen. Wutschnaubend wie ein Stier startete er auf unseren Keeper los. König flüchtete mit einer panischen 180 Grad Kehrtwende im Sprint hinter sein Tor. Die 4 lief von der rechten Seite hinter das Netz und zwang dadurch König zu einer Verfolgungsjagd quer über den Platz. Er gab nicht auf, war aber gegen König, der seit Jahren im Leichtathletikverein Sprint trainierte, hoffnungslos unterlegen. König konnte es sich erlauben, ihn Kraft sparend näherkommen zu lassen, um dann wieder kurz das Tempo anzuziehen. So liefen sie Runde um Runde um den Fußballplatz. Da wir im Ansatz erkannten, dass er unseren Torwart nicht einholen konnte, hielten wir uns zurück und beobachteten die Jagd aus kritischer Distanz, um gegebenenfalls selbst flüchten zu können, falls die Nummer 4 die Aussichtslosigkeit ihres Unterfangen einsah und ihre Wut auf einen von uns umleiteten würde, in der Hoffnung, einen nicht so sprintstarken Kontrahenten zu erwischen. Nach etwa fünf Minuten Wilder Westen – der stolze Abwehrspieler konnte es sich vor den Augen seiner Landsleute offenbar nicht erlauben aufzugeben – wurde es einigen Spaniern sichtlich zu bunt. Sie verfolgten ihn in einer sternförmigen Formation von fünf Leuten, stellten ihn auf Höhe des 16 Meter Raums, packten ihn Schimpfworttiraden fluchend am Kragen, eskortierten ihn in die Kabine, zerrten ihn unter die Dusche und ließen eiskaltes Wasser sein kochendes Blut und seine überhitzte Psyche abkühlen. Dann wurde das Spiel fortgesetzt. Es nahm einen ähnlich dramatischen Verlauf und endete 4:4.

„Immer rasten die aus. Das macht keinen Spaß", schnaubte Saur vor Wut in der Kabine und kühlte sich mit einem Coolpack seine immer noch glühendrote Wange.

„Leute, in Zeiten brennender Asylbewerberheime sollten wir vorsichtig mit unseren Äußerungen sein", beschwichtigte Schönberg.

„Saur hat aber recht!", Elwain hob den Finger, „Wir haben viermal gegen Boluspor gespielt, viermal ist einer von denen handgreiflich geworden und vom Platz geflogen. Wir haben zweimal gegen den MSV Bonn gespielt, ein Spiel wurde abgebrochen, weil die den Schiedsrichter vermöbelt haben, im anderen sind zwei von denen wegen übler Fouls vom Platz geflogen. Und jetzt brennen bei dem hier die Sicherungen durch. Es ist eine empirische Tatsache, dass es in den Spielen gegen die Südländer kracht."

„Wir sind doch keine Ausländerfeinde, nur weil wir sagen, dass es keinen Spaß macht, wenn man nach einem fairen Zweikampf ne Ohrfeige bekommt", ereiferte sich Saur und wechselte das Coolpack gegen eine eiskalte Flasche Bier, die ihm Pocke reichte.

„Zufall! Gegen deutsche Mannschaften gibt es genauso rote Karten. Und wenn wir gegen Brüser Berg spielen kannst du auch davon ausgehen, dass es eskaliert. Und da spielen nur Deutsche", entgegnete Schönberg.

„Es ist ja auch immer nur ein einziger Schwachkopf, der das ganze Spiel versaut", sagte Jojo und leerte mit einem Zug eine Flasche Wasser.

„Richtig. Die rasten aus, weil sie Vollidioten sind. Und nicht, weil sie Ausländer sind. Sie haben sich nicht im Griff, weil sie nix in der Birne haben. Vollidioten gibt es nun mal überall auf der Welt, in allen Ländern. Umgekehrt waren das ja auch zu 97% faire Sportsmänner", sagte Pocke.

„Wenn die verlieren, haben einige von denen ihre Emotionen nicht im Griff und werden fanatisch“, Janni kramte nach seinem Shampoo, „Als Sportler muss man aber würdig verlieren können.“
„Haben wir eigentlich jemals eine rote Karte bekommen?“
Jojo wandte sich mit seiner Frage instinktiv direkt an Elwain:
„Zwei Stück. Einmal Pocke, als er in Oberdrees den Schiri als senilen Sack bezeichnet hatte!“
„Das war Notwehr! Das war ja auch kein offizieller Schiri.“
Pocke protestierte wie ein trotziges Kind.
„Und die Zweite?“
„Als ich gegen Ersdorf kurz vor Schluss den Ball auf der Linie mit der Hand gerettet habe“, sagte ich. Ich konnte mich noch genau daran erinnern, weil ich während der daraus resultierenden Sperre in den nächsten zwei Wochen auf Kreische spielte.
„Wenigstens haben die dann den Elfer vergeigt und das Spiel endete 0:0. Es hatte sich also gelohnt!“, schmunzelte Elwain.
„Ja, aber es gibt im Moment noch ein ganz anderes Problem … eine tickende Zeitbombe, wenn man so will.“
„Hilfe, was denn, um Himmels Willen?“
„König hört auf! Er will seine Leichtathletikkarriere forcieren, außerdem hat er als Trompeter Angst um seine Griffel.“
„Dann brauchen wir wohl dringend einen neuen Keeper.“
„So sieht es aus.“
Ein größeres Problem als einen fehlenden Torwart gibt es nicht, überlegte ich, jeder andere Verlust ist kompensierbar, ein Keeper nicht. Mir wurde plötzlich angst und bange. Das ganze Gefüge hing von einem stabilen Keeper ab. Auf Dauer brauchten wir dringend Ersatz, sonst war im Endeffekt sogar die gesamte Existenz der Mannschaft in Gefahr.

Mousse au Chocolat

Hallo Eisen-Reini, hier ist Udo!"
„Oh! Ereilt mich etwa die Vorfreude auf ein Hallenturnier?", fragte er mich voller Melodie in der Stimme.
„Nein, es geht um die Weihnachtsfeier. Sie findet am 23. Dezember statt. Die Vorstandstypen haben mich gebeten, kräftig die Werbetrommel zu rühren."
„Welch garstige Aufgabe. Sind dir denn nicht noch der laue Wind schamloser Altersheimfeiern und die penetranten Schwinger inhaltsloser Reden von den letzten Weihnachtsfeiern in Erinnerung?"
„Ja und die Tombola, wo der Vorstand seine selbst gestifteten Preise abgesahnt hat …"
„Krönung der Abgründigkeit war die Forderung von zwei Mark für ein Kölsch, sodass um ein Uhr niemand ernsthaft entsetzt war, als das Versiegen des letzten Fasses gemeldet wurde."
„Unterirdisch! Egal, die eigentliche Sensation ist, dass die Feier bei Arno im Keller stattfindet."
„Das bürgt in der Tat für Qualität und lässt hoffen. Marode Redner scheinen unter diesen Umständen ausgeschlossen. Ich bin dabei."
„Es wird zwar höllisch eng, wenn sich der gesamte Verein in Arnos Keller tummelt, aber es wird sicher auch gemütlich."
Arno hatte uns gelegentlich zu mannschaftsinternen Feiern in seinen Keller eingeladen, wobei er seine Frau stets ganze Gebirgszüge von Schnittchen schmieren ließ. Er wusste, dass uns die offiziellen Vereinsfeierlichkeiten ein Gräuel waren. Zu einem vollständigen Boykott konnten wir uns allerdings nie durchringen, da wir uns dem Vorstand in gewisser Weise zu Dank verpflichtet fühlten. Arnos Partykeller war von jener Sorte, wie er für Reihenhäuser der 70er-Jahre typisch war, mit einer Theke und Barhockern aus dunkler, rustikaler Eiche und einer Sitzgruppe mit Eckbänken, unter die man seine Beine sardinenbüchsenhaft quetschen musste. Statt Hirschgeweihe schmückten freilich Pokale, ikonenhafte Mannschaftsfotos und andere Erinnerungsutensilien an heroische Großtaten die Wände.
Jojo, Elwain, Eisen-Reini und ich erschienen beizeiten und sicherten uns die Sitzgruppe in Reichweite der Theke.

„Eine irische Kneipe ist ein Luftkurort gegen diesen Pumakäfig hier“, stellte Elwain fest.
„Was macht der denn da?“, betrachtete Jojo besorgt, wie Arno in einem silbernen Koffer wühlte.
„Mir fällt gleich das Frühstück aus dem Gesicht. Er baut ein Mikro auf. Ich ahne Fürchterliches“, imitierte Elwain Willy Brandt.
„Das darf doch nicht wahr sein. Bitte keine Tombola, jetzt!“
Sofort hatte ich Eisen-Reini gegenüber ein schlechtes Gewissen, da ich am Telefon den üblichen Vereinszinnober mehr oder weniger ausgeschlossen hatte. Der Vorsitzende ergriff das Wort, fasste anhand einer Aneinanderreihung unsäglicher Plattitüden die sportliche Entwicklung des Vereins im abgelaufenen Jahr zusammen und leitete fugenlos zur Tombola über. Unmut und Brüskierung über die gähnende Langeweile und über die humorlose Darbietung erfasste zunächst unsere Mannschaft, später dann mehr oder weniger den gesamten Raum. Olly, der Mittelstürmer der ersten Mannschaft, riss der Geduldsfaden. Er erhob sich und übernahm das Kommando:
„Ey, gib mir mal das Mikro.“
„Äh, ja“, der Vorsitzende kratzte sich am Kopf, „Also, Olly, sollten wir nicht erst die Tombola abwarten, bevor du etwas sagst?“
„Nein, lass mich jetzt mal“, raunzte Olly, seit Jahren im Verein und somit ein unerschütterlicher Stützpfeiler. Er kaperte mit einem beherzten Griff das Mikro aus der Hand des zur Salzsäule erstarrten Vorsitzenden, „Der nächste Preis geht an die Nummer 104“, sagte er, drängte den Vorstandsvorsitzenden nun ganz auf die Seite und blickte in ausnahmslos offene Münder. Einige schienen peinlich berührt, andere waren fassungslos, wiederum andere waren so mit dem Kampf gegen die Bierfässer beschäftigt, dass ihnen alles einerlei war. Der Vorsitzende setzte sich unsicher auf einen Barhocker.
„HIER, ICH HABE DIE 104!“, durchschnitt der Trainer der ersten Mannschaft mit einem erwartungsfrohen Ruf die peinliche Schweigsamkeit. Der Trainer trat nach vorne. Olly überreichte ihm seinen Gewinn, einen geschmacklosen, gusseisernen Kerzenständer, der auffallend phallusartig geschmiedet war:
„Hier Trainer, dein Gewinn. Ich glaube darüber freut sich in erster Linie deine Frau!“
Der Trainer packte den Dildo zunächst hilflos, kurze Zeit später dann peinlich berührt unter den Arm und ging von einem raunen-

den Gelächter begleitet zu seinem Platz zurück. Das war der Wendepunkt: Aus einer Spießerveranstaltung wurde Kabarett. Olly hatte es mit dieser Frivolität auf Anhieb geschafft, den Abend zu retten. Unterdessen trank Elwain ein Bier nach dem anderen und war nach der Tombola, die mit einem tosenden und lang anhaltenden Applaus für die feindliche Übernahme des spontanen Moderators beendet wurde, schon voll bis unter die Hutkrempe. Er ging nun dazu über, zusätzlich zu seinen Bieren auch die undefinierten Reste aus gestrandeten Gläsern zusammenzuschütten und zu zechen. Alsbald saß er manövrierunfähig wie ein havarierter Tanker da. Ich war ernstlich besorgt:
„Jojo! Wir müssen aufpassen, dass der Elwain nicht Auto fährt. Du kennst ihn ja, er geht keinen Millimeter zu Fuß."
„Stimmt. Am besten klauen wir ihm den Autoschüssel."
„Habe ich auch schon überlegt. Geht aber nicht, er hat sie zu tief in der Hosentasche. Wir können ihn hier jetzt unmöglich befummeln."
„Dann sollten wir Obacht geben, dass er sich nicht rausschleicht. Irgendwann später schnappen wir ihn uns, sagen ihm dass es im Ahorn weiter geht und bringen ihn nach Hause", schlug Jojo vor.
„Das Auto muss er sich dann eben morgen holen gehen."
„Er wird nach einem Taxi winseln."
„Hey Olly, danke für diese abgefahrene Nummer eben! Du hast uns den Abend gerettet. Selten so gelacht!", feierte Pocke seinen alten Freund. Sie kannten sich schon ewig, weil sie zu Jugendzeiten als gefürchtetes Sturmduo gemeinsam gewirbelt hatten.
„Leiteten dich spontane Impulse oder war dieser Coup von langer Hand vorbereitet?", fragte Eisen-Reini.
„Spontan!", grinste Olly quer über seinen Dreitagebart.
„Glaubst du, dass dich der Trainer jemals wieder aufstellt?", fragte Jojo.
„Natürlich, sonst macht er sich lächerlich. Außerdem war der Gag so schlimm nun auch nicht."
„Wie sieht es eigentlich bei euch aus? Könnt ihr wieder aufsteigen?", fragte Jojo.
„Nein. Wir siechen im Mittelfeld der Tabelle und kommen einfach nicht nach oben. Und ihr?"
„Wir sind Sechster. Keine Ahnung, ob es langt. Wenn ich wüsste wie viele Mannschaften dieses Jahr aufsteigen. Aber die ersten drei

sind einfach zu stark für uns. Von daher wird es wahrscheinlich wieder nicht klappen“, analysierte ich die Hinrunde.
„Was fehlt euch denn?“, hakte Olly nach und erblickte dabei grinsend Elwain, der sich gerade aus drei Resten ein ganzes Bier mixte.
„Die unteren Mannschaften beherrschen wir mittlerweile ganz klar“, Pocke winkte lässig ab, „Aber gegen die Jungs von ganz oben langt es einfach nicht. Wir sind da noch zu grün und zu unerfahren, verlieren zu viele Zweikämpfe und treten zu brav auf!“
„Wir müssen nach wie vor personell zu viel improvisieren. Und jetzt haben wir auch noch ein handfestes Torwartproblem“, ergänzte ich, „Wir bräuchten in jedem Mannschaftsteil noch einen guten Mann.“
„UDO, VERDAMMT, ELWAIN IST WEG!“, rief Jojo in mein Resümee.
„Los! Sofort zum Auto, vielleicht ist er noch nicht weg.“
Mit brachialem Ellebogeneinsatz pflügte uns Jojo eine Schneise durch den restlos überfüllten und verrauchten Partykeller. Wir stürzten die Treppe hinauf und sprinteten zum Auto. Der Wagen stand völlig friedlich auf seinem Parkplatz.
„Von Elwain keine Spur.“
Jojo hastete atemlos zurück zur Eingangstreppe.
„Der wird ja wohl jetzt nicht etwa Lufthansa gemacht haben?“
„Quatsch. Alleine gehen konnte der nicht mehr.“
„Der hatte eine komplette Saugverwirrung“, stellte ich fest.
„Hallo Arno. Gut, dass du gerade kommst. Hat sich der Elwain eben von deinem Telefon aus ein Taxi bestellt?“
„Nein. Meine Frau hat eine Stunde mit ihrer Schwester telefoniert.“
„Ach deswegen stockt der Schnittchennachschub“, folgerte Jojo.
„Du stehst ja immer noch hier“, sagte Arno zu Eisen-Reini, der seit geraumer Zeit vor der Toilette wartete.
„Man hört einen ausdauernden Gesell mit strapazierter Blase hinter dieser Tür.“
„Hast du mal reingeguckt?“
„Ja, nur ganz kurz. Ich glaube, es ist der Trainer der Ersten.“
„Ist der mit seinem Gewinn da drin?“
„Wie lange willst du denn noch warten?“, lachte Jojo.
„Das Gebüsch baut sich in immer klareren Konturen als ernst zu nehmende Alternative auf.“
„Und wenn Elwain doch zu Fuß gegangen ist …?“

Eigentlich war meine Frage schwachsinnig, dazu kannte ich Elwain zu gut. Ich zog Jojo am Ärmel und ging die Treppe herunter.
„Udo! Der geht ja noch nicht mal auf dem Campingplatz zu Fuß aufs Klo. Erst recht nicht, wenn er getankt hat."
„Vielleicht ist er ja doch noch unten. Lass uns noch mal schauen."
„Weiß einer von euch, wo Elwain ist?"
Pocke und Olly saßen ins Gespräch vertieft auf der Bank.
„Keine Ahnung."
„Na, Arno! Haben dich die beiden gerade vom Bayernporno weggeholt?", fragte Olly gestärkt durch seine schlüpfrige Moderation.
Keiner der Anwesenden wusste etwas über Elwains Verbleib. Auch Eisen-Reini nicht, der sichtlich erleichtert den Raum betrat.
„Oh, das Klo ist endlich wieder frei", sagte Jojo spitz.
„Mitnichten! Ich war im Gebüsch."
„Ich glaube, ich weiß jetzt, wo Elwain steckt …"
Ich musste an eine Episode vom Oktoberfest denken. Hier war Elwain mit ein paar Jungs hingefahren. Abends im Festzelt war Elwain genauso plötzlich verschwunden wie hier. Erst als das Zelt dicht gemacht wurde und nur noch die Zenzis zum Aufräumen da waren, gaben die Kumpanen ihre Suche auf und fuhren ohne ihn ins Quartier. Irgendwann in der Nacht ist Elwain dann aufgewacht. Er war auf dem Klo eingeschlafen und hatte nichts mitbekommen. Er stand auf und traute seinen Augen nicht: Er trat in ein dunkles, geleertes und stilles Oktoberfestzelt. Dann quetschte er sich durch eine kaputte Plane und nahm sich ein Taxi ins Hotel, bevor er am nächsten Morgen seine Lederjacke als kapitalen Sickerverlust zu beklagen hatte.
„Mach es nicht so spannend", opponierte Pocke gegen meine Kunstpause.
„Das Klo ist seit Jahrhunderten besetzt …!"
Die Anderen wussten sofort Bescheid. Arno, Jojo und ich gingen hoch, klopften Sturm und retteten unseren Freund vor orthopädischen Folgeschäden, da er auf dem Klodeckel eingeschlafen war und eine ungesunde Schieflage eingenommen hatte. Zum Glück hatte er nicht abgeschlossen.
„Elwain, die Party ist vorbei. Wir machen im Ahorn weiter. Kommst du noch mit auf einen Absacker?", flunkerte ich.
„Klar, Mann."

Elwain hatte die Gabe, seine Sprachmelodie- und Stimmfestigkeit jederzeit zu behalten ohne peinlich zu lallen, was ihn davor verschonte, ihm seinen Zustand an einem vorübergehend gestörten Sprachzentrum ablesen zu können. Nur seine Koordination machte ihm schwer zu schaffen. Um ihm glaubwürdig vorzugaukeln, dass das Fest zu Ende sei, nahmen wir seine Arme auf unsere Schultern und schleiften ihn auf die Straße, ohne uns im Partykeller von den anderen zu verabschieden.
„Gehen wir zum Auto, oder watt?“
„Nein“, sagte Jojo streng.
„Es ist nicht mehr weit“, log ich in Anbetracht der Tatsache, dass nach einer groben Peilung noch mindestens drei Kilometer zu bewältigen waren, eine apokalyptisch lange Strecke, wenn man einen betrunkenen Elwain im Schlepptau hat.
„Udo, der Olly ist ein verdammt cooler Typ!“, bemerkte Jojo.
„Ja, er hat aus einer lethargischen Tombola ein Ereignis gemacht.“
„Irgendwie passt der vom Humor nicht in die erste Mannschaft.“
„Ich kann nicht mehr!“, winselte Elwain und zog seine Beine nach.
„Nicht aufgeben“, Jojo verzog das Gesicht, weil Elwain an einer Bordsteinkante hängen blieb und uns so aus dem Rhythmus brachte, „Gleich gibt es frisches Bier im Ahorn.“
„Ich nehme ihn gleich mit zu mir. Er kann bei mir ratzen. Wir können ihm nicht auch noch zumuten, bis nach Hause zu laufen. Das ist fast noch mal ein ganzer Kilometer mehr“, flüsterte ich Jojo zu.
„Gute Idee. Der würde den Weg eh nicht mehr finden.“
„ICH KANN NICHT MEHR!“
Elwains Ton wurde nun schon deutlich renitenter. Außerdem wurde er immer schwerer. Meine Schulter schmerzte. Besonders unangenehm war, dass ich mich durch seinen torkelnden Gang nicht auf zielgerichtete Bewegungen seinerseits einstellen konnte.
„ICH KANN NICHT MEHR!“
„Elwain, du legst einen guten Schnitt vor. Die Hälfte ist schon fast geschafft!“
„Es ist schon erstaunlich. Der ist voll wie 1000 Russen und spricht in einer völlig klar verständlichen Sprache“, bemerkte ich.
„ICH KANN NICHT MEHR!“, quengelte Elwain nun gellend.
„Wir müssen ihn ablenken“, schlug Jojo leise vor.
„Elwain, hast du bei der Tombola etwas gewonnen?“

„An Erfahrung“, sagte er mechanisch.
„Wie fandest du denn den Olly bei seiner Aktion?“
„ICH KANN NICHT MEHR!“, mäkelte er erneut und stampfte dabei wütend mit dem Fuß auf den Boden.
„Ganz ruhig. Gleich ist es vorbei. Sollen wir kickern?“
Wir bemühten uns, dass Tempo ein wenig zu verschärfen, indem wir ihn noch mehr zogen. Wie ein Sack Kartoffeln ließ er seinen Körper resignierend hängen und starrte dabei unentwegt ins Leere.
„TAXI!“, brüllte er plötzlich.
„Das sind keine Taxis, das sind Firmenwagen von der verdammten Malerei hier.“
Jojo zeigte auf einen beigen Lieferwagen mit Reklame an den Türen, als wir eine Straße des Industriegebietes streiften und so bei Elwain kurzzeitige Hoffnung auf Erlösung geweckt wurde.
„Moment mal.“
Elwain seilte sich von uns ab und hangelte sich gebeugt an einer Mauer entlang, als wir durch die Bahnunterführung taumelten. Er stellte sich wankend vor ein Gebüsch und hielt sich den Bauch.
„Verfluchtes Mensaessen.“
„Warum?“
„Eines hätte ich heute nicht essen dürfen …“, brummte er.
Elwain war kakigrün im Gesicht.
„Was denn?“
„Mousse au ChocolaaaaaaaAAAAAAAAA!“, antwortete er und ging beim letzten Vokal in einen Würgeschrei über, mit dem er brunftartig seinen Magen entleerte.
„So, jetzt geht es mir besser …“
Von nun an ließ er sich nicht mehr so durchhängen. Wir näherten uns meiner Wohnung. Jojo half mir noch bei der Königsetappe, die darin bestand, ihn sicher in den vierten Stock zu hieven.
„Das wäre geschafft. Es gibt sicher einen lohnenswerten Muskelkater in den Schultern“, sagte Jojo zum Abschied.
„Übrigens: Frohe Weihnachten! Jetzt ist schon der 24. Dezember“, rief ich ihm hallend durch das Treppenhaus hinterher, da er schon kehrtgemacht hatte. Dann rollte ich eine Matte aus, bettete meinen Freund und bedankte mich beim Schicksalsgott, dass alles draußen war, bevor wir in meiner Wohnung waren.

Elwain wälzte sich schwerfällig und hielt sich den Kopf.
„Strack Chirac", begrüßte er mich.
„Moin Elwain, ich hab mir erlaubt, deinen Zustand vorauszusehen und Kaffee gekocht, einen O-Saft gepresst und zwei Aspirin aufgelöst?"
„Wie? Was ist passiert? Wo bin ich?"
„Erzähl ich dir auf der Fahrt, trink das, wir müssen gleich deinen Wagen bei Arno abholen."
„Wagen? Arno? Hä?"
„Anschließend müssen wir noch nach Bonn zum Weihnachtsmarkt. Du wolltest noch alle Geschenke für deine Familie kaufen."
„Wie bin ich hierhin gekommen? Mit dem Taxi? Ich raff nix."
Als Zeichen erwachender Lebensgeister setzte er seine Brille auf, kippte meine Spezialmischung nacheinander herunter und blies zum Aufbruch.
Das Gelände des Weihnachtsmarktes war von gespenstischer Ruhe erfasst. Sanft fallender Schnee packte die dezenten urbanen Geräusche in Watte und verwandelte sie in echolose Töne. Karge Fußspuren zeichneten Wege zu den einzelnen Ständen, die größtenteils schon unwiderruflich verbarrikadiert waren.
„Was suchst du denn?", fragte ich meinen Freund.
„Keine Ahnung. Irgendwelchen Nippes halt für meine Mutter. Meinem Vater hole ich gleich noch einen Autobildband. Aber meine Mutter ist jedes Jahr eine harte Nuss."
„Erst mal Poffertjes", schlug ich ein weiteres Katermittel vor.
„Hervorragende Idee."
Nach der Stärkung steuerten wir die restlichen offenen Stände mit den ganzen verkitschten Grausamkeiten an und zogen ohne zündende Idee von dannen. Mein Freund war zwischen Gipsengeln, Gewürzen und Holzsägekram maßlos überfordert. Die Uhr tickte unerbittlich gegen ihn. Bald würde er ohne Geschenk da stehen.
„Jedes Jahr das selbe Drama. Dieses Weihnachtsgetue geht mir voll auf den Zeiger", rohrspatzte er.
„Elwain, du kannst ja noch ein Weilchen schauen. Ich gehe mal kurz in den CD-Laden. Lass uns in einer halben Stunde wieder treffen."
Ich hatte das Gefühl, Elwain in seiner Orientierungslosigkeit nicht helfen zu können. Hinter dem Bonner Münster entdeckte ich Sparki, wie er hektischen Schrittes in die Fußgängerzone eilte:

„Hey Sparki! Die Buchhandlung hat schon zu. Spar dir die Mühe."
„Echt?", er schaute versteinert, „Was soll ich denn jetzt machen?"
„Kleiner Scherz! Ich komme mit, ich brauche noch Lektüre."
„Jedes Jahr das gleiche Trauerspiel. Ich laufe am 24. sinnlos durch die Stadt und lande wie immer bei Bouvier. Ich kann mit diesem ganzen Oh-Tannenbaum-Quatsch nichts anfangen! Überall stinkt es nach Zimt. Wem bringt das was, außer dem Einzelhandel?"
Ich konnte die Ressentiments meiner Freunde nicht nachvollziehen. Ich war immer ein enger Verfechter der Weihnachtsrituale. Ich liebte es, Geschenke mit Bedacht auszuwählen. Ich fand es großartig, mich nach langen Winterspaziergängen mit eiskalten Füßen auf feiste Plätzchenteller zu stürzen, bis am zweiten Feiertag schließlich nur noch die laschen Kokosoblaten übrig blieben. Für gewöhnlich ackerte ich mit Klößen und Braten vollgestopft einen dicken Wälzer durch. Zweieinhalb Tage waren für mich genau die richtige Zeitspanne, bevor die weihnachtliche Ruhe nervte. Meist fand ich die gemächlichen Tage mit der sinnlosen Bezeichnung „Zwischen den Jahren" sogar noch schöner. Während wir bei den Neuerscheinungen stöberten erkannte ich, dass ich auch in diesem Fall keine Stütze bei der mit heißer Nadel gestrickten Hatz nach Geschenken sein würde und verabschiedete mich.
„Hast du was gefunden?", fragte ich Elwain sofort, aus dessen Lachen Stolz und Erleichterung herauszulesen war:
„Ja!"
„Übrigens, die Buchhandlung hat schon zu", wiederholte ich meinen miesen Scherz und blickte in ein ebenso entsetztes Gesicht, „Schon gut, kleiner Gag am Rande. Nun mach es nicht so spannend. Zeig mal das Geschenk für deine Mutter."
Er zog ein überdimensionales Lebkuchenherz aus der Plastiktüte. In der Mitte stand mit rosa Zuckerguss „Mutti ist die Beste!" Drumherum waren weiße Wölkchen angedeutet. Hossa, dachte ich, ein 24-Jähriger schenkt seiner Mutter ein Lebkuchenherz mit Wölkchen zu Weihnachten. Auf diese Idee muss man erst mal kommen.
„Sie wird sich bestimmt sehr freuen."
Ich entschied mich für eine neutrale Antwort und konnte den Ausbruch eines Lachanfalles gerade noch so unterdrücken.

Draußen nur Kännchen

Hallo Pocke. Wo warst du gestern, du Hammel?"
Ich fragte ihn recht barsch, da er beim Spiel in Pech ohne abzusagen gefehlt hatte, obwohl er sehr euphorisch gestimmt war, weil wir nach einer sehr erfolgreichen Hallenserie auch gut aus den Startlöchern in die Rückrunde gekommen waren.
„Tja, äh. Hallo Udo. Schön. Äh. Also, Ich wollte dich auch gerade anrufen! Wie haben wir denn gespielt?", stammelte er hörbar verunsichert. Es war völlig ungewöhnlich, dass er ohne Entschuldigung nicht erschien. Zwar kam er schon mal zu spät, zwar nötigte er uns manchmal nach wie vor zum Umweg über Odendorf, um seine Fußballschuhe „noch mal eben schnell nur ganz kurz ich schwöre, es ist das letzte Mal" zu holen. Aber einsatzbereit war er unter dem Strich immer.
„Wir haben unseren Angstgegner mit 7:2 geschrubbt!"
„Unfassbar. Wer hat denn die Buden gemacht?"
„Hast du Zeit? Dann erzähle ich dir alles in Ruhe!"
Ich schlug ein verspätetes Frühstück vor.
„Hm. Eigentlich wollte ich ein Bild fertig machen. Das kann ich aber auch nachher noch machen. Oder heute Nacht. Oder morgen."

„Zwei Käsebrötchen und eine Tasse Kaffee", bestellte Pocke.
„Draußen nur Kännchen!"
Die Bedienung antwortete in strengem Ton, ohne uns eines Blickes zu würdigen. Es waren die ersten warmen Tage im späten April. Wir lechzten nach den ersten außengastronomischen Möglichkeiten.
„Was soll der Quark? Wieso ist es nicht möglich, Kaffe in Tassen zu schütten und nach draußen zu bringen? Ich bezahle das doch auch!"
„Draußen nur Kännchen", wiederholte sie monoton.
„So etwas gibt es nur in Deutschland", Pocke schüttelte den Kopf, „Es kann doch nicht sein, dass sie durch eine solch schwachsinnige Anordnung einen Kunden vergraulen. Wo ist das Problem?"
„Ich kann daran nix machen. Es gibt draußen nur Kännchen!"
Sie blieb bei ihrem genervten Sprachstil. Wahrscheinlich hätte sie dies unterlassen, wenn sie gewusst hätte, dass Pocke sich bei offenkundigem Schwachsinn in ein Plädoyer hineinsteigern konnte.

„O.K., dann schütten sie bitte die Menge einer großen Tasse Kaffee in ein Kännchen und bringen mir die große Tasse mit. So kann ich mir aus dem Kännchen eine große Tasse Kaffee machen und alle haben bei diesem wundervollen Wetter ihr Gesicht gewahrt."
Er schmunzelte verschmitzt. Auch ich konnte dieser Unerträglichkeit nur noch mit Zynismus begegnen:
„Ich hätte da noch einen anderen Vorschlag. Wir setzen uns kurz rein, bestellen zwei Tassen Kaffee. Dann erkennen wir plötzlich das schöne Wetter und gehen raus …"
„Darf man eigentlich drinnen keine Kännchen bestellen sondern nur Tassen?", setzte Pocke noch oben drauf. Die bis dato unnahbare Bedienung konnte sich ein Lachen nicht mehr verkneifen.
„Ich schaue mal, was sich machen lässt …"
Einige Minuten später brachte sie zwei große Tassen Kaffee nach draußen und sicherte sich dadurch ein üppiges Trinkgeld.
„Also, wer hat denn nun die sieben Buden gegen Pech gemacht?"
„Zweimal Saur, Jojo, Schönberg, Gerald und zweimal habe ich ihn reingetachtelt. Und das Beste ist: Wir haben einen neuen Keeper."
„Aha, Gott sein Dank, wen denn?"
„Er heißt Torsten. Ein neuer Arbeitskollege von mir."
Ich hatte Torsten bei meinem Dienst im Kinderheim als extrem introvertierten Menschen kennengelernt, wo ich ihn zu Beginn seines Zivildienstes eingearbeitet hatte. Ich lud ihm umgehend zum Spiel gegen Pech ein. Er fing sofort Feuer. Wir hatten einen neuen Torwart, kurz bevor die improvisierten Lösungen im Tor zu einer ernstlichen Belastung auswuchsen. König indes lebte in den Trikots weiter, die er im Süden Portugals für uns organisiert hatte.
Pocke guckte verlegen durch die Gegend. Er wusste, dass nun die Stunde der Wahrheit gekommen war.
„So, und jetzt mal Butter bei die Fische. Warum hast du nicht abgesagt? Wir haben uns echt Sorgen gemacht, Mann!"
„Ist ne lange Geschichte."
Er stammelte wie ein Schulbub, den man beim Rauchen auf dem Klo erwischt und zu vier Wochen Hofdienst verdammt hatte.
„Egal. Ich will sie in epischer Breite hören. Wenn du nicht kommst, muss es schon etwas Gravierendes sein."
„Es ist etwas peinlich."
„Hör auf zu winseln."

„Möchten Sie noch einen Kaffee?", fragte die Bedienung beim Anblick unserer leeren Tassen.
„Äh, ja, gerne", antwortete Pocke.
„Dann hätten sie ja gleich ein ganzes Kännchen nehmen können."
„Stimmt eigentlich."
Nun lachten alle.
„Jetzt erzähl schon: Wo warst du?"
„Also gut. Ich war am Freitag mit meiner Freundin bei Ikea."
„Du warst am Freitag bei Ikea und konntest Sonntag deswegen nicht spielen? War eins von den 25 Hackbällchen etwa schlecht?"
„Nun warte doch mal ab. Sie hat sich ein Regal für das Wohnzimmer ausgesucht, mit Glasböden und so. Hägar, nee Arne, nee warte, Bolle, ach, weiß nicht mehr, ist ja auch egal, jetzt."
„Sensationelle Neuigkeit."
„Das habe ich dann am Samstag zusammengebaut. Und als ich am Sonntag zum Spiel fahren wollte ..."
„... ist dir eingefallen, dass deine Schuhe in Odendorf stehen ..."
„... Schwachkopf ... nein, dann macht es plötzlich einen ohrenbetäubenden Krach. Die gesamte Konstruktion ist in sich zusammengefallen. Wie ein Kartenhaus, einfach so. Zu einem einzigen Schrotthaufen pulverisiert. Es hat den ganzen erbärmlichen Weibertinnef unter sich begraben. Sie hat mir dann einen gehörigen Einlauf verpasst und mich dazu genötigt, diesen komischen Bolle oder wie er heißt ohne Verzug wieder aufzubauen."
„Damit hast du dich auf jeden Fall für die Top drei unserer kuriosesten Absagen qualifiziert."
Ich versuchte ihn mit einem Scherz aufzubauen, da ich wusste, dass ihn dieses Missgeschick als ausgebildeten Schreiner in seiner Ehre kränkte, auch wenn man die Unberechenbarkeit von Ikea-Versatzstücken und deren Tendenz zu einem Eigenleben bedachte. Apropos Schreinerlehre, schoss es mir in den Kopf:
„Sachma, Was macht eigentlich dein Studium?"
„Am Donnerstag ist Aufnahmeprüfung. Aachen. Möbeldesign."
„Ist ja interessant. Was musst du denn machen?"
„Eine Bewerbungsmappe fertig stellen! Zu verschiedenen Oberthemen Kunstwerke gestalten."

Erst traute ich mich gar nicht, dann fragte ich ganz vorsichtig, wusste ich doch um seine Tendenz, auf den allerletzten Drücker zu arbeiten:
„Und? Alles schon eingetütet?"
„Geht so. Muss noch ein, zwei Nachtschichten einschieben …"
„Hm. Wieso frühstücken wir dann noch? Auf an die Staffelei!"
„Später. Ist eigentlich auch nicht so wichtig; ich will im Endeffekt gar nicht nach Aachen, aber schaden kann es nicht, mal so eine Prüfung mitzumachen. Sag mal, hast du nicht Bock, mitzufahren?"
„Tja, am Donnerstag habe ich den ganzen Tag Uni. Ist echt ne entscheidende Phase jetzt, mit Klausuren und Examensarbeit und so."
„Wir könnten auf dem Rückweg bei Saturn vorbei fahren, CDs kaufen, und dann lade ich dich zum Essen ein", lockte er mich mit halbseidenen Versuchungen.
„O.K., o.k. Der Geist war willig und das Fleisch war billig. Wann soll es denn losgehen?"
„Um zehn Uhr muss ich da sein. Acht Uhr Abfahrt."
„Hoffentlich bringt es dir Glück. Beim Elwain damals hat es ja auch geholfen. Sieh zu, dass du dir den Brief noch mal durchliest. Nicht, dass du Fotos machen sollst aber alles mit Wasserfarben malst."
Die Erinnerung an Elwains Vabanquespiel kam mir fotografisch in Erinnerung. Vor meinem geistigen Auge erschienen die beiden fassungslosen Dozenten der Musikhochschule Siegen. Dann fiel mir ein, dass es vielleicht ein neckischer Gag sein könnte, wenn Elwain auch mitführe.

Noch eine Aufnahmeprüfung

Elwain stieg unvermittelt ein und stellte für die Fahrt nach Aachen mit Stolz geschwellter Brust seinen frisch erworbenen Strich 8er mit den roten Nummern der Tageszulassung zur Verfügung – ein kultiger Mercedes aus den 70er Jahren.

„Hübscher Kachelofen!“, sagte ich erstaunt, bevor die Jungfernfahrt beginnen konnte. Vorsichtig positionierte ich meinen Rucksack auf dem Rücksitz neben Pockes schwarzer DIN A 3 Mappe, die durch eine Schleife zusammengehalten wurde und die geforderten Werke beinhaltete.

„Darf ich trotz der historischen Sitze frühstücken?“, fragte ich eingeschüchtert.

„Nur, wenn ich auch was bekomme …“

Elwain lechzte nach einem Schokocroissant, welches er aus dem Augenwinkel entdeckt hatte.

Pocke wirkte wortkarg und in sich gekehrt. Er bastelte seit geraumer Zeit an seinem Fachabitur und finanzierte sich mit einem Job als Schreiner sowie temporär ergaunerten elterlichen Geldspritzen. Ein Fachhochschulstudium sollte die nächste Stufe sein.

„Alles im Lack für das Bewerbungsgespräch?“

„Guck mal in die Mappe. Sag ehrlich: Wie findest du die Bilder?“

„Ich bin kein Kunstfachmann! Wie lautet denn das Thema?“

„Perspektiven! Außerdem sollen wir zu eigenen Themen drei Bilder in verschiedenen Techniken gestalten.“

„Das hier gefällt mir!“

Ich fixierte ein Bild, auf dem er auf einer Wiese in extremer Hanglage verschiedene farbige Plastiktäfelchen in unterschiedlichen Lagen positionierte und im Foto festhielt.

„Oh, hier: Ein Fußballer in Ölfarbe! Sehr schön.“

Ein schlaksiger Spieler trifft in dynamischer Schusshaltung eine Weltkugel, die den Ball darstellt. Unzweifelhaft hatte er einen Zeitungsausschnitt aus dem Lokalteil als Vorlage genutzt, wo ich im Spiel gegen Wachtberg einen Freistoß schieße.

„Ich nenne es ‚Weltfußballer‘“, sagte er stolz.

„Es ehrt mich, dass ich als Blaupause dienen durfte! Du überraschst mich immer wieder.“

Ich war verlegen, da mir bewusst wurde, dass ich nun Teil der Aufnahmeprüfung sein würde, betrachtet von Experten und Kennern. Elwain genoss still die majestätische Fahrt mit dem Strich 8er.
„Trotz allem, die Mappe ist totaler Unfug“, sagte Pocke.
„Wieso das denn?“
„Wir müssen zwölf Bilder abgeben. Ich habe aber nur neun. Eigentlich sind nur sieben davon richtig gut. Die beiden anderen habe ich heute Nacht noch schnell hingeschmiert.“
„Schon wieder jemand, der sich nicht an den Brief hält.“
Mein fader Witz konnte die Lage nicht wirklich entspannen.
„Egal, eigentlich will ich überhaupt nicht nach Aachen. Ich lass heute mal einen Versuchsballon starten. Das kann ja nix schaden.“
„Komm! Ich habe auch nicht alle Anforderungen aus dem Brief erfüllt und bin trotzdem genommen worden. Es hängt immer davon ab, ob die Prüfer gut gefrühstückt haben oder nicht“, sagte Elwain.
„Die haben dich genommen, weil du genial bist. Aber ich verwette meinen Arsch, dass es hundert Mappen gibt, die besser sind.“
Je mehr wir darüber sprachen, desto gleichgültiger wurde Pocke. Plötzlich kam mir ein Gedanke:
„Ich habe eine Idee! Ich bereite gerade eine Praktikumsmappe für mein Schulpraktikum vor.“
„Na und?“
„Ich habe eine Stunde über Bauernhöfe gehalten. Dazu hatte mir meine Freundin mit Bleistift einen Bauernhof mit Hühnern gezeichnet. Ziemlich detailliert, mit Schatten und so.“
„Was soll mir das jetzt bringen?“
„Ich habe es im Rucksack. Dann sind es schon mal zehn.“
„Her damit!“
Ich kramte das Bild aus dem Rucksack und präsentierte es stolz.
„Hm. Nicht schlecht: Leg es einfach mal dazu.“
„Ist es schlimm, dass es ein wenig geknickt ist?“
„Egal, Hauptsache ein Bild mehr.“
„Die Perspektive eines aufgescheuchten Hühnerhaufens …“
Der krampfhafte Bezug zum Thema war so erbärmlich, dass er fast schon wieder genial war.
„Wir liegen gut in der Zeit, aber ich bin nicht sicher, ob ich da wirklich reingehen soll“, sagte Pocke, als wir Köln passiert hatten.
„Wieso denn das nicht?“

„Es ist doch abgrundtief peinlich, da rein zu gehen und zu sagen: ‚Tut mir außerordentlich Leid, Jungs. Aber meine Mappe ist leider nicht fertig geworden. Ich hatte Migräne, oder so.' Das kann man doch nicht ernsthaft bringen."
Dazu fiel mir nichts mehr ein. Wir schwiegen. Natürlich ist es behämmert, mit einer unvollständigen Mappe bei einem Bewerbungsgespräch aufzukreuzen, dachte ich, aber auf der anderen Seite zählt doch letztendlich das Talent, es ist im Prinzip wie bei Elwain. Warum sollten sie ihn nicht nehmen, wenn sie erkennen, dass er geniale Züge hat? Künstler sind halt sensibel und nicht immer alltagstauglich. Aber genau das macht sie doch so sympathisch. Das werden die in der Kommission ja wohl auch wissen. Außerdem ist es Nonsens, nach Aachen zu fahren und dann einfach so wieder umzukehren, wenn es ohnehin nur ein Versuch und vollkommen egal ist. Wenn wir schon mal hier sind, kann er auch gefälligst reingehen.
„Wir sind da! Elwain, du kannst da parken. Her mit der Mappe."
Pocke blätterte durch seine Werke und musterte sie so genau, als ob er sie zum ersten Mal betrachtete. Wahrscheinlich war es mit den beiden in nächtlicher Schicht entstandenen Kohlebildern tatsächlich so. Besonders begutachtete er den Bauernhof meiner Freundin:
„Nicht schlecht. Sie kann verdammt gut zeichnen. Die Schatten sind richtig gesetzt, die Proportionen stimmen und die Tiere wirken plastisch und voller Leben."
„Wenn sie das wüsste …"
„Trotzdem: Ich gehe nicht in da rein. Ich mache mich lächerlich. Ich will überhaupt nicht nach Aachen."
„Junge, komm mal runter! Wenn du nicht nach Aachen willst, wieso stehen wir dann überhaupt hier mit diesem Leichenwagen? Dir wird schon irgendwas einfallen, du kannst ja sagen, dass du lange Zeit krank warst und zur Not ein Attest nachreichen oder so."
„Nein. Ich bin doch nicht blöd. Mit einer unvollständigen Mappe da reinzuspazieren ist ja wohl voll das Mangel-Konzept."
„Du gehst rein!"
„Ich bleibe hier! Es hängt nix davon ab, also ist es egal."
„Wenn es wirklich egal ist, kannst du auch reingehen, Mann!"
„Kannst du nicht schnell noch ein Bild malen? Eine halbe Stunde ist ja wohl Zeit genug", schlug Elwain vor, der sich inzwischen den

Kicker auf das Lenkrad des Strich 8ers gelegt hatte und die Diskussion nur mit halbem Ohr verfolgte.
„Das bringt doch hier alles nichts."
„Pocke! Ich mache nicht einen ganzen Tag in der Uni blau, nur um einmal nach Aachen und zurückzufahren. Geh jetzt da rein, denk an Elwain und mach sie platt! Mann!"
„Ich denke gar nicht daran! Was sollen die denn von mir halten? Lasst uns lieber nach Holland fahren. Fritten essen. Vla kaufen."
Mir gingen die Argumente aus. Mein Freund blockierte wie ein störrischer Esel.
„Gib mir die Mappe, ich geh rein!", sagte ich in die Stille hinein. Ich folgte einem plötzlichen Impuls.
„Was laberst du da?"
„Ich gehe jetzt in diesen Saftladen da rein!"
„Und was willst du da drin bitteschön machen?"
„Mir fällt schon was ein. Aber ich fahre definitiv nicht nach Holland, Fritten essen jetzt."
Pocke war sprachlos. Ein äußerst seltener Zustand. Er verschnürte wie in Trance die Mappe und drückte sie mir in die Hand.
„Äh, ja, äh, viel Glück, dann also …"
Zu mehr als zu diesem jämmerlichen Gestammel war er nicht mehr in der Lage. Er ließ es willenlos über sich ergehen und verfiel in eine Duldungsstarre. Elwain las unbeeindruckt weiter. Ich betrat die Fachhochschule, wo mich eine spürbare Nervosität in den engen Räumlichkeiten erwartete. Unzählige Prüflinge wuselten ameisengleich umher und trugen ihre Mappen unter dem Arm. Ein aufgescheuchter Hühnerhaufen ist eine soldatische Stechschrittordnung gegen das, was hier abläuft, dachte ich, und rief mir grinsend den Bauernhof meiner Freundin als Analogie ins Gedächtnis. Ich bewaffnete mich mit einem unterirdisch schlechten Kaffee aus dem Automaten und machte dabei den unheilvollen Fehler, den abnormen Geschmack nicht mit einer Überdosis Zucker zu korrigieren. Dann orientierte ich mich im Gebäude und brachte den in einem übersichtlichen Zettel zusammengefassten Ablauf der Prüfung in Erfahrung. Nach Alphabet sortiert mussten wir in Achtergruppen nacheinander für eine Dreiviertelstunde in die große Aula. Hier sollten wir die Werke ausbreiten und Spalier stehen. Die Kommission würde dann durch den Raum streifen, die Bilder auf sich wirken

lassen und gezielte Fragen stellen, die mit Interpretationen und Hintergründen zu beantworten waren. Auch eigenständige, ungefragte Erklärungen waren erlaubt. 96 Bilder in 45 Minuten, da bleibt für ein Bild gerade mal eine halbe Minute Betrachtungszeit, rechnete ich. Wahrscheinlich fällt es nicht auf, dass zwei Bilder fehlen, wenn ich es erst gar nicht erwähne. Auf der Liste der Prüfungskandidaten war Pocke die Nummer sieben. Ich schaute mich um und entdeckte einen elegant gekleideten Mann, etwa Mitte dreißig, mit Dreitagebart und langen Haaren. Er durchblätterte seine Mappe, ich betrachtete seine Werke neugierig aus dem Augenwinkel. Sehr solide, dachte ich. Die besseren Bilder von Pocke haben mehr Leichtigkeit. Den Schlechteren merkt man an, dass sie mit heißer Nadel gestrickt wurden. Plötzlich fiel mir auf, dass ich zu lässig gekleidet war. Endlich wurden die ersten Kandidaten der Reihe nach hereingebeten:
„Bitte halten Sie Ihre Einladung und ihren Personalausweis bereit. Sie finden an den Tischen jeweils Namensschilder. Hier können Sie Ihre Bilder gut sichtbar auslegen. Wir wünschen allen Kandidaten viel Erfolg!", sagte der freundliche Prüfer mit warmer Stimme.
Verdammt. Personalausweis, daran hatte ich überhaupt nicht gedacht. Na ja, mit falschen Pässen haben wir ja Erfahrung, grinste ich. Ich verteilte die Bilder auf dem Tisch: Die großen platzierte ich außen, damit das Arrangement üppiger wirkte. Zunächst erfüllte ein erwartungsvolles Schweigen den Raum. Mit unsicheren Gesten erwiderten die Kandidaten die prüfenden und kritischen Blicke. Erst langsam taute die Verlegenheit auf und entwickelte sich schrittweise in ein flüsterndes Murmeln, bevor endgültig eine andächtige Gesprächsatmosphäre entstand. Der sympathische Prüfer, der die einleitenden Worte gesprochen hatte, kam direkt auf mich zu. Spontan ergriff ich die Initiative:
„Guten Tag, ich bin für einen Freund hier, er hat ‚Morbus Kreische Diarrhö' und liegt seit drei Wochen siechend im Bett. Ist ne üble Geschichte und erfordert viel Geduld. Es ist ihm außerordentlich wichtig, dass seine Bilder dennoch begutachtet werden!"
„Sehr tapfer von Ihnen, dass Sie sich der Prüfung stellen. Sind wir schuld am körperlichen Unbill ihres Freundes?"
„Um Gottes Willen, nein, keine Examensdiarrhö. Ist eher so eine Art … Virus. Kann man nix mit Antibiotikum machen, muss man aussitzen. Ich zeige Ihnen mal seine Bilder. Hier ist ein Bauernhof

zu sehen, der die scheinbar ziellose Perspektive eines aufgescheuchten Hühnerhaufens darstellt. Obwohl die Hühner orientierungslos umherlaufen, steckt in der Bewegung ein übergeordnetes System. So eine Art Schwarmintelligenz", analysierte ich fachmännisch.
„Interessant …"
Er kratze sich nachdenklich in seinem Dreitagebart. Sein Blick war prüfend und stechend.
„Was will er mit diesem Bild hier ausdrücken?"
Er zeigte auf mein Konterfei, was zum Glück so schemenhaft dargestellt war, dass mich nur Insider erkennen konnten.
„Das Bild heißt Weltfußballer. Es zeigt die Perspektive eines leidenschaftlichen Amateurspielers, für den Fußball manchmal die Welt bedeutet. Fußball ist ein globales Phänomen. Er verbindet Kulturen und Völker. Die Sprache des Fußballs ist international. Es gibt kein kulturelles Ereignis von weltweit höherem Interesse als eine WM!"
„Sehr gute Pinselführung … Interessante Idee, die dahinter steckt", antwortete er mit wohlwollendem Kopfnicken und stützte sein Kinn mit dem Daumen ab. Die anderen Bilder betrachtete er still. Wie von Geisterhand geführt konzentrierte er sich etwa eine halbe Minute auf ein Bild, genauso, wie ich es vorher ausgerechnet hatte. Ich hatte nicht den Eindruck, dass er sie abzählte. Witzigerweise kam mir dabei die Assoziation zu einem Gespräch mit Pocke, welches wir mal nach einer horrenden Niederlage in der ersten Saison geführt hatten. Dabei überlegten wir verwegen, ob man in einem Spiel gegen eine Mannschaft, gegen die man von vorneherein ohnehin keine Chance hatte, nicht einfach mal mit zwölf Spielern antreten sollte. Es war eine hochinteressante Frage, ob es jemand auf dem Platz oder von außen bemerken würde. Eigentlich war es ja ziemlich egal, weil das Spiel dann für den Gegner gewertet werden würde, wenn es auffliegen würde, aber es war ja ohnehin verloren. Hier nun fragte ich mich, ob er die fehlenden Bilder bemerkte.
Die beiden anderen Professoren kamen auch noch zu mir, betrachteten die Bilder jedoch stumm. Immer wieder machten sie sich dabei Notizen auf ihrem Zettel, den sie an einem Klemmbrett fixiert hatten. Kamen sie mit einem Prüfling ins Gespräch, verdeckten sie den Zettel vor ihrem Körper. Ich riskierte einen Blick auf die Ausarbeitungen der Konkurrenten, so wie es Alle heimlich zu tun versuchten. Kann man Kunst überhaupt objektiv bewerten? Wer garantiert,

dass die Arbeiten auch tatsächlich von den Prüflingen selbst hergestellt wurden. Kann es aufgefallen sein, dass der Bauernhof nicht von Pocke stammt? Kann ein Profi auf Anhieb erkennen, dass ein Bild aus der Reihe tanzt? Bei diesem Gedanken trieb es mir umgehend den Schweiß auf die Stirn.

„Bitte packen Sie Ihre Mappen zusammen und legen die Namensschilder dazu. Geben sie die Mappen der Dame an der Tür. In einer zweiten Phase betrachten wir in kritischen Fällen ihre Bilder noch einmal hinter verschlossener Tür. Wir schicken Ihnen in etwa zwei Wochen eine Benachrichtigung. Lassen Sie sich nicht entmutigen, falls sie nicht angenommen werden. Es spricht nicht gegen Ihr Talent. Nutzen Sie die Erfahrungen, die sie hier gesammelt haben."

Jetzt wird es doch noch auffallen, dachte ich.

Die beiden saßen unverändert im Strich 8er, Elwain selbstgefällig im Kicker vertieft, Pocke regungslos daneben. Dann fuhren wir doch noch nach Holland. An der Grenze wurde das rote Nummernschild mit Argusaugen betrachtet. Elwain geriet in Erklärungsnot und verklickerte dem beflissenen Grenzbeamten, dass er zu einem Oldtimertreffen in Maastricht unterwegs sei. Dabei verfiel er unbewusst in eine deutsch-holländische Sprechweise, weil er auf der Hinfahrt im Überschwang des spontanen Auslandsbesuchs mit seinem Supertanker die ganze Zeit geübt hatte, Rudi Carrell zu imitieren. Daraufhin brach Pocke auf dem Beifahrersitz vor Lachen zusammen.

Eine Woche später verführte mich Pocke erneut zu einer Aufnahmeprüfung nach Aachen. Diesmal hatte er für den Studiengang ‚Kommunikationsdesign' die Mappe inklusive Bauernhof vervollständigt. Als wir die Fachhochschule betraten, stießen wir in gähnend leere Räumlichkeiten. Pocke erkundigte sich bestürzt bei einem Kunstprofessor, der uns deutlich machte, dass die Prüfung vor zwei Tagen war – Pocke hatte beim Überfliegen der Einladung einen fatalen Zahlendreher im Datum heraus interpretiert. Der Professor ignorierte Pockes totale Gesichtsmuskelentgleisung und bot uns an, uns spontan als Nacktmodell zur Verfügung zu stellen, was wir nicht nur in Anbetracht seines zwielichtigen Äußeren dankend ablehnten. Auf der Rückfahrt stellten wir unisono fest, dass es für dieses Halbjahr mit Aufnahmeprüfungen genug sein sollte und es ohnehin nur wirklich Sinn machte, wenn sein Wohl davon abhinge.

Mottoparty

Lieber Olly! *Rheinbach, 24.3.1995*

Zum Anlass meines Wiegenfestes lade ich dich recht herzlich zu meiner Party ein. Ich nehme mein Geburtsjahr 1969 zur Grundlage für das Motto und bitte, in entsprechendem Outfit zu erscheinen …"

Schlaghose und Hemd mit exorbitantem Kragen waren besorgt. Der Wildwuchs auf Ollys Kopf nahm fristgerecht bedrohliche Ausmaße an, wodurch wir ihn auf der anderen Straßenseite kaum erkannten.
„Ey, Olly, komm mal rüber!", rief Pocke.
„Hallo Mädels", er setzte sich dazu, „Schon Feierabend?"
„Ja, wir kommen gerade von Pockes Aufnahmeprüfung", sagte ich.
„Und?"
„Pocke hat den Saal leergerockt."
Die Geschehnisse hingen Pocke etwas nach. Zudem bemerkte ich, dass er recht gequetscht hinter dem engen Tisch saß und ein überraschend üppiger Sitzspeck zum Vorschein kam.
„Einen Kaffee", sagte Olly zur Bedienung, die im Vorbeigehen mit einem beiläufigen Blick alle Tische kurz kontrolliert hatte, um Bestellwünsche zu erhaschen. Es gibt geborene Bedienungen, eine seltene Spezies, aber es gibt sie, fiel mir in diesem Augenblick auf.
„Sag mal, Olly, was macht eigentlich der Prozess gegen deinen Friseur?", betrachtete Pocke den Pilzkopf seines alten Freundes.
„Wieso?"
„Du siehst aus wie ein Zuhälter aus den 60er-Jahren."
„Sag das noch mal!"
Olly schaute erwartungsfroh drein. Er war sichtlich stolz darauf, dass sein Plan offenkundig funktionierte.
„Mit deinen Koteletten und deinem Betonscheitel siehst du halt so aus. Es fehlt eigentlich nur noch eine Goldrandbrille."
Olly ließ diese Antwort kommentarlos verstreichen und setzte eine überdimensionale Sonnenbrille mit Goldrand auf.
„Meinst du etwa so?", triumphierte er grinsend.
Wir verfielen in schallendes Gelächter. Die Gäste an den Nachbartischen schielten zu uns herüber und begannen ebenfalls zu lachen.

„Jetzt mal im Ernst. Karneval ist doch gerade erst vorbei. Was um Himmels Willen soll das? Das ist doch nicht dein Ernst“, sagte ich.
„Es ist mein voller Ernst. Ich will aussehen wie ein Kleinkrimineller aus den Sechzigern. Für ne Mottoparty.“
„Ah. Mottoparty. Verstehe.“
„Das Problem ist, dass mich keiner mehr ernst nimmt. Sogar unser Trainer. Letzten Sonntag beim Spiel gegen Wormersdorf hat er wortwörtlich gesagt: ‚Olly, du siehst lächerlich aus mit deinen Koteletten und so. Du spielst heute nicht!‘“
„WAS? Wie erbärmlich ist das denn? Er hat dich wegen deiner Frisur nicht aufgestellt?“
Ich wusste ja, dass der Trainer der ersten Mannschaft eine Nulpe war, aber so ein lächerliches Verhalten erschütterte mich. Ich konnte es nicht glauben, dass er seinen besten Mann nicht brachte.
„Ja! Zum ersten Mal in meiner Karriere habe ich nicht von Beginn an gespielt.“
„Und weiter?“, fragte Pocke.
„Wir lagen nach einer Stunde 0:1 hinten. Im Sturm lief überhaupt nix zusammen. So hat er mich dann doch noch eingewechselt.“
„Du hast das Spiel bestimmt noch gedreht.“
„Nein. Ich war so sauer, dass ich direkt nach meiner Einwechslung eine Diskussion mit dem Schiedsrichter angefangen habe. Und als er mich auch noch schief angemacht hat, habe ich ihn übel beschimpft. So bin ich 30 Sekunden nach meiner Einwechslung wieder vom Platz geflogen, ohne einmal den Ball berührt zu haben.“
„Und, der Trainer war mit Sicherheit not amused.“
„Mit zehn Mann hatten die Jungs natürlich keine Chance mehr. Es endete 2:0. Er hat mich hinterher gnadenlos zur Sau gemacht.“
„Vollidiot!“
Pocke schüttelte den Kopf, musste aber gleichzeitig lachen.
„Ist mir aber mittlerweile völlig egal. Dieses seelenlose Gekicke geht mir schon länger auf den Sack.“
„Du willst doch nicht etwa mit dem Fußballspielen aufhören?“
Pocke fragte erstaunt und bemühte sich, den letzten Tropfen Kaffee aus seiner Tasse zu wringen.
„Nein. Eigentlich wollte ich euch fragen, ob ihr nicht noch einen alten Haudegen gebrauchen könnt? Ihr spielt wenigstens mit Herz.“

„Das wäre der Hammer. Wir könnten wie in alten Zeiten ein gefürchtetes Sturmduo bilden …"
Es platzte entfesselt aus Pocke heraus. Dabei erinnerte er mich an den Moment, in dem er schlagartig von der Idee unserer Mannschaft infiziert wurde. Ich konnte es selbst kaum glauben. Es wäre großartig wenn Olly für uns spielen würde. Menschlich sowieso, das wussten wir seit dem grandiosen Auftritt in Arnos Keller. Aber auch sportlich wäre er eine hochkarätige Verstärkung. Er war ein ausgebuffter, zweikampfstarker und erfahrener Mittelstürmer, der sehr gefährlich bei Kopfbällen war und eine fast hundertprozentige Torquote vorzuweisen hatte. Zudem verfügte er über das komplette Repertoire argentinischer und italienischer Widerlichkeiten wie Spielverzögerung, Zeitschinderei, Theatralik und Unschuldsheuchelei. Unsere taktischen Möglichkeiten in der Offensive wären wesentlich flexibler. Dennoch hatte ich Bedenken:
„Natürlich würde ich dich zu jedem Spiel mit der Sänfte abholen. Aber du wärest der erste Spieler, der von der Ersten in die Dritte wechselt. Meinst du nicht, dass es böses Blut gibt?"
„Möglich. Aber die werden das Fußballspielen deswegen nicht einstellen. Außerdem muss ich aus beruflichen Gründen als selbstständiger Physiotherapeut sowieso kürzer treten und kann nicht mehr trainieren. Ihr trainiert eh nicht, braucht aber noch ein bisschen mehr Erfahrung, um den Aufstieg zu schaffen. Das wäre ein reizvolles Ziel für mich auf meine alten Tage."
Sein Entschluss schien festzustehen. Seine Worte ließen den Rückschluss zu, dass er sich den Wechsel lange und reiflich überlegt hatte. Ich schaute Pocke an. Unsere Augen trafen sich und spiegelten gegenseitig unsere unfassbare Freude über diese Neuigkeit.
„Hast du deinen Entschluss schon verkündet?", fragte ich und schaute mir Ollys Frisur noch mal ausführlich im Detail an.
„Um Gottes Willen. Nein. Ich warte, bis die Saison zu Ende ist. Es sind ja nur noch vier Spieltage. Erzählt es nicht weiter, weil es sich sonst sofort wie ein Lauffeuer auswalzt. Bei der Saisonabschlussfeier mache ich dann reinen Tisch. Aber ihr könnt mit mir planen."
„Wir nehmen dich nur auf, wenn du vorher zum Friseur gehst!"
Pocke grinste in voller Breitseite seines Lausbubengesichts.

„Es ist aber nicht nur diese Schwachsinnsaktion vom Trainer. Die hat das Fass eigentlich nur zum Überlaufen gebracht. Eure Art, Fußball zu spielen gefällt mir eh viel besser."
„Wie es aussieht, werden wir aber wieder nur Fünfter. Irgendwie scheinen wir diesen verdammten fünften Platz abonniert zu haben."
„Der Unterschied zur letzten Saison ist aber, dass wir dieses Jahr eine Tordifferenz von plus 30 haben."
Pocke hatte recht. Unsere Offensive war wirklich durchschlagskräftig und variantenreich. Und wenn nun auch noch Olly dazukäme …
„Es liegt daran, dass wir jetzt mehr Stammspieler haben, die du nachts um vier wecken kannst. Dieses Jahr sind mit Jojo, Torsten und Gerald noch mal drei dazugekommen, die ihr letztes Hemd für diese Mannschaft geben würden."
„Wenn wir in Röttgen nicht 1:8 verloren hätten, wäre die Tordifferenz sogar noch besser."
Dieses Spiel verhagelte uns wahrhaftig die Bilanz, weil unsere ganze Leistung ein Fall für die Abrissbirne war. An jenem Tag kam viel zusammen. Zunächst hatte Sparki am Vortag Geburtstag und feierte bis in die frühen Morgenstunden mit allen Mitspielern. Für mich war es eine nahezu aussichtslose Mission, alle Leute halbwegs pünktlich aus dem Bett zu telefonieren. Erschwerend kam hinzu, dass das Spiel wegen des Sommerzeitwochenendes eine Stunde früher als gewohnt stattfand. Drei Pfeifen von uns hatten die Uhrumstellung überhaupt nicht mitbekommen und kamen erst zur zweiten Halbzeit. Infolgedessen begannen wir das Spiel nur mit zehn Leuten und rumpelten in entsprechend träger Altherrenmanier über das durch Dauerregen knöcheltief aufgeweichte Geläuf. Dabei zeigten wir ein Zweikampfverhalten wie eine Equipe der evangelischen Krankenhausseelsorge. Umgekehrt waren die elf Röttgener Kleiderschränke hoch motiviert, sodass sie uns in Grund und Boden rammten, liefen, spielten, kraftmeierten und grätschten – mit einem Mal wusste ich, was der Geschäftsführer bei unserer ersten Begegnung meinte. Schon nach einer Viertelstunde hatten selbst Eisen-Reini und ich keinen Bock mehr. Wir ergaben uns einfach schweigend unserem Schicksal, das einzige Mal in unsere Historie.
„Wie macht ihr das eigentlich generell ohne Trainer und so. Ich meine, einer muss doch die Aufstellung machen. Ihr seid doch mehr als elf Mann. Das passiert doch nicht einfach so, oder was?"

Olly sah zwar, dass wir anscheinend funktionierten, wusste aber nicht, wie wir uns organisierten. Selbst für einen mit allen Wassern gewaschenen Desperado war unser Modell eine neue Erfahrung. Ich gab ihm einen ausführlichen Einblick in unser Innenleben: Ich erklärte ihm, dass sich die Aufstellung irgendwie immer von alleine ergab. Elwain war zunächst Ersatz. Gerald und Didi wechselten sich auf der rechten Seite meistens ab, wobei Didi immer freiwillig zur Halbzeit raus ging. Folglich blieb Gerald als erste Alternative draußen. Wenn ich hätte bestimmen müssen, wer von beiden spielen sollte, hätte ich mich nicht entscheiden können. Ich hatte Angst vor der Vorstellung, dadurch jemandem wehtun zu müssen. Die beiden regelten das zum Glück unter sich. Streitigkeiten gab es bei uns nie. Unsere Taktik war simpel aber wirkungsvoll. Von den vier Abwehrspielern positionierten wir die größten innen. Im Mittelfeld setzten wir Jojo als Kampfmittelräumdienst auf den gegnerischen Spielmacher an. Jojo sollte ihn solange verfolgen, bis das Auto die Stadt verlassen hatte. Meistens war dieser spätestens nach 60 Minuten von Jojos Penetranz so genervt, dass er die Lust verlor und entweder zu treten, heulen oder fluchen begann. Auf den Außenpositionen spielten unsere schnellen Leute: Didi, Gerald, Saur, Janni. Ich verteilte in der Mitte ein wenig die Bälle, und Pocke bügelte im Sturm aus allen Lagen drauf. Ansonsten versuchten wir immer so schnell wie möglich nach vorne zu spielen, damit sich die gegnerische Abwehr nicht gut aufstellen konnte.

Außerdem berichtete ich von zwei speziellen Tricks, die wir entwickelt hatten. Den einen nannten wir den „Anstoßtrick". Wenn wir Anstoß hatten, liefen Janni und Saur wie die Wahnsinnigen auf ihrem Flügel nach vorne. Ich passte den Ball dann auf die Höhe des 16ers zu einem von ihnen. Oftmals konnten wir die Gegner so überrumpeln. Der Trick hatte in unseren Augen zudem einen psychologischen Vorteil: Es signalisierte dem Gegner von Anfang an, dass wir nichts anderes wollen, als mit Power nach vorne zu spielen und brachte uns darüber hinaus erst einmal Raumgewinn, sowie in drei Fällen sogar einen unmittelbaren Torerfolg.

Mit dem zweiten Kniff griffen wir in die Psychokiste: Wenn nach etwa zehn Minuten noch nichts Wesentliches passiert war, sagte einer von uns in der Offensive laut vernehmlich ‚Ey, die stehen völlig fasch hier hinten.' Oder ganz profan: ‚Die können nix!' Meis-

tens reichte so eine Aussage schon, um die gegnerische Abwehr zu verunsichern. Schon bald entstanden die ersten Lücken, weil sie anfingen, nachzudenken und dabei unweigerlich Fehler begangen.
„Witzig. Beide Varianten gefallen mir. Könnten auch von mir sein."
„Sag, mal: Seit wann willst du eigentlich für uns spielen?"
„Nun, ja. Eigentlich hat mich die Posse um den Trainerwechsel in der Hinrunde schon nachdenklich gemacht."
„Erzähl! Ich habe das nur so am Rande mitbekommen", fragte ich neugierig, war ich doch bis dato lediglich von wucherndem Gerüchtgerank gespeist worden. Olly berichtete von einem Provinztheater, das mich erschauderte: Der Vorstand entließ nach miesem Saisonstart den Trainer und ernannte den Kapitän als Spielertrainer, ein Urgestein im Verein, das immer mit vollem Herzblut bei der Sache war. Es wurde aber auch unter ihm nicht wesentlich besser, weil schlicht die Qualität in der Mannschaft fehlte. Die Unzufriedenheit wuchs in solch ernüchternde Dimensionen, dass man letztendlich auch den unantastbaren Kapitän in Frage stellte. Ihn zu entlassen traute man sich nicht, also kam man auf die absurde Idee, ihm einen technischen Direktor zur Seite zu stellen, der de facto die Macht übernahm. Ein Technischer Direktor in der Kreisliga C ist eine genauso bescheuerte Konstruktion, als wenn man zum Frikadellenmachen im „Dorfkrug" einen Fünfsternekoch engagieren würde, dachte ich. Kompetenzrangeleien ließen diese Konstellation nicht lange bestehen. Der Kapitän zog sich frustriert aus dem Vereinsleben zurück, der Technische Direktor wurde Trainer. So hatte der Verein ein Stück seines Herzens aufgegeben. Olly klang nostalgisch und schien vergangenen, wesentlich besseren Zeiten hinterher zu trauern.
Uns sollte dies egal sein. Dieser spektakuläre Coup ließ uns hoffnungsfroh in die Sommerpause gleiten, nachdem wir die Saison erneut auf dem fünften Platz abschlossen und dies als Stagnation empfanden. Olly könnte uns entscheidend vorantreiben, überlegte ich, man kann sich jetzt ruhig mal richtig Ziele setzen und sollte nicht immer so zufrieden sein mit sich und dem ganzen Studentenmannschaftsgetue.

Brunch

Im Sommer wurde ich durch die zahlreichen Prüfungen im Rahmen meines ersten Staatsexamens unterjocht. Parallel dazu entschied ich, noch ein zweijähriges Zweitstudium anzuschließen. Sparkis Einladung zu einem Sonntagsbrunch kam wie gerufen, um aus meiner lernbedingten Häuslichkeit auszubrechen und die anderen Jungs mal wieder zu sehen. Unterdessen erfuhr ich, dass wir in der neuen Saison in eine Gruppe mit zahlreichen unbekannten Mannschaften aus dem Vorgebirge eingeteilt wurden.
Elwain, Eisen-Reini, Sparki und Janni klingelten an meiner Tür, um mich auf dem Weg zum Bistro abzuholen.
„Welch glückliche Fügung. Auf der gegenüberliegenden Straßenseite schlendert unser Sturmtank“, deutete Eisen-Reini auf Pocke, der introvertiert vor sich trottete.
„Ey, Pocke, kommst du jetzt erst aus dem Ahorn, oder watt?“
Elwain rief unsensibel in die friedhofsgleiche Vormittagsruhe, die außer von uns nur noch von ein paar versprenkelten Kirchgängern gestört wurde. Pocke kam schmunzelnd herüber.
„Wir gehen zum Brunch. Kommst du mit?“, fragte ich.
„Hä?“
Ein Urlaut der Verständnislosigkeit blubberte aus ihm heraus.
„Wir brunchen jetzt. Kommst du mit?“, wiederholte ich lauter.
„Was macht ihr?“
„WIR – GEHEN – ZUM – BRUNCH!“
„Kenn ich nicht. Was soll das sein?“
„Ist neu und kommt aus Amerika. Du zahlst 20 Mark und frisst den ganzen Tag so viel du willst!“, imitierte Elwain begeistert Helmut Kohl – wie so oft, wenn es ums Kulinarische ging. Eigentlich erwarteten alle nun Begeisterungsstürme, da Pocke als exzellenter Esser verschrien war. Seine Reaktion verwunderte uns umso mehr:
„Wie jetzt? Man sitzt den ganzen Tag am Tisch und stopft immer weiter in sich hinein, nur um die 20 Mark wieder reinzuholen? Das ist ja abartig. Kein Wunder, dass das aus Amerika kommt.“
„Quatsch, man muss sich in seinem Cholesterinspiegel sehen können! Man sitzt halt zusammen, fängt mit Frühstücksgedöns an“, Elwains Augen funkelten, „Dann kommen die Kleinigkeiten, bevor man es sich zum Schluss mit einer deftigen Hauptspeise so richtig

besorgt. Und zwischendurch immer wieder Lachs bis der Arzt kommt. Und der Kaffe strömt aus Eimern."
„Ja, ja. Wahrscheinlich kommen sich die Leute auch noch als Lebenskünstler vor, wenn sie dieser Orgie frönen. Und außerdem: Muss denn alles einen englischen Namen bekommen?"
„Dem syntaktischen Diskurs zum Trotz bescherte mir Elwains Analyse einen feuchten Gaumen. Beeilen wir uns!", drückte Eisen-Reini aufs Tempo.
„O.K., Leute, euer Brunch oder wie dieser Schwachsinn heißt ist zwar neumodischer Kram. Aber ich habe noch nicht gefrühstückt und bin dabei, wenn mir jemand 20 Mark leihen kann."

„Hömma. Dafür, dass du eben so vehement gegen die Völlerei argumentiert hast, baggerst aber du ganz schön heftig am Buffet rum. Außerdem hast du eine ziemliche Plauze in der letzten Zeit bekommen", lästerte Sparki als Pocke mit dem dritten Teller zurückkam. Er hatte sich bis dahin volle Pumpe durch die Vorspeisengalerie gehäckselt.
„Pah! Nächste Saison spielen Olly und ich im Sturm. Das wird geil."
Sein geschickt eingeleitetes Ablenkungsmanöver scheiterte bereits im Ansatz. Janni legte eiskalt nach:
„Pocke. Du hast in den letzten acht Spielen nicht mehr getroffen, weil dir deine Wampe im Weg hängt."
Unterdessen wechselte Eisen-Reini nach einem öden Alibikaffee ohne Umschweife zu Pils.
„Mal was anderes: Wir sind jetzt hier mit fünf Gründervätern. Nächstes Jahr bekommen wir Olly dazu. Am Anfang haben wir immer von der Bezirksliga gefaselt. Seitdem sind wir bis auf das erste Jahr immer Fünfter geworden. Ich denke, wir sollten jetzt endlich mal aufsteigen."
„Udo hat recht! Schluss mit dem Gewinsel, nächstes Jahr wird aufgestiegen!", bekräftigte Elwain.
„Ein Schwur wird uns beflügeln, obwohl Pocke seine Wampe nicht mit diätetischen Maßnahmen bis zum Eröffnungsspiel zügeln können wird", jubilierte Eisen-Reini.

Das erste Spiel der frischen Saison führte uns nach Urfeld. Vorher hatte ich alle anderen Jungs über unseren beim Brunch bekundeten

Willen informiert und einhellige Zustimmung erhalten. In diesem Geiste gingen wir in das Spiel und wurden sofort auf den staubigen Aschenboden der Kreisligatatsachen zurückgeordert. Nach großem Kampf endete es 1:1.

„Hey, Olly! Sensationelles Debüt. Und ein wunderschönes Kopfballtor. Herzlich willkommen in unserer Mannschaft …"

Jojo klopfte ihm anerkennend und freundlich auf die Schulter.

„Danke, danke. Es hat irrsinnig Spaß gemacht. Ich glaube, meine Entscheidung war genau richtig."

„Du kannst froh sein, dass du deine Fiberglastolle gestutzt hast", neckte Pocke seinen alten Freund.

„Und du triffst das Wasser nicht, wenn du aus dem Boot fällst."

Olly setzte einen vorläufigen Schlussstrich unter die subtilen Nadelstiche. Pocke lachte verlegen und überspielte dadurch, dass er durch die penetranten Anspielungen in seiner Sportlerehre getroffen war. In der Tat irrlichterte er seit geraumer Zeit durch den gegnerischen Strafraum. Ich hatte plötzlich Angst. Zum ersten Mal kam mir der Gedanke, dass ich vielleicht in die Situation kommen könnte, einen Stammspieler wegen Leistung nicht aufstellen zu können. Wir hatten inzwischen mit Olly und Saur zwei herausragende Stürmer. Für Pocke könnte es eines Tages eng werden, wenn er so weitermacht, überlegte ich. Ich füllte den Spielbericht aus, also war ich auch letztlich verantwortlich, wer in der ersten Elf stand. Aber ich wollte es nie hierarchisch entscheiden müssen, bis jetzt regelte sich das immer von selbst. Ich wollte unter keinen Umständen irgendwelche Grausamkeiten moderieren. Bei Elwain war es anders, er war von Anfang an in einer Position des Ergänzungsspielers. Aufgrund seines gemütlichen Lebenswandels neigte er zu konditionellen Schwächen und barocken Formen, verfügte aber über eine ausgefeilte Technik, sodass wir ihn entweder bei klaren Führungen oder aus taktischen Gründen eingewechselten. Aber Pocke? Nein, ich konnte meinen Freund Pocke, Urgestein und Gründungsmitglied, der mit uns durch die tiefsten Täler der ersten Saison schritt, einfach nicht so enttäuschen. Es musste etwas mit ihm passieren. Dringend.

Australien

Es ist schlimmer als befürchtet. Alle Spiele sind hart umkämpft. Die Gruppe ist saustark."
„Wo steht ihr?"
„Auf dem vierten Platz."
Arno hatte mich angerufen, nachdem er wegen einer Hüftoperation eine Weile im Krankenhaus zugebracht hatte und das Geschehen nur aus der Distanz verfolgen konnte. Für das kommende Spiel kündigte er sein fleischliches Comeback an.
„Gegen wen geht es morgen?"
„Boluspor."
„Ihr könnt die Punkte schon mal verbuchen."
„Langsam, Arno, wir haben zwar immer gewonnen, aber die sind uns haushoch überlegen. Wir haben einfach immer verdammtes Glück gehabt. Die scheitern gegen uns, weil sie das Tor nicht treffen. Die drängen uns 90 Minuten in unsere Hälfte, wir machen ein Kontertor. 1:0. Ende. Immer das gleiche Schema. Ohne Ausnahme"
„Reicht doch … O.K., bis Sonntag. Ich muss noch mal weg."
„Wohin?"
„Meinen Ford verkaufen."
„Warum denn so plötzlich?"
„Weil die jetzt Sponsor vom 1. FC Köln sind. Ich hasse den FC."

Torsten hatte sich mit seiner stillen Energie auf Anhieb als hervorragender Torwart etabliert. Einen Anruf konnte ich mir meist sparen, da ich ihn in der Regel beim Arbeiten traf und sein Mitwirken ohnehin über jeden Zweifel erhaben war. Entsprechend ernüchtert war ich, als er wegen eines kapitalen Bänderrisses humpelnd zum Dienst kam. Es gelang mir trotz Telefonterrors nicht, einen Ersatz zu besorgen, obwohl ich sämtliche Hebel in Bewegung setzte und alle möglichen Kandidaten penetrierte. Das verhagelte mir den Abend. Es blieb als letzte Variante nur noch, irgendjemanden aus dem Kreis der Feldspieler zum Tragen der Torwarthandschuhe zu bekehren, beziehungsweise auf einen freiwilligen Positionswechsel zu hoffen. Nur einmal gab es eine vergleichbare Situation, als sich letztlich Eisen-Reini bereit erklärte, was allerdings in einer Katastrophe mündete, da so unser wichtigster Abwehrspieler fehlte. Zu allem Überfluss brach er sich bei einer Parade auch noch den Mittelhandknochen, sodass er in den nächsten Spielen nur mit Gips auflaufen konnte, den er heimlich unter einer Manschette und diese unter einem langärmligen Trikot versteckte, damit er überhaupt auflaufen konnte.

In der Kabine staute sich Hitze. Die Sonne hatte mit Wucht auf die geschlossenen Fenster gebrannt. Auch im geöffneten Zustand ergab sich nur wenig Linderung.
„Hallo Jungs, Torsten ist verletzt. Wir haben keinen Schlussmann. Geht jemand freiwillig in die Kiste?"
Ich erntete wie befürchtet betretenes Schweigen, ausweichende Blicke und verlegenes Hüsteln.
„Ausgerechnet gegen Boluspor", Janni schüttelte den Kopf, „Heute hätten wir einen guten Keeper nötig."
„Muss man denn einen Torwart aufstellen, oder kann man nicht auch mit elf Feldspielern antreten?"
Pocke versuchte, die ernste Situation harmlos zu scherzen.
„Hey. Arno ist da, vielleicht weiß der noch jemanden."
„Gute Idee, Elwain! Wie lange ist denn noch bis zum Anpfiff?", fragte Sparki.
„Noch 25 Minuten", sagte ich.
„Ich habe die beobachtet. Die sind saustark und haben wieder diesen 2 Meter 10 Häpheistos in der Abwehr."
Didi warf immer einen heimlichen, aber detaillierten Blick auf das Aufwärmprogramm und die Physis des jeweiligen Gegners. In der Regel waren seine Schilderungen Angst einflößend und meist übersteigert. Heute hatte er recht.
Unsere grauhaarige Seele betrat die Kabine, nachdem sie den nagelneuen Wagen vor der Tür geparkt hatte.
„Moin Arno, dich schickt der Himmel, wir haben keinen Keeper. Hast du noch jemanden in petto?", fragte ich, nachdem sich die Begrüßungseuphorie gelegt hatte.
„Krämer?"
„Unauffindbar. Hab ich ewig nicht mehr gesehen. Ist nur noch ne Figur aus der Mythologie. Oder an seinem Sofa festgeschimmelt."
„Schönberg?"
„Ist mit Frau im Urlaub."

„Hm … Norbert vielleicht!“
„Wer ist das denn?“
„Hat früher in der Ersten gespielt und vor fünf Jahren aufgehört. Hat aber gelegentlich noch in der Zweiten ausgeholfen.“
„Norbert. Natürlich. Der kommt sofort, wenn du ihn anrufst. Ein hervorragender Keeper.“
Olly kannte ihn aus gemeinsamen Zeiten.
„Wo wohnt der denn, es sind nur noch 20 Minuten.“
„Flerzheim …“, antwortete Arno.
„Her mit der Nummer. Hat jemand ein Handy?“
Fragend schaute ich in die Runde. Saur war der Einzige, der ein Mobiltelefon besaß. Der Rest hielt Handybesitz für Angeberkram. Arno diktierte die Nummer. Nie zuvor hatte ich ein solches Gerät in der Hand. Wegen des mittelmäßigen Empfangs und wegen des Geräuschpegels in der Kabine nahm ich unbewusst die typische Anfängerhaltung ein: Ich senkte den Kopf nach unten, während ich gleichzeitig den Ellebogen gen Kabinendecke streckte, um eine Antenne zu simulieren. Währenddessen hielt ich mit dem Zeigefinger das Ohr zu und wanderte ungerichtet durch den Raum, um scheinbare Empfangslöcher zu umgehen, die ich durch erhöhte Sprechlautstärke gleichzeitig zu kompensieren versuchte.
„Ja?“, krächzte unbetont eine verkratzte Stimme, die entweder auf einen schweren grippalen Infekt oder auf eine Orgie schließen ließ.
„JA, ÄHM, ALSO. ICH BIN UDO VOM FC RHEINBACH 3. SPRECHE ICH MIT NORBERT?“
„Aua, Mann, nicht so laut … ja ich bin Norbert.“
„Entschuldigung, kannst du uns im Tor aushelfen?“
„Wann?“
„Um 15:00 Uhr.“
„Wie viel Uhr ist es?“
„Viertel vor …“
„Bin in zehn Minuten da.“
Einige Wimpernschläge später erschien eine vollwertige Schnapsleiche mit zerzausten Haaren, aufgedunsenem Antlitz, verräterischem Odem und markanten Ausdünstungen in der Tür.
„Morgen, allerseits!“, presste er aus seinen Stimmbändern und hielt sich schwerfällig am Türrahmen fest, beeindruckte uns dessen unge-

achtet aber mit seiner perfekten Torwartkluft, die er offensichtlich griffbereit in der Nähe seines Bettes deponiert haben musste.
„Norbert! Ist wohl spät geworden, gestern …"
Ollys Jauchzen ließ auf gemeinsam geschlagene Kreisligaschlachten in der Vergangenheit schließen. Seine innige Umarmung brachte den Notnagel jedoch an den Rand der physischen Belastbarkeit.
„Es ist mitten in der Nacht!", brummte er mürrisch.
„In drei Minuten ist Anstoß, raus mit euch!", machte Arno Druck.
Das wird nicht gut gehen, dachte ich, der hätte eigentlich noch gar nicht Auto fahren dürfen mit seinem Restpegel. Ausgerechnet gegen Boluspor steht ein Typ im Tor, der längst seine Karriere beendet hat und gerade von einer Party kommt.
Der Gegner fing an wie gewohnt: Sie kombinierten mit südländischer Ballsicherheit, drückten uns in die eigene Hälfte und erarbeiteten sich die ersten Ecken und Tormöglichkeiten. Norbert war sehr wackelig auf den Beinen und in der Auge-Hand-Koordination. Er fing die Bälle mit einer beträchtlichen Morgensteifigkeit, demonstrierte jedoch ein routiniertes Stellungsspiel.
„Lange geht das nicht mehr gut, mit dieser Bierleiche im Tor da."
Ich flüsterte während einer Ecke des Gegners zu Didi.
„Ich habe auch ein schlechtes Gefühl …"
Der Eckball erreichte den gegnerischen Stürmer: Er kam aus zehn Metern zum Schuss und platzierte den Ball präzise in die rechte untere Torecke. Alle sahen ihn schon im Netz zappeln. Explosiv, grazil und reaktionsschnell wie ein Bergpuma hechtete Norbert jedoch zu Boden, lenkte den Ball mit den Fingerkuppen um den Pfosten, rollte sich im Abgang um die eigene Längsachse und nutzte den Schwung um sofort wieder aufzustehen. Dann explodierte er:
„EY, IHR SCHMONZETTENDARSTELLER! SEID IHR SCHON IM MITTAGSSCHLAF, ODER WATT? GEHT MAL VERNÜNFTIG IN DIE ZWEIKÄMPFE HIER. MANN!"
Von nun an kommandierte er uns durch eine gigantische Abwehrschlacht. Mit einen dreisten Konter erzielte Olly die 1:0-Halbzeitführung, womit er den gegnerischen Trainer an den Rand des koronaren Zusammenbruchs brachte.
Mitte der zweiten Halbzeit bauten die Türken einen barbarischen Druck auf. Der Ausgleich schien nur eine Frage der Zeit zu sein. Norbert rettete uns allerdings mit zahllosen Glanzparaden. Inmitten

dieser fast unerträglichen Drangperiode schockierte uns ein Foul an Olly, infolgedessen er sich schreiend auf dem Boden wälzte. Immer wieder fasste er sich an sein rechtes Knie, das durch einen Kreuzbandriss aus früheren Zeiten ohnehin arg vorgeschädigt war.
Das ist das Ende seiner Karriere, schoss es mir durch den Kopf, er kann sich keine invaliden Beine erlauben, er wird nie wieder Fußball spielen! Es hatte auch zu schön begonnen. In acht Spielen hatte er sechs Tore geschossen. Lediglich das Zusammenspiel mit Pocke im Sturm funktionierte suboptimal. Das lag aber an Pockes jämmerlicher körperlicher Konstitution, die seine Beweglichkeit und Schnelligkeit einschränkte und seine Plauze immer prachtvoller und offensichtlicher gedeihen lies. Olly indes übertraf alle Erwartungen.
Nachdem eine Menschentraube um den Schwerverletzten herum hilflos Distanz wahrte, entschlossen wir uns in Absprache mit dem überforderten Schiedsrichter, ihn zunächst einmal neben das Spielfeld zu verfrachten, um ihn dann später in professionelle Hände zu geben. Elwain und Gerald eilten mit der Tragebahre herbei und betteten den halben Leichnam sachte darauf. Pocke nahm beim Anblick seines Freundes die Farbe einer frisch gestrichenen Wand an.
„AUA! VORSICHTIG! NICHT SO SCHNELL! AUA!“
Olly schrie bei jeder Berührung verzweifelt. Umgehend erklommen Erinnerungen an Elwains Horror-Unfall mein Bewusstsein. Behutsam schritten Elwain, Gerald, Jojo und Sparki an den Ecken der Bahre wie Sargträger. Olly hielt sich die Hände vor das schmerzverzerrte Gesicht. Nach endlosen Minuten erreichten sie die Seitenlinie und legten ihn bedächtig auf die Wiese. Der Schiedsrichter versuchte, die entsetzten Gemüter anzutreiben und das Spiel fortzusetzen. Es nahm in den verbliebenen letzten 15 Minuten einen diametralen Verlauf, da der Spielfluss des Gegners nun gänzlich unterbrochen war. Wir nutzten die Verunsicherung und erzielten den 2:0 Endstand durch Janni. Freude kam aber beim Schlusspfiff nicht auf. Zu sehr hingen wir gedanklich bei der schweren Verletzung.
„Er ist bestimmt schon auf dem Weg ins Krankenhaus“, spekulierte Pocke beim Verlassen des Platzes.
Olly saß allerdings aufrecht in der Kabine.
„Olly, was ist passiert?“
Janni betrachtete besorgt das Bein.

„Was soll passiert sein?“
„Dein Knie, Mann! Wie geht es dir? Warst du schon im Krankenhaus? Bist du schon geröntgt worden?“
„Quatsch, ich habe das Spiel zu Ende geguckt.“
„Soll ich dich hinbringen?“
„Wohin?“
„Ins Krankenhaus, du Vollhirsch.“
„Wozu?“
„Zum Röntgen, Mann.“
„Nicht nötig, ich hab nix!“
„Du hast nix?“, fragte Janni entgeistert.
„Nein, ich habe geblufft. Ich wollte nur den Spielfluss unterbrechen.“
Wir sahen uns fassungslos an.
„Was glotzt ihr so? Ich habe mindestens zehn Minuten rausgeholt.“
Ollys verschmitztes Lachen zeigte Schadenfreude. In diesem Moment brandete donnernder Applaus auf, da Norbert in der Kabine auftauchte.
Diesen Sieg hatten wir den beiden erfahrenen Veteranen zu verdanken. Norbert rettete mit einer grandiosen Torwartleistung und mit klaren Kommandos den Sieg, während Olly mit seiner schauspielerischen Meisterleistung den Kombinationsfluss und die Moral des Gegners im entscheidenden Moment zermürbte.
„Bis jetzt waren wir immer viel zu brav. Wie ein Mädchenpensionat. Ollys Dreckigkeiten tun uns verdammt gut“, analysierte Elwain unter der Dusche mit einem Bier in der Hand den Spielverlauf. In der Tat kannten wir solche Manöver bis dahin noch nicht. Wir hatten vorher noch nie das Spiel verschleppt. Wir hatten noch nie Verletzungen simuliert. Wir hatten nicht im Traum daran gedacht, taktische Fouls zu begehen. Und wir hatten noch nie versucht, den Schiedsrichter subtil zu beeinflussen. All diese abgewichsten Tricks gehörten nun zu unserer Klaviatur.
„Sag mal, Norbert: Torsten wird bestimmt noch eine Weile ausfallen. Kannst du uns auszuhelfen, bis er wieder fit ist?“
Es war eine naheliegende Lösung, unseren Helden des Tages für die nächste Zeit zu verpflichten.
„Tja, Jungs. Es ist verdammt geil bei Euch. Ich würde gerne helfen. Ich fliege aber am Mittwoch für drei Wochen nach Australien.“

„Australien. Wow!"
Aus meinen Worten drang Sehnsucht nach einem meiner Lebensträume, den fünften Kontinent eines Tages zu erschließen.

Schönberg kam unversehrt aus dem Urlaub zurück und ging für die Übergangszeit ins Tor. Für das Spiel in Pech musste er allerdings absagen. Verheerenderweise standen wir wohl wieder vor der misslichen Lage, einen Feldspieler ins Tor zu stellen. Norbert hatte gesagt, dass er in dreieinhalb Wochen zurückkehrt, also kommt er jetzt am Wochenende zurück, erinnerte ich mich und rief in seiner WG an. Hier konnte man die Telefonnummer des Hotels in Sydney nennen, wo er sich in den letzten Tagen aufzuhalten gedachte. Eine halbe Stunde benötigte ich, um eingedenk der Zeitverschiebung zu errechnen, wann es sinnvoll und höflich erschien, ihn anzurufen. Eine weitere halbe Stunde verging durch das Hin- und Hertelefonieren mit dem Hotelportier. Dann hatte ich ihn endlich an der Strippe:
„Hallo Norbert, hier ist Udo. Kannst du mich hören?"
„Hä? Udo! Ah!"
„Ich mach es kurz. Kannst du uns am Sonntag um 15 Uhr aushelfen. Es ist eine absolute Notsituation …"
„Das ist ja geil. Du rufst mich in Australien an, um mich zu fragen, ob ich am Sonntag Kreisliga spiele?"
„Äh, ja …"
„Hm, ich lande um 13:30 Uhr in Frankfurt. Das wird knapp. Wo ist denn das Spiel?"
„In Pech."
„Kenne ich. Ich mache es von der Situation abhängig. Plant mal nicht mit mir, aber ich versuche es. Wie waren die letzten Spiele?"
„Zwei Siege, ein Unentschieden."
„Alles klar, vielleicht bis Sonntag."
„O.K.! Schöne Tage noch in Sydney und hoffentlich bis Sonntag."

Meine Sporttasche wartete vollgepackt auf dem Boden des Wohnzimmers. Ich zappte durch den Videotext. Pünktlich um 13:30 rief ich auf Hessen 3 die Seite des Frankfurter Flughafens auf:
„Flug NR. 3689 aus Sydney gelandet."
Norbert war allerdings nicht in Pech. Wir hatten genau elf Leute. Infolgedessen waren wir gezwungen, einen Feldspieler zwischen die

Pfosten zu stellen. Als das kleinste Übel fiel die Wahl zwischen Pest und Cholera mal wieder auf Eisen-Reini, da er von allen der mutmaßlich beste Keeper zu sein schien. Im Spiel lief nichts zusammen. Eisen-Reini fehlte in der Abwehr als stabilisierender Faktor. Seine Torwartleistung war den Umständen entsprechend bemüht. Wir lagen zur Halbzeit mit 0:2 zurück.
„Was spielt ihr denn für ne Sülze? Ich kann gar nicht glauben, dass ihr so weit oben steht", plusterte sich der Kapitän des Gegners wie ein eitler Pfau auf. Wortlos ließ ich ihn stehen.
In der Kabine herrschte Trübsal. Elwain saß regungslos in der Ecke und pumpte wie eine alte Dampflok. Seit seinem Schien- und Wadenbeinbruch hatte er nicht mehr von Anfang an spielen müssen.
„Unser Bestreben sollte sein, des Gegners Spielfluss durch beherztes Zweikampfverhalten zu unterbinden", flehte Eisen-Reini.
„Wir haben Eisen-Reini in der ersten Halbzeit im Stich gelassen, den armen Teufel", Pocke fasste sich unbewusst an seine linear wachsende Plauze, „Ab sofort kriegt er nicht mehr so viele Bälle aufs Tor. Das sind wir ihm schuldig."
„Elwain, wir können nicht wechseln, du musst heute irgendwie durchhalten. Stell dich einfach vorne in den Sturm, ich lass mich für dich ins Mittelfeld zurückfallen", schlug Olly vor.
„AUF GEHT'S, LEUTE. ES GEHT GLEICH WEITER."
Ich begleitete meinen Aufruf durch aufmunterndes Klatschen.
„Wo sind die Torwartklamotten?", platzte die Kabinentür auf. Norbert stürmte herein und löste orkanartige Jubelausbrüche aus.
„Du bist wahnsinnig", ich klopfte ihm auf sie Schulter und drückte ihm das Torwarttrikot auf die Brust, „Direkt aus Sydney in die Kreisliga D. Ich glaube, das hat noch niemand vor dir gemacht."
„Hast du keinen Jetlag?", fragte Gerald.
„Nö! Bin topfit. Die Bordbar war allerdings in einem erbärmlichen Zustand. Wie steht es denn?"
„2:0 für Pech. Aber das täuscht. Die sind nicht so gut. Wir sind durch die Positionswechsel etwas durcheinander", fasste ich die Ereignisse der ersten Hälfte kurz zusammen.
„In neuer Besetzung ist die Schmach der ersten Hälfte reparabel!"
Eisen-Reini übergab dem Ankömmling von der Südhalbkugel erleichtert seine Torwarthandschuhe. Elwain atmete deutlich vernehmbar auf. Er musste nicht durchspielen. Unverzüglich bediente

er sich am Getränkekasten und zog neidische Blicke auf sich, als der den Kronkorken zischend an der Kante der Kiste abschlug. Eisen-Reini konnte in die Abwehr rücken, Olly im Sturm bleiben.
„Wie war der Flug?"
Ich begleitete den Urlauber auf dem Weg zum Platz.
„Alles pünktlich und reibungslos. Ich bin mit 160 Sachen über die A3 geblasen! Meine Freundin war fassungslos."
„Kann ich mir denken. Wo ist die denn?"
„Schmollt noch im Auto …"
„Irgendwelche Wechsel zur Halbzeit?"
Der Schiedsrichter zog mich beiseite, um die Formalitäten zu regeln.
„Ja. Norbert geht ins Tor, dafür scheidet Elwain aus."
„Nein, Elwain hat heute Morgen nach dem Frühstück schon ausgeschieden. Und zwar heftig …", grinste Pocke und zog sich verärgerte Blicke des Schiedsrichters auf sich, der den Witz wohl nicht verstanden hatte.
„Also, was denn jetzt?", fragte er grimmig.
„Norbert für Elwain", wiederholte ich und scheiterte kläglich daran, mein Lachen zu unterdrücken.
Aus unerfindlichen Gründen fanden wir auch in der zweiten Halbzeit nicht ins Spiel. Norbert lieferte eine galaktische Torwartleistung ab und verhinderte mit einigen unfassbaren Reflexen weitere Gegentore. Wir hingegen kamen noch zu vier Torchancen, erzielten daraus drei Treffer und gewannen knapp mit einem Tor Unterschied. Unmittelbar nach dem Spiel steuerte der völlig frustrierte Kapitän des Gegners wiederum sehr zielsicher auf mich zu:
„Ey, ihr pfuscht doch! Das geht doch nicht mit rechten Dingen zu. Wo habt ihr denn in der Halbzeit diesen Torwart hergeholt? Aus der Landesliga, oder was?"
„Nee, aus Australien."
„VERARSCHEN KANN ICH MICH SELBST", blaffte er mit insolventem Nervenkostüm zurück. Besonnene Mitspieler hinderten ihn daran, mir an die Gurgel zu gehen.

Harry Wijnfoort

Nach meinem Examen dauerte es ein wenig, bis mein Zweitstudium in die Gänge kam. Es war Ende September, das Semester hatte noch nicht begonnen. Die Situation ließ mich außer meiner Arbeit im Kinderheim ein wenig vor mich hin lottern. An einem jener Tage, an denen nichts wirklich Wichtiges anzustehen schien, streunte ich auf der Suche nach Spontanem ziellos durch Rheinbach. Wer ist an einem stinknormalen Wochentag bereit zu Schabernack? Elwain oder Pocke, waren meine ersten Assoziationen. Eine Partie Schach oder Kniffel mit Pocke, verbunden mit einem verspäteten Frühstück könnte eine Lösung sein.

„Komm rein, ich schaue gerade Familienduell. Da ist einer dabei, der bei jeder Antwort ‚Appenzeller Käse' sagt, egal wie die Frage lautet. Der Moderator ist mit seinen Nerven am Ende."

„Fliegt er dann nicht raus?"

„Nein, es zählt nur die Lösung des Spielführers. Alle anderen Antworten sind bloß Vorschläge. Setz dich, ich gehe eben zur Toilette."

Ich machte es mir auf dem Barhocker am Küchentisch bequem, von wo mir ein großer Becher Erdbeermilchshake mit fruchtiger Farbe und cremiger Konsistenz „Nimm mich jetzt sofort" soufflierte. Ein kleiner Schluck würde nicht auffallen, mich andererseits aber auch nicht zufrieden stellen, dachte ich. Den ganzen Eimer auf einmal zu trinken wäre aber unfair, weil mit hoher Wahrscheinlichkeit keine frischen Erdbeeren mehr vorrätig wären. Vorsichtig fühlte ich die Temperatur des Glases. Es war eiskalt und verschärfte meinen Wunsch nach unverzüglichem Verzehr dieses Traumes in Rosa.

„Appenzeller Käse …", dröhnte es aus dem TV.

Schmunzelnd über die dreiste Souveränität des Kandidaten blickte ich erneut auf das Glas und führte meine Lippen für einen kurzen Zug wie ferngesteuert zum Strohhalm. Ich erstarrte vor Ekel. Dabei stürzte ich mich vom Hocker und griff zu einem Stück Küchenrolle, um den Schluck hineinzuspeien.

„Die Milch in deinem komischen Shake da ist seit Wochen abgelaufen!", monierte ich, als Pocke in die Küche zurückkam.

„Du hast das doch nicht etwa probiert?"

„Doch."

Pocke verfiel in ein lautes und anhaltendes Lachen:

„Du bist der Letzte, der das nötig hat."
„Was ist das denn?"
„Slim fast!"
„Slim … Was? Muss man das kennen?"
„Klar. Man sieht es überall in der Werbung. Harry Wijnfoort, der Typ aus ‚Der Preis ist heiß' macht ständig Reklame dafür."
„Nee, ist mir ehrlich gesagt noch nicht aufgefallen! Es schmeckt wie flüssiges Silikon. Wozu kaufst du dir dieses ‚Grand Slam'?"
„Slim Fast", korrigierte er streng, „Das musst du doch kennen."
„Nö."
„'Mit Slim fast habe ich es auch geschafft', sagt Harry und hält sich seinen Hosenbund einen Meter von seinem Bauch weg", Pocke baute sich demonstrativ vor mir auf und imitierte mit seiner Jogginghose den marktschreierisch werbenden Quizmaster, „Es ist eine Hilfe zum Abnehmen. Man nimmt morgens, mittags und abends einen Becher und bekommt alle Vitamine und Nährstoffe. Ohne Kalorien. Und meine Wampe schmilzt dann."
„Im Ernst? Du willst mit diesem ‚Slap Stick' tatsächlich abnehmen?"
„Eure Sprüche über meinen Bauch waren krass! Und dann hat mir der Jojo auch noch verraten, dass ich seit einem halben Jahr kein Tor mehr gemacht habe und mich die Mannschaft durchschleppt wie einen unliebsamen Ersatzspieler. Das hat das Fass endgültig zum Überlaufen gebracht. Es war hart für mich, aber es war die Wahrheit. Ich bin feist und unbeweglich geworden, Mann! In letzter Zeit habe ich mich gehen lassen. Ich muss jetzt gegensteuern."
„Pocke! Noch mal zum Mitschreiben. Du nimmst nichts anderes zu dir als drei Eimer am Tag von diesem Sud?"
„Ja. Und wenn ich fertig damit bin, nehmen Olly und ich die Kreisliga auseinander."
„Appenzeller Käse!", dröhnte es aus dem TV.
Die selbstkasteiende Kur schlug voll an. Schon binnen dreier Wochen erlangte er seine gewohnte Beweglichkeit zurück und wütete fit wie Flugbenzin berserkergleich durch die Liga. Umgehend stellten sich auch wieder die gewohnten Torerfolge ein. Olly und Pocke waren endlich vereint – möglicherweise ein entscheidender Trumpf im Aufstiegsrennen.

Vorgezogenes Spiel

Elwain, Pocke und ich nutzten im spärlich besetzten Außenbereich des Ahorns die warmen Sonnenstrahlen des ausklingenden Septembers.
„Ich werde nie verstehen, wie man seinen Gästen Bierbänke zum Sitzen anbieten kann."
Erzürnt über die fehlende Rückenlehne und die daraus resultierende Unbequemlichkeit rutschte ich fluchend hin und her.
„Dürfen wir uns dazusetzen?"
Zwei graumelierte Herren Mitte Fünfzig deuteten auf die freien Plätze neben uns.
„Schau an, jetzt kommen die Leute sogar schon zum Sterben hierhin!", sagte Pocke laut vernehmlich.
„Sag mal Udo, mir ist da neulich eine Idee gekommen: Wieso organisierst du die Mannschaft eigentlich nicht per Internet? Geht dir die Telefoniererei jede Woche nicht auf die Nerven?", fragte Elwain.
„Das kann ich dir singen! Vor allem nach der Rechnung neulich. Ich wusste gar nicht, dass Telefonieren nach Australien so schweineteuer ist. Trotzdem: Ich habe gar kein Internet."
„Hm, aber es ist die Zukunft."
„Ich glaube nicht, dass viele aus der Mannschaft schon Internet haben, denen ich eine Mail oder wie das heißt schicken könnte. Nee, da müsste ich ja dann bei jedem die Antwort abwarten, das ist mir viel zu kompliziert. Ich ruf lieber schnell alle Leute persönlich an und mach meine Häkchen auf dem Zettel. Das geht schneller."
„Neulich wurde unser Kanzler bei Hans Meiser gefragt, was er von der Datenautobahn hält. Helmut hat doch glatt gefaselt, dass die Verkehrspolitik immer schon wichtig für die Infrastruktur des Landes gewesen sei. Da sieht man mal, wie weit die Politiker von der Realität weg sind", lachte Elwain.
„Zumindest haben seine Berater arg gepennt", antwortete ich.
„Das ist doch eh alles totaler Unfug mit dem Internet und so", Pocke winkte kopfschüttelnd ab, „Da nennt man das alles ganz groß ‚Kommunikationszeitalter' und was passiert? Alle hängen nur noch vor dem Rechner und glotzen auf einen Bildschirm."
Schon seit längerem hatte ich mir Gedanken über die neuesten technischen Fortschritte gemacht, die das alltägliche Leben plötzlich

überfluteten. Ich fand es grotesk, dass das Internet plötzlich als Quelle der absoluten Wahrheit diente. Behauptete man etwas unter Berufung auf Zeitungslektüre, wurde man abwinkend auf die Bildzeitung verwiesen. Bei Information aus dem Internet hingegen waren für gewöhnlich ehrfurchtsvolle Kniefälle obligat.
„So, mal was ganz anderes: Du hast ganz schön abgespeckt."
Elwain starrte neidischen Blickes auf Pockes geschmolzenen Bauch.
„Mit ‚Slim fast' habe ich es auch geschafft!"
Pocke zitierte im perfekten Deutsch-Holländisch den omnipräsenten Werbespruch seines kurzzeitigen Vorbildes Harry Wijnfoort.
„Hey! Seid ihr nicht vom FC Rheinbach?", eine unbekannte Stimme brummte hinter mir, „Ich bin Sven von Tura Oberdrees."
Er quetschte sich zielsicher auf den letzten Platz zwischen uns und den beiden Silberpappeln, die sich anstatt zu sterben, prächtig unterhielten. Ich kannte Sven nicht. Er schien jünger zu sein als wir.
„Was führt dich zu uns?"
Mit einer einladenden Geste stellte Elwain unbewusste Übereinstimmung her.
„Man hört die erstaunlichsten Dinge über Euch."
„So, was erzählt der Flurfunk denn so?"
Was andere über uns dachten, interessierte mich brennend.
„Stimmt es, dass ihr nicht trainiert und keinen Trainer habt?"
„Ja."
„Wie geht das denn?"
„Es funktioniert seit drei Jahren ohne Stress", strotzte Elwain.
„Ist der Mannschaftsgeist bei euch wirklich so legendär?"
„Das kann ich nicht beurteilen. Es ist die erste, für die ich spiele, also habe ich auch keinen Vergleich. Ich weiß nur, dass bei uns alle immer voller Herzblut dabei sind und bis zum Umfallen kämpfen", imitierte Elwain Reiner Calmund.
Sven lachte über die meisterhafte Persiflage. Er erschien uns vom Fleck weg sympathisch. Intuitiv spürten wir, dass es passen könnte. Entsprechend dreist entfuhr mir ein verruchtes Angebot:
„Was willst du denn in Oberdrees, komm doch einfach zu uns."
„Mal langsam, Leute. Ich spiele B-Klasse. Ich wechsle nicht aus einer Bierlaune heraus zu einer Juxtruppe."
„Stopp! Wir stellen vielleicht den Spaß in den Vordergrund. Das heißt aber nicht, dass wir nicht ehrgeizig sind."

„Ich geh mal pinkeln."
Sven stand auf und ging die Treppe ins Ahorn hinunter.
„Den schnappen wir uns", Elwain hob die Augenbrauen, „Den machen wir uns jetzt gefügig. Wir belabern ihn solange, bis er bei uns unterschreibt."
„Guter Mann. Und wenn er B-Klasse spielt, wäre er für uns auf alle Fälle eine Verstärkung", sagte ich knapp.
„Manchmal passt es einfach."
Pocke tastete unbewusst nach seiner nicht mehr vorhandene Plauze.
„Genau das habe ich auch gedacht", ich kratze mich am Kopf, „Als ob er schon immer bei uns gewesen wäre. Aber ob er wirklich für uns spielt? Woher kennt der uns denn überhaupt?"
„Ihr steht ja richtig gut in der Tabelle."
Sven setzte sich unter akrobatischen Verrenkungen wieder dazu.
„In der Tat, diesmal könnte es tatsächlich mit dem Aufstieg klappen. Leider ist die Gruppe wesentlich stärker, als letztes Jahr."
Elwain berichtete mit prokuristischer Akribie und schob ihm ein Weizen wie eine überdimensionale Schachfigur zu.
„Für mich? Danke."
„Und, wie ist es so in Oberdrees?", fragte ich beiläufig.
„Geht so! Der Trainer ist ziemlich limitiert. Es ist halt eine Zweckgemeinschaft."
„Was gefällt dir denn besser: Spaß und Leute, oder die Leistung?"
Ich versuchte es durch die Hintertür.
„Hm, gute Frage. Am besten wäre eine Mischung. Ich möchte erfolgreich Fußball spielen. Wenn ich spiele will ich gewinnen. Ich habe keinen Bock auf Kuchen- und Kirmesspielchen."
Wir stellten ihm in engmaschigen Intervallen Bier vor die Nase, dann überredeten wir ihn zu einem Probespiel auf den Pass von Kreische im vorgezogenen Spiel gegen Hersel. Im Endeffekt war er leichte Beute, da es ihn magnetisch zu uns hinzog. Seine Bedenken, möglicherweise erwischt und infolgedessen gesperrt zu werden, konterkarierten wir gekonnt mit dem Vermerk auf unseren reichhaltigen Erfahrungsschatz bei einschlägigen Passmanövern.
Das Spiel wäre eigentlich das letzte der Hinrunde gewesen, wurde aber nach dringenden Bitten der Herseler auf einen frühen Mittwoch im Oktober vorgezogen. Durch diesen außergewöhnlichen Zeitpunkt hatte Sven kein Spiel mit Oberdrees und alle unsere

Freunde hatten die Gelegenheit, das Spiel zu schauen. Sie machten es sich nach getaner Arbeit und gehörter Vorlesung mit allerhand Flüssigem auf der Tribüne bequem. Sven bereicherte unser Mittelfeld dank seiner höherklassigen Erfahrung mit spielerischen Elementen. Wir berauschten uns an unserem eigenen Spiel und versetzen dadurch die gut gelaunten Zuschauer in Ausgelassenheit und feudale Stimmung. Sie bekundeten jede gelungene Aktion mit Applaus und feuerten uns unentwegt an. Zur Halbzeit führten wir mit 3:1 und federten euphorisch in die Kabine.

„Was geht denn hier ab?“, fragte Janni.

„Die Zuschauer sind zwar jetzt schon so voll wie Mangrovenreiher, aber bestens gelaunt. Wir müssen im zweiten Durchgang einfach so weiterspielen“, empfahl Pocke.

„Wie sollen wir das denn noch steigern?“

Die Antwort auf meine Frage lieferten die Geschehnisse der zweiten Halbzeit. Wir konnten das Niveau halten. Der Ball lief in unseren Reihen wie am Schnürchen. Schnell erhöhten wir auf 4:1. Die Zuschauer wurden parallel dazu aus Dankbarkeit für die gebotene Kurzweil immer extatischer.

„Olly, besetz den langen Pfosten und zieh die beiden Langen auf dich. Dann gehen Eisen-Reini und Schönberg kurz!“, flüsterte ich, als ich mir den Ball zur Ausführung einer Ecke geschnappt hatte. Der Ball segelte auf die erste Kante des Fünfmeterraums. Eisen-Reini kam angehechtet und wuchtete den Ball halb mit der Schulter, halb mit dem Kopf in die Maschen. Anschließend wurde er von der kompletten Mannschaft sowie von drei mutigen Zuschauern, die auf das Spielfeld gestürmt kamen, begraben. Die Übrigen brachen in eine Jubelorgie aus.

„Sagt mal, seid ihr noch ganz bei Trost, oder was?“, fragte mich der Kapitän des Gegners, ein typisches Kreisliga-Alphatier mit veritablem Nackenspoiler, als wir die Traube auflösten, Eisen-Reini somit wieder die Gelegenheit zur Sauerstoffaufnahme gaben und langsam in unsere Hälfte zurücktrabten.

„Wieso? Darf man sich nicht mal mehr über ein Tor freuen?“

„Bleibt mal auf dem Teppich, Leute. Ihr führt haushoch, macht ein Tor und rastet aus, als ob ihr soeben Weltmeister geworden seid.“

Ich erklärte ihm, dass es für uns ein ganz besonderes Tor war, nämlich Eisen-Reinis allererstes. Ich klärte ihn darüber auf, dass dieser

Mann seit Jahren bei Wind und Wetter zur Not mit dem Kopf unter dem Arm zu jedem Spiel hoch motiviert bis in die Haarspitzen erscheint. Ich machte ihm deutlich, dass er sich jeden Sonntag blutige Knie auf diesen bescheuerten Aschenplätzen holt und sich dadurch beträchtliche Sandablagerungen unter seine Haut gefräst hatten. Ich versicherte ihm, dass wir seit drei Jahren darauf warteten und auf sein erstes Tor insgesamt eine halbe Brauerei als Wetteinsatz stand.
„Da wird man ja wohl mal ein bisschen feiern dürfen."
„OK, du hast recht. Das würden wir auch feiern …"
Von nun an hielt dieses historische Ereignis verbunden mit dem konstanten Bierpegel die Stimmung am Siedepunkt. Janni setzte sich unnachahmlich am linken Flügel durch und drang in den Strafraum ein, wo er so heftig gefoult wurde, dass er ausgewechselt werden musste. Elwain stellte sich auf Höhe der Mittellinie für seinen Einsatz parat, während Olly den Ball auf den Elfmeterpunkt legte.
„ELWAIN, ELWAIN, ELWAIN!"
Die Zuschauer skandierten rhythmisch im Chor, unseren treuen Auswechselspieler lautstark als Elfmeterschützen fordend. Olly guckte fragend zu mir, ich zuckte mit den Achseln.
„ELWAIN, ELWAIN, ELWAIN!", verstärkten die Fans ihren Appell mit phonetischem Druck. Olly beugte sich der Gewalt, winkte dem Schiedsrichter zu und zeigte auf Elwain an der Seitenlinie:
„DER SCHWERE DA SCHIESST!"
Er informierte der Form halber auch den gegnerischen Keeper. Dann winkte er Elwain herbei. Jubel brandete unter den Zuschauern auf. Elwain lief auf der Mittellinie zunächst gemächlich und ohne das Tempo zu variieren Richtung Anstoßpunkt. Hier machte er eine Wendung um 90 Grad und steuerte Richtung Strafraum.
„ELWAIN, ELWAIN, ELWAIN!"
Der Mob brüllte noch heftiger, da er erkannt hatte, dass seiner Forderung entsprochen wurde und Elwain seine Einwechslung nahtlos in den Anlauf zum Elfmeter übergehen ließ. Beschleunigen konnte er nicht, also trabte er im gemächlichen Tempo zum Elfmeterpunkt.
„ELWAIN, ELWAIN, ELWAIN!", wurde es immer lauter. Sie begleiteten ihren Gesang nun mit rhythmischem Klatschen zum Spannungsaufbau. Er näherte sich dem Punkt und schoss den Ball mit dem Schwung seines überdimensionalen Anlaufs unhaltbar in die linke untere Ecke. Die Zuschauer rasteten komplett aus. Elwain

lief ohne Unterbrechung weiter, riss beide Arme hoch, drehte in einer ausgedehnten Kurve langsam wieder zurück und setzte seinen Lauf ohne die Arme runter zu nehmen bis hinter die Mittellinie fort, wo er endlich zum Stehen kam. Hernach war er konditionell am Ende. Im Spiel konnte er kaum noch laufen. Stattdessen beorderten wir ihn als Statue in den Sturm. Zusätzlich verletzte sich auch noch Saur so schwer, dass wir ihn als zweite Salzsäule ganz vorne positionierten. Dennoch erzielte er noch ein spektakuläres Volleytor. Da die Fans ihren Stimmungspegel zunehmend mit Gelächter ergänzten, kam sich der Gegner veralbert vor. Infolgedessen wurde er immer weiter verunsichert. Gipfel dieser Eigendynamik war ein katastrophales Eigentor, womit der 7:1 Endstand besiegelt wurde.
„Leute, hier bleibe ich."
Der hohe Unterhaltungswert des Spiels und unsere sportliche Leistungsfähigkeit hatten Sven offenkundig sofort weichgekocht.
„Das ist ein weiterer Meilenstein. Erst kommt Olly zu uns. Und nun möchte auch noch Sven aus der B-Klasse wechseln. Ich kann das gar nicht fassen!", fiepte Elwain, der völlig ausgepumpt in der Ecke der Kabine saß und dennoch unübersehbar Freude über das zweite Tor seiner Karriere im tiefenentspannten Gesicht trug.
„Mir haben die Herseler leid getan am Ende. Hoffentlich rächt sich das nicht, man sieht sich immer zweimal im Leben."
Janni wurde kleinlaut, ja fast sogar reumütig.
Wir waren so berauscht von den kreischenden Zuschauern, von Eisen-Reinis erstem Tor, von Elwains längstem Anlauf der Fußballgeschichte und von unserem eigenen Spiel, dass wir gar nicht bemerkt hatten, wie sie sich verhöhnt gefühlt haben mussten. Ich hatte ein ungutes Gefühl, die Gesichter der Herseler Spieler sahen nach Revanche aus. Vielleicht tut es uns eines Tages noch mal verdammt leid, überlegte ich mir, schließlich ist das letzte Saisonspiel bei denen, und das könnte noch entscheidend für den Aufstieg sein.
„Ja, mir war das auch unangenehm", fasste ich zusammen und drehte mich zum Helden des Tages, „Äh, Elwain, wieso bist du beim Elfer eigentlich nicht diagonal angelaufen?"
„Ich dachte, dass ich mich erst beim Schiri anmelden muss, aber der war ja wegen des Elfers schon im Strafraum."

Didi Hallervorden

Post!“
„Einen Moment bitte, ganz nach oben.“ antwortete ich durch die Gegensprechanlage. Endlich mal wieder ein Paket, man bekommt viel zu selten Paketpost, dachte ich. Der Postbote sprintete zügig die Treppe hoch. Als er die letzte Etage schwungvoll erklomm, erkannte ich ihn. Es war kein Postbote, es war Pocke mit einem DIN A4-Umschlag unter dem Arm.
„Hier, für dich“, drückte er mir das Kuvert in die Hand.
„Was soll das, gibst du mir jetzt deine Abmeldung für den FC Rheinbach 3 in die Hand, oder was?“, fragte ich besorgt, musste man bei Pocke doch immer auf alles gefasst sein.
„Quatsch! Ich gebe dir nur etwas zurück.“
„Willst du was trinken?“
„Einen kompletten Kanister Kaffee.“
Über den Spontanbesuch entzückt, hüpfte ich in die Küche und schüttete ihm einen brühwarmen Kaffee in die Tasse, den ich mir soeben zubereitet hatte, da meine aktuelle Referatsausarbeitung in ziemliches Gesülze mündete und insofern nur mit einem permanent hohen Koffeinpegel zu ertragen war. Ich reichte ihm seine Tasse:
„Gut, dass wir dieses Jahr viele Hallenturniere haben, sonst würde ich wahrscheinlich bedenkliche Entzugserscheinungen entwickeln“,
„Was machen wir eigentlich mit den ganzen Siegprämien?“
Wir hatten diesen Winter schon 600 Mark an Prämien erspielt.
„Keine Ahnung. Ich habe gestern Olly getroffen, der hat ja noch Kontakte zum Vorstand. Er sagt, dass sie uns zunehmend mit Argwohn beobachten. Wir sind denen mittlerweile zu erfolgreich. Die Erste hat seit Jahren kein Hallenturnier gewonnen, und wir sahnen eine Siegprämie nach der anderen ab. Wir stehen ohne Training kurz vor dem Aufstieg und die zahlen ihrem Trainer 800 Mark im Monat und kriegen nix auf die Kette. Das macht die insgeheim bekloppt!“
„Mir doch egal. Wir können ja nicht absichtlich verlieren, nur um die Sensibilitäten des Vorstand zu schonen.“
Pocke sprach auffallend süffisant über das vergebliche Bemühen der Ersten.
„Aber beim Bonner Südstadtpokal haben wir keine Chance, da sind ganz andere Kaliber am Start. Unter anderem der VfL Rheinbach.

Die kommen zwar mit ihrer zweiten Mannschaft, sollen aber auch zwei Leute aus der Ersten dabei haben, und die spielen immerhin Verbandsliga. Die werden auf alle Fälle den Torwart aufstellen, der aussieht wie Didi Hallervorden. Er ist Reservekeeper in der Verbandsligamannschaft und hält wie eine Bestie."
Mein Blick fiel auf den Umschlag. Ich ritzte ihn vorsichtig auf. Pocke beobachtete mich dabei interessiert und gespannt wie beim Öffnen eines sorgsam ausgewählten Weihnachtsgeschenkes, bei dem man das Gefühl hat, einen Volltreffer gelandet zu haben.
„Ach, das hatte ich ja völlig vergessen", erstaunt blicke ich kurzzeitig aus dem Fenster, „Wie lange ist das jetzt her?"
„Genau ein Jahr."
„Und? Hast du es erneut eingesetzt?"
„In abgewandelter Form."
„Hä? Wie jetzt?", fragte ich verwundert.
„Diesmal war das Thema ‚Räume'."
„Hm, wieder Aachen?"
„Düsseldorf."
„Hattest du denn wenigstens eine komplette Mappe?"
„Ja, mit dem Hühnerhof hatte ich genau die geforderten zwölf Bilder", berichtete er stolz.
„Und wie passt das zu ‚Räume'?"
„Ich habe das Bild eher so gesellschaftskritisch interpretiert und einen von beengten Räumen bei Käfighaltung im übertragenen Sinne geblubbert. Im Umkehrschluss bedeutet es räumliche Freiheit, ausgedrückt durch Bewegungsmöglichkeiten in alle Richtungen, übertragbar auch auf das freie Denken in alle Richtungen."
„Äh, wow, ich bin beeindruckt. Klingt …äh …na ja … plausibel."
„Es ist erstaunlich, was man so alles in ein paar unschuldige Hühner hineininterpretieren kann."
„Hast du denn schon ein Ergebnis?"
„Ja."
„WAS? DAS SAGST DU ERST JETZT IN EINEM NEBENSATZ? SPANN MICH NICHT AUF DIE FOLTER, MANN!"
„Angenommen! Ich fange nächstes Semester an."
Seine Augen blitzten.
„Großartig", ich ballte die Hand zur Beckerfaust, „Da hat sich die halbgare Aktion in Aachen doch noch irgendwie gelohnt."

Die Vorrunde des Bonner Südstadtpokals überstanden wir ohne Gegentor und zogen souverän ins Halbfinale ein.
„Lasst uns das lukullische Wohlbefinden zu mehren versuchen“, drängte uns Eisen-Reini in Richtung eines üppigen Buffets.
„Erst mal eine Koffeinkeule, bitte“, bestellte Elwain mit sonorer Stimme und verballerte auf einen Schlag sein gesamtes Kontingent an Bons, indem er sich obendrein noch mit einem Potpourri aus der exzellenten Kuchenauswahl eindeckte. Seine nebenbei abgegebene Einschätzung, dass das System mit Bons vollkommener Schwachsinn sei, stieß auf ungeteilte Zustimmung. Auch nach intensiven Überlegungen waren wir nicht in der Lage, auch nur annähernd ein stichhaltiges Argument zu finden, was diesen Aufwand rechtfertigte.
„Didi Hallervorden hält fantastisch. Der hat noch kein Gegentor kassiert. Die haben tatsächlich zwei Leute aus der Verbandsliga dabei. Zum Glück spielen wir nicht im Halbfinale gegen die.“
Janni analysierte das sportliche Geschehen, während er sich in einen aussichtslosen Machtkampf mit der Senfverpackung für sein Siedewürstchen verstrickte.
„Das wäre ein Traum-Endspiel: Die beiden Rheinbacher Mannschaften gegeneinander. Aber ich fürchte, dass wir das Halbfinale gegen Andernach verlieren. Die sehen alle aus wie Möbelpacker“, befürchtete Pocke.
„Unfug! Die sind doch steif wie Eisenbahnschienen“, Janni begegnete der renitenten Verpackung nach dem endgültigen Riss seines Geduldsfadens nun mit roher Gewalt und bespritzte sein Trikot mit torpedohaft herausspritzendem Senf, „Wir müssen nur den Ball schnell laufen lassen, dann haben die keine Schnitte.“
Der VfL Rheinbach setzte sich im Halbfinale souverän mit 3:0 durch, wobei Didi Hallervorden mit mehreren Glanzparaden eindrucksvoll das erste Gegentor des Lokalrivalen verhinderte. In der Offensive wirbelten die beiden Verbandsligakicker nach Belieben.
Erstaunlicherweise feuerten uns die VfL-Spieler im Halbfinale lautstark an. Vermutlich, weil sie unbedingt ein Endspiel gegen uns haben wollten. Elwain intonierte zahlreiche Anfeuerungsrufe. Zur Halbzeit stand es 1:1. Kurz nach Wiederanpfiff packte Eisen-Reini sein berüchtigtes Tackling aus, setzte es allerdings einen Hauch zu spät an, sodass er den Ball verfehlte und stattdessen einen Anderna-

cher Möbelpacker mit einer seitlichen Katschowgrätsche zu Boden exekutierte. Der vollbesetzten Halle stockte kollektiv der Atem. Dem Schiedsrichter blieb folgerichtig nichts anderes übrig, als Eisen-Reini für den Rest des Spiels vom Platz zu verweisen.
„Das war bloß internationale Härte. Alles handelsüblich …“, versuchte er kleinlaut den versuchten Todschlag schönzureden. Dann schlich er mit hängenden Schultern vom Spielfeld.
„Leute, wir mogeln uns irgendwie Verlängerung und dann ins Siebenmeterschießen“, gab Sparki als Marschroute aus.
So verbarrikadierten wir unser Tor. Die Halle tobte ob unserer Abwehrschlacht. Plötzlich ergaben sich Konterchancen, weil die Andernacher zu schnell Bälle verloren und offensichtlich konditionelle Mängel hatten. Der Jubel kannte keine Grenzen, als wir das 2:1 und kurz vor Schluss gar das 3:1 erzielen konnten.
„Gratulation. Im Endspiel habt ihr aber keine Schnitte.“
Didi Hallervorden klopfte Pocke kumpelhaft auf die Schulter.
„Hömma, du siehst aus wie Didi Hallervorden?“
„Das höre ich öfter. Wir sehen uns gleich. Palim, palim.“
Im Finale wuchsen wir über uns hinaus. Wir machten dem VfL nach allen Regeln der Kunst nass und spielten vier wunderschöne Treffer nach Traumkombinationen heraus. Gleichzeitig hielten wir unseren Kasten sauber wie mit Silikonmasse abgedichtet.
„Welch ein Triumph“, tirilierte Elwain, als wir unter tosendem Applaus der Halle den Platz verließen.
„Glückwunsch, ihr seid ein würdiger Sieger.“
Didi Hallervorden erwies sich als fairer Sportsmann.
„Jetzt stehen wir schon bei 1000. Was sollen wir denn mit der ganzen Kohle machen?“, fragte ich ratlos mit dem Scheck in der Hand.
„Der Ersten einen Co-Trainer kaufen“, frotzelte Sparki.
„Quatsch. Feist essen gehen, den Rest in die Mannschaftskasse.“
Wir griffen Pockes Empfehlung auf und fuhren von leeren Mägen genötigt nach Rheinbach. Auf dem Weg dorthin sorgte Elwain kurzzeitig für Verwirrung, indem er mit seinem Wagen im Freudentaumel des Turniersiegs an einer Kreuzung rasant ins Straßenbahngleisbett bog. Kurzzeitig schockgefrostet und im hektischen Zurücksetzen lottotrommelgleich durchgeschüttelt, verlebten wir im Anschluss jedoch einen ungefährlichen und wundervollen Abend beim Jugoslawen.

Aufgelöst

Janni schlenderte vergeistigt den Bürgersteig entlang. Plötzlich wurde er von einem jähen und lauten Gebrüll aus all seinen Gedanken gerissen. Der Fremde schrie ihm direkt ins Gesicht:
„HEY, SIE BLÖDER PENNER! MEINEN SIE, ICH HABE MEINE ZEIT GESTOHLEN, ODER WAS? LETZTE WOCHE WAR SCHON EINE ARSCHGEIGE VON IHREM SCHEISSVEREIN BEI MIR. FÜR NICHTS UND WIEDER NICHTS …“
Janni konnte sich diesen hitzköpfigen Anfall nicht erklären. Er schlenderte unbeeindruckt wie ein chinesischer Buddha weiter und legte seinen Bohrmaschinenkoffer auf den Beifahrersitz.
„Netter Schuppen. Gute Lage und wie immer unterm Dach.“
Er begrüßte mich, als ich gerade ein paar Kartons in meiner neuen Wohnung umwuchtete.
„Stimmt, ich hatte immer nur Dachwohnungen. Komischer Zufall.“
Ich führte ihn durch das neue Reich im Herzen der Bonner Altstadt.
„Bist du eigentlich morgen gegen Sechtem dabei?“, fragte ich, als wir im Schlafzimmer Bohrlöcher für Gardinenstangen festlegten.
„Klar! Haben wir denn eine gute Besetzung?“
„Es war etwas mühselig, im Umzug die Leute anzurufen. Natürlich hat der neue Anschluss hier nicht funktioniert. Ich bin dann ein paar Mal zur Telefonzelle gelatscht. Ich glaube, es ist ein Naturgesetz, dass in neuen Wohnungen der Anschluss nicht läuft.“
„Stimmt. Jedenfalls habe ich noch nie das Gegenteil gehört.“
„Wir sind 13, nur Gerald hat abgesagt, dafür ist Didi wieder dabei.“
„Und wer steht im Tor?“
„Torsten ist wieder fit.“
„Schön. Und was passiert jetzt mit Norbert?“
„Tja, Norbert war ein brillanter Keeper, aber ich befürchte, dass er nie wieder für uns spielen wird.“
„Wieso denn das? Er hat sich bei uns doch immer sauwohl gefühlt. Torsten könnte doch auch im Feld spielen.“
„Er wohnt bald nicht mehr in Flerzheim. Er hat im Urlaub sein Herz an Australien verloren. Er hat sich Hals über Kopf entschlossen, nächste Woche auszuwandern und Down Under eine Kneipe aufzumachen! Einfach so. Stell dir das mal vor.“
„Australien … Das ist ja unfassbar! Geiler Typ …“

„Mich macht so etwas immer wehmütig. Wenn ich mir vorstelle, dass er nie wieder für uns spielt … Ach Mensch, genauso würde ich zu gerne wissen, was aus Matumbo geworden ist!“
Ich starrte eine Weile melancholisch ins Leere. Wahrscheinlich dachten wir gerade Ähnliches: Wie es ist, sein ganzes bisheriges Leben einfach hinter sich zu lassen … Mich übermannte allein schon beim Namen Australien ein Hauch von Fernweh. Der Anblick der Bohrmaschine holte mich in die Gegenwart zurück.
„Mal was anderes: Wieso trägst du eigentlich die Telekom-Kappe?“
Ich starrte auf seine magentafarbene Kopfbedeckung.
„Weil Ulle dieses Jahr die Tour gewinnt.“
„Ich bin erst einmal heiß auf die Europameisterschaft.“
„Wer macht's?“
„England ist zu Hause eine Macht, dazu Italien, vielleicht noch Deutschland. Wobei ich glaube, dass für uns der Rucksack Berti Vogts einfach zu schwer ist.“
„Quatsch. Wenn die Engländer gegen uns im Elfmeterschießen antreten müssen, verlieren die immer. Das ist ein Naturgesetz wie das mit dem Telefonanschluss.“
Wir hämmerten, bohrten, packten aus, räumten ein. Sparki kam später zu einer zur Wohnungseinweihung deklarierten Partie Skat hinzu. Beide übernachteten in der neuen Bude. Am nächsten Morgen starteten wir zum Auswärtsspiel in Sechtem.
„Verdammt, ich habe die Bohrmaschine liegen lassen“, stellte Janni fest, als wir den Wagen bestiegen. Er rannte zurück.
„Was machen die Examensvorbereitungen?“, fragte ich Sparki.
„Langsam wird es ernst. Im Sommer fange ich mit der Examensarbeit an, danach kommen die Klausuren und die mündlichen Prüfungen. Wenn alles glatt geht, startet nächstes Jahr im Sommer das Referendariat.“
„Dann geht das große Zittern los, dass man nicht ins Seminar nach Arnsberg verschickt wird.“
„Gott erschuf in seinem Zorn, Bielefeld und Paderborn.“
„Wie stehen denn die Chancen, dass du in der Nähe bleibst?“
„Keine Ahnung, das hängt alles vom Zufall ab.“
„Es wäre schon schlimm, wenn Eisen-Reini und du gleichzeitig in die Walachei versendet werdet und nicht mehr regelmäßig spielt. Theoretisch kann mir das in eineinhalb Jahren auch passieren.“

„Nerven behalten“, sagte Sparki.
Janni kam aus der Tür und schlurfte uns gesenkten Blickes gemächlich entgegen. Sparki musterte ihn eindringlich:
„Janni, du siehst aus wie ein Mechaniker von der Telekom.“
„Hä, wieso das?“
„Schau dich halt mal an.“
Janni blickte an seinem Körper herunter.
„Jetzt verstehe ich das … Die Kappe … die Weste … der Bohrmaschinenkoffer …!“
Er sinnierte, als ob er am Baum der Erkenntnis gelabt hätte.
„Jetzt verstehst du was?“, fragte Sparki zurück.
„Gestern … Der Typ … Der arme Kerl … wahrscheinlich hat er jetzt immer noch keinen Anschluss …“

Das Spiel lief nach unserem Gusto. Schnell führten wir 2:0. Der Gegner war zwar eine ambitionierte Truppe aus der oberen Tabellenhälfte, hatte aber nicht den Hauch einer Chance. Unsere drückende Überlegenheit ließ sie in der zweiten Halbzeit die Contenance verlieren. Ein etwa 1,60 Meter großer Mittelfeldspieler versuchte unseren 1,92 Meter großen Olly zu provozieren:
„EY! WILLSTE `N PAAR AUFS MAUL?“
Olly betrachtete den Winzling von oben:
„Hör mal: Du bist ein Zwerg, hast rote Haare und ne Hornbrille, trägst einen Schnäuzer und stinkst bestialisch aus dem Maul. Was willst du überhaupt?“
Dann wandte er sich ab und ließ ihn stehen.
Kurze Zeit später versuchte Janni in einen unpräzisen Rückpass des Gegners zu sprinten. Der Abwehrspieler konnte sich nur noch mit einem unkontrollierten Befreiungsschlag helfen. Janni schmiss sich mit seinem Körper in die Flugbahn des Balles und wurde mit voller Wucht frontal im männlichen Gemächt getroffen. Schmerzgebeugt taumelte er daraufhin abseits vom eigentlichen Spielgeschehen orientierungslos über den Platz, weil er nicht wusste, wohin mit seiner Pein.
„MANN, EY! MACH DOCH NICHT IMMER ALLES ALLEINE. VOLLIDIOT!“
Ein Sechtemer Spieler verdammte unterdessen lauthals einen eigenen Mannschaftskameraden, nachdem dieser leichtfertig den Ball an

uns verloren hatte und wir daraus problemlos das 4:0 erzielen konnten. Der so Bedachte hörte diesen Vorwurf und verharrte für eine Sekunde im Standbild. Dann brannten ihm sämtliche Sicherungen durch: Er packte den Schimpfenden an der Gurgel und würgte ihn. Dieser wiederum wehrte sich mit heftigen Tritten und Boxhieben. Diesem weibischen Gezänk folgte eine ungezügelte Prügelei. Die übrigen Sechtemer Spieler waren nicht in der Lage, den Kampf der beiden wild gewordenen Silberrücken zu unterbinden. Erst nachdem beide Streithähne regungslos auf dem Boden lagen, trauten sie sich wieder in ihre Nähe. Sie konnten nur noch feststellen, dass beide für die Fortsetzung des Spiels untauglich waren.
„MANN, MANN, MANN! WIR SIND SO BEKLOPPT! JETZT PRÜGELN WIR UNS AUCH NOCH SELBST VOM PLATZ. HOL MAL JEMAND VON EUCH PAPPNASEN DIE BAHRE“, pöbelte der Kapitän, scheinbar der einzig vernünftige Spieler dieses Trümmerhaufens. Während die beiden Schwerverletzten vom Platz getragen wurden, ging ich zu Eisen-Reini:
„Sag mal, weißt du eigentlich wo Janni hin ist?“
Er zeigte mit seinem Finger stumm, aber allwissend in die Richtung der Kabinen, wo sich Janni in gebeugter Haltung an einem Baum festhielt und dem Gebüsch seinen Mageninhalt vermachte.
„ELWAIN“, rief ich konsterniert, „MACH DICH WARM…“
Da die beiden Prügelknaben an der Seitenlinie entsorgt und bis zum Eintreffen der Sanitäter zwischengelagert waren, konnte es weitergehen. Der Gegner hatte keine Einwechselspieler und musste das Spiel zu neunt fortsetzen. Kurze Zeit später prallten der Sechtemer Kapitän und der rothaarige Gnom mit Schnäuzer, Hornbrille und Mundgeruch so brachial mit den Köpfen zusammen, dass beide eine klaffende Platzwunde mit temporärer Orientierungslosigkeit erlitten und ebenfalls mit der Bahre beseitigt werden mussten. Der eingetroffene Krankenwagen sammelte kurzerhand alle vier maladen Gegner ein und brauste ins Hospital. Der Schiri ersparte dem Gegner nur noch zu siebt weiter zu spielen und beendete das das Sechtemer Martyrium umgehend beim Stande von 6:0.
„Udo, was ist los, warum spielt ihr nicht weiter?“
Arno war unwissend, weil er sich um Janni gekümmert hatte.

„Zwei von denen sind aneinandergeprallt, zwei andere haben sich gegenseitig zusammengewichst. Alle vier werden jetzt einträchtig abtransportiert."
Schon eine Woche später traten die Sechtemer nicht mehr an und lösten den kompletten Verein konsequenterweise auf, wobei wir diesen Schritt allenfalls als Kollateralschaden zur Kenntnis nahmen und sich das Entsetzen darüber im Fußballkreis Bonn in überschaubaren Grenzen hielt. Es war die zweite kuriose Vereinsauflösung, die wir verursacht hatten: Auch Limperich stürzten wir durch den spontan organisierten Trikotsatz in eine tiefe Existenzkrise, da sie von diesem Augenblick an aus der Spitzengruppe bis auf den letzten Platz durchgereicht wurden, bevor sie ganz von der Landkarte verschwanden. Olly berichtete im Zusammenhang mit diesen amüsanten Geschehnissen von einem weiteren hanebüchenen Ende eines Vereines:
Der SV Fritzdorf meldete demnach seine Mannschaft unverzüglich vom Spielbetrieb ab, nachdem der Vorstand – über die dauerhaft unregelmäßige Trainingsbeteiligung schwer erzürnt – entsprechende Recherchen in die Wege geleitet hatte und auf diesem Wege herausfand, dass sich die Spieler an den Trainingstagen systematisch mit Besuchen bei der nymphomanen Gattin des Trainers abwechselten, während der ahnungslose Coach das Training steuerte.
Wir hingegen pirschten uns immer näher an die verführerischen Futtertröge der Aufstiegsplätze. Der Saisonhöhepunkt stand bevor: Die Revanche von Hersel am letzten Spieltag. Wir hatten in der Tat die reelle Chance, eine Klasse emporzulodern, wie Eisen-Reini trefflich formulierte.

Brauchtumsumzug

„Pommes rot-weiß.“
Die Friteusenjongleurin wirbelte fachgemäß Kartoffelstäbchen durch die Luft und nahm meine Bestellung ohne aufzuschauen entgegen. Dennoch hatte sie aus dem Augenwinkel auch Elwain bemerkt:
„Und für Sie, junger Mann? Wie immer, Pommes mit Schranke?“
„Nee, Pommes an Majo!“
„Für zum hier?“
„Nee, für zum mit!“
„Sind wir nun aufgestiegen oder nicht?“, fragte Elwain quengelig.
„Keine Ahnung, ich bin noch nicht am Ende meiner Recherchen.“
Die Situation war undurchschaubar. Definitiv sicher war, dass vor dem letzten Spieltag die ersten beiden Mannschaften als Aufsteiger feststanden. Nicht fest stand, wie viele Mannschaften aus zusätzlich den Weg in die C-Klasse antreten würden. Dies hing vom Ausgang in den oberen Ligen ab. Die Gerüchte und Möglichkeiten beinhalteten vom dritten bis zum fünften Platz alle Varianten. Wir waren Vierter. Unser letztes Spiel fand in Hersel statt, die Mannschaft, die wir im Hinspiel grandios mit 7:1 geschlagen hatten.
„Was weißt du denn?“
Elwain hakte nach und verquirlte die Pommes mit der Majo zu einer stabilen Verdichtung.
„Also, in der Tabelle des General-Anzeigers sind wir mit zwei Punkten und einem wesentlich besseren Torverhältnis vor den Einfaltspinseln aus Alfter. Das heißt, dass wir auf jeden Fall Vierter werden, egal wie wir in Hersel spielen werden.“
„Das ist schon mal gut …“
„Wenn wir Glück haben, steigen vier Mannschaften auf und wir sind dabei. Wenn wir Pech haben, steigen nur drei Mannschaften auf und wir sind mal wieder knapp gescheitert.“
„Das bedeutet, dass wir besoffen nach Hersel fahren können, da nichts mehr von dem Spiel abhängt!“
„Na ja, wir dürfen natürlich nicht 10:0 verlieren, dann könnte uns Alfter noch überholen. Auf jeden Fall geht nach oben nix mehr, da wir nicht mehr Dritter werden können.“
„Gut, dass Alfter in den letzten Wochen so eingebrochen ist …“

Elwain hatte Recht, das war mir auch nicht knusper vorgekommen. Alfter hatte in den letzen Spieltagen einen Einbruch von unnatürlichem Ausmaß, der es uns ermöglichte, auf der Zielgeraden der Saison noch galant an ihnen vorbeizuziehen.
„Wann wissen wir denn, ob wir es geschafft haben? Es ist doch abgründig, dass man das nicht sofort weiß."
„Arno meint, dass die Relegationsspiele erst in drei Wochen stattfinden. Vorher wird keine Entscheidung fallen."
„Skandalös!", er versenkte die geleerte Plastikschale mit Wucht im Müll, „Da steigt man wohlmöglich auf und kann es noch nicht mal spontan feiern."
„Vor allem hat mich Arno damit verdattert, dass Alfter laut seiner Buchführung nur einen Punkt hinter uns ist."
„Da hat er sich wohl verrechnet."
„Ja, oder sein Computer spinnt", ich beendete mein formidables Menü, indem ich die Frittenschale gleichermaßen rustikal in den Eimer pfefferte, „Auf alle Fälle hat der General-Anzeiger recht."
„Wie sieht denn die Mannschaft für Sonntag aus?"
„Erbärmlich, ich habe einige Absagen erhalten. Es geht halt um nix mehr. Torsten fährt zu einer Cruisermesse nach München. Gerald ist schon in den Urlaub gefahren. Sparki hat Pimpernellen, oder so."
„Mangelhaft. Und sonst?"
„Pocke hat ungelogen eine handballgroße Beule an der Hüfte. Der latscht den ganzen Tag mit einer schauderhaften Trainingshose durch die Gegend. Der passt in keine Jeans mehr."
„Sind wir denn überhaupt elf Leute?"
„Du wirst von Anfang an spielen müssen, Schönberg muss ins Tor. Zum Glück konnte ich Janni überreden. Er hat zwar ein Handballspiel, kommt aber trotzdem, weil er heiß ist, vor dem Sommer noch mal Asche zu schnuppern."
„Mal was anderes: Was ist eigentlich mit Sven? Hat er sich noch mal gemeldet?"
„Ja, er kommt definitiv zu uns, obwohl er dieses Jahr sogar in die A-Klasse aufgestiegen ist.
Nach Ollys Wechsel im letzten Jahr schloss sich uns nun ein weiterer Hochkaräter an. Das erfüllte mich mit Stolz.
„Wenn der Vorstand das erfährt, kriegen die einen Veitstanzanfall", sagte Elwain.

„Es gibt noch eine gute Neuigkeit: Janni hört mit Handball auf und konzentriert sich auf Fußball."

Am Tag des letzten Spiels setzte sich der triste Dauerregen des Vortags fort. Kurzfristig bekam ich zwei weitere Absagen. Die Luft war raus. Die Motivation für dieses bedeutungslose Spiel hing durch. Da ich die Saison halbwegs vernünftig beenden wollte, verleitete ich Pocke, sich trotz seiner dritten Hüfte, wie er sein bombastisches Ei liebevoll nannte, regungslos in den Sturm zu stellen, damit wir zumindest auf dem Papier elf Leute sein würden.
„Was ist das denn für ein unübersichtliches Kaff hier?", fragte ich Elwain, der den Wagen ohne Wegbeschreibung zum Herseler Sportplatz zu steuern versuchte.
„Vor allem: Was sind das für merkwürdige Gestalten da vorne?"
Elwain zeigte auf eine Gruppe abstrus Kostümierter.
„Die kommen ja aus allen Löchern. Haben wir Karneval, oder was?"
Plötzlich strömten aus sämtlichen Häusern, Nischen und Gassen Gruppen von maskierten Einheimischen.
„Hoffentlich kommen die nicht alle zu unserem Spiel", sagte ich.
„Glaube ich nicht, guck mal auf das Schild da vorne."
„Sonntag 24. Mai. 1996, 15:00 Uhr Brauchtumsumzug."
„Vollsperrung der Hauptstraße ab 14:30 Uhr!", ergänzte Elwain den Inhalt eines Plakates, das daneben hing.
„Wenn die hier einen auf Dorffest machen, werden denen bestimmt auch einige aus der Mannschaft fehlen. Vielleicht treten die gar nicht erst an, die wollen doch bestimmt alle lieber feiern, anstatt gegen uns zu spielen, wo es ohnehin um nix mehr geht."
Janni beteiligte sich nun auch von der Rückbank aus am Gespräch, nachdem er den Sportteil der Bild am Sonntag durchgekaut hatte.
„Zumindest werden sie nicht mehr an die Veralberungen durch die Zuschauer im Hinspiel denken, sondern nur ihr Volksfest im Kopf haben. Das kann nur von Vorteil sein."
Elwain schien sich wegen seines grandiosen Elfmeters noch besonders gut an das Hinspiel erinnern zu können.
Hersel ist ein unüberschaubares, der Länge nach am Rhein entlang gezogenes Dorf vor den Toren Bonns. Mangelnde Beschilderung

verkomplizierte die Orientierung zusätzlich und bescherte uns ein zielloses Umherkreisen durch das Einbandstraßengewirr.
„Warum ist bei diesen bescheuerten Ringbuchstadtplänen eigentlich der Seitenumbruch immer genau da, wo man gerade sucht?“, schnaubte Janni und feuerte den Atlas resigniert in den Fußraum des Strich 8ers. Elwain stieg auf das Bremspedal, kurbelte das Fenster herunter und winkte eine Handvoll Leute zu sich, die der Kleidung nach zu schließen zum Spielmannszug gehörten und deren Aufgabe es offenbar war, das Volksfest musikalisch zu veredeln.
„EY! WO IST DER SPORTPLATZ IN DIESEM KAFF HIER?“
„Tja, äh. Das ist schwierig, junger Mann. Einige Straßen sind gesperrt. Sie müssen noch mal ganz zurück und von der anderen Seite zum Rhein runter. Viel Glück!“, antwortete der Trommler.
„Die haben heute kein Glück mit dem Wetter bei ihrem Volksfest.“
Als leidenschaftlicher Karnevalist, der selbst als Mitglied einer Hunnenhorde mit Pauke durch die Kneipen zog, hatte Elwain Mitleid.
Wir folgten der vagen Anweisung und erreichten so unser Ziel. Zwei Bonner Autos von uns waren schon da und hatten den komplizierten Weg ebenfalls nur durch Improvisation gefunden.
„Wo ist der Rest?“, fragte Olly, während der Schiri drei Minuten vor Anpfiff den Platz betrat. Es fehlte noch das Auto aus Rheinbach mit Jojo, Pocke und Didi.
„Keine Ahnung. Die haben auf jeden Fall zugesagt. Pocke wird sowieso nicht laufen können. Er hat zwei Schmerztabletten intus und stellt sich in den Sturm.“
„Der Platz ist eine Katastrophe!“
Janni beäugte den mit Pfützen übersäten Morast. Dann trommelte ich die Jungs kurzerhand auf dem Platz zusammen. Für eine Kabinenbesprechung war keine Zeit mehr:
„Wir fangen schon mal mit neun Mann an. Ich hoffe, dass die anderen noch kommen. Es ist nicht so tragisch. In der Tabelle wird es eh keine Veränderung mehr geben, wir dürfen es nur nicht allzu hoch vergeigen, hier jetzt. Der Aufstieg entscheidet sich später.“
„Dennoch müssen wir alles geben. Wir sollten uns nichts nachsagen lassen“, spornte Janni unseren Sportsgeist an.
„Oh, wie ich sehe spielt euer Elfmeterkönig heute von Anfang an.“
Der Kapitän der Herseler zeigte bei der Seitenwahl süffisant auf Elwain, der sich etwas ungelenk zu dehnen versuchte.

Von den drei Fehlenden war weit und breit nichts zu sehen. Schnell führten die Gastgeber mit 2:0. Der schwere Belag entzog uns Kräfte, zumal wir unsere Unterzahl mit läuferischem Mehraufwand zu kompensieren versuchten. Es darf jetzt nicht passieren, dass wir hier doch noch 10:0 verlieren und Alfter an uns vorbeizieht, schoss es mir in den Kopf. Es trieb mir gleichzeitig Angstschweiß auf die Stirn. Nach 25 Minuten hupte endlich Didis Wagen.
„WO BLEIBT IHR DENN? MANN, EY!"
Olly pöbelte genervt, als er die Neuankömmlinge erspähte.
„Wir mussten noch über Odendorf, meine Schuhe holen, da war irgend so ein Scheiß-Radrennen, da sind wir nicht rausgekommen. Und hier war ein irgendein Scheiß-Volksfest, da sind wir nicht reingekommen", stenografierte Pocke die Unglücksverkettung, während einige Herseler sichtlich pikiert über die schnodderige Abwertung ihres Festes dreinblickten. Mir fiel auf, dass es ungewöhnlich viele Zuschauer waren. Sicher wegen des Saisonabschlusses, dachte ich, obwohl ja das halbe Dorf schon beim Volksfest zu weilen schien.
„HALT KEINE REFERATE, MACH HINNE.", blaffte Olly zurück und widmete sich wieder dem Spiel, das mit einem Einwurf für uns fortgesetzt wurde.
Wir komplettierten umgehend mit Jojo und Didi. Pocke blieb zunächst draußen, obwohl Elwain konditionell am Limit war und nach Erlösung winselte.
„Sorry! Ganz Hersel war gesperrt. Wir haben eine halbe Stunde gebraucht, um über Feldwege den Platz hier zu finden."
Didi entschuldigte sich kleinlaut, nachdem der Schiedsrichter die Einwechslung notiert hatte. Noch vor der Pause erzielten wir mit den frischen Leuten beflügelt das 1:2.
„Jetzt biegen wir das Ding noch um", blies Olly in der Kabine zur Aufholjagd.
„Unterzahl und schwerer Boden", Jojo rieb sich die geschundenen Schenkel, „Das geht an die Substanz. Ich bin platt."
Pocke zog sich das Trikot an und präsentierte dabei mit Stolz noch schnell seine Abnormität an der Hüfte, wofür er eine Mischung aus Bewunderung, Ekel, Staunen und Schadenfreude erntete, die sich in einem allgemeinen Raunen ausdrückte. Die Schmerzmittel entfalteten ihre Wirkung dergestalt, dass er ein wesentlich größeres Laufpensum absolvieren konnte als zunächst geplant war.

Wir konnten das Spiel in der zweiten Hälfte offen halten, verloren am Ende jedoch mit 3:4, weil wir durch den Kraftverlust der ersten Halbzeit zum Ende hin nicht mehr genug Kondition hatten und sich allenthalben Unkonzentriertheit einschlich. Unmittelbar nach dem Abpfiff fielen sich die einheimischen Zuschauer um den Hals.
„Wieso jubeln die so?“, fragte ich Olly.
„Keine Ahnung, vielleicht haben die sich im Hinspiel so sehr verarscht gefühlt, dass die froh über die geglückte Revanche sind …“
„Tja, wir sind es selbst schuld, wenn wir zu doof dazu sind, den Platz zu finden.“
„Wenn wir von Anfang an komplett gewesen wären, hätten wir locker gewonnen.“
„Selbstverständlich. Und wenn einige nicht schon im Urlaub oder sonst wo wären, hatten wir die wie im Hinspiel haushoch besiegt.“
„Herzlichen Glückwunsch zum Aufstieg!“
Ein Herseler Spieler unterbrach jäh unseren Dialog, als er einem Zuschauer um den Hals fiel und lauthals frohlockte.
„Hä? Das verstehe ich nicht. Wieso gratulieren die sich zum Aufstieg?“, Olly kratzte sich am Kopf, sein Gesichtsausdruck glich dem von Stan Laurel, „Die sind doch weit hinter uns in der Tabelle? Oder meint der etwa uns?“
„Wissen die mehr als wir? Ich dachte, es entscheidet sich erst in ein paar Wochen …“
Janni hatte sich zu uns gesellt und versuchte die Lage zu kanalisieren.
„Ich raff hier gar nix mehr. Mal Arno fragen, vielleicht hat der ja neue Infos“, schlug ich vor.
„Diese Unklarheiten am letzten Spieltag sind unerträglich. Da sollten die sich beim Fußballverband mal was Vernünftiges einfallen lassen. Aber die sitzen sich ja in ihren Sesseln ihre fetten Ärsche platt!“, maulte Olly.
„IHR SEID ZU BLÖD, IHR SEID ZU BLÖD!“
Einige Zuschauer sangen höhnend im Chor.
„Die meinen wohl uns!“, stellte Olly sarkastisch fest.
„Sehen wir wirklich so doof aus? Vielleicht sollten wir mal wieder mehr an unserem Image als Studentenmannschaft arbeiten!“, sagte ich.

„Also", Jojo gesellte sich auch dazu, „So schlimm war der Spott im Hinspiel nun auch wieder nicht, als dass es jetzt diese billigen Gesänge rechtfertigen würde!"
„Sie scheinen wohl mächtig stolz drauf zu sein, dass sie gegen neun Leute mit einem Tor Unterschied gewonnen haben."
Mir gefiel es nicht, dass wir kübelweise mit Hohn und Spott überschüttet wurden. Irgendetwas daran war faul.
Wir wateten durch den Schlamm, betrachteten dabei staunend den ausgelassen Jubel der Zuschauer und verkrochen uns in der Kabine. Das typische leere Gefühl des letzten Saisonspiels durchzog mich. Wir hatten das Drama immer noch nicht begriffen.
Jeder von uns landete im Laufe des Spiels mindestens einmal der Länge nach in einer Pfütze. Infolgedessen sahen wir aus wie ein Trupp Bergarbeiter. Matschflecken zeichneten unsere Körper und Gesichter. Durch die vollgesogene Nässe wurde die Tasche mit den Trikots schwer wie ein Sack Kohlen. Unbeschwert und kalauernd vollzogen wir das Kabinenritual mit Duschen, Huldigung unseres Grals in Form der Trikots, sowie die Bekämpfung des nachsportlichen Durstes. Pocke musste mieseste Neckereien über seine dritte Hüfte erdulden und zelebrierte zunehmend sein körperliches Ungemach, da die medikamentöse Wirkung nachließ und die sportliche Betätigung den Entzündungs- und Blutstauprozess potenziert hatte. Wie ein aufgeblasener Ballon schillerte die überdimensionale Beule in allen Rot- und Blautönen an seiner Seite. Bei Eisen-Reinis Duschvorgang mündete ein Sog aus Wasser, Matsch und frischem Blut schwerfällig im Abfluss. Dabei dachte ich darüber nach, warum es so ist, dass ein Wassersog auf der Nordhalbkugel immer links herum in den Abfluss läuft, und auf der Südhalbkugel rechts herum. Es hat vielleicht etwas mit dem Magnetfeld der Erde zu tun, obwohl das eigentlich schwachsinnig ist, denn Wasser ist ja nicht magnetisch, folgerte ich, aber wie es genau funktionierte, entzog mich meinem müden Haupt, vielleicht auch wegen der Erdrotation, die ist ja oben andersrum als unten auf der Erde, es war mir jetzt aber auch egal. Wie eine Trophäe präsentierte Eisen-Reini ritualgemäß seine malträtierten Knie, konnte aber nicht so viel Zustimmung wie sonst erheischen, da ihm Pocke einen Teil des Applauses vorher abgefischt hatte und der Mannschaftshunger nach heroischen Kriegsverletzungen vorerst gesättigt war.

„Hallo Arno! Sag mal, wieso jubeln die Penner da draußen so?“, fragte ich, als der Gutmensch den Raum betrat.
„Tja, ich schätze, ich bin euch eine Erklärung schuldig.“
Er stammelte wie ein Schulbub. Plötzlich versiegten die Albernheiten. Gespannte Stille erfüllte den Raum. Wie die Orgelpfeifen geordnet saßen wir auf den Plätzen und klebten an Arnos Lippen. Janni durchbrach als Erster die Stille:
„Die waren bestimmt noch sauertöpfisch wegen des Hinspiels, stimmt's?“
„Nein, es waren keine Herseler Zuschauer.“
„Sondern?“
„Spieler aus Alfter“, sagte Arno streng.
„Toll! Aber warum feiern die so?“
Jojo fragte, was alle fragen wollten.
Arno nestelte verlegen in seiner Hosentasche herum:
„Sie sind durch den Herseler Sieg gegen Euch heute aufgestiegen!“
„Aber das heißt im Umkehrschluss, dass wir auch aufgestiegen sind. Wo bleibt das Bier, es gibt was zu feiern. Armer Torsten, armer Gerald, jetzt verpassen die unsere Aufstiegsfeier. Los, lass uns zur Tanke fahren, Bier holen. Ich fass es nicht, das ist ja total geil.“
Elwain hatte in seinem Wahn übersehen, dass Arnos gesamte Körpersprache alles andere als Extase ausdrückte.
„Stopp, eins verstehe ich nicht. Alfter stand doch vor dem Spiel heute hinter uns und sie bleiben es auch. Wieso wissen die jetzt schon, dass sie aufgestiegen sind? Wieso wussten wir davon nichts?“, hakte ich nach.
„Ich habe eben mit dem Trainer von Alfter gesprochen, ich kenne ihn aus früheren Zeiten. Er hat heute Morgen mit einem Vertreter vom Fußballverband gesprochen. Wer Vierter wird, steigt auf, wer Fünfter wird, steigt nicht auf! Das ist amtlich, meine Herren.“
„Aber das heißt doch, dass wir aufgestiegen sind. Wir waren doch uneinholbar für Alfter in der Tabelle!“
„Genau. Wir sind aufgestiegen, wenn das so stimmt, was der Verband sagt!“, pflichtete mir Olly bei.
„Und Alfter nicht. Wir sind Vierter, Alfter ist Fünfter.“
Janni rechnete mit den Fingern nach.
„Nein!“, sagte Arno streng.

Über unseren Köpfen formten sich kleine Sprechblasen, die zu einer einzigen großen mit riesigem Fragezeichen verschmolzen.
„Wie jetzt? Wir hätten doch mindestens 10:0 verlieren müssen, und die 10:0 gewinnen, damit sie an uns vorbeiziehen. Wir waren doch 20 Tore vor denen. Mindestens“, sagte Olly.
„Doch! Alfter ist durch unsere Niederlage heute an uns vorbei auf den vierten Platz geklettert.“
Arnos Miene ähnelte der eines Bestattungsunternehmers.
„Raff ich nicht!“, blieb ich ohne Verständnis für das Wirrwarr.
„Das Problem ist, dass die Tabelle im General-Anzeiger wochenlang falsch war. Alfter war nur ein Punkt hinter uns. Mein Computer hatte von Anfang an Recht. Der General-Anzeiger hat ein Unentschieden von Alfter aus einem Nachholspiel nicht berechnet und diesen fehlenden Punkt die ganze Zeit mitgeführt. Wenn wir heute Unentschieden gespielt hätten, wären wir aufgestiegen …!“
Blankes Entsetzen. Tiefes Schweigen. Draußen wurde aus dem Sommerregen schlagartig ein tristgraues Allerlei, die offene Ungezwungenheit der Kabinenszenerie wich kollektiv verschränkten Armen, lautes Stimmengewirr mutierte zu nachdenklichem Schweigen, aus fröhlichen Gesichtern wurden geknickte Häupter. Niemand traute sich zu sprechen, niemand atmete.
Mein Gehirn marterte vor sich hin und versuchte, die gesamte Tragweite zu erfassen. Wir sind letztlich nicht aufgestiegen, weil wir von falschen Voraussetzungen ausgegangen waren und somit nachlässig wurden. Die Arbeit einer ganzen Saison war zu Nichte gemacht. Die hochkomplizierte Aufstiegsregelung, ein Fehler in der Zeitung, die subtilen Revanchegelüste des Gegners, ein Radrennen in Rheinbach, der obligatorische Umweg über Odendorf und ein lächerlicher Brauchtumsumzug vermasselten uns unseren Triumph. Was für eine Tragik, dachte ich und trottete gesenkten Hauptes zu Elwains Auto, während die Szenerie durch hintergründiges Volksfestgegröle grotesk karikiert wurde.

Offene Aktenordner

„Hier sieht es aus wie auf einem mittleren Affenfelsen!"
Ich watete durch Eisen-Reinis sogenanntes Wohnzimmer.
„Die akuten Examensvorbereitungen pflastern meinen Boden!"
Er deutete verschämt auf das Trümmerfeld: Offene Aktenordner, lose Zettelsammlungen, Stifte, unzählige aufgeschlagene Mathematikbücher, der Lokalsportteil des aktuellen General-Anzeigers sowie die zerfledderten Überreste des Kickers bildeten einen breiten Flickenteppich. Die wenigen Zwischenräume versuchte ich zu nutzen, um einbeinig hüpfend zum Schaukelstuhl zu gelangen. Ich wollte unter allen Umständen vermeiden, die empfindsame Ordnung zu gefährden. Mein Freund befand sich im Endstadium der Fertigstellung seiner Examensarbeit. Das war eine hochsensible Phase, die keiner Störung bedurfte.
„Wie weit bist du denn? Hast du alles im Griff?"
„Mein Ziel ist es, ähnlich pünktlich wie Sparki zu sein!", antwortete er lakonisch. Sparki hatte für seine Examensarbeit zwei Minuten vor Schließung des Bonner Hauptpostamtes um 20:00 den letztmöglichen Poststempel vom 30. September 1996 ergattert. Um ein Haar war er dabei an einer Katastrophe von unfassbarem Ausmaß vorbeigeschlittert, da er um 19:27 Uhr in den Copyshop stürmte, wo ihm wegen Überfüllung nur nach beharrlicher Meuterei noch vor Ladenschluss geholfen werden konnte. Überdies strapazierten bei der Vervielfältigung auch noch diverse Blindgänger sein Nervenkostüm.
„Hier, der bestellte Weckdienst."
Eisen-Reini drückte mir einen bereits zu Kohlenstoff verdichteten Kaffee mit abnormer Viskosität in die Hand.
„Ah, danke. Nächstes Jahr stehen wohl einige Veränderungen in der Mannschaft an. Mir wird schlecht, wenn ich daran denke."
„Was führt dich zu einem solch negativen Gedankengerüst?"
„Na ja, Sparki und du, ihr macht Examen. Danach werdet ihr ins Referendariat gehen und das ist eine landesweite Lotterie! Saur hat sein Sportstudium fast fertig und wird sich bundesweit bewerben. Außerdem wird Didi Vater."

„Den einen oder anderen Sportkameraden wird es in der Tat höchstwahrscheinlich treffen. Dennoch wird die Kugel auch in der nächsten Saison vorzüglich in unseren Reihen rollen."
„Davon gehe ich aus. Mich beschäftigt dennoch der Gedanke, dass bis jetzt außer König noch nie jemand von den Stammkräften aufgehört hat, und wir sind immerhin im fünften Jahr unserer Existenz. Ich krieg die Krise, wenn eines Tages irgendeiner gehen muss."
„Das soll jetzt nicht unser vorherrschendes Problem sein. Wir sollten dieses Jahr zunächst daran denken, endlich den Aufstieg zu besiegeln. Der Start in die Saison war ja schon mal verheißungsvoll. Jetzt gilt es, den Triumph endlich zu vollenden."
Eisen-Reini hatte recht. Nach dem Desaster in Hersel schworen wir uns noch in der Kabine, dieses Jahr endlich aufzusteigen. Es war unsinnig von mir, jetzt schon an mögliche Veränderungen in einem Jahr zu denken.
„Dein Kaffee ist ja unerträglich! Hast du Würfelzucker für mich?"
„Quaderzucker!"
„Hä?"
„Es sind Quader, keine Würfel. Genauso müsste es eigentlich Umfangshampoo heißen, und nicht Volumenshampoo."
„Mir doch egal jetzt. Der Kaffee schmeckt nicht. Entweder du bringst mir mindestens drei Stück Zucker, oder du kochst einfach einen neuen."
„Er hat wohl schon eine Weile auf der heißen Platte vor sich hin geköchelt. Dein Wunsch sei mir Befehl."
Während er in der Küche fuhrwerkte, angelte ich mir in einem orthopädisch riskanten Manöver den General-Anzeiger, um mir noch mal unsere Tabellensituation zu vergegenwärtigen. Der Start in die Saison war gut, aber nicht sehr gut. Wir hingen nach sieben Spielen auf dem vierten Platz. Die Übermannschaft Adendorf gewann ohnehin jedes Spiel und stand quasi zu diesem Zeitpunkt schon als Aufsteiger fest. Wir mussten Zweiter werden, um unseren Traum endlich zu verwirklichen. Ließem und Swisttal waren mit je fünf Punkten Vorsprung auf Platz zwei und drei. Swisttal war immer noch dieselbe Mannschaft wie vor Jahren, als wir in unserer tiefen Verzweiflung die Bälle in die Botanik möbelten. Sie waren in der letzten Saison durch das Unglück einer langen Verletztenmisere mit allem Pomp und Plüsch abgestiegen und peilten nun den direkten

Wiederaufstieg an. Ließem hatte indes nichts mehr gemein mit dem Trümmerhaufen aus unserem allerersten Spiel – es war inzwischen eine generalüberholte Truppe mit hohen Ambitionen. Am kommenden Wochenende mussten wir in Swisttal antreten, danach gegen Ließem. Es waren also zwei entscheidende Wochen.
Eisen-Reini belegte sich nebenbei sein Frühstücksbrötchen. Er dekorierte es, wie er es immer tat: Er garnierte den Belag, vorzugsweise Schnittkäse, akkurat mit handtellergroßen Zwiebelringen und ganzen Knoblauchzehen. Diese Gewohnheit versuchte er unabhängig von den Umständen stets beizubehalten. Einmal provozierte er einen mittleren Tobsuchtsanfall von Pockes Freundin, als er, auf einer Urlaubsfahrt in Frankreich auf der Rückbank sitzend, sein Baguette aufzupeppen versuchte, indem er mit der metallenen Einrastvorrichtung seines Anschnallgurtes behelfsmäßig Zwiebeln, Radieschen und Gurken zurechtschnitt. Die stolze Neuwagenbesitzerin entdeckte diesen Vorgang brüskiert im Rückspiegel und stand in ihrem Zorn kurz vor der drastischen Maßregel, ihn unverzüglich auf der Landstraße auszusetzen. Ein anderer Auswuchs seines Essverhaltens war die jahrelang übliche Anforderung an seine Pizza, die er „so scharf, dass ich mich beschweren muss“ zu bestellen pflegte. Erst als eine Pizza einmal wirklich so unfassbar scharf war, dass er sich hätte beschweren müssen, wenn er sich damit nicht in einen logischen Widerspruch verstrickt hätte, fand er zurück zur Normalität.
„Sachma, neigst du im Examen auch zu Übersprungshandlungen und Ausweichstrategien, nur um nicht zu lernen?“, erkundigte ich mich beim Anblick des kreativen Chaos.
„Welchen Auswüchsen warst du denn ausgesetzt?“
„Also, bei mir war immer alles tiptop geputzt, die CDs alphabetisch geordnet, die Bücher schlossen auf den Millimeter mit der Regalkante ab, der Staubsauger stöhnte vor Überstunden. Außerdem kam immer genau dann, als ich anfangen wollte, ausgerechnet die Paulchen Panther-Folge, die ich seit Jahren sehnsüchtig mal wieder sehen wollte.“
„Meine Tendenz geht eher zur Nachtschicht. Durch meine Verzögerungsstrategie stehe ich nun gehörig unter dem Diktat des Chronometers. Mein Wecker gibt jeden Morgen um 4 Uhr sein Bestes.“
„Du stehst jeden Morgen um 4 Uhr auf?“

„In der Tat."
„Oh mein Gott. Egal. Hauptsache, du kannst sonntags spielen."
„Das ist meine letzte persönliche Bastion."
Eisen-Reini hätte vermutlich seine eigenen Sargträger überredet, ihn noch mal für den FC Rheinbach 3 auflaufen zu lassen.
„Meinst du, wir schaffen es dieses Jahr endlich?"
„Wenn wir die nächsten beiden Spiele gegen Swisttal und Ließem gewinnen, steigen wir auf!", prognostizierte er.
„Sven tut unserem Spiel gut. Mit ihm sind wir noch kombinationssicherer geworden. Olly trifft nahezu in jedem Spiel. Das macht mich erstmals so richtig optimistisch. Außerdem haben wir jetzt endlich meinen lang ersehnten Traum erfüllt, dass wir einen Kern von 14 spielerisch hervorragenden Leuten haben, die immer kommen."
Kreisches Pass verkümmerte schon seit längerem im hinteren Bereich der Passmappe als Karteileiche.
Mein liebenswert verschrobener Freund hangelte sich am Papierwust vorbei in die Küche, um den fertigen Kaffee zu holen. Was für ein Mensch, dachte ich. Er trägt den Namen Eisen-Reini völlig zu recht. Ausreden und Gewinsel gibt es bei ihm nicht. Er lebt nach hehren Prinzipien, besitzt seit Jahren keinen Fernseher und macht keinen Führerschein. Er verputzt ganze Tzatzikischüsseln zum Frühstück und stellt Freundschaften und Lebenskunst über alles.
„Danke …"
Ich riss ihm die Tasse förmlich aus der Hand.
„Hat Arno eigentlich …"
Eisen-Reini wurde mitten im Satz vom altertümlichen Schrillen seiner Haustürklingel unterbrochen.
„Ah, die Post", sofort drückte er mir die Kaffeekanne in die Hand und machte auf dem Absatz kehrt, „Endlich. Das lang herbeigesehnte Mathebuch. Eine Sekunde bitte, ich bin gleich wieder da!"
Ich drehte zur Seite, um ohne aufzustehen den General-Anzeiger auf den Tisch zu legen.
„AUAAAA! HUIIJUJUIJUJUI! OHHHH! MAAAAAAN!", schrie Eisen-Reini aus voller Kehle. Starr vor Schreck drehte ich mich wieder um. Meine erste Gedankenverknüpfung war, dass er sich mit siedendem Kaffee verbrüht haben musste. Das sind höllische Schmerzen, er muss sofort kaltes Wasser drüber laufen lassen, dachte ich. Doch ich entdeckte Schlimmeres: Eisen-Reini war im

Lauf mit der ganzen Wucht seines Körpergewichts in einen offenen Aktenordner getreten und rammte sich dabei eine der beiden spitzen Lochvorrichtungen zentimetertief in Fleisch und Sehnenstruktur seiner rechten Fußsohle. Der Anblick erschütterte mich bis ins Mark. Regungslos saß ich im Schaukelstuhl und beobachtete das Grauen. Er hielt sich mit einer Hand am Türrahmen fest und versuchte, sich durch heftiges Schütteln des Fremdkörpers zu entledigen. Vergeblich. Das Biest zappelte an seinem Fuß wie ein festgebissener Pitbull und ließ sich nicht entfernen, so sehr er auch die Intensität der Beinbewegung erhöhte und dadurch auch den Schmerz verstärkte. Unnachgiebig und gnadenlos klingelte der Postmann erneut. Ich war nicht in der Lage, mich nach den Gesetzen des gesunden Menschenverstandes zu verhalten und selbst zur Tür zu gehen, oder zumindest meinen Freund von seiner Pein zu befreien. Paralysiert verharrte ich im Schaukelstuhl. Da das Mathematikbuch für sein weiteres Vorgehen eminent wichtig war, durfte er den Postmann auf keinen Fall verpassen. Kurzerhand hüpfte er auf einem Bein zur Tür, während er mit dem anderen unbeirrt versuchte, den Aktenordner wegzutreten. Dieser hatte sich allerdings so verteufelt unter die Haut ins Fleisch gebohrt, dass all seine Bemühungen fruchtlos waren. Eisen-Reini öffnete nach Gleichgewicht ringend die Tür und stand auf einem Bein, während er mit dem anderen unverändert den Schüttelvorgang fortsetzte. Der Bote wickelte stoisch den Verwaltungsakt der Paketübergabe ab, indem er Eisen-Reinis Unterschrift in eines dieser neuen elektronischen Geräte forderte. Dabei beobachtete er die skurrile und makabere Szene ohne Kommentar und mit der emotionalen Teilnahmslosigkeit eines Gerichtsvollziehers, bevor er zu seinem Postauto zurückschlenderte. Jubelnd über die Errungenschaft und zeternd vor Schmerz hüpfte Eisen-Reini auf die Couch zurück, wo ich ihn in einer hobbychirurgischen Meisterleistung von seiner Marter befreite und die Einstichwunde provisorisch mit Alkohol in Form von Rasierwasser zu desinfizieren versuchte.
„Verdammt, wir brauchen dich gegen Swisttal am Sonntag!"
„Lächerlich. Natürlich spiele ich am Sonntag."
Er knotete sich mit einem Socken einen vorläufigen Druckverband um die Wunde.

„Es wäre auch eine kuriose Absage, wenn ich den anderen erzählen würde, dass du nicht spielst, weil du dir einen Aktenordner vier Zentimeter in die Sohle gemeißelt hast …"
„Spott von unfassbarem Ausmaß wäre mir gewiss."
„Und es wäre deinem jahrelang zementierten Ruf nicht zuträglich. Aber mal im Ernst, lass uns mal abwarten, wie die Wunde in den nächsten Tagen reagiert. Es sind ja noch ein paar Tage Zeit. Die Rasierwassertherapie wird die Heilung beschleunigen."
„Ich gebe ihnen mein Ehrenwort, ich wiederhole, mein Ehrenwort, dass die Schmerzen beim Einstich des Aktenordners Kindergeburtstag waren gegen das bestialische Brennen des Alkohols in der Wunde. Wenn ich am Sonntag aber wie gewohnt die linke Seite umpflügen kann, war es der Lohn für diese Pein."
‚Ich gebe ihnen mein Ehrenwort' sagte er des Öfteren. Er machte sich einen Spaß daraus, berühmte Sätze aus der Zeitgeschichte in seinen alltäglichen Sprachgebrauch zu übernehmen. Dieser waschechte Barschel war unbestritten eines seiner Lieblingszitate.
Irgendwie ist Eisen-Reini ein Relikt aus alten Fußballzeiten, dachte ich beim Anblick des zum Wickel umfunktionierten Strumpfes. Er verkörpert genau das Gegenteil der modernen Fußballwelt, die sich in einer übertriebenen Verweichlichung des herkömmlichen Vokabulars zeigte: Aus Vorstoppern wurden jetzt plötzlich ohne ersichtlichen Grund Innenverteidiger, aus einer Katschow- oder wahlweise auch Blutgrätsche wurde ein Tackling, aus einer Zerrung wurde ein Teilabriss des Syndesmosebandes. Aus Bollwerk wurde Viererkette, aus „Drauf da" wurde ballorientiertes Verschieben, aus Leuten, die schlicht und einfach zu schlecht waren wurden Ergänzungsspieler und wo man früher hingegangen ist, wo es weh tat, stellte man plötzlich Räume zu. Im Gegensatz zu diesen Euphemismen grätschte, rackerte und hobelte Eisen-Reini seit Jahren wie eh und je mit hektoliterweise Herzblut auf der linken Abwehrseite, zur Not auch mit einem Aktenordner im Fuß. Und es ließ ihn völlig unberührt, wie man dies benannte.

Gerüche sind Erinnerungsspeicher. Als wir den spätsommerlich duftenden Rasenplatz in Swisttal erreichten, kamen mir unweigerlich die grauslichen Gedanken an die fürchterliche Unterlegenheit der ersten Saison in den Sinn. 9:0 werden wir mit Sicherheit nicht noch

einmal verlieren, so viel war klar. Aber ob wir wirklich eine reelle Chance hatten gegen diese Mannschaft, die einmal so unerreichbar war?
Eisen-Reini eierte leicht angeschlagen durch die Gegend, signalisierte aber kampfeslustige Einsatzbereitschaft. Die Rosskur war erfolgreich. Elwain stemmte die Trikots aus seinem Wagen und angelte zusätzlich ein undefiniertes Schienbeinschonerpaar hervor, das in den Tiefen seines Kofferraums ein Eigenleben fristete und das sich Pocke seit geraumer Zeit sein Eigen zu nennen erdreistete. Unerklärlicherweise landeten sie jedoch immer wieder im Kofferraum, der mittlerweile selbst den strengen Mief der Sporttasche angenommen hatte, weil Elwain meist erst Mittwochs den Trikotsatz zur Waschfrau brachte und so eine olfaktorische Langzeitstudie betrieb.
Die Nervosität auf beiden Seiten war größer als sonst. Es hing viel von diesem Spiel ab, nein, eigentlich hing die ganze Saison davon ab. Wir mussten gewinnen, selbst ein Unentschieden wäre zu wenig. Wie eine Herde Antilopen an einer Wasserstelle ein Raubtier in weiter Entfernung registriert und beäugt, beobachteten uns die Swisttaler ruhig aber wachsam aus dem Augenwinkel. Ich versuchte aus Kleinigkeiten Rückschlüsse auf die Stärke und Verfassung des Gegners zu ziehen. Sie standen scherzend vor der Kabine und demonstrierten mit lautem Lachen entweder Selbstbewusstsein oder kaschierten Unsicherheit. Inmitten der Horde thronte der Bomber wie ein Alphamännchen. Neben ihm hielt sein Adjutant, der Abwehrspieler, der aussah wie Barney Geröllheimer, Wache.
„Das Passfoto hier kann ich so nicht akzeptieren!“
Der Schiedsrichter mäkelte mit sonorem Bass an Pockes Bild. Ich verdrehte die Augen. Es war die einzige Dauerbaustelle, bei der ich längst resigniert hatte. Mir war es nicht möglich, diesem störrischen Esel ein aktuelles Passfoto abzutrotzen. So blieb ich bei Schiedsrichtern, die dies von Zeit zu Zeit bemängelten, bei der Wahrheit und hatte mir einen Standartsatz zurecht gelegt, der sie in der Regel milde stimmte:
„Ich kann nix daran machen. Seit Jahren versuche ich, das zu regeln. Ich bin längst mit meinem Latein am Ende. Wenn sie möchten, hole ich ihn in der Halbzeit und er zeigt ihnen seinen Personalausweis. Ich bin um jede Idee dankbar, die es ermöglicht, ihn in eine Passbildkabine zu schleifen …“

„Nicht nötig, ich glaube Ihnen!“, war, von soviel Offenheit entwaffnet, in der Regel die Antwort. Irgendwie sieht der Schiedsrichter komisch aus, überlegte ich. Er trug auf dem rechten Auge eine Augenklappe und sah aus wie Käpt'n Flint. Ob es wirklich ein guter Gedanke ist, einen Einäugigen ein solch entscheidendes Spiel leiten zulassen, fragte ich mich. Man muss es doch nicht provozieren, gab es im ganzen Kreis keine gesunde Alternative mit verlässlichem Sehvermögen? Verhangen in diesen Gedanken trottete ich auf den Platz, wo die Jungs Bälle aufs Tor nagelten. Ich zeigte auf Saur, der sich als erfahrener Leichtathlet wie eine Katze am Morgen dehnte, um seine sensible Sprintermuskulatur geschmeidig zu machen:
„Elwain, guck mal, wie sich der Saur warm macht!“
„Na und? Er ist auch der Einzige, der immer Muskelprobleme hat. Dieser ganze Stretchingquatsch bringt doch nix. Pocke zimmert immer nur Bälle aufs Tor und ist nie verletzt. Und wenn ein Raubtier jagen muss, kann es sich auch nicht erst mal in Ruhe dehnen.“
Es entwickelte sich ein ausgeglichenes Spitzenspiel. Zur Halbzeit führten die Swisttaler knapp mit 1:0 durch einen Kopfballtreffer von Barney Geröllheimer. Auf dem Weg in die Halbzeit mussten wir uns abfällige Kommentare des Swisttaler Pöbels anhören:
„Kanonenfutter.“
„Und ihr wollt eine Spitzenmannschaft sein?“
„Blinde!“, tönte es in unseren Ohren. Kommentarlos ignorierten wir die Provokationen. Auch als uns der Scherge, der damals in die Kohlfelder abkommandiert wurde, mit „Schwuchteltruppe“ titulierte, stellten wir unsere Gehörgänge kollektiv auf Durchzug.
Alle guten Vorsätze, die wir uns in der Kabine vorgenommen hatten, waren spätestens mit der 3:1-Führung der Swisttaler nichtig. Es reicht einfach nicht. Wir werden nie über diesen verfluchten fünften Platz hinauskommen, dachte ich. Jetzt sind die schon acht Punkte weg, das schaffen wir nie.
„Kommt Leute, die können nix hier hinten, die stehen falsch und haben keine Kondition mehr. Wir biegen das noch um.“
Pocke versuchte 20 Minuten vor dem Ende laut und deutlich vernehmbar, mit unserem alten Psychotrick den Gegner zu verunsichern. Tatsächlich bauten wir noch mal Druck auf und erzielten innerhalb von 10 Minuten zwei Tore zum 3:3 Ausgleich. Wir jubelten heftig. Zu heftig, denn völlig euphorisiert verloren wir die Ord-

nung und kassierten zwei Minuten später das Gegentor zum 3:4. Diesmal rüttelte Olly mit seinem riesigen Erfahrungsschatz wach: „Weiterkämpfen, den Ausgleich schaffen wir noch."
„Ihr könnt froh sein, wenn ihr es nach dem Spiel noch zur Kabine schafft", tönte ein Swisttaler daraufhin flapsig.
„Ruhe im Gebälk, die Witze mach ich hier."
Ollys Konter machte ihn auf der Stelle mundtot.
Herrgott noch mal, pfeif endlich ab, dachte ich, nachdem Saur in der Tat nach einem Freistoß zum 4:4 abstaubte und uns dadurch endgültig einem kaum auszuhaltenden Wechselbad der Emotionen aussetzte. Wiederum jubelten wir ausgelassen. Nur noch zwei Minuten. Sofort wieder die Grundordnung einhalten. Plötzlich setzte sich Janni auf der linken Seite durch und flankte vom der Strafraumkante in die Mitte. Später gab er an, Olly in der Mitte gesehen haben zu wollen, für dessen Kopf seine Flanke bestimmt war. Olly behauptete dessen ungeachtet, dass er am eigenen Strafraum weilte, weil er nur noch darauf bedacht war, das 4:4 zu halten und so seine Sturmposition preisgegeben hatte. Janni traf den Ball nicht richtig. Das Leder flog in einer ungeplanten Kurve immer höher und weiter, bevor es sich schließlich vernichtend in den Winkel über den zur Mückengröße schrumpfenden Torwart herabsenkte. Ein kurzer Moment der Vollkommenheit durchströmte seinen Körper. 5:4 für uns. Wiederum frenetischer Jubel. Nur noch ein Anstoß für Swisttal, dann würde das Spiel zu Ende sein. Der Gegner erarbeitete sich aus dem Anstoß geschickt eine letzte Chance. Der Bomber umdribbelte zwei unserer Leute und drang in den Strafraum ein. Von der Grundlinie flankte er, traf jedoch aus drei Metern Entfernung die Schulter von Eisen-Reini, der durch seine kuriose Fußverletzung keinen Halt mehr hatte und nicht mehr schnell genug ausweichen konnte. Zu unserem Entsetzen entschied Käpt'n Flint auf einen Handelfmeter. Unsere durch den wechselhaften Spielverlauf arg strapazierten Emotionen ließen uns auf das heftigste protestieren. Eine undurchschaubare Traube von Spielern aus beiden Mannschaften belagerte den Unparteiischen und redete wahllos auf ihn ein. Wilde Gestiken, lautstarke Schimpftiraden und emotionale Ausbrüche aller 22 Leute auf dem Platz versuchten, ihn zu manipulieren.
„DAS WAR DOCH KEIN HAND, MANN!"
Pocke fauchte wie ein feuerspeiender Drache.

„DAS WAR ANGESCHOSSEN!", brüllte Saur.
„Ich konnte die Schulter doch gar nicht mehr wegziehen. Das war nie und nimmer Absicht. Soll ich mich etwa in Luft auflösen?"
Eisen-Reini vergaß seine Formulierungskunst und verfiel in ungewohnte Fußballerfloskeln.
„Hand ist Hand, die Schulter gehört dazu …", redete daraufhin ein Swisttaler auf den Schiri ein. Mit Engelszungen und voller aufgewühlter Affekte versuchten wir, ihn vom Unsinn dieser Fehlentscheidung zu diesem ungünstigen Zeitpunkt zu überzeugen. Wie sinnlos, dachte ich beiläufig. Noch niemals in 150 Jahren Fußballgeschichte war es auch nur in einem Einzelfall von Erfolg gekrönt, gegen eine Schiedsrichterentscheidung zu protestieren und durch turbulente Proteste eine Revidierung zu erwirken. Warum reden wir also auf ihn ein? Wir sollten stattdessen lieber alle Kräfte mobilisieren, um den Elfmeter abzuwehren. Das war unsere einzige Möglichkeit, den Sieg in den Händen zu behalten. Doch auch Torsten tummelte sich inmitten des Gewühls und verlor seine übliche Contenance. Das hatte ich so noch nie gesehen. Unterdessen ließ Elwain die Linienrichterfahne mutlos an seiner Hand herunterbaumeln. Seine Fassungslosigkeit ließ ihn zur Salzsäule erstarren. Der Swisttaler Linienrichter auf der gegenüberliegenden Seite fuchtelte wie wild mit seiner Fahne umher und deutete immer wieder auf den Elfmeterpunkt. Der Menschenauflauf um Käpt'n Flint wurde immer größer und schob ihn vor sich her wie ein in die Enge getriebenes Beutetier. Allmählich bekam ich Angst. Die Situation kann sekündlich eskalieren, dachte ich, gleich gibt es Massenkeile. Noch niemals war einer von uns gegen einen Schiedsrichter ausgerastet. Doch dieses emotionale Wechselspiel aus Enttäuschung, Freude, Jubel und Hoffen ließ unsere Nerven zum Zerbersten spannen. Aus Verzweiflung schnappte sich Olly den Ball im Getümmel und setzte seine ganze Wut in einen Schuss, mit dem er den Ball unbeobachtet in die Vorgärten verfrachtete. Es war genau dieselbe Stelle, wo damals der vom Bomber abkommandierte Scherge stand, um die Bälle zügiger aufs Spielfeld zurück zu bringen. Diesmal stand allerdings kein Amtsgehilfe da. Der Ball verkümmerte einsam im Kohl.
„So ein Beschiss, da reißt man sich 90 Minuten den Arsch auf und dann so was!", begleitete er seine Verzweiflungstat mit Gezeter.
„Halt die Fresse, das war ein klarer Elfmeter!"

Die Antwort schepperte aus der Masse von Swisttalern. Sie versuchten nun, Käpt'n Flint zum Elfmeterpunkt zu drängen, während wir ihn davon weg bewegten. Unversöhnlich wirkten diese beiden Kräfte gegeneinander wie zwei gigantische tektonische Platten kurz vor einem schweren Erdbeben. Inmitten dieses Spannungsfeldes rang der Einäugige um Platz und Atem.
„WO IST DER BALL?", dröhnte der Bomber.
„Keine Ahnung!", giftete Olly zurück.
„Ich bin hier der Schiedsrichter", er hob bedeutungsschwer den Arm, „Ich möchte unverzüglich den Ball haben."
„Der ist weg!", entgegnete ein Swisttaler schulterzuckend.
„Ich bin der Schiedsrichter, gebt mir auf der Stelle den Ball!"
Elwain erwachte nun aus seinem Wachkoma und trottete gramgebeugt in den Strafraum, auch der Swisttaler Linienrichter verstärkte seine Mannen. Der Tumult wurde immer unübersichtlicher, ich hielt mich an der Strafraumgrenze und hoffte inständig, dass sich die Affekte ohne Eskalation legen würden.
„Ey, Mann!", der Bomber glotzte umher, „Der Ball ist weg!"
Plötzlich streckte Käpt'n Flint die Brust raus, löste sich aus der Umklammerung und eilte zur Strafraumgrenze. Hier nahm er seine Pfeife in den Mund und stieß einen lauten Pfiff aus:
„Das Spiel ist aus! Feierabend, meine Herren!"
Die Bewegungen froren ein, die Schreie verstummten. Die Gedanken benötigten Zeit, die Wendung zu erkennen.
„Ey! Der Elfer muss noch ausgeführt werden."
Barney Geröllheimer durchschnitt die Stille.
„Das war kein Elfmeter, das war ein indirekter Freistoß, und der muss nicht mehr ausgeführt werden!", dozierte Käpt'n Flint.
Ich stand begriffsstutzig auf der Stelle. Meine Gedanken kreisten um die Sorge, dass nun die Swisttaler wegen dieser klaren Ungerechtigkeit die Kontrolle verlieren könnten. Wir entfernten uns schleichend aus dem Gemenge. Eindringlich versuchten die Geschlagenen nun, ihn von seinem Fehlverhalten zu überzeugen. Olly winkte uns mit einer dezenten Geste nun zügig vom Platz, um Käpt'n Flint nicht auf die Idee zu bringen, doch noch weiterspielen zu lassen.
5:4, welch ein Ergebnis, dachte ich. Jetzt war es endlich in meinem Großhirn angekommen. Wir hatten den Zweiten geschlagen, zwar

verdient, aber auch kurios und mit unverschämtem Schwein bei Jannis Glücksschuss sowie beim Tumult am Ende.
„Mal wieder souverän die Vorgartentaktik angewandt …“, scherzte Elwain im Hochgefühl des Sieges und genoss den akustischen Effekt des Ploppverschlusses seines Siegerbierchens.
„Welch erstaunliche Renaissance dieser Steinzeittaktik“, strahlte Eisen-Reini und präsentierte stolz die Trümmer seines Fußes, nachdem er den Verband gelöst hatte.
„Leute, wir haben zum ersten Mal ein Spitzenspiel gewonnen. Jetzt steigen wir auch auf!“, jubelte ich.
„Wieso hat der Blindfisch eigentlich plötzlich abgepfiffen?“
Arno hatte die Geschehnisse nicht durchschauen können.
„Er hatte Angst, es war ihm zu unübersichtlich“, Janni legte ermattet sein Trikot in die Tasche, „Außerdem war der Ball weg und er hat wohl eingesehen, dass es ein unberechtigter Elfer war.“

Die Woche bis zum nächsten entscheidenden Spiel gegen Ließem verging wie im Flug, ohne dass die Spannung abflaute.
„Leute, ihr glaubt nicht, was mir am Montag passiert ist …“
Olly fiel mit der Tür in die Kabine. Die ganze Woche über trugen wir die Euphorie des Sieges mit uns herum. So trafen Elwain, Pocke und ich auf dem Weg zum Frühstück einen Vorstandstypen und säuselten ihm beschwingt unsere diesmal wirklich konkreten Aufstiegsfantasien ins Ohr. Dieser konnte seine Genervtheit kaum verbergen. Mit diesem Erfolg wurden wir den Leuten im Vorstand wohl endgültig suspekt. Würden wir wirklich aufsteigen, stünden wir in derselben Liga wie die erste Mannschaft. Es war ziemlich sicher, dass die Erste nicht aufsteigen würde, denn mit traditionell anämischer Spielweise zementierten sie souverän ihren Platz im Niemandsland der Tabelle. Schon bald würden wir in der gleichen Liga spielen. Sie würden jedes Wochenende unseren Atem im Nacken spüren und hatten sichtlich Furcht vor diesem Vergleich.
„Du hast einen Vorstandstypen getroffen und er hätte dich am liebsten gelyncht, weil du uns in die C-Klasse bombst.“
„Nee. Ich habe ungelogen am Montag Käpt’n Flint beim Augenarzt getroffen! Ich weiß, es glaubt mir keiner, aber es ist wirklich so.“
„Ich wusste gar nicht, dass Schiris wegen schlechter Leistungen am nächsten Tag zum Augenarzt gehen müssen“, witzelte Elwain.

„Hat er jetzt auf dem anderen Auge auch noch eine Augenklappe?" Selbstverständlich musste Pocke noch einen oben drauf setzen.
„So, Leute, alle mal herhören. Ließem ist noch genau 90 Minuten drei Punkte vor uns. Dann stehen wir gleich. Die haben gewaltig Respekt vor uns. Olly übernimmt bei Eckbällen den Zweimetertypen, der den weltweiten Schnauzbartkrieg überlebt hat. Langer Schwede, kurzer Finn: Wir spielen so wie immer, mit voller Power nach vorne!"
Eine Kabinenansprache im Sinne eines Trainers kam mir nur in besonderen Momenten in den Sinn und war auch nie geplant, sondern passierte spontan aus dem Bauch heraus. In der Regel besprachen wir uns nie vor den Spielen, wir legten in knappen Gesprächen die Aufstellung fest, dann gingen wir auf den Platz, um uns warm zu bolzen und zu reden. Alles andere kam von selbst. Die taktische Ausrichtung war ohnehin stets die dauerhafte Offensive, das Spielverständnis sowieso gegeben. Von Zeit zu Zeit erwies es sich dennoch als wirkungsvolles Mittel, um von Anfang an die Konzentration zu schärfen.
„Beide Stürmer sind höchsten 1,70 Meter. Die fressen wir am Stück ohne zu kauen."
Jojo wandelte formgewandt zwischen Selbstbewusstsein und Arroganz.
In der ersten Halbzeit überrannten wir den Gegner. Wir schnürten ihn wie hilflose Ertrinkende in der eigenen Hälfte ein und symbolisierten unsere Dominanz mit zwei unfassbaren Toren durch Volleyschüsse, die wir mit solch brutaler Wuchtigkeit unter die Latte nagelten, dass diese noch bis in die Halbzeit nachbebte. Eine bessere Methode einen direkten Mitkonkurrenten im Kampf um einen Aufstiegsplatz darauf hinzuweisen, dass er nun doch die Halbzeitpause, den Halbzeittee und viele weitere Aufputschmittel nötig hat, gibt es wohl nicht. Schließlich gewannen wir mit 4:1.
Bei Hinrundenabschluss lagen wir mit drei anderen Mannschaften punktgleich auf dem dritten Platz. Auf dem ersten Platz thronte derweil Adendorf verlustpunktfrei und unerreichbar. Zweiter war Swisttal. Bis jetzt hatten wir immer eine wesentlich bessere Rückrunde hingelegt. Das ließ uns hoffen.

BSE-Verdacht

Erst mal Pause jetzt, ich gehe Brötchen holen."
Elwain war von grobschlächtigen Handwerksarbeiten in seiner neuen Wohnung in der Bonner Innenstadt schweißgebadet. Er gedachte, die Uni noch mal zu wechseln und nach Bonn zu gehen, sowie den Studiengang zu modifizieren, da er zwar musikalisch äußerst begabt war, aber für das ursprünglich geplante Lehramt zusätzlich ein zweites Fach benötigte. Das war ihm viel zu komplex. Der Magisterstudiengang in Bonn war wesentlich komfortabler für ihn. Wir hatten gerade die schweren Sachen in den dritten Stock gestemmt und starrten bei offenem Fenster auf das durch die warme Aprilsonne in warmes Licht getauchte Bonner Rathaus.
„Warte, ich komme mit", folgte ich meinem Instinkt, weil ich befürchtete, trotz anderweitiger Bestellung eine abartige Leberkäs-Semmel serviert zu bekommen.
„Bei dem Jungen da vorne piept es."
Elwain zeigte auf einen etwa zehnjährigen, der an seiner Hosentasche herum nestelte, aus der es entsetzlich plärrte.
„Krass, es gibt sie wirklich. Das muss ein Tamagotchi sein."
„Was?"
„Dieses Ei da, das der Junge aus der Tasche geholt hat."
„Er kann sein Ei aus der Hose holen? Respekt!"
„Schwachkopf! Nein, im Ernst. Das ist ein elektronisches Haustier. Es meldet sich, wenn es Hunger hat, dann muss man es pflegen und ihm gut zureden und so. Die Kids sind total wild danach."
„Es ist doch kein Wunder, dass wir nicht mehr Weltmeister werden, wenn die sich mit so einem gequirlten Quark beschäftigen."
Während Elwain vor sich hin zeterte, starrte er interessiert zu dem Jungen, der das Ei wie seinen Augapfel in der Hand hielt und es mit hektischen Fingergriffen zu beruhigen versuchte.
„In was für Zeiten leben wir eigentlich?", fragte ich grübelnd.
„Wir haben früher beim Zauberwürfel wenigstens noch nachdenken müssen."
„Sag das noch mal!"
„Was?"
„Wir haben früher …"
„Wir haben früher! … Und was soll das jetzt …?"

„Ich habe gerade zum ersten Mal in meinem Leben diesen Satzanfang gehört, Elwain. Wir werden alt! Wir sind 27, verklären die vergangenen Zeiten und verhöhnen Jüngere."
„Wir schimpfen ja wohl völlig zu Recht. Guck dir die Pfeife doch mal an. Ich meine, der redet mit Plastik, Mann! Außerdem sieht man seinen Arsch, ich meine, was für einen Sinn macht eine Hose, wenn man auf den Arsch gucken kann, da kann man es doch gleich bleiben lassen. Ich ertrage das nicht mehr, lass uns Brötchen holen."
„Ein Käsebaguette mit Ei und viel Remoulade, bitte!", orderte ich.
„Zwei Leberkäs-Semmeln!"
Elwain bestätigte mit seiner Bestellung meinen schlimmen Verdacht und drückte mir den Haustürschlüssel in die Hand:
„Ich fahre eben den Transporter noch aus dem Halteverbot."
Am offenen Fenster beobachtete ich, wie genau darunter Elwain im Transporter saß und mit gefährlichen Verrenkungen im Handschuhfach der Beifahrerseite hantierte, während hinter ihm ein Yuppie mit Spritzbetonfönwelle, der noch nicht kapiert hatte, dass die Yuppiezeit unwiederbringlich vorbei war, in seinem Cabriolet ungeduldig darauf wartete, dass Elwain endlich losfuhr. Erst durch ein hasserfülltes Hupkonzert des hektisch gestikulierenden Snobs, sowie durch eine stetig eskalierende Kettereaktion der Wut von dahinter festgekeilten Verkehrsteilnehmern bequemte sich Elwain, den Transporter schwerfällig von der Stelle zu bewegen. Der Cabrioletfahrer schob sich in die Lücke, stieg aus und schimpfte meinem Freund mit den Armen fuchtelnd hinterher. Ich blätterte im Rheinbacher Stadtanzeiger, einem lokalen Käseblättchen mit der brillanten Innovation, über einen ausführlichen und bunt bebilderten Lokalsportteil zu verfügen.
„Ich glaube, dass die Vorstandstypen noch nervöser geworden sind, seitdem es diese geile Zeitung hier gibt", hielt ich Elwain die Gazette unter die Nase, als er sich neben mich ans Fenster stellte.
„Stimmt! Ganz Rheinbach kann plötzlich nachlesen, dass wir das Ganze ohne Trainer und Training durchziehen."
Seit Herbst gab es diese Zeitung. Wir konnten es Woche für Woche kaum erwarten, bis sie mittwochs verteilt wurde, um uns an unserem eigenen Spielbericht zu ergötzen. Die Reporter dieser Postille berichteten auffallend häufig über uns. Wir schienen uns Kultstatus in

der Redaktion erarbeitet zu haben. Immer wieder akzentuierten sie wohlwollend unsere Ausnahmestellung im Kreisligabetrieb.
„Hier, dein Käsewhopper!“, imitierte er Helmut Kohl und reichte mir die Brötchentüte vom Tapeziertisch.
Ich operierte mit archäologischer Akkuratesse in der Tüte, da die üppig verwendete Majo triefte. Es trat ein mit mannigfaltigem Dekorationsmaterial komplett überfrachtetes Baguette hervor. Technisch total überfordert biss ich in das eine Ende der Stange hinein und drückte dadurch ein halbes Ei auf der anderen Seite heraus. Dieses stürzte sich suizidal aus dem Fenster in die Tiefen und flatschte mit flankierendem Begleitschutz einer esslöffelgroßen Menge Remoulade auf den schweinsledernen Fahrersitz des Cabriolets. Auf der schwarzen Farbe breitete sich das zerbröckelte Eigelb gut sichtbar aus. Elwain verfolgte das Unglück stoisch:
„Das ist die gerechte Strafe. Der ist mir mit seiner Flucherei sowieso voll auf die Brunftkugeln gegangen.“
„Vorsicht, da kommt er schon …“
Der Wichtigtuer trottete zu seinem Wagen, während er sich intensiv mit seinem Handy beschäftigte.
„Wieso glotzt der die ganze Zeit so auf sein Handy?“
Ich flüsterte in der Deckung des schrägen Winkels zum Auto.
„Der schreibt bestimmt eine SMS.“
„Was ist das denn?“
„Das ist ganz neu. Man kann kleine Texte schreiben und schicken, wie ein kleines Fax, nur halt mit dem Handy.“
„Ich muss mir auch mal ein Handy kaufen, sonst bin ich bald out.“
„Guck dir den Deppen an. Der ist so vertieft, dass er den Siff auf seinem Polster gar nicht bemerkt.“
In diesem Augenblick setzte sich der Cabrioletfahrer in die Tunke.
„Schön! Hoffentlich suppt sich die Majo so richtig in seine Hose.“
Elwain drehte sich um da das Schauspiel mit dem dröhnenden Davonbrausen des Yuppies beendet war.
„Hast du schon das Interview mit dem Trainer von Queckenberg hier gelesen?“
„Nee, aber wir spielen doch am Wochenende gegen die.“
„Eben! Die haben seit seinem Amtsantritt im Oktober zehn Mal in Folge gewonnen. Er geht davon aus, dass sie uns am Wochenende … Achtung, Zitat … 'vernichtend überrollen werden'.“

„Oh! Da mach ich mir aber ins Höschen. Wir haben doch bis jetzt in der Rückrunde auch alle fünf Spiele gewonnen. Wie kommt der zu so einer geschmacklosen Aussage?“
„Keine Ahnung, die scheinen aber wirklich nicht schlecht zu sein.“

„Hey, Leute! Habt ihr diesen Unfug hier gelesen?“
Olly donnerte in die Kabine und hielt das Interview der Hand.
„Guck mal auf den Schrank …“
Elwain hatte eine vergrößerte Kopie gut sichtbar aufgehängt und die entscheidende Passage mit Textmarker hervorgehoben.
„Moin! Ich bin heiß wie eine Strandhaubitze.“
Sven stürmte herein und hielt den Ausriss ebenso in die Luft.
„O.K., Jungs. Beruhigt euch. Wir haben es anscheinend alle gelesen. Wir spielen einfach unseren Stil, dann werden wir auch gegen Queckenberg gewinnen“, sagte ich.
Ob es am Interview lag, oder nicht, lässt sich schwer nachvollziehen. An diesem Tag passte einfach alles: Wir kombinierten wie im Rausch. Schon zur Halbzeit hatten wir sie mit 3:0 pfannenfertig. Wir hatten einen direkten Aufstiegskonkurrenten mit flüssigem Direktspiel auseinandergenommen. Wie zum symbolischen Beweis präsentierte Eisen-Reini bereits in der Halbzeit seine geschächteten Knie, was er dem Brauch gemäß sonst erst hinterher tat. Arno stand gerührt am Rand und genoss auch die zweite Hälfte. Er kannte den Trainer von Queckenberg, da dieser in grauen Vorzeiten mal die erste Mannschaft des FC Rheinbach trainiert hatte. Er überlegte, wie er ihm den Spiegel für das Interview vorhalten könnte. Beim Stande vom 5:1 stellte er sich schräg hinter ihn:
„Tja, Dieter. Wenn die Jungs mal wirklich trainieren würden, würdet ihr überhaupt nicht mehr aus dem Strafraum rauskommen …“
Endgültig geläutert quälte sich der Coach nach dem Schlusspfiff zerknirscht in die Kabine zurück und schlich gedemütigt wie ein Strafgefangener aus dem Hintereingang der Lurheck. Arno pferchte uns in die Kabine und knallte einen Fuffi in die Mitte.
„Hier, Leute! Holt Euch Pommes.“
„Dem Spender sei ein Trulala …!“
Ein freudetrunkener Chor brachte die Wände zum Wackeln.
„Wahnsinn. Jetzt sind wir mit Swisttal zusammen Zweiter. Die hatten heute spielfrei“

Jojo schüttelte ermattet aber glücklich den Kopf.
„Ich glaube, jetzt steigen wir wirklich auf!"
Elwain fiel mir um den Hals. Für meine Lendenwirbel war es ein Segen, dass er nicht auch noch an mir hochsprang.
Nur Pocke saß auffallend still im Eckchen. Die ganze Zeit war es mir merkwürdig vorgekommen, dass dieser emotionale Mensch in der Stunde unseres bis dato größten Triumphes da saß wie eine vertrocknete Primel, während alle anderen um ihn herum ihren Emotionen freien Lauf ließen.
„Verdammt, ich glaube, ich hab wirklich BSE!", brütete er.
„Was laberst du da?", fragte Sparki entsetzt.
„Ich glaube, dass ich BSE habe. Ich esse seit Jahren Döner und habe immer wieder Kopfschmerzen. So wie jetzt. Ich habe schon wieder Kopfschmerzen. Zum dritten Mal in dieser Woche. Das ist der eindeutige Verlauf von Creutzfeldt Jakob. Definitiv."
Seit geraumer Zeit wurde die Republik vom BSE-Skandal erschüttert. In den Nachrichten wurden immer wieder Bilder von irrsinnigen Rindern in England gezeigt, die unter grausamen Zuckungen zusammenbrachen. Sobald ein Verdacht auch auf ein deutsches Rind zutraf, wurde schleunigst der ganze Bestand vernichtet.
„Pocke, jetzt mach dich mal locker", Olly setzte sich neben ihn, und legte den Arm um seinen Freund, „Nur weil in England ein paar Kühe umfallen, heißt das noch lange nicht, dass du BSE hast."
„Doch, ich habe bestimmt BSE!"
„Jetzt lass dich doch nicht von der allgemeinen Panik anstecken. Es gibt doch gar keine Anzeichen dafür, dass auch Menschen davon betroffen sein können. Die Medien reagieren hysterisch und versetzen die Menschen in grundlose Angst", beschwichtigte Sparki.
„Immerhin ist es eine bewundernswerte Erkenntnis, dass du dich selbst des Wahnsinns bezichtigst! Und jetzt trink das".
Eisen-Reini drückte ihm ein Bier in die Hand. Verlegen nahm er die Flasche und gönnte sich einen großen Schluck.
„Und was ist mit meinen Kopfschmerzen? Das ist doch der Anfang von Creutzfeldt Jakob."
„Junge, du trinkst jeden Abend Bier und wunderst dich über Kopfschmerzen? Das ist doch Nonsens! Du bist ja total wahnsinnig mit deiner Panik!", imitierte Elwain Reiner Calmund.
„Siehste! Sag ich doch, dass ich langsam wahnsinnig werde."

20 Liter

Das Mannschaftsheim der TUS müffelte, wie altehrwürdige Mannschaftsheime nun mal müffeln. Modriges Holz vermischte sich mit Schweiß und frischem Brandwein, mit dem routinierte Kreisligahaudegen kurz vor Spielbeginn ihre Oberschenkelmuskulatur zu durchbluten und aufzuwärmen gedenken. Dazwischen waberte zeitweise ein Schwall getrocknetes Bier, das den Putzkolonnen beharrlich trotzte, irgendwo auf dem Boden verklebt vor sich hin dörrte und Zeuge vergangener Schlachten war.
Gerald war gezwungen, sich bei Didi kurzerhand ein Paar Schuhe zu borgen, da er seine eigenen vergessen hatte. Der Ersatz war zwar 2 Nummern zu klein, dennoch pferchte er seine Füße unter enormer Krümmung hinein.
„Es wird schon gehen", sagte er und vertilgte einen Schokoriegel.
„Ey, kannst du mal reinkommen?", bat mich ein gegnerischer Betreuer verschwörerisch in den Geräteraum. Kurz vorher hatte es Wirrungen gegeben, weil der Schiri nicht erschienen war. Wegen unserer negativen Erfahrungen waren wir diesmal nicht bereit, einen Ersatz der Heimmannschaft zu akzeptieren. Dafür stand einfach zu viel auf dem Spiel. Wir waren jetzt, zwei Spieltage vor Schluss, Zweiter und schnupperten intensiv an den süßlichen Verlockungen des greifbar nahen Aufstiegs, nachdem wir in der letzten Woche Ließem mit 5:2 auseinandergeschraubt und vom zweiten Tabellenplatz gebürstet hatten. Unser Restprogramm hatte es allerdings noch in sich. Neben dem schweren Spiel heute warteten noch der Dritte Swisttal. Das Saisonfinale war voller berstender Spannung. Die negativen Erlebnisse in Hersel vor einem Jahr ließen uns alle Eventualitäten bedenken und mit Samthandschuhen agieren. So schwangen die Gastgeber nach unserem rüden Boykott des aus eigenen Reihen vorgeschlagenen Kandidaten heißblütig den Telefonhörer und organisierten tatsächlich innerhalb der vorgegeben Karenzzeit einen scheinbar integeren Unparteiischen als Notbehelf. Diesen akzeptierten wir, um das Spiel nicht unter der Woche nachholen zu müssen.
„Herzlichen Glückwunsch zum Aufstieg!", sagte der Agent des TUS, als er die Tür des Geräteraumes hinter mir zuschlug. Die Gratulation und die geschlossene Tür irritierten mich zutiefst.
„Halt! Noch ist es doch noch gar spruchreif."

„Ihr seid doch fast durch. Für uns steht aber noch verdammt viel auf dem Spiel heute."
„Na und?"
„Wenn wir heute gewinnen, können wir noch Vierter werden und aufsteigen."
„Wir haben noch zwei schwere Spiele. Wenn wir beide verlieren sind wir wieder die Vollpfosten der Liga."
„Ich könnte euch aber auf andere Weise den Tag versüßen."
„Du versüßt mir den Tag, wenn du binnen einer halben Stunde den neutralen Mann herbeischaffst, der fair das Spiel leitet."
Ich verstand einfach nicht, warum er mich in diesen Geräteschuppen gezerrt hatte, hinter sich die Türe verschloss und mit mir die Litanei der Aufstiegsmöglichkeiten durchdeklinierte. Nun wurden seine Absichten mit einem Mal deutlich:
„Und hinterher könntet ihr das Spiel begießen, wenn ihr uns gewinnen lasst."
Sein kumpelhaftes Grinsen verriet, dass er überzeugt davon war, mir eine unschlagbare Offerte gemacht zu haben.
„Wie bitte?"
„Lasst uns die drei Punkte, dann spendieren wir euch ein 20 Liter-Fässchen Kölsch!", sagte er voller freudiger Erwartung. Mir wurde es zu blöd. Der Typ nervte mich, dieser Schuppen nervte mich und dieses lächerliche Angebot nervte mich erst recht. Es war eine so erbärmliche Situation, dass es mir keine moralische Diskussion wert war.
„20 Liter benötigt unser linker Verteidiger Eisen-Reini allein schon zum Warm-up!", sagte ich patzig, ließ ihn stehen und verließ den Raum, während seine Kinnlade lotgerecht herunterfiel.
„Leute, ihr glaubt nicht, was mir der Betreuer von denen gerade angeboten hat!"
„Was denn, ein schönes, medium gebratenes 300 Gramm-Steak für Pocke?", frotzelte Sparki in Richtung Pocke, der schon wieder über dezent pochende Kopfschmerzen wehklagte.
„Nein, er wollte den Sieg gegen uns heute erkaufen …"
„Echt? Was hat er denn geboten", fragte Elwain amüsiert.
„Bier!"
„Bier? Wie viel?" Eisen-Reini wurde sichtlich hellhörig.
„20 Liter!"

„Pro Mann oder für Alle?“
„Für alle!“
Verächtliches Hohngelächter erfüllte den Raum.
„Und das Schlimmste hab ich noch gar nicht erwähnt …“
„Lass mich raten, er will einen Sieg mit mindestens fünf Toren Differenz!“, sagte Olly, der sichtlich entsetzt über diesen Bestechungsversuch war, da er bei der TUS schon einmal zusammen mit Pocke gezaubert hatte und er noch viele Spieler und Mitglieder persönlich kannte. Auch Pocke erschien ratlos, wobei seine auffällige Zurückhaltung auch in dem subjektiv noch nicht ausgeräumten und durch Sparkis Gag akzentuierten BSE-Verdacht hätte begründet sein können.
„Nein, er hat Kölsch angeboten.“
„Kölsch? Weiberplörre!“, sagte Elwain.
„Bauarbeiterpisse!“, sagte Sven.
„Mir schwillt der Kamm! Erst gehen die augenscheinlich davon aus, dass wir bestechlich sind, und dann versuchen sie es auch noch mit minderwertigem Bier und das zudem in indiskutabel lächerlichen Mengen!“, schüttelte Eisen-Reini den Kopf.
Blitzartig stand Olly auf und fokussierte die Aufmerksamkeit:
„Leute. Wir müssen aufpassen. Wenn die uns bestechen wollen, ist denen jedes Mittel recht. Dann haben die bestimmt auch den Schiri absichtlich nicht eingeladen, um ihren eigenen Mann einsetzen zu können. Ich kenne die Tricks. Wahrscheinlich kennen die auch den Ersatzschiri, sonst hätten sie ihn nicht so schnell bekommen. Wir müssen uns zurückhalten. Keine unnötigen Fouls, keine gelben Karten, nicht gegen Schiedsrichterentscheidungen meckern! Wir müssen uns auf unser spielerisches Potenzial besinnen.“
„Nichtsdestoweniger müssen wir heiß in die Zweikämpfe gehen. Am besten stellen wir uns immer wieder diesen abgewirtschafteten Betreuer vor, wie er uns mit 20 Litern Bier kaufen will. Das dürfte Motivation genug sein“, ergänzte ich Ollys vernunftgeleitete Parole.

Während des Spiels dachte ich, dass es der TUS eigentlich nicht nötig gehabt hätte, sich in die Tiefebenen sportlichen Verhaltens zu begeben, ließen sie doch geschickt den Ball laufen und gestalteten so ein offenes Spiel, zumal der Schiedsrichter in der Tat leichte Seitneigung demonstrierte und der Gegner daher minutenlang sein Dauergrinsen nicht aus den Gesichtern zu bannen wusste. Sven kam seinem Fehler beim 0:1 per Bügeleisen mit einem verwandelten Elfmeter bei. Mitte der zweiten Halbzeit gab es nach spannendem Verlauf beim Stande von 2:2 einen Freistoß aus etwa 20 Metern für uns, den Gerald herausgeholt hatte, obwohl er in seinen viel zu engen Ersatzgamaschen nur noch zu einem bemitleidenswerten, fersengestützten Humpeln fähig war. Für gewöhnlich wechselte ich mich mit Pocke je nach Lage als Freistoßschütze ab. Pocke war Linksfüßler, ich tat es vorzugsweise mit rechts. Diese Kombination ergab allerhand Variationsmöglichkeiten. Wir stellten uns gemeinsam zum Ball, um keine Rückschlüsse auf den tatsächlichen Schützen zuzulassen.

„DIE MAUER STEHT FALSCH!", rief Pocke absprachegemäß, um den Gegner zu verunsichern und ihn zu panikartigen Veränderungen beim Aufstellen der Mauer zu verlocken, oder zumindest den Torwart zu einem Positionswechsel zu verleiten.

In diesem Moment schlich sich Jojo von hinten an mich heran:

„Ein komplettes Essen beim Griechen, wenn du ihn mit ordentlich Kawupptich unter die Latte nagelst."

Ich lief an, traf den Ball genau richtig und zimmerte ihn unhaltbar in den linken oberen Giebel. Ein unglaubliches Glücksgefühl eines geilen Tores, der Aussicht auf eine soeben gewonnene Kretaplatte und des immer näher rückenden Aufstiegs durchströmte mich bis in die feinsten Kapillaren. Sofort wurde es dunkel um mich herum. Die ganze Mannschaft stürmte auf mich ein und begrub mich unter sich. Aus der geballten Endorphinausschüttung wurde umgehend eine konkrete klaustrophobische Beklemmung. Hinterher erzählte mir Elwain, dass sich sogar Arno nach einem Wetthumpeln gegen Gerald als Letzter auf den Haufen Menschenfleisch sprang. Olly besorgte noch mit dem Schlusspfiff den 4:2-Endstand.

„Sauber, Jungs", Elwain klatschte uns der Reihe nach ab, „Denen haben wir mit ihrem 20 Literquatsch souverän das Maul gestopft!"

Mit einem Mal verstummte die Siegeseuphorie und wich einem gemeinschaftlichen Erschaudern: Gerald hatte sich aus seinen Schuhen gezwängt: Hervor traten rotdurchtränkte Socken, feuerquallengroße Blutblasen, lose Hautfetzen und rohes Fleisch.

„Ich habe eben mit einem Kumpel in Swisttal telefoniert! Die haben heute 7:0 gewonnen", informierte Saur, als er in die Kabine kam.

„Dann haben wir nächste Woche gegen Swisttal ein Endspiel um den Aufstieg", schlussfolgerte ich. Wir waren Zweiter, mit drei Punkten Vorsprung auf Swisttal. Wenn Swisttal gewänne, würden sie an uns vorbei ziehen, weil sie eine minimal bessere Tordifferenz hatten. Uns würde ein Unentschieden reichen.
„Das wird ein Nervenspiel!", sagte Olly.
„Lasst uns erst ab morgen an das Endspiel denken", Elwain saß selbstzufrieden in der Ecke, „Wir feiern jetzt erst mal den Sieg gegen diese Vollidioten. Wer kommt mit ins Ahorn?"
„Erst noch'n Döner! Ich muss etwas Handfestes essen. Vielleicht gehen dann ja auch meine Kopfschmerzen weg", erwiderte Pocke.
„Brilliantes Konzept: BSE mit Döner zu behandeln ...", spottete Olly.
„Also, wenn ich wirklich BSE habe, ist es jetzt auch egal."

Sparki und Janni fuhren zur Pommesbude, der Rest zum Dönermann. Elwain borgte sich bei mir 20 Mark, da er nur einen 1000 Mark-Schein in der Tasche hatte und weder die Dönerbude noch das Ahorn in der Lage war, auf diesen horrenden Betrag Wechselgeld herauszugeben, geschweige denn, dass einer der verdutzten Mannschaftskameraden auch nur ansatzweise fähig gewesen wäre, es passend zu machen. Zu Beginn eines jeden Monats bekam Elwain die finanzielle Unterstützung seiner Eltern für seinen Lebensunterhalt bar ausbezahlt. Er war einer der letzten Mensch ohne Konto im weiten Planetenrund. Sogar seine Miete bezahlte er immer cash auf die Kralle. So hatte er des Öfteren das Problem, mit unangemessen großen Scheinen Kleinigkeiten wie Döner, den Kicker oder seine geliebten Schlemmerwecken bezahlen zu müssen und daraufhin grantige Blicke der bärbeißigen Verkäuferinnen abzuernten.
„Pommes von Mertens sind die besten im ganzen Land", beweihräucherte Sparki die Frittierkunst der Kultstätte, als sie nach dem Festtagsschmaus den Wagen bestiegen. Sie bogen um die Ecke, um zum Ahorn zu fahren. Plötzlich missachtete ein Mofafahrer die Vorfahrt und knallte ihnen in die Beifahrerseite. Das Fenster zerbarst mit einem ohrenbetäubenden Lärm und übersäte Sparki mit unzähligen kleinen Scherben.

„Oh nein, ich bin voller Serben!", kalauerte er, hielt sich reflexartig die Nackenpartie und stieg aus dem Wagen, indem er die verkeilte Tür mit Gewalt aufdrückte. Auch sein Bruder entwich dem havarierten Gefährt und betrachtete das Ausmaß um die Unfallstelle herumwandernd.
„VERDAMMT!", brüllte der Unfallverursacher und schmetterte wutentbrannt sein Mofa auf die Seite.
Durch den höllischen Krach des Aufpralls und der zertrümmerten Scheibe wurden zahlreiche Schaulustige aus der Umgebung angelockt, die sich um die Unfallstelle gruppierten.
Im Ahorn herrschte unterdessen prächtige Stimmung. Die Musik wummerte, wir feierten uns selbst. Blitzartig kam Chrissie, ein passives Gründungsmitglied unserer Mannschaft, die Treppe zu uns an den Tisch heruntergestürmt:
„Ey, Leute, kommt mit! Sparki und Janni hatten einen Autounfall. Es ist ein großes Schauspiel."
Wir standen sofort auf und verließen das Ahorn, um unsere von Chrissie angezettelte Neugier zu stillen und gesellten uns mit den Getränken in der Hand in den Kreis. Inzwischen waren die Sanitäter eingetroffen, die sich in erster Linie um den fortwährend zeternden Mofafahrer kümmerten. Er war weitgehend unverletzt. Sparki war damit beschäftigt, feinste Glassplitter von seinem Körper zu entfernen, sowie seinen Nacken regelmäßig mit der Handfläche zu stützen und dabei ein schmerzverzerrtes Gesicht zu simulieren. Janni stand der Dinge harrend mit den Händen in der Tasche da.
„Seid ihr in Ordnung?", fragte ich die Brüder in tiefer Sorge um das Aufstiegsrennen.
„Kein Problem, Sparki ist voller Serben", Jannis Stimme klang neutral, „Ansonsten keine bleibenden Schäden."
„Was ist mit seinem Genick?"
„Beruhige dich, er spielt nächste Woche."
„Wer ist denn der Typ auf dem Mofa gewesen?", fragte ich Chrissie, da ich wusste, dass er Tod und Teufel kannte.
„Das ist der Jonny. Ein ziemlich armes Licht. Arbeitslos, ständig besoffen und einen Führerschein hat er auch nicht. Ich schätze, dass wird sehr unangenehm für ihn, wenn die Polente da ist! Prost."
„Prost! War er denn schuld?"
„Eindeutig! Er kam von links. Der ist einfach zu hohl zum Fahren!"

Die Sanitäter hatten den Mofafahrer beschwichtigt und gingen daraufhin zu Sparki, da sie anscheinend erst jetzt registriert hatten, dass er sich immer wieder in den Nacken fasste.
„Sind Sie in Ordnung?“
„Na ja, geht so. Ich habe ein bisschen Kopfschmerzen, außerdem ist mir etwas … hm … schwummerig!“
„SPARKI! VERGISS ES, DAS IST DER JONNY! DA IST NIX ZU HOLEN. DER IST NOCH NICHT MAL RICHTIG VERSICHERT!“, dröhnte Chrissie in die Menge.
„Sicher?“
„Ganz sicher.“
„Na gut …“
Sparki ließ unter Gelächter von seinem Nacken. Die Sanitäter wandten sich grinsend ab und schlenderten wieder zum Mofafahrer. Flackerndes Blaulicht der eintreffenden Polizei erfüllte nun die Dunkelheit.
„PLATZ MACHEN, HIER VORNE!“, befahl der eine Polizist und schob die Traube Schaulustiger etwa zwei Meter nach hinten, „WAS GLOTZT IHR HIER DENN ALLE SO BESCHEUERT?“
„ENDLICH MAL WAS LOS HIER!“, proletete Elwain.
Mürrisch nahm der notorisch genervte Beamte die Personalien der Beteiligten auf, bevor sich der andere Ordnungshüter gelangweilt an die Menge richtete:
„O.K! Irgendwelche Zeugen?“
„Ja, ich!“, meldete sich Chrissie stolz wie ein Kommunionskind, „Ich habe es genau gesehen. Es war die Motorradtanzsportgruppe Merzbach-Irlenbusch. Die waren zu siebzehnt auf dem Mofa! Im Formationstanz! Die sind alle Richtung Ahorn geflüchtet.“
Unglaubliches Hohngelächter durchzog erneut die ganze Kreuzung. Elwain brach gar vor Lachen zusammen und fiel um wie eine gefällte Pappel.
„Ach, Chrissie! Du schon wieder!“, mäkelte der eine Polizist und bemühte sich erfolglos um mehr Disziplin und Ernsthaftigkeit. Es stellte sich in der Tat heraus, dass Jonny ohne Führerschein mit einem geklauten Mofa unterwegs war. Mir war in dem Moment völlig egal, dass Sparki vermutlich auf seinem finanziellen Schaden sitzen blieb. Hauptsache war, dass die beiden gegen Swisttal spielen konnten.

Endspiel

Der Zettel füllte sich. Bei jedem Telefonat versuchte ich, die Jungs noch mal inständig auf die besondere Ausgangssituation hinzuweisen, um die Motivation für das Endspiel hochzuschrauben. Ich goss jedoch Wasser in den Rhein. Alle Spieler waren am Telefon wie fremdgesteuert und schienen nur noch das Ziel vor Augen zu haben, am Sonntag Swisttal zu schlagen, um den Aufstieg zu schaffen. Zwischenzeitlich kam mir die Idee, das angekündigte schöne Wetter auszunutzen und zwei Stunden vor dem Spiel mal wieder ein Mannschaftsfrühstück in der Lurheck anzuberaumen. Ich verwarf diesen Gedanken zügig, um bloß keine Gemütlichkeit aufkommen zu lassen. Immer wieder kamen mir die Erinnerungen an die kläglich vergebene Chance des Vorjahres. Es durfte jetzt nichts mehr passieren. Keine Grippewelle, kein Brauchtumsumzug, der uns den Weg zum Sportplatz verwehrt, kein Formfehler mit Pässen, keine unbegründeten Absagen wichtiger Stammspieler, keine Sommerzeit, die man versehentlich vergisst und keine Diarrhö. Alle mussten am Sonntag eine Stunde vor dem Spiel um 14:00 Uhr gesund, motiviert, konzentriert und topfit erscheinen.

„Wie sieht es aus für Sonntag?“, fragte Elwain neugierig.
„Bestbesetzung. Alle Mann an Bord, volle Fahrt voraus.“
Selbst Pocke verzichtete an diesem Freitagabend auf Bier. Lediglich Elwain hatte ein stattliches Weizen vor sich aufgebaut. Der Biergartenbetrieb am Alten Zoll lief reibungslos. Studentisches Volk besiedelte die Bänke und ließ die vorsommerliche Abendstimmung auf sich wirken. Besinnliches Dieselmotortuckern von vorbeitreibenden Schiffen auf dem Rhein untermalte die Kulisse.
„Ich bin unendlich neugierig darauf, wie sich der Moment des Aufstiegs anfühlt. Es muss ein unfassbares Glücksgefühl sein, viel schöner noch, als wenn man ein Tor erzielt!“, sagte Jojo.
„Bei dir hat es ja auch ewig gedauert, bis du endlich deine erste Bude gemacht hast!“, schmunzelte Pocke. Jojo war lange Zeit der einzige aus der Mannschaft, der kein Tor erzielt hatte. Selbst Torsten konnte sich schon in die Torschützenliste eintragen, da wir ihn mal bei einer 5:0-Führung einen Elfmeter ausführen ließen. Ähnlich verfuhren wir in den letzten Wochen bei hohen Ergebnissen für uns

mit Jojo, wobei er erst nach einem versemmelten Versuch endlich den ersten Treffer landen konnte.
„Was machen wir eigentlich, wenn wir aufsteigen?“, fragte Elwain.
„Feiern bis der Arzt kommt!“, schoss es aus Pocke.
„Klar feiern, was denn sonst, Mann! Aber nur spontan“, in dem Punkt war ich abergläubisch, „Wenn wir jetzt schon eine Aufstiegsparty planen, geht der Schuss garantiert nach hinten los.“
„Dennoch sollten wir uns sicherheitshalber mal nichts vornehmen.“
„Also ist es doch geplant …“
„Ja, irgendwie hast du recht. Wir können uns nicht jetzt schon vornehmen, am Sonntag spontan zu sein, dann wären wir nicht mehr spontan, sondern gingen nach Plan vor.“
„Aber gar nicht feiern ist auch doof.“
„Alles Schwachsinn. Wir hauen die am Sonntag von der Asche“, knattertete Olly.
„Ich bin ganz schön nervös, weil ich unsicher bin ob auch wirklich alles klappt“, gab ich zu.
„Was soll schon schiefgehen?“, imitierte Elwain Willy Brandt.
„Swisttal hat ganz andere Voraussetzungen als wir. Die trainieren zweimal die Woche und haben einen bezahlten Trainer. Es würde mich nicht wundern, wenn wir wieder an unserer Amateurhaftigkeit scheitern. Vielleicht zechen ja einige am Samstag wie die Bürstenbinder und alles war wieder vergeblich. Bis jetzt ist in jedem Jahr immer irgendetwas schief gelaufen. Und vielleicht schicken die vom Kreis ja wieder Käpt'n Flint …“
„Nerven behalten“, blieb Olly selbstbewusst, „Unsere Jungs sind alle heiß wie die Trompeten. Ich habe am Mittwoch den Sven getroffen. Der hätte am liebsten an der Uhr gedreht, damit endlich Sonntag ist. Wir müssen uns klar machen, dass im Prinzip ein Unentschieden reicht. Swisttal steht unter Zugzwang.“
„Zaudern ist unsere Sache nicht“, erhob Eisen-Reini mahnend den Zeigefinger. Da er seinen Ruf zu verlieren hatte, bestellte er sich sicherheitshalber doch ein Pils und stieß mit Elwain an.
„Wir machen hinterher ein Autokorso“, schlug Elwain vor.
„Hey, Leute!“, dieses Geschwafel machte mich kirre, „Wir dürfen nicht so faseln, als ob wir es schon geschafft hätten. Lasst uns bitte erst hinterher überlegen, was mir machen!“
„Wie waren denn die Jungs am Telefon so drauf?“, fragte Olly.

„Alle haben nichts anderes mehr im Kopf. Alle wollen eine halbe Stunde früher da sein als sonst. Alle bleiben ab heute abstinent. Alle sind hochkonzentriert."
Beim Gedanken an das entscheidende Spiel fuhr meine Magengrube Karussell, so wie ich es vom Examen kannte. Jedoch fühlte ich mich jetzt hilfloser. Bei Prüfungen hatte ich alles selbst in der Hand. Beim Fußball hingegen war man von den merkwürdigen Gesetzmäßigkeiten und Unwägbarkeiten des Mannschaftssportes abhängig. Ein winziger Fehler kann die Arbeit einer ganzen Saison zerstören. Auf der anderen Seite kann eine Mannschaft einen eigenen Fehler ausbügeln. Eine blöde Schiedsrichterentscheidung kann alles versauen, sie kann aber auch in der größten Not zur Hilfe schreiten. Man kann 85 Minuten Grütze spielen und in den restlichen fünf Minuten zwei wunderschöne Tore schießen.

„Erste neue Nachricht. Heute elf Uhr dreiundzwanzig: Hallo Udo, hier ist Olly! Es tut mir total leid, ich kann morgen nicht mitspielen. Wir sind gestern doch noch in der Altstadt versackt und haben uns mit abgelaufenem Bier den Magen verdorben. Bei Eisen-Reini sieht es auch ganz übel aus. Seine Freundin hat ihn ins Krankenhaus gebracht, damit sie ihm den Magen auspumpen. Ich hoffe, dass du noch Ersatz … Ich muss aufs Klo …"
Es schepperte blechern von meinem Anrufbeantworter, als ich Samstagmittag nach Hause kam. Ich hatte mich zur Übernachtung kurzerhand bei Elwain eingezeckt, da wir in der stabilen Seitenlage vor dem Fernseher noch über das Spiel philosophieren wollten. Das darf doch nicht wahr sein, dachte ich mürrisch, jetzt wollten wir doch alle abstinent bleiben, und was passiert? Eisen-Reini kann sich wieder nicht bremsen und verlockt die anderen. Ich hatte mir doch gedacht, dass noch irgendetwas schief geht. Elende Riesenhirsche! Hoffentlich war wenigstens Pocke nicht mehr mit dabei, der ist ja auch immer zu grobem Unfug zu verleiten …
„Nächste neue Nachricht. Heute elf Uhr fünfundzwanzig. Hallo Udo, hier ist Sven! Können wir noch über Odendorf fahren? Kleiner Scherz! Ich wollte nur fragen, ob wir heute die Bundesligakonferenz zusammen gucken. Wäre doch eine geschmackvolle Einstimmung auf Sonntag. Ich bin unfassbar heiß. Tschö."

Wenigstens einer, der vernünftig ist, überlegte ich, natürlich schauen wir die Konferenz, so wie immer. Das Ritual muss schließlich eingehalten werden. Bloß nicht zu nah an erkälteten Personen sitzen. Sich jetzt noch anzustecken wäre ein GAU. O.K., Schadensbegrenzung, Krisenmanagement ist angesagt. Mal die Aufstellung durchdenken. Wenn Olly fehlt, muss Gerald mit Pocke im Sturm spielen, falls Pocke nicht auch abgelaufenes Bier gesoffen hat. Dann muss Didi auf der rechten Seite anfangen und Mez muss hinten links für Eisen-Reini verteidigen. Während dieser Gedanken strich ich Olly und Eisen-Reini von der linken Spalte meiner Liste, die wie immer ordentlich neben dem Telefon lag. Durch diesen Leichtsinn haben wir nur noch zwei Auswechselspieler. Jetzt darf wirklich nichts mehr schief gehen. Am besten rufe ich gleich mal bei Pocke an.
„Nächste neue Nachricht. Heute, elf Uhr sechsundzwanzig. Hallo Udo, hier ist noch mal Olly! Kleiner Scherz eben. Natürlich sind wir fit. Ich wollte nur sagen, dass ich mit Pocke direkt aus Odendorf komme. Wir sind Punkt 14:00 Uhr in der Lurheck!“
Sausack, elender, dachte ich. Erleichtert schrieb ich die Namen Olly und Eisen-Reini sofort wieder sorgfältig auf die linke Seite.
„Es sind keine weiteren Nachrichten gespeichert.“

Ich fuhr mit Elwain sehr früh nach Rheinbach. Die Lurheck lag in friedlicher Stille. Die Spannung verdichtete sich durch diese sprichwörtliche Ruhe vor dem Sturm.
„Es ist wahrlich kein Fritz-Walter-Wetter.“
Elwain blickte in den wolkenlosen Himmel, als er den Aschenplatz betrat. Er wird heute sehr wichtig sein. Zwar würde er nicht spielen, aber mit seinen Sprüchen wird der König der Schenkelklopfer und Balkenbieger die Anspannung auflockern, überlegte ich. Die Nervosität kann sich im lauten Lachen entladen.
„Komm, wir holen schon mal unser Heiligtum.“
Wir fuhren zur Waschfrau, um die Trikottasche zu herbeizubringen. Immer noch war die Lurheck menschenleer. Wir erinnerten uns an Königs Schilderung aus der Umkleidekabine in Santa Clara und beschlossen, die unsrige für den heutigen Festtag ebenso liebevoll herauszuputzen. Wie mit der Wasserwaage ausgemessen, dekorierten wir jeden einzelnen Platz auf den Bänken detailversessen mit Trikot, Hose und Stutzen. Die Zeit schien zu kleben. Alles war ge-

säubert. In ein paar Stunden ist hier alles verdreckt, voller Staub, Asche, Tapeverbänden, es wird nach Schweiß und frischen Shampoo riechen, dachte ich. Die Trikots, die hier und jetzt so ordentlich hängen, werden kreuz und quer in der Kabine rumliegen. Wir werden sie entweder aus Freude oder aus Frust in die Ecke gepfeffert haben. Höchstwahrscheinlich wird es Jojo sein, der sie einsammeln und in die Tasche stopfen wird, hatte er sich doch schleichend zum kabineninternen Gralshüter entwickelt.
Darüber hinaus half Jojo stets auch in soldatischer Treue beim Abbauen der Tornetze. Dies war eine lästige Pflicht und ein höllisches Opfer, da es ziemlich nervig war, im ausgepumpten Zustand nach einem Spiel noch die Netze aus der Verankerung zu friemeln. Besonders fies gestaltete sich dies winters mit festgefrorenen Fingern. Die übelste Konsequenz war allerdings die Tatsache, dass man dadurch als Letzter unter die Dusche kam, folglich leichtes Opfer des begrenzten Warmwassertanks wurde und sich statt des Genusses einer langen und warmen Dusche einer qualvollen Tortur in Form einer Eiswasser-Kneippkur ausgesetzt sah. Meist wurde der Tank auch noch von Pocke voreilig geleert, weil er nie die Netze abhing, so immer als einer der Ersten in der Dusche war und sich hier in die Mitte stellte, um drei Duschköpfe gleichzeitig auf sich zu richten, volle Pulle aufzudrehen und den Raum verschwenderisch in ein feudales finnisches Dampfbad zu verwandeln
Ich blätterte in unserer Passmappe. Pocke! Hoffentlich macht der Schiri nicht ausgerechnet heute einen Aufstand wegen dieses abgeschmackten Kinderfotos. Was ist, wenn wir wegen dieser Lappalie heute scheitern? Auf den Bildern waren wir alle noch waschechte Milchgesichter, inzwischen zierten unsere Antlitze erste zarte Furchen und Ausdrücke des Erwachsenendaseins.
„Komm Elwain, lass uns schon mal die Netze aufhängen“, suchte sich meine Nervosität ein nächstes Ventil. Wir verhakten die Netze in den Ösen und atmeten schon mal den staubigen Aschenplatz ein.
„Welch ein Empfang …“
Jojo betrachtete sich die liebevoll vorbereitete Kabine.
Das Bonner Auto mit Sparki, Janni, Eisen-Reini und Sven erschien.
„AUFSTIEG!“, stürmte Eisen-Reini lautstark herein.
„Heute machen wir es klar, wovon wir seit unserer Gründung die ganze Zeit gefaselt haben!“, begrüßte Janni die Anwesenden. Tors-

ten betrat in aller Seelenruhe die Umkleide. So wie er immer war, zeigte er sich auch jetzt. Pocke und Olly kamen danach.
„Elwain hast du noch Schienbeinschoner im Strich 8er?“
„Nein, ich bin mit dem Auto meines Vaters hier.“
„Ach Mann!“, brummelte Pocke griesgrämig.
Wortlos reichte ihm Elwain den Express. Ausgerechnet heute musste sich Pocke mal wieder eine Zeitung um die Schienbeine wickeln. Inzwischen waren wir vollständig. Ich wägte unsere Chancen ab: Das Hinspiel hatten wir gewonnen, dachte ich, heute würde uns ein Unentschieden reichen. Außerdem sind wir heute noch besser besetzt als im Hinspiel. Die Swisttaler haben allerdings mehr Erfahrung und sind außerdem ein sehr gut geführter Kreisligist. Wir sind und bleiben eine chaotische Studententruppe. Auch in der Nachbarkabine wurde es nun zunehmend lauter. Die Swisttaler waren ebenfalls überpünktlich erschienen.
„Ich schreite nun zur Tat!“, sagte ich bedeutungsschwanger, klemmte die Passmappe wie eine Bibel unter den Arm und verließ die Kabine, um den Spielbericht auszufüllen. Zwei Gesichter der Swisttaler hatten sich über die Jahre in meinem Gedächtnis eingeprägt: Der Bomber und Barney Geröllheimer. Ich begrüßte höflich den Bomber, der in stattlicher Montur Angst einflößend vor dem Mannschaftsheim stand und abwesend in seinem Dreitagebart herumstrich. Vielleicht sollte ihn Mez in strenge Manndeckung nehmen, überlegte ich. Im Hintergrund beobachtete ich Arno, wie er auf dem Parkplatz stand und schwerfällig in seinem Kofferraum hantierte. Er zog umständlich eine Kiste Bier hervor. Ich rannte zu ihm.
„Arno, guten Morgen. Warte. Ich helfe dir!“, begrüßte ich ihn und nahm ihm den Kasten aus der Hand.
„Udo! Herzlichen Glückwunsch zum Aufstieg!“
„Arno! Mach mal langsam, Mensch. Vorher zu gratulieren bringt Unglück. Wie hat eigentlich die Erste heute gespielt?“
„Wie immer 1:1.“
„Die kommen auch nicht vom Fleck“
„Jetzt aber mal im Ernst, Udo, ihr seid aufgestiegen!“
„Hä?“, ich verzog ungläubig mein Gesicht, „Wie jetzt?“
„Ich habe heute Morgen den Staffelleiter angerufen. Dieses Jahr reicht der vierte Platz. Es ist amtlich. Ihr könnt spielen, wie ihr wollt. Was ist los, freust du dich gar nicht?“

Es war ein merkwürdiger Moment. Die ganze Anspannung war auf einmal weg. Sie wurde aber nicht wie erwartet durch das Spiel beseitigt, sondern es kam unerwartet, ohne mein sportliches Zutun, wie Phönix aus der Asche der Lurheck. Dies war fast schon traurig, obwohl es ja eigentlich ein unfassbar freudiger Augenblick gewesen sein müsste. Es fühlte sich leer an. Wahrscheinlich lag es daran, dass ich es als Einziger zuerst erfahren hatte. Der gewöhnliche Weg wäre ein kollektiver Aufschrei nach einem Schlusspfiff, schweißverklebt, ausgepumpt und mit blutüberströmten Knien, ausgelöst durch einen schrillen Pfiff einer Trillerpfeife. Das soll es jetzt gewesen sein? Seit fünf Jahren warte ich sehnsuchtsvoll auf diesen Augenblick und jetzt erfahre ich es nebenbei auf einem schäbigen Parkplatz mit einer Kiste Bier in der Hand? Plötzlich beschlichen mich wieder Zweifel, die sich aus den Erlebnissen des Vorjahrs nährten.
„Arno, bist du dir ganz sicher? Letztes Jahr sind wir auch einer fatalen Fehlinformation aufgesessen."
„Nein, Udo. Diesmal ist es zu 100 Prozent wahr. Der Staffelleiter muss es ja wohl wissen. Es sei denn, es gibt heute Dopingkontrollen und sie erwischen euch alle mit eimerweise Anabolika im Blut."
Arno war eigentlich kein Sprücheklopfer, dafür waren andere zuständig. Dies zeigte seinen Überschwang und seine innige Freude.
„Tja, wenn das so ist … Dann habe ich jetzt ja wohl zufällig das passende Präsent für die Jungs in der Hand!"
Ich schleppte die Kiste in die Kabine, Arno trottete hinterher.
„Alle mal herhören! Ich mach es kurz: Arno hat mir soeben mitgeteilt, dass wir ….", ich legte eine ellenlange Kunstpause ein, … „definitiv aufgestiegen sind."
Das ungläubige Schweigen dauerte exakt so lang, wie die Neuigkeit von den Ohren bis zu den Kleinhirnen benötigte. Dann kam es zur Eruption:
„JAAAAAAAAAAAAAAAAAAAAA!", brüllte Eisen-Reini wie ein Ochse am Spieß und fiel mir um den Hals. Alle tummelten sich aufeinander, alle lärmten. Jetzt fühlte es sich richtig an. Jetzt war es ein würdiger Rahmen.
„Ich weiß nicht, ob es wirklich gut ist, dass wir aufgestiegen sind. Wir sollten freiwillig verzichten und nächstes Jahr weiter in der D-Klasse spielen. Die C-Klasse ist zu stark für uns."

Didis Bedenken rissen uns kurzzeitig aus der Euphorie. Wahrscheinlich hat er recht, dachte ich, auf Niederlagen hatte keiner mehr Bock, das kannten wir schließlich zu Genüge aus der ersten Saison. Wir hatten ja noch Zeit, darüber nachzudenken. Jetzt war nicht die Stunde des Zauderns, überlegten wir, jetzt schworen wir uns erst noch, so zu spielen, als ob es um alles ginge.
„Was war denn bei euch in der Kabine eben für ein Indianergeschrei?", erkundigte sich der Bomber bei der Seitenwahl.
„Wir haben soeben erfahren, dass wir aufgestiegen sind!"
„Oh, ich gratuliere, ihr seid ein würdiger Aufsteiger. Unfassbar, dass ihr in der Rückrunde sämtliche Spiele gewonnen habt. Das ist echt eine Super-Serie. Das hat es meines Wissens noch nie gegeben."
„Danke für die Blumen. Wie sieht es denn mit euch aus?"
„Wir sind auch durch. Odendorf hat heute Morgen verloren."
„Echt? Das freut mich aber, dass diese Flachnasen gescheitert sind. Schön für euch. Herzliche Glückwünsche, dann können wir es ja locker angehen lassen, jetzt hier."
Das Spiel wurde nebensächlich. Wir waren dennoch motiviert, Swisttal wurde alles zunehmend egal. Am Ende gewannen wir verdient mit 4:1.
„Ich gratuliere zum Aufstieg. Wir vom Vorstand würden diese Leistung gerne nächste Woche im Rahmen der Saisonabschlussfeier des Vereins würdigen und bitten euch, nach dem letzten Spiel zur Lurheck zu kommen!", quatschte mich ein Vorstandstyp von der Seite an. In Erwartung eines gediegenen Festes sagte ich sofort zu und versprach, die Truppe zum vollständigen Erscheinen zu motivieren, obwohl sich die Zuneigung zu offiziellen Vereinsanlässen bei den meisten im überschaubaren Rahmen hielt.
Dann bestellten wir blechweise Pizza und starteten bis zu deren Eintreffen einen Autokorso mit in die Scheiben geklemmten Trikots. Das war also unsere spontane Reaktion, überlegte ich, nachdem wir die ganzen Jahre dafür gekämpft hatten: Pizza, Arnos Kiste und ein halbgares Autokorso mit Hupkonzert durch Rheinbach. Nur Didis Zweifel schwebten subtil im Hintergrund.

Kaffeefilter

Die Glut war heißgelaufen, der Grill rotierte. Olly hatte kurzerhand eine spontane Privataufstiegsparty organisiert, weil die Saisonabschlussfeier des Vereins so erbärmlich war, dass wir sie nicht ertragen konnten: Zunächst hatte uns ein abgehalfterter Redner aus dem Vorstand müde und mau zum Aufstieg gratuliert, ohne eine Miene zu verziehen und ohne die sportliche Leistung innig und angemessen zu würdigen. Das fanden wir lächerlich, schließlich hatten wir mit 16 Siegen hintereinander und mit über 100 erzielten Toren in einer Saison einen einsamen Vereinsrekord aufgestellt. Als wir nach dem monotonen Pflichtteil den Fassanstich begehen wollten, wuchs das blanke Entsetzen ins Unermessliche, weil wir für unsere Aufstiegsgetränke auch noch selbst bezahlen sollten. Vergrätzt verließen wir die Veranstaltung.
Didi brutzelte mit der Grillzange am Fleisch herum und wiederholte seine Bedenken, ob wir in der C-Klasse mithalten können. Er argumentierte, dass wir nach einer solch unglaublichen Siegesserie gar nicht mehr wüssten, wie es ist, zu verlieren.
„Schwachsinn, Didi“, Pocke haute mit der Faust auf den Tisch, „Wir waren in der D-Klasse unterfordert. Wir sind sportlich aufgestiegen, also gehören wir auch in die nächst höhere Klasse.“
„Wir wissen doch gar nicht, wer nächstes Jahr weitermacht! Die C-Klasse ist, glaube ich, einfach eine Nummer zu hoch für uns.“
„Ich weiß nur von Saur, dass er nach Dortmund zieht!“, sagte ich.
„Hau mal ein paar von den Steaks drauf“, Elwain reichte Olly die Grillzange, „Nicht immer nur Würstchen!“.
„Ja, Ja! Der uralte Grillfetentrick. Würstchen mitbringen und die Steaks heimlich wegfressen. Funktioniert immer!“, grinste Olly und flatschte befehlsgemäß einige tiefrot marinierte Steaks auf den Rost.
„Sven hat seinen Kumpel Matze aus der B-Klasse weichgekocht“, präsentierte ich stolz die Kunde, „Er wird uns nächstes Jahr auf jeden Fall verstärken.“
„Matze? Echt? Das ist ja der Vollhammer, ey!“, staunte Pocke.
„Sollen wir nicht lieber doch freiwillig in der D-Klasse bleiben?“ Jojo schoss sich laut denkend Didis Worten an.
Ich starrte in den Grill und grübelte vor mich hin. Der Geruch des gar werdenden Fleisches machte mir den Mund wässrig. Konnte

Didi recht haben? Wie würde es laufen, wenn wir in einer stärkeren Liga plötzlich nicht mehr so erfolgreich wären? Ich wandte mich mit meinen Bedenken an unsere mit allen Wassern gewaschene Kreisligakoryphäe:
„Olly, können wir ohne Training auch in der C-Klasse mithalten?"
„Die Liga ist natürlich etwas ausgeglichener als die D-Klasse. Eine unterirdische Thekenmannschaft wie Merzbach turnt da nicht rum. Wir würden jede Woche gefordert sein. Aber wir haben auch unsere Stärken. Wir haben immerhin zweimal Swisttal geschlagen. Ich schätze, dass wir ohne Trainingsaufwand im guten Mittelfeld landen können, wenn die Mannschaft so zusammenbleibt."
Elwain entriss dem Grill gierig das erste fertige Steak. Im akuten Hungerast vergaß er die Welt um sich herum. Erst wenn dieses Bedürfnis befriedigt sein würde, würde er sich offen an dieser Diskussion beteiligen können.
„Ich unterbreite hiermit den Vorschlag, das Pferd rein mathematisch aufzuzäumen!", schlug Eisen-Reini vor.
„Was faselst du da?", wunderte sich Pocke.
„Ich vernehme Bedenken, ob wir hinreichend gewappnet für das Stahlbad der C-Klasse sind. Zudem hege ich selbst Zweifel, ob alle Stammspieler in der nächsten Saison tatsächlich regelmäßig erscheinen werden. Wir könnten diese beiden Unsicherheitsfaktoren anhand von Prozentangaben statistisch berechnen. So hätten wir eine gerechte Aussage und eine demokratische Abstimmung!"
Pocke schüttelte den Kopf:
„Ich glaub ich steh im Schrank! Wir sind aufgestiegen, Leute! Was ist hier los, Mann? Wenn wir jetzt abstimmen, heißt das, dass wir in Wahrheit noch gar nicht aufgestiegen sind, weil es letztlich vom Abstimmungsergebnis abhängt. Wir haben fünf Jahre darauf gewartet, und jetzt, wo wir es endlich geschafft haben, wollt ihr plötzlich nicht mehr antreten? Das ist doch komplettes Gewäsch!"
„Und wie soll die Rechnung aussehen?", erkundigte sich Olly.
„Lass das Auszählungsverfahren meine Sorge sein. Jeder gibt an, zu wie viel Prozent er gerne in der C-Klasse antreten würde beziehungsweise, zu wie viel Prozent er lieber in der D-Klasse bleiben würde, und wie viel Prozent aller Spiele er voraussichtlich bestreiten wird. Damit hätten wir drei Aussagen, die wir kombinieren. Dann

können wir eine exakte Angabe machen, zu wie viel Prozent wir es als Mannschaft insgesamt wollen!"
„Also, ich finde die Idee gar nicht mal so schlecht! Es würde ein objektives Stimmungsbild ergeben", sagte Gerald.
„Ich bin irgendwie dagegen, weil es nichts zu entscheiden gibt", Elwain schmatzte hamsterbackig, „Die Entscheidung ist doch längst auf dem Platz gefallen. Wir haben es nicht nötig, jetzt daran zu zweifeln. Der Arno würde heulen, wenn er erfährt, dass wir freiwillig zurückziehen, und der Vorstand würde sich heimlich ins Fäustchen lachen, die haben doch jetzt schon Muffe, dass wir nächste Saison besser abschneiden als die Erste!"
„Es wäre aber auch irgendwie witzig! Wir stimmen eh dafür, und könnten uns einfach noch mal freuen!", lachte ich.
„Stift und Papier wäre von Nöten!"
Olly gab Eisen-Reini einen Kuli, sowie eine Filtertüte. Eisen-Reini teilte den Kaffeefilter in drei Spalten. In die erste schrieb er die Namen, in die nächste die Angabe jedes einzelnen, zu wie viel Prozent er gerne in der C-Klasse antreten würde, in die letzte den individuell vermuteten Prozentsatz der absolvierten Spiele. Reihum notierte er die persönlichen Angaben. Danach zogen sich Sparki und Eisen-Reini zu konspirativen Berechnungen zurück, um die verschiedenen Daten miteinander in Beziehung zu setzen. Der Rest machte sich wie ein Heuschreckenschwarm über das Grillgedöns her und vertilgte das gesamte Sortiment. Mit staatstragender Mine kamen die beiden zurück. Eisen-Reini stellte sich wie auf einer Kanzel vor die gespannte Meute, plusterte die Brust auf, atmete hörbar tief ein, um danach noch mal eine quälend lange Atempause einzulegen. Eine fallende Stecknadel wäre in diesem Augenblick Landfriedensbruch gewesen. Er hob den Kaffeefilter wie ein Gebetbuch vor sich:
„Ich bin gekommen …
um Ihnen mitzuteilen, dass heute …
Ihre Ausreise in die Bundesrepublik …"
„MANN! GENSCHER HIER NICHT RUM, MACH HINNE!"
„O.K., im Ernst, jetzt: Unter notarieller Aufsicht von Sportskamerad Sparki wurde folgendes Ergebnis berechnet: Anhand der vorliegenden Zahlen kommen wir zu dem Schluss, dass der FC Rheinbach 3 zu 73,5 Prozent sein Herz in der C-Klasse hat und nur zu 26,5 Prozent in der Kreisliga D. Damit ist der Aufstieg besiegelt!"

Risse

Bei der Jahreshauptversammlung, just zu dem Zeitpunkt, als unser Aufstieg perfekt wurde, ließ sich ein junger und dynamischer Vorstand mit frischen Ideen ins Amt wählen. Man spürte, dass die neue Obrigkeit Unbehagen bei dem Gedanken hatte, dass wir im Vergleich zur ersten Mannschaft besser dastehen könnten. So schickte man sie mit einem ambitionierten Konzept in die Saison: Es wurde ein neuer Trainer engagiert, es wurden mit finanziellem Aufwand einige neue Spieler verpflichtet, die Mannschaft leistete sich zu Beginn ein ausgiebiges Trainingslager und wurde mit komplett neuer Trainingskluft ausgestattet. Zudem gab man keck den Aufstieg in die B-Klasse als offizielles Saisonziel bekannt. Mir soll es recht sein, dachte ich, so wären sie im übernächsten Jahr wenigstens eine Klasse höher, und wir hätten fernab des Vereinsdünkels unseren Frieden. Ich hatte mir den Rheinbacher Stadtanzeiger mit auf den Flug nach Kreta genommen, um die Berichterstattung zu studieren. Unsere Mannschaft und unser Aufstieg wurden hier mit keiner Silbe erwähnt, der ganze Fokus richtete sich auf die Erste mit ihrem erweckten Ehrgeiz. So hatten wir es immer gewollt, wir wollten unsere Ruhe vom Vereinsleben und betulich vor uns hin werkeln. Aber überhaupt keine Würdigung zu erfahren, ja schiere Ignoranz zu spüren, ärgerte mich. Aus der Sicht der Vorstandstypen waren wir mit Sicherheit ein diffiziler Haufen, dachte ich, aber bei der Aufstiegsfeier die Getränke selbst bezahlen zu müssen war eine mittlere Unverfrorenheit.

Ich verpasste drei Spiele. Zum ersten Mal legte ich meinen Urlaub in den Beginn der Saison. Zum ersten Mal versäumte ich überhaupt ein Spiel. Ich haderte lange Zeit, es siegte schlussendlich die Einsicht, dass der Prüfungsstress keine andere Planung zuließ.

Loutro, ein malerisches Dorf an der Südküste Kretas im libyschen Meer, schmiegt sich in einem Halbkreis an eine extrem steile Bergkulisse, die keine Straßenführung ermöglicht. Somit ist der Ort nur per Schiff erreichbar und auch frei von jeglichem Pauschaltourismus, obgleich ihn diese Besonderheit längst zu einem Geheimtipp für gediegene Seelenbaumelei werden ließ.

Meine Waden wurden von festsitzendem Muskelkater gepiesackt, da ich tags zuvor eine höllische Bergwanderung gemacht hatte. Ich

tigerte mit den Gedanken bei den Jungs wie ein Raubtier im Käfig am Sandstrand hin und her. Zeitgleich spielten wir das erste Spiel gegen Lusitania, eine portugiesische Mannschaft, ausgerechnet ein Absteiger aus der B-Klasse, der sofort wieder aufsteigen wollte. Heute würde es wohl eine deftige Niederlage geben. Saurs Umzug nach Dortmund war eine spürbare Schwächung des Sturms, dafür waren wir mit Matze noch spielstärker. Die Telefonkarte war längst besorgt. Es war unerträglich, nicht selbst eingreifen zu können. Ich Rind, ich elendes, wieso hänge ich jetzt hier kurz vor Afrika, während wir zu Hause spielen? Völliger Schwachsinn, dachte ich beschwichtigend in der nächsten Sekunde, es handelt sich lediglich um ein Spiel in der Kreisliga! Ob man in 30 Jahren mittels Fernsehen von überall her an jedem beliebigen Punkt der Welt live dabei sein kann? Ich kam beim ersten Versuch durch:
„Hallo Torsten, hier ist Udo!"
„Hallo, Udo!", entgegnete er trocken.
„Und?"
„Was, und?"
„Na, wie war das Spiel, Mann?"
„Ziemlich souverän. 5:1 für uns!"
„Wie bitte?"
„5:1"
„Unfassbar. Wer hat die Buden gemacht?"
„Sven, Matze. Und dreimal hat ihn Pocke reingewichst!"
„Verdient?"
„Ziemlich! Wir haben sie förmlich filetiert!"

Die nächsten Sonntage verliefen nach dem gleichen Strickmuster. Ich schlug irgendwo in Kreta die Zeit tot, bis ich endlich anrufen konnte und wurde über die Maßen überrascht: Zunächst überrannten wir unseren Angstgegner Röttgen flutwellengleich mit 8:2, danach gewannen wir mit 4:3 bei Fortuna Bonn in letzter Sekunde durch Olly.
Ich konnte es kaum erwarten, mit meinen neben dem Telefon deponierten Zettel den Rundruf zu starten und auch selbst wieder frische Asche zu spüren. Gegner war Preußen Bonn. Auch dieses Spiel gewannen wir haushoch mit 6:1. Nach vier Spielen waren wir mit 12 Punkten und 23:7 Toren Tabellenführer und hatten unsere

Serie saisonübergreifend auf satte 19 Siege hochgeschraubt. Gleichzeitig dümpelte die mit Söldnern neu zusammengestellte erste Mannschaft wie eh und je im Mittelfeld umeinander und ernüchterte die hehren Ziele des neuen Vorstands zutiefst. Die Presse überschlug sich ob unseres sensationellen Auftretens und machte uns schleichend zum Aushängeschild des Vereins. Zerknirscht trat ein neuer Vorstandstyp auf Janni zu, den er vom Handball her kannte:
„Janni! Warte mal!“
„Was gibt es denn?“
„Wir möchten euch als Dank für den grandiosen Saisonstart mit einem Satz funkelnagelneuer Trainingsanzüge ausstatten.“
„Wieso, wir trainieren doch gar nicht!“
In den Augen der Führung war die Antwort ein Affront, weil sie einen versteckten Hinweis darauf wähnten, dass wir ohne Trainingsaufwand Tabellenführer waren, während die Erste trotz des finanziellen Kraftaktes leblos herumlungerte. Sie begriffen nicht, dass Jannis Intention in seiner manchmal leicht vergeistigten Art der einfache Gedankengang war, dass man das Geld sinnvoller verwenden könne, als eine Mannschaft in Trainingsanzüge zu hüllen, die gar nicht trainiert. Waren wir bis dato im Verein durchweg als harmlos geduldet, so waren wir plötzlich eine Gefahr, weil wir zu erfolgreich waren. Es durfte nicht passieren, dass wir dauerhaft besser da stünden, als die Erste. Dieser Riss trat nun immer augenscheinlicher zu Tage. Die Blicke des Vorstandes wurden eisiger.

Vor dem nächsten Spiel hatte ich mir immer wieder die Tabelle angeschaut, wo mir ein mutmaßlicher Fehler suspekt war, denn wir waren mit 22 Toren geführt, obwohl wir 23 erzielt hatten. Da ich mir selbst nicht die Blöße eines Rechenfehlers geben wollte, addierte ich unsere Treffer mehrfach in unterschiedlicher Reihenfolge mit dem Taschenrechner. Es waren nur 22. Ich musste Pocke fragen, er hatte während meines Urlaubs den Spielbericht ausgefüllt.
Es war das absolute Spitzenspiel gegen Friesdorf. Wir waren punktgleich auf Platz eins. Es schienen zwei diametral entgegengesetzte Spielsysteme aufeinander zu treffen. Friesdorf hatte noch kein einziges Gegentor kassiert und durch jeweils zwei magere 1:0- und 2:0-Erfolge mit der besten Abwehr der Liga die maximale Punktausbeu-

te erzielt. Wir hingegen stürmten im Husarenritt durch die Spiele und waren in der Defensive dementsprechend löchriger.
„Pocke! Hier ist Udo! Sag mal, warum steht im General-Anzeiger ein Tor weniger?"
„Tja, ähm. Ist ne komplizierte Geschichte! Willst du es wirklich wissen?", hüstelte er und verriet dadurch, dass er irgendetwas versemmelt haben musste.
„Na klar will ich das wissen, Mann! Stell dir mal vor, wir bleiben bis zum Ende der Saison oben … ich fände es unerträglich, wenn uns dieses eine Tor in der Endabrechnung zum Aufstieg fehlt …"
„Hm, ich glaube, das Spiel am Sonntag wird Aufschluss darüber geben, wo wir wirklich landen können."
„Stell dir mal vor, wir steigen auf, und die Erste nicht."
„Da kriegt der Vorstand aber ne Riesenkrawatte."
„Auf jeden Fall wissen wir, dass wir locker mithalten können. Gut, dass die Abstimmung auf dem Kaffeefilter so eindeutig war."
„Absolutes Gewinsel, nicht in der C-Klasse antreten zu wollen."
„Also, was ist nun mit dem Tor?"
„Im ersten Spiel ist mir ein Malöhrchen unterlaufen!"
„Was denn?", fragte ich aufgeregt. Wie kann ein Tor verschwinden, dachte ich. Wie ist so etwas möglich?
„Wir haben 5:1 gewonnen!"
„Ach was!"
„Der Schiri hat irgendwie den Überblick verloren, der war eh total verpeilt, und hat dann in den Spielbericht nur 4:1 eingetragen."
„Na, und?"
„Ich hab es nicht gelesen … Ich habe es verdaddelt und einfach unterschrieben … Ich wollte doch nur schnell in die Kabine zurück, eine warme Dusche erwischen … Ich konnte doch nicht ahnen … Ach … Liest du etwa immer genau den Spielbericht durch?"
„Ja, zumindest das Ergebnis und die besonderen Einträge bei Beleidigungen und Prügeleien, das finde ich immer ganz amüsant, wenn da steht: ‚Spieler X bezeichnet den Unparteiischen als verfickten Hurensohn' oder ‚Spieler Y tritt Spieler Z in den Genitalbereich und wird des Feldes verwiesen. Das erinnert mich immer an Klassenbucheinträge. Aber egal, jedenfalls gucke ich auch immer aufs Ergebnis. Was auf dem Bericht steht, ist offiziell, das gilt dann auch,

auch wenn er einfach die Zahlen verdreht und aus einem Sieg eine Niederlage entsteht. Das Tor ist also für immer im Orbit!“
„Owei … Äh… hm … ja … Wie ist denn die Lage für Sonntag?“
„Auf absolut tönernen Füßen: Du bist verletzt, Janni und Sparki können nicht. Gerald ist nicht da, Didi auch nicht. Ich bin froh, wenn wir mit Elwain überhaupt elf Leute zusammenscharren!“
„Verflucht. Ausgerechnet gegen Friesdorf!“
„Ja, ein solches Personalinferno hatten wir schon ewig nicht mehr.“

Friesdorf konnte dieses Dilemma nicht erahnen. Sie kannten uns nicht, sie kannten nur die Tabelle. Diese sprach eine glasklare Sprache, sie hatten Angst vor unserer bombastischen Tormaschine. Aus unserem Paradesturm war allerdings nur Olly übrig geblieben. Insgesamt waren wir elf Leute. Elwain musste spielen, egal wie seine Verfassung war. Ergo stellten wir ihn mit der Order in den Sturm, sich nicht zu sehr bewegen, im günstigsten Fall einige Freistöße herauszuschinden, sowie seinen üppigen Körper angsteinflößend in die Zweikämpfe zu stemmen. Die Friesdorfer Bangigkeit vor unserem Offensivtornado war so ausgeprägt, dass sie sich offenkundig die Taktik überlegten, unsere Stürmer in Doppeldeckung zu nehmen. Da sich Olly immer wieder findig ins Mittelfeld zurückfallen ließ, kam es zu der kuriosen Situation, dass der Genießer Elwain in eine dreifache Manndeckung genommen wurde, weil der Gegner davon ausging, es handele sich um einen Wunderstürmer. Dadurch hatte Olly freie Bahn und wirbelte die Friesdorfer Abwehr aus dem Mittelfeld kommend gehörig durcheinander. Der Trainer beobachtete eine halbe Stunde lang stumm das taktisch tumbe Treiben seiner Abwehrspieler. Dann bemerkte er die mathematische Torheit dieses Unterfangens, bevor ihn ein cholerischer Anfall ereilte:
„EY, MANN! SEID IHR BLIND, ODER WATT? DER LANGE DA, NICHT DER SCHWERE“, bellte er mit puterrotem Haupt.
Wir konnten das Spiel halbwegs ausgeglichen gestalten. Kurz vor der Halbzeit erzielten die Friesdorfer das 1:0. Wir fanden in der zweiten Hälfte nur wenige Möglichkeiten, gefährlich vor das Tor zu kommen. Kurz vor Schluss erhielten wir einen Eckball. Alle Mann samt Torsten stürmten nach vorne. Der Ball trudelte Mez vor die Füße, der ihn klinsmannesk flippernd zum 1:1 Endstand über die Linie stocherte. Die Tabellenführung war erfolgreich verteidigt.

Skandal

Die Vereinsführung fühlt sich durch die öffentliche Häme gestichnadelt!“, stellte Eisen-Reini lakonisch fest. Er las den Ausschnitt aus dem Rheinbacher Stadtanzeiger vom 22.12.1997 mit starker Stimme und beachtlicher Süffisanz im Tonfall gegen den Kneipenlärm der Musiktruhe vor:
„Um die Frage endgültig zu beantworten: Nein, der FC Rheinbach hat seine erste und dritte Mannschaft nicht getauscht. Obwohl der Tabellenplatz darauf hindeuten könnte. Das Studententeam ohne Trainer und ohne Training führt zur Winterpause mit fünf Punkten Vorsprung auf einen Nicht-Aufstiegsplatz die Tabelle an, während die Erstvertretung nur ein Punkt vom Abstieg trennt. Dabei war der neue Vorstand des Vereins mit hohen sportlichen Zielen in die Saison gestartet …“, er legte die Zeitung auf die Seite, „…die sind es doch selbst Schuld, wenn sie spielen wie voll narkotisierte Phlegmatiker mit Schlafkrankheit im Endstadium!“
„Übrigens, ich habe letzte Woche mit Gerald gesprochen“, ich knibbelte an meinen Dartpfeilen, „Er hat aus sicheren Quellen erfahren, dass der Vorstand mit seinen Nerven am Anschlag ist. Er sagt, dass sie für die nächste Saison mit viel Sponsorenzaster eine ganz neue Mannschaft aufbauen wollen. Die haben jetzt schon Vertragsverhandlungen mit drei Leuten aus der Verbandsliga laufen. Und das soll erst der Anfang sein! Außerdem sagt Gerald, dass der Vorstand für nächstes Jahr weitere Dinge plant, die für uns noch verdammt unangenehm werden können.“
„Sapperlot! Dann können die ja nächstes Jahr mit ihren Verbandsligatypen in der C-Klasse rumkeulen, während wir aufsteigen und von oben grüßen!“, sagte Elwain selbstgefällig.
„Ich finde es total doof, dass jetzt Winterpause ist!“, meinte Pocke halb in Gedanken versunken und stieß mit seinem Ellenbogen sein frisch bestelltes Weizenbier zu Boden, sodass es unter höllischem Lärm zerbarst.
Die Hinrunde lief in der Tat überragend. Zehn Siege, zwei Unentschieden, zwei Niederlagen lautete die Bilanz. Die erste Niederlage im Kalenderjahr kassierten wir nach 23 Spielen im November gegen Godesberg und stellten damit die mit Abstand längste Serie in der Vereinsgeschichte auf. Noch im Juli hatten wir gezaudert, ob wir überhaupt aufsteigen sollten, nun lagen wir eine Klasse höher mit

komfortablem Punktepolster schon wieder auf einem Aufstiegsplatz. Die kühnsten Erwartungen waren übertroffen.
„Hat es nicht geschmeckt?“, fragte die Bedienung beiläufig und stellte dem Pechvogel ungefragt ein neues Weizen auf den Stehtisch.
„Danke. Sehr aufmerksam“, Pocke räusperte sich, „Ja, nein, doch, na klar, ich meine, es hat sehr gut geschmeckt.“
Dann putzte sie die kläglichen Reste vom Boden.
„Wie geht es denn weiter? Spielen wir irgendwelche Hallenturniere? Wir müssen doch unsere ganzen Titel verteidigen, zumindest in Merzbach!“, fragte Elwain.
„Hm, gute Frage. Ich weiß noch von nichts!“
Unter der Woche hatte ich einen Vorstandstypen getroffen und ihn nach dem Merzbacher Hallenturnier gefragt. Er sagte, dass er noch keine Einladung bekommen habe und sich melden würde, sobald sie im Briefkasten läge. Diese Verzögerung war ungewöhnlich.
„Wie oft haben wir das Merzbacher Turnier eigentlich gewonnen?“, fragte Pocke.
„Viermal hintereinander!“, unterrichtete Elwain wie aus der Pistole geschossen.
„Dieses Turnier würde sogar eine untrainierte Mannschaft des Müttergenesungswerkes gewinnen!“, knötterte Pocke und führte sein neues Weizenglas zum Mund. Kurz bevor es eine dürstenden und schon feucht benetzten Lippen erreichen konnte, platzte es zwischen seinen Fingern wie eine zu hart angefasste Christbaumkugel. Erneut fielen die Glasbrösel scheppernd auf den Boden. Mit hilflosem Dackelblick schaute Pocke zur Theke, von wo sich die Bedienung stoisch mit einem neuen Weizen und ihrem vollständigen Reinigungsequipment näherte:
„Ich sagte doch bereits: Wenn es Ihnen nicht schmeckt, können wir gerne über eine andere Bestellung sprechen.“
„Nein, äh, sorry, ist schon in Ordnung. Es tut mir leid. Wirklich.“
„Das stimmt. Das Turnier ist wirklich nicht gut besetzt“, Elwain ignorierte die skurrile Szene, „Dennoch ist es immer schön, die 300 Mark-Siegprämie abzusahnen!“
„Mir ist es gar nicht so unrecht, wenn wir in diesem Jahr nicht so viele Kirmes-Turniere spielen, ich habe keinen Bock drauf, dass sich jemand unglücklich verletzt, außerdem haben wir noch erklecklich Bimbes in der Mannschaftskasse!“

Ein langfristiger Ausfall eines Leistungsträgers war meine größte Befürchtung.
„Weise Worte! Merzbach ist aber ein Pflichttermin!“, stimmte Eisen-Reini bei.
„Ich rufe morgen mal den Arno an, vielleicht weiß der etwas.“
„Es gibt drei Dinge, in die ich mich hineinsteigern kann: Mathematik, Musik und Fußball!“
Eisen-Reini blickte bei seiner scheinbar zusammenhangslosen philosophischen Betrachtung ins Leere. Seine langen Haare fluderten in seinem Gesicht. Spätestens wenn er ins Referendariat geht, muss die Matte ab, fiel mir auf.
Wir stellten uns das verwegene Szenario vor, wie es wohl wäre, wenn wir direkt durchmarschierten und nochmals aufsteigen würden, während die Erste mit ihren neuen Leuten in der C-Klasse verharren müsste oder gar absteigen würde. Es erschien uns schleierhaft, dass die angekündigten Granaten mit einer solch läppischen Perspektive zu ködern gewesen waren.
„In der Verbandsliga gibt es so viel Kohle, da kann man locker von leben, die kommen doch nicht ernsthaft freiwillig in diese Stümper-Liga“, Eisen-Reini vertilgte mit einem Zug den Rest seines Bieres, „Nein, die sportliche Perspektive ist im Vergleich arg kümmerlich. Mir fehlt die schlüssige Argumentation für dieses Gerücht.“
„Der Gerald kennt aber eine Menge einflussreicher Leute. Ich kann mir nicht vorstellen, dass er Senf erzählt“, widersprach ich und schaute dabei skeptisch zu Pocke, da ich spürte, dass sich erneut finsteres Unheil zusammenbraute.
Pocke fahndete in seiner Manteltasche fahrig nach Kleingeld. Wie zur Bestätigung meiner Befürchtungen drehte er sich vom Tisch und stieß mit dem Unterarm auch das dritte Weizen um. Die Bedienung blickte mitleidig herüber und wartete, bis sich das allseitige Gelächter beruhigt hatte:
„Noch mal zum Mitschreiben: Wenn Ihnen unser Weizen nicht mundet, bringe ich ihnen gerne unsere Karte. Wir führen eine Reihe herausragender anderer Biere.“
„O.K., o.k., o.k., wenn das so ist, versuche ich es mal mit einem Pils. Ich betrachte den Versuch als gescheitert, heute Abend mit einem Weizen glücklich zu werden.“
„Sehr gute Wahl. Ich denke, das hilft uns allen weiter.“

Pocke soff hastig sein Pils, dann verließen wir das Schlachtfeld.

„FC Rheinbach gewinnt Merzbacher Hallenturnier"
Die Überschrift stach hervor. Ich fragte mich, ob aus Versehen ein Exemplar aus dem letzten Jahr verteilt wurde oder ob die Redaktion einen alten Artikel eingescannt hatte. Wir hatten immer noch keine Einladung erhalten, das Turnier hatte also noch gar nicht stattgefunden. Oder hatte mir Jojo irrtümlich ein Exemplar von 1997 mitgebracht? Das Besondere an dieser Zeitung waren unter anderem auch die gestochen scharfen Farbfotos. Unsere grünweißen Trikots leuchteten hervor. Ich las den gesamten Artikel:
„Zum fünften Mal hintereinander konnte der FC Rheinbach das Merzbacher Hallenturnier gewinnen. Nach einer überzeugenden Vorrunde war im Halbfinale ein Siebenmeterschießen von Nöten, um gegen Odendorf in das Finale einzuziehen. Auch im Endspiel gegen Flerzheim wurde der Rheinbacher Torwart zum entscheidenden Spieler, da er wiederum im Siebenmeterschießen zwei Schüsse erfolgreich abwehren konnte. Letztlich setzten sich die Rheinbacher mit 4:3 durch, nach der regulären Spielzeit hatte es 0:0 gestanden."

Ganze Güterbahnhöfe und gigantische Böhmische Dörfer von unfassbarem Ausmaß taten sich auf: Wir brauchten letztes Jahr kein Siebenmeterschießen, wir hatten noch nie ein Siebenmeterschießen bestritten, schon gar nicht in Merzbach, wo wir immer alles auf konventionellem Wege niedergewalzt hatten. Hatte der Redakteur etwa das Turnier verwechselt? Hatte er gar uns verwechselt? Das konnte nicht sein, schließlich kannte er uns wegen unserer außergewöhnlichen Geschichte sehr gut. Er rief mich als Mannschaftssprecher nach den Spielen stets zuverlässig an, um die Informationen aus erster Hand verwursten zu können. Eine Verwechslung war definitiv ausgeschlossen. Aber halt. Da waren ja unsere Trikots auf dem Foto. Ich kontrollierte das Erscheinungsdatum der Ausgabe. 12.02.1998. Eindeutig, es war die aktuelle Nummer. Verwundert las ich nochmals den Text. Ich konnte es drehen und wenden wie ich wollte: Es konnte sich nicht so zugetragen haben, wie es da schwarz auf weiß stand.
Ich lief zum Hörer. Arno anrufen, oder Elwain. Ich wählte Arnos Nummer. Da entdeckte ich plötzlich des Rätsels Lösung. Der Hörer glitt mir aus der Hand. Das Foto bezeugte den Verrat: Es war ein

Spieler der ersten Mannschaft auf dem Foto. Nach und nach schälte sich die ganze Tragweite des Betruges vor mir auf. Der Vorstand hatte uns die Einladung verschwiegen. Er hatte sie verheimlicht, um die erste Mannschaft antreten zu lassen, damit diese endlich mal wieder ein Erfolgserlebnis samt positiver Presseresonanz feiern konnte. Ich war fassungslos. Welch eine Unsportlichkeit, dachte ich, uns die Möglichkeit zur Titelverteidigung zu verwehren. Und um das Ganze zu vertuschen, zwängten sie die Erste auch noch in unseren Stolz, die grünweißen Trikots. Das war ehrfurchtslose Schändung von Heiligtümern.

„Die Typen sind es nicht wert, dass wir uns darüber aufregen! Jetzt steigen wir erst recht auf und zeigen denen dann die lange Nase."
Olly fasste in einem Satz zusammen was alle dachten, als wir vor dem ersten Rückrundenspiel in der Kabine saßen und die perfide Machenschaft diskutierten.
Es war ein herrliches Gefühl, die Jungs wieder alle versammelt zu sehen, die Sprüche zu genießen, den Duft der Kabine einzusaugen, die ersten frühlingshaften Sonnenstrahlen einzufangen und den Gang in die Schiedsrichterkabine anzutreten, um den Spielbericht auszufüllen und dabei die respektvollen Blicke der Gegner zu spüren, genauso, wie wir ehrfurchtsvoll schauten, als wir in unserer ersten Saison bitteres Lehrgeld zahlen mussten. Längst waren wir zu den Empfängern dieser Blicke geworden. Wir schwiegen zu den skandalösen Vorfällen in der Winterpause und ließen es auf sich beruhen. Stattdessen konzentrierten wir uns auf das Sportliche und fertigten zunächst Lusitania mit 7:1 ab.

Angelhaken

Unsere Präsenz in der Presse schaukelte sich weiter hoch. Nach jedem Sieg wurde betont, dass wir als Freizeitmannschaft ohne Training erheblichen Erfolg hatten. Der Durchmarsch mit dem zweiten Aufstieg hintereinander wurde von Woche zu Woche wahrscheinlicher. Das Rückspiel gegen den punktgleichen Konkurrenten Friesdorf stand an. Durch den Presserummel kamen übermäßig viele Zuschauer zur Lurheck. Die knisternde Spannung des Spitzenspiels lag seit Tagen in der Luft, wurde zudem im Blätterwald geschürt und war nun, eine Stunde vor Anpfiff, förmlich greifbar. Im Gegensatz zum Hinspiel, wo wir Elwain behelfsmäßig im Sturm parkten, waren wir diesmal in Bestbesetzung. Friesdorf versuchte seit Jahren mit aller Macht aufzusteigen. Sie bestückten ihre Aufstellung mit drei Leuten aus ihrer Bezirksligamannschaft, die ausgerechnet an jenem Tag spielfrei hatte. Dies konnte ich mit einem raschen Blick auf den Spielbericht ableiten. Es sollte ihnen nichts nützen. Wir siegten völlig verdient mit 3:1, Pocke machte das Spiel seines Lebens, mit Kopfschmerzen. Es war unser spielerisches, taktisches und mentales Meisterstück – der Höhepunkt einer jahrelangen Entwicklung.

„Jetzt trainieren wir tatsächlich auch schon!“, begrüßte mich Sven gut gelaunt unter der Kennedybrücke.
„Quatsch, wir laufen nur ein bisschen.“, ich erblickte seine altertümlichen Latschen, „Sag mal, waren das vor dem ersten Weltkrieg Tanzschuhe, oder was?“
In letzter Zeit hatte ich Gefallen am Laufen gefunden und drehte ein bis zweimal in der Woche meine Runden.
„Verfluchte Rollschuhfahrer“, geiferte er, als er wegen eines Blitzes auf Kufen plötzlich auf die Seite springen musste.
„Die sind echt inflationär in letzter Zeit.“
„Und meist rücksichtslos.“
„Ach, übrigens! Gestern habe ich Gerald getroffen, er hat gehört, dass drei Verbandsligaspieler beim FC Rheinbach für die neue Saison unterschrieben haben“, durchbrach Sven schnaufend die Stille.
„Also doch …“
„Ja, es muss wohl gewaltig Kohle im Spiel sein.“

„Es ist ein komisches Gefühl, dass wir mit daran schuld sind, dass die Vorstandstypen plötzlich so in Aktionismus verfallen."
„Gerald befürchtet, dass noch weitere Verpflichtungen folgen werden. Außerdem hat er irgendetwas Mysteriöses gefaselt, dass die noch ganz andere Dinge planen, die auch uns betreffen werden."
„Mir egal. Uns ist der Aufstieg kaum noch zu nehmen."
„Aus Vereinssicht sieht es definitiv albern aus, wenn wir vor der Ersten stehen."
„Dann sollen sie in Gottes Namen halt nächstes Jahr auch aufsteigen … Hey, Sparki!"
Ich konnte ihm gerade noch hinterher rufen, so schnell war er an uns vorbeigerauscht. Er drehte sich um und rollte langsam zurück. Dabei war es imposant, wie er durch die Inliner und die Schutzpanzerung an Mächtigkeit gewann.
„Alles im Griff für das Spiel am Sonntag?"
„Klar, bin dabei. Lauft nicht zu viel, damit ihr fit seid. Bis denne", mahnte er, schob sich den linken Knieschoner zurecht und glitt von dannen. Ich war verwirrt, weil er eigentlich seit Februar in Zülpich wohnte. Das Referandariat hatte ihn dort stranden lassen. 50 Minuten Autofahrt nach Bonn ließen es zu, dass er sonntags zu den Spielen einschneite. So war zumindest für die Rückrunde sein Mitwirken gesichert. Wie es nächstes Jahr aussehen würde, war offen. Die Ungewissheit des drohenden Verlustes eines Gründungsmitglieds zerriss mir das Herz. Wesentlich härter traf es Eisen-Reini, der das Seminar in Dortmund erwischt hatte. Obschon er keinen Führerschein besaß, reiste er seit Februar jeden verdammten Sonntag in einer knapp zweistündigen Ochsentour per Bahn zu den Spielen und bewies dadurch mehr Leidenschaft, als es die Mehrzahl der Profis jemals tun würde. Ebengleich tat es Pocke, der inzwischen auch eine Wohnung in Düsseldorf hatte, sein Studium aber vorrangig von Bonn aus organisierte.
So war es auch an diesem Sonntag. Es war ein merkwürdiges Spiel, wir gewannen 5:2 gegen Fortuna Bonn und benötigten aus den letzten drei Spielen jetzt noch zwei Siege, um die Sensation perfekt zu machen. Zum ersten Mal musste ich wegen einer Verletzung vorzeitig vom Platz. Ein Gegenspieler hatte mich auf der Höhe der Mittellinie aus taktischen Erwägungen von hinten umgesenst. Die Ferse zwickte hartnäckig. So musste ich zunächst ins Krankenhaus und

stieß dadurch wesentlich später zum Mexikaner, wo wir mittlerweile regelmäßig den Spieltag ausklingen ließen, um die leeren Kohlehydratspeicher mit schweren Quesadillas und ähnlichem Gedöns aufzufüllen, sowie spieltechnisch nachzukarten.

Die Situation in der Notfallambulanz war grauenhaft. Als ich hinein humpelte, waren etwa 15 Patienten vor mir. Wegen Sitzplatzmangels musste ich mit meinem lädierten Bein krampfhaft stehen. Der diensthabende Assistenzarzt war mit dieser Fülle an darbenden Patienten maßlos überfordert. Nach einer halben Stunde öffnete sich zum ersten Mal die Tür. Miesepetrig überblickte er die üppige Schar: „Der Nächste, bitte!"

Na großartig, rechnete ich, 15 Mal dreißig Minuten, dann bin ich in acht Stunden fertig … Ich schaute mir die Patienten in aller Ruhe an. Mehrere Männer in Sportklamotten und Fußballschuhen saßen da. Wiederum verging eine quälend lange Zeit, in der nichts passierte. Dankbar und mit dem hoffnungsvollen Gefühl, dass es nun vorwärts ging, schaute die ganze versammelte Patientenhorde gebannt auf die sich öffnende Tür des zweiten Behandlungszimmers. Wenige Sekunden später eröffnete sich ein Bild des Grauens, man verzog vor Ekel und Horror das Gesicht und wandte sich verlegen ab, nicht ohne heimlich und verdeckt doch noch hinzuschauen. Ich fühlte mich in meine Kindheit zurückversetzt, wo ich mir bei Aktenzeichen XY ungelöst die Hand vor das Gesicht hielt, weil alles so furchtbar war, aber trotzdem zwischen den Fingern hindurch lugte: Hervor trat ein Mann, der einen mittelgroßen Angelhaken durch die linke Daumenkuppe gebohrt hatte, sodass dieser auf der Seite des Nagels wieder hervortrat. Offenbar waren sämtliche Versuche des Assistenzarztes verfehlt, ihm den Haken auf herkömmliche Weise aus dem Daumen zu ziehen. Pflaumenblau und durch pulsierendes Blut auf Kiwigröße angeschwollen baumelte das Gliedmaß mit dem Fremdkörper an seiner Hand. Für mich war dieser Anblick unerträglich. Ich war ohnehin ein Weichei vor dem Herrn. Selbst beim Friseur bettelte ich für gewöhnlich um eine Vollnarkose. Hilflos blickte der gescheiterte Angler zwischen den Wartenden und seiner Hand hin und her und blieb vor der Tür des Behandlungsraumes stehen, während der Assistenzart im Nachbarzimmer einen anderen Patienten behandelte. Da, endlich! Der Chefarzt betrat den Warteraum. Seine ganze Körpersprache ließ Tatkraft erkennen, seine Ärz-

tebrille flößte Vertrauen ein. Gleichzeitig öffnete sich die Tür, der Assistenzarzt verabschiedete den Patienten. Der Mann mit dem Angelhaken stand zwischen den Ärzten.
„Endlich bist du da! Ich versuche seit zwei Stunden, diesen komischen Angelhaken hier rauszukriegen."
„Wieso geht das nicht?", fragte der Chefarzt streng.
„Zu viele Widerhaken!"
„Hm, mal schauen. Was haben wir sonst?"
„Es ist Sonntag. Kreisligatag, das Übliche. Und ein wenig Kleinkram, wenn nicht dieser verdammte Angelhaken wäre."
Der Chefarzt drehte sich uns und zählte im Geiste ab:
„Meine Herren. Außergewöhnliche Umstände erfordern außergewöhnliche Maßnahmen. Wir kürzen das Verfahren ab: Alle Fußballer gehen ohne Erstuntersuchung direkt zur Röntgenabteilung. Kommen Sie dann mit den Aufnahmen wieder zurück. In der Zwischenzeit befreien wir diese arme Kreatur von ihrem Martyrium."
Bei der Untersuchung konnte bei mir nichts Gravierendes festgestellt werden. Vermutlich war es eine schwere Prellung im Bereich der Achillessehne, die einer kurzfristigen Schonung bedurfte. Wenn ich Glück habe, könne ich schon nächsten Sonntag wieder spielen. Das sind ja gute Nachrichten, freute ich mich und fuhr ohne mit dem linken Bein anständig kuppeln zu können zum Mexikaner. Drei Tage später konsultierte ich einen Orthopäden, der diagnostizierte, dass die Achillessehne gerissen war. Mit einer neumodischen Schiene, in der ich aussah wie Robocop, wurde eine Operation umgangen. Die Sehne sollte nach einer modernen amerikanischen Methode mittels dauerhafter Spitzfußstellung zusammenwachsen.
Es war ein völlig neues Gefühl, unsere eigenen Spiele von außen zu beobachten und nicht eingreifen zu können. Ich erlitt Höllenqualen. Wir verloren das nächste Spiel gegen Villich und gewannen anschließend gegen Beuel. Dies hatte eine hitchcockartige Konstellation zur Folge, dergestalt, dass wir das letzte Spiel in Roleber unbedingt gewinnen mussten, um Meister zu werden und aufzusteigen. Es kam zum Showdown, zu einem echten Endspiel um die Meisterschaft. Zum High Noon um den Durchmarsch mit zwei Aufstiegen hintereinander.

Verkaufsoffener Sonntag

„Olly, wie sieht es aus am Wochenende? Schaffst du es?"
Ich bangte um seinen Einsatz, da er zu einer Hochzeit in Hamburg eingeladen war. Demzufolge rief ich ihn frühzeitig an, weil ich ohnehin nicht wusste, was ich den ganzen Tag machen sollte. Die eingeschränkte Mobilität nervte. Mehr als fünf Stunden für die Prüfungen zu lernen konnte ich sowieso nicht tun.
„Das ist das wichtigste Spiel meiner langen Karriere. Die Feier ist am Samstag, aber ich werde am Sonntagmorgen rechtzeitig aufbrechen, um gestriegelt und gescheitelt auf dem Platz zu stehen."
„Auweia, das Spiel beginnt um elf Uhr. Alle Spiele werden zeitgleich ausgetragen, um Manipulationen auszuschließen."
„Weiß ich. Ich werde um sieben per Bleifuß nach Bonn blasen!"
„Du bist wahnsinnig! Was sagt denn deine Freundin dazu?"
„Sie weiß noch nix von ihrem Glück."
Ein Mann, ein Wort. Die Wahrscheinlichkeit, dass Pocke verpennt ist höher, als dass Olly nicht rechtzeitig aufkreuzt, dachte ich.

„Hallo Gerald, ich telefoniere heute schon die Leute durch, ich kann es nicht mehr abwarten. Wie geht es dir?"
„Mir geht es gut, aber ich muss noch etwas mit dir besprechen."
„Sag bloß, dass du am Sonntag nicht kannst."
„Quatsch, natürlich bin ich beim Spiel meines Lebens dabei. Aber ich habe mal wieder unschöne Dinge gehört."
„Was denn?"
„Ich habe den begründeten Verdacht, dass die erste Mannschaft nächste Saison unseren Platz einnimmt und in der B-Klasse spielen wird, wenn wir aufsteigen."
„WIE BITTE? Wie soll das denn gehen, wir sind doch dann aufgestiegen, und die nicht."
„Ja, aber der Verein kann letztendlich jede Mannschaft ins Rennen schicken. Wir sind als FC Rheinbach aufgestiegen, also hat der Verein auch das Recht anzutreten, und nicht wir als dritte Mannschaft."
„Das kann ich mir beim besten Willen nicht vorstellen."
„Es ist so. Die neuen Superleute waren nur zu bekommen, weil man ihnen die Perspektive der B-Klasse bieten konnte."

„Wir werden ja sehen. Ich denke, es ist das Wichtigste, dass wir am Sonntag erst mal das Spiel gewinnen. Ich will Meister werden."
„Da hast du recht. Wie sieht denn die Personallage aus?"
„Bis jetzt gut, außer den Verletzten. Sogar Olly kommt am Sonntagmorgen frisch von einer Hochzeit direkt zum Spiel."
„Der Typ ist so heiß, der würde wahrscheinlich sogar von seiner eigenen Hochzeit direkt auf den Platz stürmen."
„Der würde direkt im Strafraum heiraten."
„Asche zu Asche."
„Von Asche zu Asche."
Ich zermarterte mein Hirn. Für den Hauch einer Sekunde dachte ich, dass es vielleicht schlau wäre, absichtlich zu verlieren, um nicht aufzusteigen und dem Vorstand auf diese Art und Weise den Wind aus den Segeln zu nehmen falls Geralds Spekulation wahr wäre. Aber nein, wir können nicht falschspielen, das sind nicht Wir, ein bloßes Gerücht wäre die vertane Meisterschaftschance ohnehin mitnichten wert. Überdies hatte uns der Verein bis jetzt ja auch in Ruhe gelassen, warum sollte so etwas plötzlich Thema werden. Außerdem war es ja zu dem Zeitpunkt, als die neuen Leute unterschrieben hatten, noch gar nicht sicher, ob wir aufsteigen, es war ja noch nicht einmal jetzt sicher. Wie konnten sie verbindlich mit der B-Klasse geködert werden? Das ergab keinen alles Sinn. Schnell verwarf ich diese Grübeleien. Wichtiger war es, Meister zu werden. Diese Chance würde wahrscheinlich nie mehr wieder kommen. Einmal im Leben Meister werden. Und aufsteigen.
Durch diverse Verletzungen hatten wir nur zwölf taugliche Seemänner an Bord. Eine große Schar Fans begleitete uns in den Bonner Osten nach Roleber. Die Aufstellung ergab sich von selbst: Torsten im Tor, Eisen-Reini, Mez, Sparki und Jojo in der Abwehr. Sven, Gerald, Didi und Janni im Mittelfeld, Pocke und Olly im Sturm, sofern er tatsächlich pünktlich kommen würde.
Arno tigerte nervös vor dem Mannschaftsheim hin und her. Ich hätte meine Schiene am liebsten wie Forrest Gump während des Laufens platzen lassen, um mitzuspielen und die Höllenqualen des passiven Zuschauens nicht erdulden zu müssen. Die Spannung im Vorfeld war unerträglich. Niemals zuvor lag bei einem Spiel von uns ein solch greifbarer Hochdruck in der Luft. Selbst die gewohnten Kalauer glitten nur halbherzig aus unseren Mündern. Olly erschien

wie versprochen um halb elf und ersparte uns unangenehmes Nervenflattern. Spontan entschloss ich mich zu einer knackig-kompakten Kabinenansprache:
„O.K., Leute! Wir sind komplett. Die Aufstellung ist klar. Lasst uns die sechs Jahre Leidenschaft heute voll in die Waagschale werfen. Wir können heute aufsteigen und Meister werden, wer weiß, ob das jemals so wiederkommt. Ich habe eben die Jungs von Roleber beim Aufwärmen gemustert: Die haben wie jede Kreisligamannschaft drei gute Leute: Eine Kante als Innenverteidiger, einen guten Stürmer und einen im Mittelfeld, der die Fäden zieht. Also werden die das Spiel über die Mittelachse aufziehen. Die Restlichen sind Beistelltische und Fallobst. Wir haben auch eine überragende Mittelachse. Darüber hinaus haben wir aber die schnellsten Leute der Liga auf Außen. Das müssen wir ausnutzen. AUF GEHT'S."
Da war es wieder: Das Geräusch von Alustollen auf Steinboden-beim Verlassen der Kabine, das in mir unweigerlich die Gänsehaut eines bevorstehenden Spiels bescherte, meine Unterarme sahen aus wie ein nacktes Huhn. Die Sonne drückte, obschon es erst elf Uhr war. Außergewöhnlich viele Zuschauer säumten lückenlos das Rechteck des Spielfelds. Spielerfrauen verkauften Bockwürstchen, Kuchen und Kaffee. Inmitten der Zuschauer erspähte ich zwei Vorstandstypen. Na ja, wenigsten unterstützen sie uns jetzt und zeigen Präsenz, es war das erste Auswärtsspiel in unserer sechsjährigen Existenz, das von Vorstandstypen besucht wurde, rekonstruierte ich blitzschnell. Ich suchte Elwain, er war der Einzige, neben dem ich jetzt stehen wollte. Er kannte mich. Er verstand mich blind, wir leiden jetzt am besten gemeinsam, dachte ich. Er schlawenzelte um den Verkaufsstand herum und kam mit zwei geplatzten Bockwürstchen, die im Senf badeten, sowie einem Kaffee zu mir. Die Jungs wärmten sich auf, indem sie ein paar Alibidehnübungen vollzogen. Der Schiedsrichter bat zur Seitenwahl, Ersatzkapitän Olly trabte zum Mittelpunkt.
„Olly und Pocke schießen uns heute zur Meisterschaft!", schmatzte Elwain.
„Wie kommst du darauf?"
„Die Körpersprache: Sie sind selbstbewusst."
Die Vorstandstypen entdeckten uns in der Menge und begrüßten uns per Winkzeichen in den Anstoßpfiff des Schiedsrichters hinein.

Wir salutierten läppisch zurück. Olly hatte die Seitenwahl gewonnen und entschied sich dafür, zuerst gegen die Sonne zu spielen, damit der gegnerische Torwart in der zweiten Hälfte geblendet sein würde.
„Erste Halbzeit, Halbzeit, zweite Halbzeit – das sind mathematisch gesehen ja wohl totale Schwachsinnsbegriffe“, dachte ich laut, ohne wirklich zu bemerken, dass jemand zuhörte.
„Ja, die Grenzen der Bruchrechnung sind vor allem dann erreicht, wenn der Reporter sagt, dass die zweite Hälfte etwas länger dauert als die erste“, schmunzelte Elwain.
„Neulich hat der RTL-Chef allen Ernstes vorgeschlagen, Fußball in Drittel einzuteilen, damit man mehr Werbeunterbrechungen zur Verfügung hat.“
„Sofort einsperren. Ein Leben lang. Bei Wasser und Brot. Die haben doch noch nie selbst gespielt und wollen nun die Regeln bestimmen. Vollidioten!“
„Fast so schlimm wie der Blatter mit seinem Golden Goal.“
„Herrje, das war auch so eine Schnapsidee. Das wollte doch kein einziger Fußballfan im Ernst so haben. Ich verstehe einfach nicht, wieso er es mit Gewalt durchgedrückt hat.“
„Sie haben es wenigstens eingesehen und rudern nun zurück. Damit der Blatter ohne Gesichtsverlust aus der Nummer wieder rauskommt, haben sie mit dem Silver-Goal eine Übergangslösung gefunden. Auf diese Art und Weise fällt es nicht so auf.“
Dieser Dialog entstand aus dem Nichts, weil wir Ablenkung suchten. Die ersten Spielszenen waren schweigend einfach nicht zu ertragen. Langsam fanden sowohl Elwain und ich, als auch die Jungs auf dem Platz in die Begegnung hinein. Schon nach 20 Minuten führten wir mit 2:0. Olly und Pocke trafen, genauso, wie Elwain es prognostiziert hatte. Dann wendete sich aus unerfindlichen Gründen das Blatt. Innerhalb von nur fünf Minuten kassierten wir zwei Tore durch übertriebene Kulanz in der Defensive. Zu allem Überfluss verletzte sich Sven, er fasste sich an den Oberschenkelmuskel und humpelte zur Seitenlinie. Es war unsere einzige mögliche Wechseloption, jetzt durfte nichts mehr passieren. Zur Pause blieb es beim Unentschieden. Friesdorf führte haushoch, das erfuhren wir per Handy von einem Zuschauer. Das Remis würde demzufolge nicht zum Aufstieg reichen, ein Siegtreffer musste her. Pocke schnappte sich ein Würstchen.

„Erst mal frühstücken“, mampfte er und raffte noch eine Flasche Wasser aus dem Kasten. Eine ungewöhnliche Ruhe machte sich in der Kabine breit. Keiner traute sich, etwas zu sagen, doch alle Gesichter drückten Entschlossenheit und Konzentration aus. Ich spürte, dass alle wussten, worauf es nun ankam.
„Kommt, Leute. Noch mal 45 Minuten Gas geben!“, versuchte Elwain die Jungs mit einer matten Helmut Kohl-Imitation beim Rausgehen aufzumuntern.
Die brütende Hitze setzte dem Gegner zunehmend zu. Er wurde immer müder. Wir waren konditionell spürbar überlegen, hielten den Ball geduldig in den eigenen Reihen und warteten auf einen entscheidenden Fehler des Gegners. Es war genau die richtige Strategie: Olly erzielte per Drehschuss 20 Minuten vor dem Schlusspfiff die erneute Führung. Noch war es zu früh, um zu jubeln. Dann setzte sich Olly an der Mittellinie durch und lief allein auf den Torwart zu. Er umkurvte ihn und wurde regelwidrig zu Fall gebracht. Es war ein glasklarer Elfmeter für uns, zehn Minuten vor dem Ende. Pocke klemmte sich wild entschlossen den Ball unter den Arm und legte ihn selbstbewusst auf den Punkt. Es war seine Gewohnheit, bei Elfmetern und Freistößen den Ball immer so hinzulegen, dass das Ventil in Richtung Tor zeigte. Das ergibt eine spezielle Flugbahn. Mystische Stille erfüllte den gesamten Sportplatz. Die Blicke fokussierten den Schützen und den Ball. Ich hielt beide Handflächen vor die Stirn. Ein Schuss entscheidet die gesamte Saison. Ein Schuss stellt das Ende einer sechsjährigen Entwicklung dar. Wenn er jetzt verwandelt, sind wir Meister und zum zweiten Mal hintereinander aufgestiegen, dachte ich. Dachten alle. Wussten alle. Ich blickte kurz zu Arno, der es nicht mit ansehen konnte und vom Spielgeschehen abgewandt auf den Boden starrte. Ich legte meinen Arm um Elwains Schulter. Der Schiedsrichter gab den Ball frei. Pocke lief an und klopfte den Ball mit roher Urgewalt diskussionslos unter die Latte. Der Jubel fiel kurz und knapp aus. Nur Arno führte einen derwischartigen Tanz auf, als er an den Reaktionen der anderen erkannt hatte, dass der Ball drin war. Noch war nichts entschieden. Die Konzentration musste hochgehalten werden.
Erst beim Schlusspfiff brachen mit dem 4:2 Endstand alle Dämme. Ich lief mit meiner Schiene gegen Arnos künstliches Hüftgelenk um die Wette, setzte mich knapp durch und war dadurch nicht Letzter

auf dem Haufen Mensch, der sich aus den Helden bildete. Es war eine würdige Dramaturgie, dass ausgerechnet mit Pocke ein Gründungsmitglied der ersten Stunde die Entscheidung herbeiführte und uns zum Meister schoss.
Arno positionierte eine Bierkiste inmitten der Kabine und löste damit einen sofortigen konzentrischen Raubzug aus.
„Mein Bier unterliegt Verdunstungsprozessen!“, pumpte Eisen-Reini und tauschte die leere Flasche gegen eine volle. Auch Pocke übte sich in Druckbetankung und erneuerte die Flasche nach zwei kräftigen Zügen. Dann klagte er wieder über Kopfschmerzen.
Die Rückfahrt über die Autobahn wurde zu einem spontanen Triumphzug. Wir bildeten ein Autokorso und fuhren in einer Fünferkolonne. Aus jedem Fenster hingen wir ein Trikot. Mit einem stetigen Hupkonzert kutschierten wir in Rheinbach ein und drehten drei Ehrenrunden durch die Hauptstraße, die aus allen Nähten platzte, da es ein verkaufsoffener Sonntag war. Lässig aus den Fenstern gelehnt, grölten wir FC Rheinbach 3-Hymnen, schwenkten die Trikots und badeten in einem Ozean aus Applaus. Lediglich einige pikierte Spießer schüttelten entsetzt den Schädel.
„Geil, jetzt bekommt hier jeder Depp mit, dass wir aufgestiegen sind“, schwelgte Elwain und ließ sich kurzzeitig auf Ollys Rückbank fallen, hielt jedoch das Trikot nach wie vor in den Fahrtwind.
„Irgendwie kommt mir dieser Sieg heute spanisch vor“, sagte Olly mitten in die Partystimmung und setzte den Blinker für die nächste Ehrenrunde.
„Wieso das?“, entgegnete ich.
„Vor dem Elfmeter konnte ich viel zu leicht durchmarschieren, als ob sie mich absichtlich laufen ließen. Auch beim 3:2 gab es praktisch keine Gegenwehr.“
„Klar, die waren ja auch platt wie die Flundern, die konnten nicht mehr Piep sagen, so haben die in der Hitze gejapst. Wir haben sie einfach über die Außen mürbe gelaufen“, entgegnete Elwain.
„Und warum waren die Vorstandstypen ausgerechnet heute bei unserem Spiel? Ich weiß, dass der Kapitän von Roleber denen aus früheren Zeiten noch etwas schuldig war.“
„Olly, mach mal nicht so eine Thermik, hier. Du glaubst doch nicht etwa allen Ernstes, dass das Spiel verschoben war! Das wäre ja ein Megaskandal, quasi hinter unserem Rücken.“

„Der Vorstand hat ein großes Interesse daran, dass wir es schaffen, damit die neuen Leute in der B-Klasse spielen können. Und für Roleber war es ein bedeutungsloses Spiel. Jetzt zähl mal eins und eins zusammen."
„Das glaub ich einfach nicht. Ich kann mir nicht vorstellen, dass die ganze Mannschaft von Roleber davon wusste."
„Trotzdem, es kommt mir alles irgendwie komisch vor."
Olly setzte erneut mit dem Hupkonzert ein, weil wir auf die belebte Hauptstraße zurückstießen. Die zahlreichen Passanten jubelten uns wieder zu. Ein älterer Mann drückte mir sogar einen Blumenstrauß in die Hand. Ich kam mir vor wie im Papamobil.
„Na und? Selbst wenn es so wäre, wir hätten das Ding heute sowieso gewonnen. Wir sind ein würdiger Meister. Wir haben mit Abstand die meisten Tore in der Liga geschossen: Wieder über 100. Und außerdem: Wenn sie wirklich gekauft waren, wieso haben sie sich dann nach dem 2:0 wieder rangekämpft? Dann wären sie ja mit dem Klammerbeutel gepudert gewesen", schüttelte Elwain ungläubig den Kopf.
„Und außerdem: Wieso hat der Keeper dich beim Elfer gefoult? Wenn er unbedingt ein Tor von uns wollte, hätte er dich auch durchlaufen lassen können!", ergänzte ich.
„Mich wundert gar nix mehr …"
„Aber beweisen kannst du es nicht!"
Mit diesem kellertiefen Griff in den Almanach der Plattitüden versuchte Elwain, den unangenehmen Dialog zu beenden. Er konnte getrübte Feierstimmung nun mal nicht gut ertragen.

Wie ein Aal

Schon von der äußeren Erscheinung her wirkte er wie ein Fremdkörper. Wir hatten ihn in unsere Bonner Stammkneipe gebeten, um in Ruhe zu klären, wie es nach dem Aufstieg konkret weiter gehen sollte. Es war eine scheußliche Kneipe, sie hatte jedoch zwei entscheidende Argumente auf ihrer Seite: Sie war von allen gut zu Fuß zu erreichen und verfügte über einen original Meisterschaftskicker. Dies ließ uns über die gedankenlose Einrichtung sowie die grottenschlechte und permanent zu laut gebolzte Musik hinwegsehen.

Letztlich wollten wir im direkten Gespräch mit einem Vorstandsmitglied das Geschwätz aus der Welt schaffen, dass die Vereinsoberen der neu zusammengewürfelten ersten Mannschaft unseren Platz in der B-Klasse zu überlassen gedachten. Mit Anzug und Krawatte hockte er steif auf der Bierbank und wirkte wie hingesetzt und nicht abgeholt. Krönung der Unangemessenheit war sein geleckter Aktenordner im rindsledernen Einband, der die Vereinssatzung und Buchführung beinhaltete und auf dem versifften Biertisch unentwegt Gefahr lief, von einer Bierlache unterwandert zu werden.

„Wie sieht der denn aus? Typisch Vorstand. Die meinen, sie wären Vorstandsvorsitzender einer Bank, oder so", lästerte Pocke im Flüsterton, als wir ihn aus dem Nebenraum heraus erspähten, wo wir auf einem Stehtisch gestützt einer spannenden Kickerpartie beiwohnten. Ich konnte ihm nur kopfschüttelnd zustimmen.

Pocke, Elwain und ich setzten uns in gebotener Distanz zu ihm an den Tisch, wo wir die zähen zehn Minuten bis zum Eintrudeln der übrigen Mannschaftsmitglieder mit verkrampften Pflichtgesprächen über die bevorstehende Fußball WM in Frankreich überbrückten.

„Ich sehe, ihr seid soweit komplett. Ich möchte mal so anfangen: Euch erwartet nächstes Jahr eine harte Saison", eröffnete er ernst das Gespräch, indem er seine Papiere sichtete und dabei angewidert auf den Tisch blickte. Nur mit Mühe fand er eine Fläche, die groß genug war, den Ordner nicht in eine Pfütze zu legen. Insgeheim hoffte ich, dass Pocke mal wieder sein Weizenglas umschüttete. Meist passierte ihm das mit seiner linken Hand, von daher war seine Position für ein potenzielles Unglück durchaus erfolgversprechend.

„Heißt das, dass wir in der B-Klasse antreten dürfen?", fragte ich.

„Warum nicht?"
Diese Gegenfrage erleichterte mich sofort. Es wollte einfach nicht in meinen Schädel, dass der Vorstand zu einem solch linken Manöver fähig gewesen wäre. Im Prinzip war das für mich die Antwort, auf die ich die ganzen Tage gewartet hatte. Eigentlich hätten wir das Gespräch beenden und zum Kickertisch zurückwandern können.
„Wie sieht es denn nächstes Jahr mit den Leuten aus?", fragte Jojo in meine Richtung.
„Pocke und Eisen-Reini werden weiterspielen und jeden Sonntag per Bundesbahnzauber einschweben. Matze und Sven bleiben definitiv. Mez und Torsten auch. Janni, Olly, Jojo und Elwain sowieso, Didi und Gerald auch. Der einzige Abgang wird Sparki sein. Dem geht die Fahrerei aus Zülpich auf den Koffer. Und ich werde erst wieder in der Rückrunde spielen können. Dafür bin ich mit zwei möglichen Verstärkungen in Kontakt."
„Ach, echt? Da bin ich aber neugierig. Komm, sag schon", versuchte Pocke aus mir herauszupressen, während der Vortandstyp irritiert schaute. Sein Gesichtsausdruck war nicht zu deuten.
„Nein, ich habe es versprochen. Sie wollten erst unseren Aufstieg abwarten und danach noch eine Woche Bedenkzeit haben. Nur so viel: Es sind echte Granaten", verklausulierte ich kryptisch mit der Gewissheit, Neugier bei uns und Unbehagen bei dem Vorstandstypen entfacht zu haben. Dabei genoss ich beim Anblick der rätselnden Gesichter das triumphale Gefühl, ein Geheimnis zu haben. Nicht einmal Elwain wusste von meinen verborgenen Bemühungen.
„Dann sind wir ja gut gerüstet", fasste Jojo euphorisch zusammen.
Ich erinnerte mich an die Situation bei Olly, als wir Unsicherheiten und Zweifel durchlitten, ob wir dem erhöhten Niveau standhalten können:
„Olly, wie siehst du das? Können wir in der B-Klasse mithalten?"
„Aber locker, wenn die Mannschaft so zusammen bleibt. Ich habe das spaßeshalber mal durchgerechnet: Wir haben in den letzten zwei Jahren insgesamt nur vier Spiele verloren. Wir werden uns wohl an mehr Niederlagen gewöhnen müssen. Dennoch haben auch wir unsere Stärken."
„Nun, ich glaube nicht, dass ihr mithalten könnt", schaltete sich der Vorstandstyp in die Diskussion ein, ohne den Blick aus seinen Unterlagen zu ziehen.

„Was seiherst du da?“, fragte Elwain.
„Ihr seid zu schwach und steigt sofort wieder ab. Klare Kante!“
Seine Augenbrauen zogen sich wie Gewitterwolken zusammen.
„Das wäre aber blöd für den Verein, zumindest in der Außendarstellung“, sagte ich.
„Deswegen wollen wir das vom Vorstand ja auch unbedingt vermeiden.“
„Heißt das, ihr wollt uns unterstützen, etwa mit ein, zwei guten Leuten?“
„Nicht direkt …“
„Sondern?“
„Wir möchten euch anbieten, an unserem Training teilzunehmen.“
Pocke schwoll der Kamm:
„Das ist doch Quark. Wir haben noch nie trainiert und sind zweimal hintereinander aufgestiegen. Wir fangen jetzt bestimmt nicht damit an. Dafür bekommen wir doch die Leute gar nicht regelmäßig zusammen. Wie soll das aussehen, dass wir zweimal die Woche von Bonn nach Rheinbach zum Training fahren, oder watt? Das ist doch absurd. Nee, bevor wir trainieren, steigen wir lieber wieder ab.“
„Es wäre aber unabdingbar.“
„Das sehe ich anders. Wir sind mit unseren Methoden aufgestiegen, also haben wir uns sportlich qualifiziert. Wir haben nun nächstes Jahr die Gelegenheit, uns in der B-Klasse zu beweisen. Zu verlieren haben wir da jedenfalls nichts“, argumentierte Olly um Sachlichkeit bemüht.
„Wir als Verein schon.“
„Was denn?“
„Reputation und einen Startplatz in der B-Klasse, den wir mit unseren neuen Leuten mit Sicherheit verteidigen würden. Ihr müsstet trainieren.“
„Wir müssen gar nix!“, polterte Pocke.
„Ihr wollt unseren Platz in der B-Klasse haben, stimmt es?“
Ich versuchte ihn nun direkt an die Wand zu nageln. Dabei musste ich meine Schiene ausstrecken und stieß unter dem Tisch mit Jojos langen Gräten zusammen.
„Selbstverständlich würden wir mit der Ersten gerne B-Klasse spielen, wer würde das nicht?“
„Was soll das heißen?“

„Wir lassen euch in der B-Klasse antreten, wenn ihr euch verstärkt und regelmäßig mit uns trainiert."
Wir verstummten. Alle Schultern hingen durch. Alle Blicke gingen nach unten.
„Das heißt mit anderen Worten, dass ihr uns nicht antreten lassen wollt …", fasste Olly nach einer halben Ewigkeit frostklirrend zusammen.
„Das habe ich nicht gesagt."
„Sondern?"
„Wenn ihr trainiert und eine schlagkräftige Mannschaft auf die Beine stellt, dürft ihr es gerne in der B-Klasse versuchen."
„Wie soll das genau aussehen?"
„Ihr könnt es euch ja mal überlegen. Am besten lasse ich euch jetzt mal alleine, dann könnt ihr euch in Ruhe beratschlagen. Ihr könnt euch ja innerhalb der nächsten Woche mal melden."
Dann packte er wortlos seine Unterlagen zusammen und verließ voller Hast die Kneipe.
„Den Auftritt hätte er sich auch sparen können."
Elwain hatte als Erster seine Worte wiedergefunden.
„Sagt mal, kann mir einer erklären, was hier abgeht?", fragte ich.
„Provinzfürst!" schimpfte Sven
„Was machen wir denn jetzt?", fragte Jojo.
„Was sollen wir denn groß machen?", Pockes Halsschlagader pulsierte, „Was soll das Gewinsel? Wir spielen nächstes Jahr B-Klasse, was denn sonst?"
„Die lassen uns aber nicht!", sagte Elwain, dessen Gesicht anzusehen war, dass er das gesamte Ausmaß jetzt erfasst hatte.
„Alles totaler Unfug. Wir sind aufgestiegen, Leute! Der Rest ist nebensächlich. Was kümmert es einen großen Geist!"
Was kümmert es einen großen Geist! Torsten fasste es mit einem knappen Satz zusammen. Irgendwie kam mir dieser Satz bekannt vor. War es ein berühmtes Zitat?
„Ich habe Lust, es auf einen charmanten Machtkampf ankommen zu lassen", Elwain schob seine Brille zurecht, „Stellt euch vor, die lassen uns wirklich nicht antreten. Wir stellen uns einfach beim ersten Spiel auf den Platz, dann stehen da zwei Mannschaften, und es gibt einen Skandal, den die Fußballwelt noch nie gesehen hat."

„Die sitzen am längeren Hebel. Der Verein hat durch unseren Aufstieg das Recht, in der B-Klasse zu spielen. Wen sie letztlich spielen lassen, ist ihre Sache."
„Schon klar, Olly! Wir kennen allmählich die Statuten. Aber wir können uns ja trotzdem auf den Platz stellen. Die können uns ja nicht mit Polizeigewalt wegtragen …", grinste Elwain.
„Sollen wir nicht doch einfach mal trainieren?" schlug ich vor.
„Mensch Leute, überlegt doch mal. Was ist das überhaupt für eine Unverschämtheit, solche Bedingungen zu stellen. Wir lassen uns doch keine Bedingungen diktieren, Mann. Da darf es doch nicht mal den Ansatz einer Diskussion geben!"
Pocke hatte Recht. Er hatte es so zusammengefasst, wie man es nicht besser formulieren konnte. Die Überlegungen des Vorstands waren Kulissenschieberei.
„Ich vermute, die stellen mit Absicht diese unerfüllbaren Bedingungen, weil sie genau wissen, dass wir sie nicht einhalten können."
Olly Schlussfolgerung war bestechend logisch: Sie konnten es uns nicht ohne Gesichtsverlust verbieten, in der B-Klasse zu spielen. Es war wohl ein vereinspolitischer Schachzug. Wahrscheinlich hatte Gerald von Anfang an Recht: Diese Spieler waren nur mit der Perspektive der B-Klasse und viel Kohle zu bekommen. Es war Kalkül, uns aufsteigen zu lassen, die Erste dann in der B-Klasse antreten zu lassen und uns dabei möglichst elegant hinauszukomplimentieren. Diesem ausgezirkelten Ränkespiel konnten wir in unserer Unbedarftheit nichts entgegensetzen.
„Das will einfach nicht in meine Hirse", mein Bein schmerzte wegen der eingekeilten Position, „Ich kann mir eine solche Kaltblütigkeit nicht vorstellen! Bin ich zu naiv, oder was?"
„Der hat sich gewunden wie ein Aal! Warum sagt er nicht einfach klar, dass er die Erste antreten lassen möchte?", fragte Jojo.
„Das kann er natürlich nicht machen. Er weiß genau, dass wir einen irrsinnigen Aufstand schieben würden. Wir hätten die ganze Presse auf unserer Seite. Also muss er es durch die Hintertür versuchen."
Olly schien von allen am nüchternsten und realistischsten zu sein.
„Und wenn wir freiwillig auf den Aufstieg verzichten und einfach wieder C-Klasse spielen? Vielleicht sind wir ja wirklich zu schwach!", überlegte ich zweifelnd.

„Oder noch geiler: Wir fangen einfach wieder ganz unten in der D-Klasse an und marschieren noch mal durch!“, imitierte Elwain Reiner Calmund. Sein Humor war einfach nicht klein zu bekommen.
„Gewäsch!“, Pocke zeigte den Vogel, „Die C-Klasse kommt überhaupt nicht in Frage, jetzt schon gar nicht mehr. Das wollen die doch nur. Dann hätten sie ja ihr Ziel erreicht!“
In meinen Gedanken wütete es ziellos umher. Zweifel, Unsicherheit, Trotz und Wut gaben sich die Klinke in die Hand. Jojo hatte ziemlich lange seine Nickelbrille geputzt und über das Dilemma nachgedacht. Dann versuchte er, die Dinge rational zu gliedern:
„Wir haben drei Möglichkeiten: Erstens, freiwillig auf die B-Klasse verzichten und in der C-Klasse spielen, zweitens, in der B-Klasse nach den Bedingungen des Vorstandes antreten, oder aber drittens, auf unserem sportlich erkämpften Platz beharren und weitermachen wie bisher und schauen, was bei einem möglichen Machtkampf herauskommt, wenn wir uns zu den Spielen der ersten Mannschaft einfach in voller Montur auf den Platz stellen und erst weggehen, wenn die GSG 9 anrückt.“
„Je länger ich nachdenke, desto wütender werde ich darüber, dass der Vorstand überhaupt irgendwelche Bedingungen aufstellt“, in mir kochte es, „Dazu haben die kein Recht. Was soll das?“
„Jungs, das führt heute zu nix mehr in diesem Puff hier. Ich schlage vor, dass wir das Thema erst mal sacken lassen. Jeder schläft noch mal eine Nacht drüber. Nächste Woche treffen wir uns dann noch mal und überlegen weiter. Rufst du durch, Udo?“
„Klar, Olly. Wir sollten aber auf alle Fälle gegenüber dem Vorstand schweigen, bis wir eine einheitliche Linie gefunden haben.“
Von nun an war das Thema für die Neige des Abends erstaunlicherweise wirklich auf Eis gelegt. Nur zu weit vorgerückter Stunde, als Pocke, Elwain und ich übrig geblieben waren, analysierten wir erneut die Lage, ohne neue Erkenntnisse zu erlangen. Bis dahin wurde erneut die bevorstehende Fußball WM in Frankreich zum thematischen Verschiebebahnhof. Tief in der Nacht kam es mir schlaglichtartig in den Sinn zurück: Was kümmert es einen großen Geist. Natürlich! Karlsson vom Dach. Welch ein Satz, dachte ich, und überlegte, ob Torsten ihn bewusst zitiert hatte. Schließlich übermannte mich ein tiefer Schlummer.

Panflöten

Hallo Eisen-Reini, Udo hier. Was macht die Schule?"
„Das Referendariat nicht vergnügungssteuerpflichtig."
„Sind ja bald Sommerferien."
„Bis dahin sind noch monströse Bergetappen in Form von Unterrichtsbesuchen zu bewältigen."
„Und sonst?"
„Das Teil ist fertig! Pünktlich zum morgigen Stichtag"
„Brav."
„Sag mal, was macht eigentlich deine Achillessehne? Wächst zusammen, was zusammen gehört?"
Eisen-Reini konnte es einfach nicht lassen, berühmte Zitate der Zeitgeschichte in seine Alltagsgespräche einfließen zu lassen. Ich fand das großartig
„Ich muss noch zwei Monate mit Schiene mäandern! Wenn ich das Teil abnehme, blicke ich auf völlig verkümmerte Waden. Wenn die WM anfängt, laufe ich aber wieder. Ich will dich nicht länger aufhalten. Ich melde mich die Tage."

Sehr zuverlässig, dachte ich. Ich hätte nicht gedacht, dass dieser Zottel das Referendariat so gewissenhaft angehen würde. Ich versorgte mich mit einem eiskalten Getränk, da sich die Hitze unter dem Dach meiner Wohnung staute wie in einem Schwitzbad, wodurch das Tragen der Schiene noch unangenehmer wurde. Wenigstens besser als Gips, das wäre jetzt unerträglich, redete ich mir die Lage schön, das würde jetzt höllisch jucken, ich müsste mir zum Kratzen permanent mit etwas Spitzem und Langem behelfen, und mir ständig die Frage gefallen lassen, ob es denn auch wirklich juckt.
Anschließend setzte ich mich erneut vor das Telefon:
„Hi Sparki, hier ist Udo! Alles in Ordnung bei dir in Zülpich?"
„Ich bereite gerade einen Unterrichtsbesuch vor."
„Ah, Eisen-Reini auch."
„Ist er schon fertig?"
„Mit dem Unterrichtsbesuch?"
„Nein, du weißt schon!"
„Ja."
„Oh, da muss ich mich aber sputen! Wie spät ist es denn?"

„Halb zwei."
„Na dann ist ja doch noch massig Zeit. Bei den ganzen Vorbereitungen verliere ich manchmal mein Zeitgefühl. Sag mal, musst du eigentlich deine Schiene mit nach Frankreich nehmen?"
„Nein, ich bekomme sie vorher ab, wenn alles reibungslos verläuft."
Sparki, Elwain, Janni und ich hatten vor, bei der WM in Frankreich von Spielstätte zu Spielstätte zu pilgern und zu schauen, ob sich neben dem sicheren Viertelfinale in Nantes weitere Tickets erbeuten ließen. Die Schiene wäre dabei äußerst hinderlich gewesen.
Nun hatte ich alle Telefonkandidaten abgehakt: Didi, Gerald, Olly, Eisen-Reini und Sparki. Es lief wie am Schnürchen, alle hatten sich an die Verabredung gehalten. Bei Pocke war ich weitsichtig und hatte es mit ihm zusammen erledigt. Bei den anderen würde ich direkt vorbeigehen, das war so vereinbart. Elwain würde heute Abend mit dem Wagen kommen, da es mir per Pedes zu beschwerlich gewesen wäre. Zunächst fuhren wir zu Jojo. Er war in der Zwischenzeit auch nach Bonn gezogen. Dementsprechend wohnte kurioserweise kein Mannschaftsmitglied mehr in Rheinbach. Oftmals war die Fahrt zum Heimspiel weiter als zum Auswärtsspiel.
„Ah! Elwain, Udo, ihr seid es! Schön! Kommt rein. Chips?", begrüßte uns Jojo wie immer im gastfreundschaftlichen Tonfall.
„Ich wäre nicht abgeneigt!", schmachtete Elwain und vernichtete in Rekordzeit eine halbe Tüte, die Jojo liebevoll auf dem Tisch platziert hatte.
Auf dem Boden standen immer noch einige unausgepackte Umzugskartons. Das CD-Regal war jedoch im Stile eines absoluten Musikliebhabers auf Kante gepflügt und alphabetisch einsortiert.
„Hier, ich habe es heute Mittag fertig gemacht."
„Danke!", antwortete ich und stopfte es in meinem Rucksack zu den anderen, „Jojo, hast Bock, gleich mitzukommen? Wir müssen noch bei Torsten und Janni vorbeifahren, danach gehen wir speisen."
„Gute Idee. Ich bin dabei"
Wir bestiegen Elwains Kutsche. Zur Schonung des Strich 8ers hatte er seinem Vater den Firmenwagen abgeschwatzt und ihn sogar für die Fahrt zur WM zugesagt bekommen. Wir parkten nahe der Innenstadt und planten, von da aus die restlichen Mannschaftsmitglieder zu Fuß abzuklappern, auch wenn dies für mich neben der orthopädischen Belastung wegen der hohl gaffenden Passanten zu-

sätzlich auch noch ein Spießrutenlauf war. Die Stadt pulsierte. Gut gefüllte Straßencafes mit fröhlich gestimmten Gästen verströmten mediterranen Flair. Bald würden wir auch hier irgendwo sitzen.
„Nicht so schnell, bitte“, versuchte ich die zügigen Schritte meiner Freunde zu zügeln.
„Doch! Ich muss so schnell wie möglich diesem akustischen Grauen hier entfliehen“, imitierte Elwain Dieter Thomas Heck und deutete abfällig auf eine Truppe folkloristisch gekleideter Inka, die sich redlich mühte, südamerikanische Volksmusik zum Besten zu geben.
„Ich finde, man sollte Panflöten als Musikinstrument gesetzlich verbieten!“, fluchte Jojo.
„Grausam, dieser Folklorekitsch“, schüttelte Elwain den Kopf.
„Das hier in den Fußgängerzonen ufert in letzter Zeit aus. Ich stelle mir gerade vor, eine Gruppe Deutscher in Lederhosen stellt sich in La Paz in die Fußgängerzone und singt ’Herzilein, du musst nicht traurig sein’“, sagte ich.
„Die würden mit Polizeigewalt abgeführt.“
„Und das völlig zu Recht.“
„Die mit der Pauke können den Takt nie halten“, polterte Elwain fachmännisch.
„Am schlimmsten finde ich die Leute, die diesen Klimbim auch noch toll finden, weil sie sich dabei so weltoffen fühlen“, meinte Jojo.
„Es gibt kein jämmerlicheres Musikinstrument als Panflöten.“
„Doch: Harfen!“
„Nein, Panflöten sind schlimmer!“
„Harfen!“
„Panflöten!“
„Sie unterbieten sich gegenseitig“, versuchte ich die Diskussion zu beenden.
Wir kamen zu Torsten. Auch er hatte alles nach Plan erledigt. Er ließ sich nicht zum Essen überreden, weil er eine Hausarbeit beenden musste, die er seinem Naturell entsprechend auf den allerletzten Drücker begonnen hatte. Janni war unsere letzte Station für heute. Nun hatten wir alles vollständig.
Ich kam mir vor wie ein Ganove, der den Coup seines Lebens vorbereitet. Jetzt konnte nichts mehr schiefgehen. Die Telefonkandidaten hatten wie ein Schweizer Uhrwerk absprachegemäß auf den

Punkt gearbeitet. Den Rest hatte ich zusammengesammelt. Morgen würde ich nach Rheinbach fahren und alle Umschläge auf einmal in den Briefkasten des Geschäftsführers werfen. Die Restlichen würden zeitgleich per Einschreiben bei ihm eintreffen. Es war der Tag unserer Abrechnung. Nach dem Treffen mit dem Vorstandstypen war es uns allen schnell klar geworden. Wir hatten nicht lange für unseren Entschluss benötigt. Wir konnten uns keine Bedingungen diktieren lassen. Alles in unseren sechs Jahren Dasein als Mannschaft hatte Klasse, also sollte auch unser Abgang Klasse haben. Wir hatten uns entschieden, jetzt aufzuhören, unsere Fußballstiefel für immer an den berühmten Nagel zu hängen. Wir waren im besten Fußballalter. Mitte, Ende 20. Es war der Höhepunkt, aber niemals würden wir erfahren, ob es tatsächlich auch unser Zenit war. Für den Zenit war das Ende eigentlich zu früh.

Bonn, im Mai 1998
Sehr geehrte Damen und Herren,
hiermit möchte ich zum 01.06.1998 meinen Austritt aus dem Verein FC Rheinbach bekanntgeben. Bitte schicken Sie mir meinen Spielerpass zurück.
Mit sportlichem Gruß,

Auf diesen knappen Text hatten wir uns geeinigt, als wir uns drei Tage nach dem ominösen Treffen mit dem Vorstandstypen nochmal mannschaftsintern zusammengesetzt hatten. Unser Ziel war es, dass der Schreibtisch des Geschäftsführers mit 20 gleichzeitig eintreffenden, gleichlautenden Briefen überschüttet wird. Auf eine nähere Erklärung wollten wir verzichten. Für uns war die Kommunikation mit den lächerlichen Forderungen beendet. Wir konnten unter diesen Bedingungen nicht mehr weiterspielen, so sehr dieser Verzicht auf unsere Leidenschaft auch schmerzte. Pockes fulminant verwandelter Elfmeter war letztendlich der Zirkelschluss. Es war ein guter Zeitpunkt.

Epilog: Ollys Dachterrasse

Den intensivsten Kontakt hatte ich noch zu Olly, Didi, Sparki und Janni, gelegentlich zu Eisen-Reini, Sven und Pocke, selten zu Elwain, Jojo, und Torsten, den Rest hatte ich mehr oder weniger aus den Augen verloren. Olly war seit ein paar Wochen mein Nachbar. Wir sprachen wie so oft über die unvergessenen Zeiten und stellten fest, dass sich der Aufstieg bald zum zehnten Mal jähren würde. Wir beschlossen, eine Party zu organisieren und erstellten umgehend eine entsprechende Liste. Zum ersten Mal trommelte ich die Jungs per E-Mail zusammen:

Liebe FC Rheinbach 3-Gemeinde! *24.02.2008*
Es ist unglaublich, aber in diesem Sommer jährt sich unser zweiter Aufstieg und damit unser jähes Ende zum zehnten Mal! Dieses Jubiläum hat Sturmtank Olly und meine Wenigkeit zu der Idee geführt, eine „Ten-years-after-Party" zu feiern. Dabei haben wir uns folgendes Vorgehen überlegt: Zuerst bringen wir die alten Knochen in der Soccer-Hall in Bonn-Duisdorf nochmal in Wallung, sofern die Gelenkschmiere bei genügend Leuten noch tauglich ist. Anschließend treffen wir uns bei Olly auf der Dachterrasse und zelebrieren auf einem Beamer zwei EM-Spiele. Die Grundlage dazu sollte allerhand Grillgedöns pflastern. Als Termin haben wir uns Freitag, den 13 Juni ausbaldowert. Wir würden eine verbindliche Zusage eurerseits an eine moderate Zwangskollekte knüpfen, um den ganzen Zauber auch zu finanzieren. Das Spiel Italien-Rumänien beginnt um 18 Uhr, anschließend Frankreich - Holland. Wenn wir um 15:30 Uhr mit dem Hallenzock beginnen würden, hätten wir ab 17 Uhr eine Stunde Zeit, um uns noch gemütlich zu duschen und dabei kurzzeitig die unnachahmliche Stimmung einer Männerumkleide nachzuempfinden, sowie den Transfer zu Olly zu organisieren.
Udo und Olly

Die Reaktionen waren überwältigend. Aber hatten wir auch wirklich an alle gedacht? Ich ging die Liste noch mal durch. Es wäre eine Schande, irgendjemanden zu vergessen. Ich holte umgehend den antiken Schuhkarton mit den Erinnerungsstücken aus dem Schrank und schaute in eine alte Chronik, um mich zu vergewissern. Sofort kamen mir alte Anekdoten ins Gedächtnis. Wie oft hatten wir uns daran berauscht, wenn wir uns trafen? Beim Anblick der minimal vergilbten Fotos kroch das vertraute Mannschaftsgefühl in mir hoch. Pockes Passfoto grinste mich mit Sommersprossen übersäht

an. Er hatte es tatsächlich geschafft, volle sechs Jahre damit zu überleben. Ein originaler Telefonzettel mit Zusagen und potenziellen Kandidaten fiel mir ins Auge. Es war der Zettel vom legendären Sieg in Sechtem, als sich Janni ins Gebüsch übergab, während sich zwei Gegenspieler krankenhausreif prügelten. Die Zustände auf den Kreisligaplätzen wurden seit unserem Ausstieg zunehmend schlimmer. Es verging kaum ein Montag, an dem man im Lokalsportteil nicht von Spielabbrüchen, Schlägereien und ähnlichen Eskapaden lesen musste. Der Umgang mit Schiedsrichtern wurde immer respektloser. Auf den Fotos der ersten Saison waren wir noch richtige Milchbubis. Aber das war ja nun schon sage und schreibe 16 Jahre her. Nun gehen wir alle rasant auf die Vierzig zu. Olly ist schon drüber, rechnete ich und erschrak. Nein, ich war mir sicher, dass ich fast alle wichtigen Mitglieder in den E-Mail-Verteiler aufgenommen hatte. Von einigen fehlte mir noch die Adresse, aber es war wohl ein Kinderspiel, sie über Mundpropaganda und Internetrecherche ausfindig zu machen. Mein Blick verhakte sich auf einem Mannschaftsfoto der ersten Saison. Hier waren wir noch ohne unsere Grün-Weißen Trikots. Das rote Baumwollhemdchen quetschte Elwains wuchtigen Körper wie einen Germknödel im Kochbeutel zusammen. Schräg hinter ihm lächelte Arno mit seinem grauen Lockenkopf verlegen in die Kamera. Typisch, dachte ich, wie immer zurückhaltend, bescheiden und freundlich. Arno hatte ich seit unserem letzen Spiel in Roleber nie wieder gesehen. Damals war er Ende 60, das heißt, er muss bald 80 sein. Wenn er überhaupt noch lebte. Wir hatten immer mal wieder spekuliert, was mit ihm wohl los sei. Aber niemand wusste etwas, niemand hatte ihn jemals wieder gesehen. Wenn man es genau überlegte, war es ein Totalversagen, dass sich niemand mehr bei ihm gemeldet hatte. Hatte er die Umstände überhaupt mitbekommen? Ist er heute noch Mitglied beim FC Rheinbach? Ja natürlich, Mann. Arno! Es schoss mir plötzlich ins Kleinhirn. Wir hatten Arno vergessen. Sofort kramte ich hastig das Telefonbuch hervor und wählte wie ferngesteuert seine Nummer, bevor mir Zweifel kommen konnten, ob es nicht geradewegs in einen gewaltigen Fettnapf führen könnte und es nicht stilvoller gewesen wäre, erst einmal vorab zu recherchieren wie seine Konstitution ist.
„Arno hier …“, meldete er sich genauso im gleichen Tonfall wie vor zehn Jahren, wenn ich dringend seine Unterstützung brauchte.

„Arno! Hier ist Udo, kennst du mich noch?"
„Mensch …Udo … Natürlich. Das ist ja eine Überraschung."
„Wie geht es dir?"
„Ach, es geht. Meiner Frau geht es nicht so gut, und meine Hüfte schmerzt sehr."
„Wie alt … ich meine … es ist so lange her …?"
„78"
„Ah …. hör mal, wir sind ja vor zehn Jahren aufgestiegen. Wir wollen eine Party machen. Möchtest du nicht … ich meine, dann könntest du alles in Ruhe erzählen mit deiner Hüfte und so."
„Wann denn?"
„Am 13. Juni ab 18:00 bei Olly in Bonn. Wir gucken EM und grillen. Vorher spielen wir in der Halle."
„Also, zu Hallenfußball tauge ich nicht mehr. Aber wenn es der Zustand meiner Frau zulässt, komme ich gerne."
„Das wäre fantastisch. Ich schicke dir eine Mail mit den Daten."
Dann tauschten wir die Adressen aus und analysierten im nostalgischen Plauderton, was aus den einzelnen Helden geworden ist. Gerührt und erleichtert darüber, dass er bei halbwegs akzeptabler Konstitution zu sein schien stürzte ich mich auf meinen Laptop:

Wertes FC Rheinbach 3-Fußvolk! 28.03.2008
Nachdem mich meine Frau dezent darauf hingewiesen hat, dass ich für die Ten-years-after-Party mehr Engagement zeige als für meine eigene Hochzeit, machte ich mich flugs an den Hörer, um die Soccer-Hall für Freitag, den 13 Juni, endgültig einzutüten. Somit ist der sanfte Einstieg in das Nostalgie-Event von 15:30 bis 17:30 Uhr gesichert. Mit großem Entzücken darf ich darüber hinaus auch verkünden, dass ich unseren väterlichen Weggefährten Arno erreichen und bei entsprechender gesundheitlicher Verfassung auch zum Kommen auf Ollys Dachterrasse gewinnen konnte. Eine definitive Absage erhielt ich wegen horrender beruflicher Überlastung von Helge. Unentschlossenheit und Zaudern, jedoch grundsätzlichen Jubel für die Idee erntete ich von Ole und Gerald. Tiefgehende Adresslosigkeit muss ich bei den Sportskameraden Saur und Mez offenbaren, während von den Turnvätern Matze und Jojo beharrliches Schweigen und nachhaltige Ignoranz zu berichten ist. Hier steigt demnächst die Stufe zwei der Adressrecherche und Mobilmachung meinerseits. Der Rest hat zugesagt.
Die Getränke stehen quasi schon kühl, das Fleisch liegt bereits in der Marinade, der Grill glüht vor, die Frauen sind ausquartiert und der Beamer läuft langsam warm.
Turnvater Udo

Zum lauen Altherrenkick in der Soccerhall kamen acht unverwüstliche Recken, um noch einmal tief in die verstaubte Trickkiste zu greifen, bevor wir pünktlich Ollys Dachterrasse enterten. Arno war schon da. Er hatte es tatsächlich möglich gemacht. Er sah aus wie immer, ein wenig gealtert aber immer noch rüstig, bis auf seine vermaledeite Hüfte. Elwain wollte es sofort wissen:
„Sag mal Arno, bist du immer noch für den FC Rheinbach aktiv?"
„Nein. Nachdem ich gehört habe, was die mit euch vorhatten, bin ich umgehend aus dem Verein ausgetreten."
„Echt? Und dann?", hakte Elwain fassungslos nach.
Alle anderen verstummten ebenfalls und klebten an seinen Lippen. Nur der Reporter des ersten EM-Spiels durchschnitt die Stille.
„Das Spiel in Roleber war das letzte, was ich gesehen habe. Ich bin voller Wut ausgetreten aus dem Saftladen. Dann haben die noch zwei-, dreimal bei mir angerufen, um zu erfahren, was mit euch denn los sei. Das konnte ich nicht beantworten, ich habe ja nur durch die mitbekommen, wie ihr reagiert habt. Seitdem habe ich keinen Kontakt mehr zum FC Rheinbach. Zu niemandem."
Es war unglaublich. Wir hatten damals unabhängig voneinander synchron reagiert. Arno war solidarisch. Ich schämte mich dafür, dass wir zu ihm keinen Kontakt mehr gesucht hatten. Das war ein unverzeihliches Versagen. Er war nun ein alter Mann und stand vor der Frage, ob er noch mal eine Hüftoperation über sich ergehen lassen sollte. Nach dem ersten EM-Spiel verabschiedete er sich, da seine Frau auf ihn wartete. Vorher hatte er mir als Beitrag zur Feier noch heimlich 50 Euro in die Hand gedrückt, die er von seiner kargen Rente abgezwackt hatte. Ich war zu schwach, es abzulehnen. Es gelang mir einfach nicht. Er humpelte runter und verschwand im Sog der Wendeltreppe.
„Mensch Jungs, wir sind hier noch mit zehn Leuten. Theoretisch könnten wir jetzt antreten", sagte Elwain zu vorgerückter Stunde.
„Au ja, lasst uns das machen!", lallte Eisen-Reini und bunkerte die Schüssel mit den Tsatsikiresten, um seiner Knoblauchfahne noch den finalen Feinschliff zu verleihen.